O ÚLTIMO HOMEM NA TERRE

O ÚLTIMO HOMEM NA TORRE

ARAVIND ADIGA

Tradução
Vera Ribeiro

Título original: THE LAST MAN IN TOWER

© Aravind Adiga, 2011

Direitos de edição da obra em língua portuguesa no Brasil adquiridos pela EDITORA NOVA FRONTEIRA S.A. Todos os direitos reservados. Nenhuma parte desta obra pode ser apropriada e estocada em sistema de banco de dados ou processo similar, em qualquer forma ou meio, seja eletrônico, de fotocópia, gravação etc., sem a permissão do detentor do copirraite.

EDITORA NOVA FRONTEIRA S.A.
Rua Nova Jerusalém, 345 – Bonsucesso – 21042-235
Rio de Janeiro – RJ – Brasil
Tel.: (21) 3882-8200 – Fax: (21)3882-8212/8313
www.novafronteira.com.br
sac@novafronteira.com.br

CIP-Brasil. Catalogação na fonte
Sindicato Nacional dos Editores de Livros, RJ

A183u Adiga, Aravind
O último homem na torre / Aravind Adiga ; tradução Vera Ribeiro. - 1. ed. - Rio de Janeiro : Nova Fronteira, 2014.

Tradução de: The last man in tower
ISBN 978852092601-7

1. Romance indiano (Inglês). I. Ribeiro, Vera. II. Título.

14-13739   CDD 828.99353
                  CDU 821.111(540)-3

*A meus companheiros de trajeto diário
na linha local Santa Cruz-Churchgate*

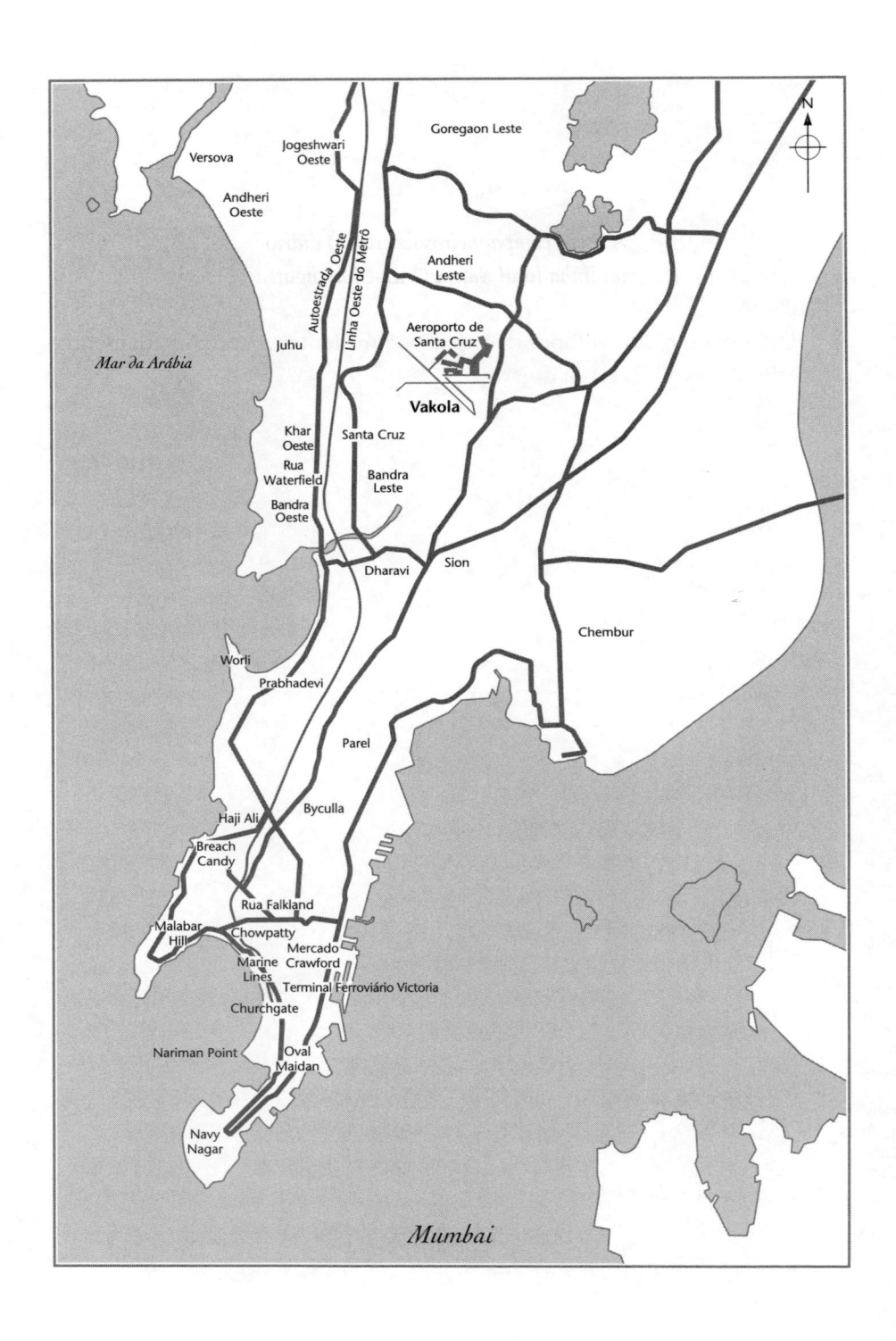

Mumbai

Observações sobre a moeda

Um *lakh* são cem mil rupias, equivalentes a 1.400 libras esterlinas ou 2.200 dólares.

Um *crore* são dez milhões de rupias, equivalentes a aproximadamente 140 mil libras ou 220 mil dólares.

Portanto, a oferta do sr. Shah aos membros da sociedade Vishram se traduziria, numa típica sorte grande, num prêmio de cerca de 210 mil libras esterlinas ou 330 mil dólares por família.

A renda média anual *per capita* na Índia, em 2008-2009, era de 37.490 rupias, ou seja, cerca de 500 libras ou 800 dólares.

Planta da sociedade Vishram (torre A)
Vakola, Santa Cruz (leste), Mumbai – 400.055

Térreo

0A   Sala do guarda de segurança.
0B   Cômodo destinado ao trabalho oficial do secretário da sociedade habitacional, com uma alcova para a faxineira guardar a vassoura, o desinfetante e o pano de chão.
0C   Felicia Saldanha, 49, e sua filha, Radhika, 20. Elas dizem que o sr. Saldanha, engenheiro, trabalha em Vizag.

1º andar

1A   Suresh Nagpal, 54, comerciante de madeira, e sua esposa, Mohini, 55.
1B   Georgina Rego, 48, assistente social, seu filho, Sunil, 14, e sua filha, Sarah, 11.
1C   C.L. Abichandani, especialista em hardware, 56, sua mulher, Kamini, 52, e suas filhas, Kavita, 18, e Roopa, 21.

2º andar

2A   Albert Pinto, 67, contador aposentado da Britannia Biscuit Company, e sua mulher, Shelley, 64.
2B   Deepak Vij, 57, negociante, sua mulher, Shruti, 43, e a filha, Shobha, 21.
2C   Ramesh Ajwani, corretor de imóveis, 50, sua mulher, Rukmini, 47, e os filhos, Rajeev, 13, e Raghav, 10.

3º andar

3A   Yogesh A. Murthy (conhecido como "Masterji"), professor aposentado, 61, que agora mora sozinho, após o recente falecimento de sua mulher, Purnima.

3B Alugado à srta. Meenakshi, possivelmente jornalista, moça solteira de uns 25 anos. O proprietário, Shiv Hiranandani (conhecido como "Importação-Exportação"), mora em Khar Oeste.
3C Sanjiv Puri, 54, contador, sua mulher, Sangeeta, 52, e o filho, Ramesh, 18, portador de síndrome de Down.

4º andar:

4A Ashvin Kothari, 55, secretário da sociedade habitacional, profissão desconhecida, sua mulher, Renuka, 49, e o filho, Siddharth (conhecido como "Tinku"), 10.
4B George Lobo, 45, químico respeitável, sua mulher, Carmina, 40, e a filha, Selma, 19.
4C Ibrahim Kudwa, 49, dono de um cibercafé, sua mulher, Mumtaz, 33, e os filhos, Mohammad, 10, e Mariam, 2.

5º andar

5A Alugado ao sr. Narayanswami, 35, funcionário de uma companhia de seguros no centro financeiro Bandra-Kurla. Dizem que sua mulher está em Hyderabad. (O proprietário, sr. Pais, mora em Abu Dabi.)
5B Sudeep Ganguly, 43, dono de uma papelaria em Bandra (Leste), sua mulher, Sharmila, 41, e o filho, Anand, 11.
5C Mantido vazio a pedido do proprietário, sr. Sean Costello, depois do suicídio de seu filho, Ferdinand, que se jogou do terraço do edifício; o dono está atualmente no Qatar, trabalhando como chef numa companhia norte-americana de fast-food.

Outros frequentadores regulares

Mary, 34, a *khachada-wali*, ou faxineira; e Ram Khare, 56, o segurança; há empregadas e cozinheiras trabalhando na maioria dos apartamentos.

Se você perguntar pela sociedade Vishram, logo lhe dirão que ela é *pucca* — completa e irrepreensivelmente *pucca*. É importante assinalar isso, porque há algo não muito *pucca* no bairro — essa unha do dedão do pé de Santa Cruz, chamada Vakola. No mapa de Mumbai, Vakola é um aglomerado de pontos indefinidos que aderem feito pólipos à parte inferior do aeroporto; no solo, os pólipos se revelam favelas e se espalham por todos os lados da sociedade Vishram.

Toda eleição, quando Mumbai faz um balanço de si mesma, informa-se que um quarto das favelas da cidade se encontra ali, nas imediações do aeroporto, e muitos dos residentes mais antigos de Bombaim têm certeza de que *tudo* em Vakola ou em seus arredores deve ser favelizado. (Eles nem sabem direito como se pronuncia o nome, se é Va-KO-la ou VAA-k'-la.) Num bairro tão questionável, a sociedade Vishram está ancorada como um encouraçado de respeitabilidade burguesa, pronto para disparar em qualquer um que pretenda impugnar a qualidade *pucca* de seus residentes. Durante anos, foi o único bom prédio — ou seja, a única sociedade cooperativa registrada — do bairro; foi construído como uma experiência de reurbanização nos idos do fim da década de 1950, quando Vakola era quase um pântano: um punhado de mansões luminosas em meio a manguezais e nuvens de malária. Corriam boatos de que javalis e quadrilhas de assaltantes espreitavam junto às figueiras-de-bengala e de que os riquixás e táxis se recusavam a ir lá depois de escurecer. Em sinal de agradecimento aos pioneiros da sociedade Vishram, que desafiaram os bandidos e os mosquitos anófeles, enfrentaram a estrada de terra em suas bicicletas e motonetas Bajaj, derrubaram as árvores, construíram um muro grosso em volta do condomínio e nele penduraram placas em inglês, os políticos locais decretaram que a rua que vai da estrada principal até o portão de entrada do prédio se chamaria "alameda sociedade Vishram".

Os manguezais há muito desapareceram. Agora já foram erguidos outros edifícios de classe média — o melhor deles, dizem os corretores locais, é a sociedade Moeda de Ouro, porém a fama do Malmequer, do

Hibisco e do Rosa Branca têm crescido cada vez mais —, e, com a chegada recente do Grand Hyatt Hotel, um estabelecimento cinco estrelas, a área está em vias de amadurecer como uma propriedade burguesa permanente. Mas nada disso seria possível sem a sociedade Vishram, e em toda a vizinhança se fala com reverência desse condomínio-matriz.

Estritamente falando, são duas sociedades habitacionais distintas, encerradas pelo mesmo muro do conjunto arquitetônico. A Torre B da sociedade Vishram, construída no fim da década de 1970, ergue-se no canto sudeste do terreno original. Com seus sete andares, é o prédio preferencial para se comprar ou alugar um imóvel, e muitos jovens executivos que encontraram trabalho no centro financeiro vizinho de Bandra-Kurla ali residem com suas famílias.

A Torre A é aquilo em que os vizinhos consideram a "sociedade Vishram". Ergue-se no centro do terreno e tem seis andares. Um bloco de mármore num pilar do portão, com letras meio apagadas diz:

>   Esta placa foi descerrada por Shri Krishna Menon,
>   ilustríssimo senhor ministro da Defesa da Índia,
>   em 14 de novembro de 1959, aniversário de nosso
>   querido primeiro-ministro, Pandit Jawaharlal Nehru.

Nesse ponto a coisa fica embotada e a pessoa precisa se ajoelhar e perscrutar o texto para entender as últimas linhas:

>   ...pediu a Menon para transmitir sua sincera esperança
>   de que a sociedade Vishram sirva de exemplo de
>   boa moradia para bons indianos.
>
>   Construído por:
>
>   Membros da Sociedade Cooperativa Habitacional Vishram,
>   plenamente registrada e incorporada
>   na cidade de Bombaim.
>   14-11-1959

A fachada dessa torre, que um dia foi cor-de-rosa, agora é de um cinza manchado por infiltrações e infestado de bolor, embora, aqui e ali, nos pontos em que o telhado a protegeu das chuvas das monções, ainda apareçam vestígios do rosa original. Todos os apartamentos têm grades de ferro nas janelas; gerânios, jasmins e pontas de cactos se projetam por entre os quadrados de metal enferrujado. Exuberantes samambaias, em tons de verde e verde-avermelhado, encobrem os cantos de algumas janelas de modo que elas parecem entradas de pequenas cavernas.

Os moradores com mais iniciativa pagaram por melhorias nesse exterior encardido: o entorno de algumas janelas foi areado, criando auréolas na fachada e complicando ainda mais a colcha de retalhos formada por rosa, cinza-mofo, preto, cinza-cimento, marrom-ferrugem, verde-samambaia e vermelho floral, aos quais se acrescentam, ao meio-dia, as estampas dos lençóis e sáris estendidos nas grades e varandas para secar. Prédio antiquado, o Vishram não tem saguão; penetra-se nele por uma entrada quadrada e se vira à esquerda (se você for ou estiver visitando a sra. Saldanha, do 0C) ou se sobe a escada lúgubre para os apartamentos dos andares superiores. (Existe um elevador Otis, mas não é muito confiável.) Perfurada por estrelas de oito pontas, a parede que ladeia a escada parece o biombo da *zenana* das mulheres numa antiga residência e sugere atividades sigilosas e até sinistras na parte interna.

Do lado de fora, estacionadas ao longo do muro do condomínio, há uma dúzia de motonetas e motocicletas, três Maruti-Suzukis, duas Indicas Tata, uma Toyota Qualis surrada e algumas bicicletas de criança. O marco principal desse complexo arquitetônico é uma cruz de pedra negra polida de um metro de altura, instalada num santuário de ladrilhos esmaltados em azul e branco, coberta por flores e guirlandas emurchecidas — um lembrete de que o prédio se destinava, originalmente, a católicos romanos. Admitiram-se hindus no fim dos anos 1960 e, na década de 1980, o melhor tipo de muçulmano — *bohras* ismaelianos com formação superior. Agora Vishram é inteiramente "cosmopolita" (ou seja, misturada em termos étnicos e religiosos). Em frente à cruz negra, numa diagonal, fica a guarita de segurança, em cuja parede Ram Khare, o vigia hindu, escreveu em tinta vermelha um lema adaptado do *Bhagavad Gita*:

Nunca nasci e jamais morrerei; não causo dor nem posso ser ferido; sou invencível, imortal, indestrutível.

Um livro azul de registro se projeta da janela aberta da guarita, de cujo telhado pende uma placa:

Todos os visitantes devem assinar o livro de registro
e fornecer endereço e número do
telefone celular corretos antes de entrarem

por ordem
do Secretário da
Sociedade Cooperativa Habitacional Vishram

Uma figueira-de-bengala cresceu atravessando o muro do condomínio, ao lado da guarita. Pintado de ocre, como o muro, e salpicado de terra, o tronco da árvore protubera na alvenaria como um leopardo camuflado, conferindo à guarita de Ram Khare um ar de solidez e confiabilidade que ela talvez não mereça.

No muro do condomínio, situado atrás de uma valeta, estão penduradas duas placas empoeiradas:

Visite o Cibercafé Speed-Tek.
Proprietário: Ibrahim Kudwa

Corretora de imóveis Renascença. Honesta e confiável.
Perto do mercado Vakola

Os jogos vespertinos de críquete das crianças da Vishram despojaram a maior parte do condomínio de qualquer planta com flores, embora um aglomerado de hibiscos floresça perto do muro dos fundos, para repelir o fedor de carne crua de um açougue situado em algum ponto atrás da sociedade. À noite, sombras escuras correm de um lado para outro na penumbra da alameda sociedade Vishram; ratos e ratazanas disparam feito bolas de bilhar pela ruela estreita, enlouquecidos pelo cheiro misterioso de sangue fresco.

Nas manhãs de domingo, o aroma é de pão quentinho. Aqui há lojas mangaloreanas que servem aos membros cristãos da Vishram e a outras boas sociedades habitacionais. Na manhã do dia de descanso, senhoras de longos vestidos estampados e mocinhas de rosto empoado e saia de seda, voltando da Igreja de santo Antônio, lotam essas lojas à procura de pães e broas de arroz. Em pouco tempo, o aroma de caldos fervilhantes e frango condimentado escapa das janelas abertas da sociedade Vishram para os arredores. Nessa hora de alegria, o espírito do primeiro-ministro Nehru, se pairasse sobre o edifício, bem poderia se declarar satisfeito.

Mas os moradores da Vishram são os primeiros a assinalar que a sociedade nada tem de paradisíaca. Conhece-se uma comunidade pelos luxos de que ela pode prescindir. Os membros da Vishram prescindem do mais básico: o autoengano. A qualquer forasteiro inquisitivo admitem livremente as humilhações a que são submetidos em sua sociedade — na verdade, em sua sincera frustração, chegam até a exagerar esses problemas.

Número um. A sociedade, como a maioria dos prédios de Vakola, não tem abastecimento de água corrente nas 24 horas do dia. Como fica do lado mais pobre da linha férrea, o leste, o bairro só é abençoado pelo município duas vezes por dia: a água flui nas torneiras das quatro às seis da manhã e das sete e meia às nove horas da noite. Os moradores instalaram caixas d'água acima dos banheiros, mas elas só podem guardar uma pequena quantidade (caixas maiores ameaçariam a estabilidade de um prédio tão antigo). Em geral, às cinco da tarde, as torneiras já secaram; os residentes saem para conversar. Minutos depois das sete e meia, o sistema vascular ressuscitado da sociedade Vishram põe fim a qualquer conversa; a água sobe pelos canos com alta pressão, e cozinhas e banheiros se tornam lugares movimentados. Os moradores sabem que lavar, tomar banho e cozinhar têm de se enquadrar na hora e meia em que a pressão das torneiras é maior, e o mesmo se dá com as atividades auxiliares que dependem da disponibilidade fácil de água corrente. Se as crianças da sociedade Vishram pudessem voltar ao passado até o momento de sua concepção, em geral descobririam que ela ocorreu entre seis e meia e quinze para as oito da noite.

O segundo problema é aquele pelo qual todo o bairro de Santa Cruz é famoso, inclusive na boa parte oeste da linha férrea. Agudo à noite, ele também se torna um aborrecimento aos domingos, entre sete e oito da manhã. Abre-se a janela e lá está ele: um Boeing 747, voando bem acima do edifício. Os moradores insistem em que, depois do primeiro mês, a expressão "poluição sonora" já não significa nada — e é provável que seja verdade; mesmo assim, o preço dos aluguéis na sociedade Vishram e nos prédios vizinhos é pelo menos 25% menor por causa da proximidade do aeroporto.

O último problema, de natureza existencial, é explicitado no quadro de avisos envidraçado:

AVISO
Sociedade Cooperativa Hab. Vishram Ltda.,
Torre A
Ata da reunião extraordinária
realizada no sábado, 28 de abril

Assunto: Reconhecimento da natureza
emergencial dos reparos

Como o *quorum* foi insuficiente, mesmo diante de um problema tão urgente, a reunião teve de ser adiada em meia hora; a reunião atrasada começou por volta das sete e meia da noite.

ITEM Nº 1 DA PAUTA:

O sr. Yogesh Murthy, "Masterji" (3A), sugeriu que a ata da última reunião do prédio "A" fosse considerada lida, uma vez que a cópia já tinha circulado entre todos os membros. Concordou-se por unanimidade que a referida ata fosse considerada lida.

ITEM Nº 2 DA PAUTA:

Logo de saída, Masterji (3A, conforme acima) externou séria preocupação com o estado do prédio da sociedade e enfatizou a necessidade de iniciar imediatamente o trabalho de reparo, a bem da segurança dos condôminos e de seus filhos; a maioria dos condôminos reunidos expressou preocupações semelhantes...

...a reunião finalmente se encerrou por volta

        das oito e meia da noite, com um voto de agra-
        decimento à presidência da mesa.
        Cópia (1) Para os condôminos da Sociedade Coo-
        perativa Hab. Vishram Ltda., Torre A.
        Cópia (2) Para o sr. A. Kothari, secretário,
        Sociedade Cooperativa Hab. Vishram Ltda.,
        Torre A.

Presos atrás desse aviso há outros de natureza semelhante. Após mais de quatro décadas de monções, erosão, desgaste provocado pelos ventos e poluição atmosférica, além das vibrações suaves, mas contínuas, causadas pelos aviões em voo baixo, a Torre A corre um risco razoável de completo desmoronamento na próxima monção.

E, mesmo assim, ninguém, na sociedade ou na vizinhança de maneira geral, acredita que o prédio vai cair.

A Vishram é um prédio parecido com as pessoas que o habitam: classe média até a alma. Aprimoramento ou fracasso, ele é incapaz de qualquer desses extremos. Os homens têm uma pança modesta, usam camisas xadrez de poliéster por cima das banianas brancas e têm o cabelo bem oleoso e curto. As mulheres mais velhas usam sáris, *salwar kameez* ou saias, e as mais jovens usam jeans. Todos pagam impostos, contribuem para instituições de caridade e votam nas eleições locais e gerais.

Basta uma olhadela em Vishram à noite, quando os moradores se sentam em cadeiras de plástico branco, batendo papo e se abanando com o *Times of India*, para saber que essa sociedade é — o que mais? — *pucca*.

livro um

Como foi feita a oferta

11 DE MAIO

Três horas: calor em seu auge anual.

Ram Khare, o vigia, limpou o suor com o lenço xadrez enquanto lia em voz alta trechos de uma versão condensada do *Bhagavad Gita*, marcado em alguns pontos pelas unhas compridas com que ele pressionava o livro.

...nunca pelos atos de um homem, disse o Senhor Krishna, mas apenas pelos frutos dos atos de um homem é...

Uma mosca esfregou as patas perto do livro sagrado; duas varetas de incenso de jasmim queimavam sob uma imagem do Senhor Shiva, mascarando apenas em parte o odor de rum na cabine do guarda.

Um homem alto, de camisa branca e calças pretas — vendedor, presumiu Ram Khare —, parou diante da guarita e anotou seus dados no livro de registro. Repôs a caneta no bolso.

— Agora posso entrar?

Ram Khare deslocou um polegar de sua compilação sagrada para o registro dos visitantes.

— O senhor não preencheu a última coluna.

O visitante sorriu; tinha um dente superior lascado. Trazendo a esferográfica de volta à vida com um clique, escreveu na coluna encabeçada por *Pessoa(s) a visitar*: Ilmo. Sec.

Virou à direita ao entrar no prédio, como instruído por Ram Khare, e entrou numa salinha que estava com a porta aberta, na qual um homem calvo estava sentado diante de uma escrivaninha, com um dedo da mão esquerda pousado numa máquina de escrever.

— ...a-vi-so... aos... mo-ra-do-res... da Vi-shraaam...

A outra mão segurava um sanduíche sobre um prato de papel de borda recortada, decorado por rastros de *chutney* de hortelã. Ele mordeu o sanduíche e foi datilografando com um dedo enquanto comia, a respiração arfante, murmurando entre uma inspiração e outra.

— ...as-sun-to... Ma-nu-ten-ção... ge-ral... da á-gua...

O visitante bateu à porta com as costas da mão.

— Há algum apartamento aqui para alugar?

O homem do sanduíche, sr. Kothari, secretário da Torre A da Vishram, fez uma pausa, um dedo levantado sobre a Remington.

— Há — respondeu. — Sente-se.

Ignorando o visitante, continuou a datilografar, comer e resmungar. Havia três folhas impressas sobre a escrivaninha, uma das quais ele pegou, lendo em voz alta:

— ...questionário da administração municipal. Todas as crianças da sociedade receberam as gotinhas da vacina contra a pólio? Em caso afirmativo, queira fornecer... caso contrário, por favor...

Havia um martelinho atrás da máquina de escrever. Com o aviso sobre a pólio numa das mãos e o martelo na outra, o secretário se levantou e foi até o quadro de avisos, onde abriu a porta de vidro. O visitante o viu fixar o papel com um prego, cravar o prego na tábua de madeira com três batidas rápidas — pá-pá-pá — e fechar a porta. O martelo voltou para o lugar próximo à máquina.

De volta à cadeira, o secretário pegou o papel seguinte:

— ...reclamação da sra. Rego. Marimbondos gigantescos estão atacando... Para que é que eu pago uma taxa de condomínio mensal se a sociedade não consegue contratar o...

Amassou o papel.

Veio então a última folha.

— ...reclamação da sra. Rego. Ram Khare anda bebendo outra vez. Deveria ser substituído por alguém sóbrio, profissional... Para que é que eu pago uma taxa de condomínio mensal...

Amassou-a.

Prestes a voltar para a datilografia, lembrou-se do visitante.

— Um lugar para comprar, o senhor disse? — perguntou, em tom esperançoso.

— Alugar.

— Muito bem. Qual é o seu ramo de atividade?

— Produtos químicos.

— Bom. Ótimo.

Moreno, alto, aprumado, camisa social bem-passada e calças com pregas, o visitante não deu ao secretário nenhuma razão para duvidar que estivesse num ramo sólido como fármacos e produtos químicos.

— Não temos nada disponível no momento, propriamente — confessou o secretário enquanto subiam a escada. ("Em 99% do tempo, o elevador funciona.") — Mas posso lhe dizer, em segredo, que o proprietário do 3B não está de todo satisfeito com *a situação atual*.

Uma verdadeira erupção de deuses de tez azul, sacerdotes barbudos e Cristos aureolados cobria a porta de metal do 3B — um testemunho de gerações de ocupantes ecumênicos, cada um dos quais havia acrescentado alguns ícones de sua religião, sem retirar os de qualquer outra —, de modo que era impossível saber se o morador atual era hindu, cristão ou membro de um culto híbrido, praticado unicamente no prédio.

Prestes a bater na porta, o secretário se detém — seu punho por pouco não tocou um adesivo com o rosto de Jesus. Deslocando a mão para achar um dos únicos espaços vazios na superfície, bateu com cuidado; depois de tornar a bater, usou sua chave-mestra.

As portas dos armários estavam escancaradas; o piso era um arquipélago de jornais e roupas íntimas; o secretário teve de explicar que, no momento, o 3B estava alugado para uma moça solteira, que não o agradava em nada, que trabalhava como jornalista. O estranho olhou para a tinta cinza descascada e as manchas de infiltração na parede. O secretário estava pronto para oferecer o discurso oficial feito para os inquilinos potenciais: "Nas monções, a água da chuva mancha as paredes, mas não atinge o piso"; pronto para as respostas oficiais a todas as perguntas difíceis de praxe: quantas horas de abastecimento de água, barulho dos aviões à noite, se a eletricidade tinha picos.

Passando por cima de uma variedade de peças íntimas, o estranho tocou a parede, passou uma das mãos na tinta descascada e fungou. Virando-se para o secretário, pegou um bloco de anotações com listras vermelhas e levou a ponta do dedo à boca:

— Quero um histórico judicial das Torres A e B.

— Um o quê?

— Um resumo dos processos movidos, pendentes ou que tendam a ser abertos no futuro.

— Houve um desentendimento entre os irmãos Abichandani por causa do 1C, é verdade. Resolvido fora dos tribunais. Não somos chegados a tribunais por aqui.

— *Muito* bom. Há alguma "situação peculiar"?

— Peculiar...?

— Disputas familiares em andamento ou iminentes, negociações feitas com base no sistema *pagdi*, sublocações ilegais, transferências de posse pelo método informal.

— Nada disso acontece aqui.

— Assassinatos e suicídios? Assaltos? Toda e qualquer outra coisa que possa significar azar, carma ou energia negativa, no sentido do *Vastu*?

— Escute aqui — disse o secretário Kothari, cruzando os braços. O estranho parecia querer conhecer a história moral de cada maçaneta, rebite e prego da sociedade. — O senhor é da polícia?

O visitante levantou os olhos do bloco de anotações, como se estivesse surpreso.

— Vivemos numa época perigosa, não é?

— É verdade — admitiu o secretário. — Muito perigosa.

— Terroristas. Bombas em trens. Explosões.

O secretário não discutiu.

— Famílias se desfazendo. Criminosos tomando conta da política.

— Agora estou entendendo. Pode repetir suas perguntas?

Depois que o homem se foi, o secretário, embora aflito para retomar seu texto, descobriu-se nervoso demais. Costumava aliviar os esforços de cada dia com dois sanduíches já prontos, comprados de manhã e guardados nas gavetas da escrivaninha. Desembrulhando o segundo, começou a mordiscá-lo antes da hora habitual.

Pensou no dente superior lascado do visitante.

— Vai ver o sujeito nem trabalha na indústria química. Talvez nem tenha emprego.

Mas o nervosismo devia ser de natureza meramente digestiva, porque ele se sentiu melhor a cada dentada.

Os moradores da Torre A da sociedade Vishram, graças ao livro de registro na cabine do vigia, tinham conhecimento dos dados básicos dos estranhos que os visitavam, o que não necessariamente se poderia dizer das pessoas com quem tinham convivido durante vinte ou trinta anos.

No fim da manhã, o sr. Kothari (4A), secretário, montou em sua motoneta Bajaj e saiu "a negócios". No início da tarde, quando todos os outros ainda trabalhavam, voltou, o espelho retrovisor da motoneta refletindo um quadrilátero de sol no alto de seu peito, como um atestado de consciência limpa. Pela movimentação dele, os vizinhos tinham deduzido a existência de um "negócio" que não requeria a presença do secretário por mais de duas ou três horas diárias e que, mesmo assim, custeava uma vida respeitável. Isso era tudo o que sabiam sobre a vida do sr. Kothari fora de seus portões. Quando perguntavam, mesmo usando de indiretas, como ele havia economizado o suficiente para comprar a Bajaj, ele respondia, como se isto constituísse uma explicação: "Não é um Mercedes-Benz, certo? É só uma motoneta."

Era o secretário mais preguiçoso que a sociedade já tivera, o que o tornava o melhor síndico que já houvera no condomínio. Solicitado a resolver disputas, ouvia as duas partes, acenando com a cabeça e rabiscando anotações compreensivas num pedaço de papel. *Seu filho toca até altas horas da noite, perturbando o andar inteiro, é verdade. Mas ele é músico, é verdade.* Quando os querelantes saíam de seu escritório, ele jogava o papel na cesta de lixo. Jesus seja louvado! Alá seja louvado! SiddhiVinayak seja...! etc. As pessoas eram forçadas a se adaptar; as concessões temporárias se consolidavam. E a vida seguia adiante.

Kothari penteava o cabelo de uma orelha à outra para esconder a calvície, num ato que sugeria vaidade ou estupidez, mas seus olhos semicerrados pareciam fendas sob as sobrancelhas muito brancas e, toda vez que ele sorria, surgiam vincos no rosto que lembravam um grande bigode, conferindo-lhe a aparência de um lince predador. Seu cargo não era remunerado, mas ele era bajulador em todas as assembleias gerais anuais, praticamente implorando para ser reeleito, com as palmas das mãos num gesto de namastê. Ninguém sabia dizer por que esse homem de negócios manso e calvo queria ficar sentado num insípido escritório e passar horas com o rosto afundado em arquivos e pastas. Era tão reservado, na verdade, que dava medo de que um dia se desmanchasse entre os papéis, como uma barra de sabonete. Kothari não tinha "natureza" conhecida.

A sra. Puri (3C), que era o que havia de mais próximo de uma amiga do secretário, insistia em que havia nele uma "natureza". Quem conversasse com Kothari por tempo suficiente descobriria que ele tinha medo da China, preocupava-se com os fundamentalistas da *jihad* nos trens suburbanos e era favorável à criação de uma carteira de identidade nacional para expulsar os imigrantes ilegais de Bangladesh. A maioria das pessoas, porém, nunca o vira externar qualquer opinião, a não ser que se relacionasse com jogos de críquete. Alguns achavam que ele estava sempre na defensiva porque, quando jovem, teria cometido alguma indiscrição. Corriam boatos de que sua mulher era sua prima, de que vinha de outra comunidade, ou de que era dois anos mais velha que ele ou até, segundo os maldosos, de que era sua "irmã". O casal tinha um filho, Tinku, destacado jogador de bilhar e outros esportes de salão, gordo e de tez alva, sempre com um sorriso imbecil estampado no rosto — embora não ficasse claro se era realmente idiota ou se, como o pai, apenas escondia sua "natureza".

O secretário jogou a embalagem do sanduíche na cesta de papéis. Agora, seu hálito era uma rajada furiosa de cebola crua e batata ao curry; ele voltou ao trabalho.

Estava calculando o valor anual das quotas de condomínio, que serviam para pagar o vigia, a faxineira, Mary, o homem dos sete tipos de pragas, que ia ao prédio combater as invasões de marimbondos e abelhas, e os pesados consertos anuais do telhado e da estrutura geral do edifício. Já fazia dois anos que Kothari conservava inalterada a quota de manutenção no valor de 15,5 rupias mensais por metro quadrado, o que se traduzia numa conta anual (média) de 14.694 rupias por ano por condômino, pagáveis à sociedade em uma ou duas parcelas (neste último, caso a segunda parcela era recalculada à razão de 16,5 rupias por metro quadrado). Sua capacidade de manter constante a quota condominial, apesar da pressão inflacionária numa cidade como Mumbai, era considerada sua principal realização como secretário, ainda que alguns murmurassem que ele só lograva esse feito por não fazer absolutamente nada pela conservação do prédio.

Kothari arrotou, levantou os olhos e deparou com Mary, a *khachada-wali* que estivera varrendo o corredor, parada do lado de fora do escritório.

Magra e calada, mal passando de um metro e meio de altura, seus dentes da frente irrompiam de suas faces côncavas. Os moradores reduziam ao mínimo as conversas com ela.

— Aquele homem que fez todas aquelas perguntas está levando um tempão para se decidir — disse Mary.

O secretário voltou para seus números. Mas a faxineira continuou parada à porta.

— Quer dizer, fazer as mesmas perguntas dois dias seguidos. Isso é que é curiosidade.

Nesse momento, o secretário levantou os olhos.

— Dois dias? Ele não veio aqui ontem.

— O senhor não estava aqui ontem de manhã — contou a faxineira. — Ele veio. — E recomeçou a varrer.

— E ontem ele queria o quê?

— A mesma coisa que queria hoje. Respostas para um montão de perguntas.

O nariz bulboso do sr. Kothari se contraiu numa baga escura: ele estava franzindo o cenho. Levantou-se da escrivaninha e foi até a porta do escritório.

— Quem o viu aqui ontem, além de você?

Com um lenço cobrindo o nariz, esperou que Mary parasse de varrer para poder repetir a pergunta.

A sra. Puri estava retornando a pé para a sociedade Vishram com seu filho Ramu, de 18 anos, que se voltava repetidamente para um cachorro vadio que os seguira desde o mercado de frutas e legumes.

A sra. Puri, que mancava de leve por causa do peso, parou e pegou o filho pela mão:

— Ai, ai, ai, meu Ramu. Devagar, devagar. Não vamos querer que você caia dentro *daquilo*.

Um buraco se materializara em frente à sociedade Vishram. Engolia tudo, menos a cabeça e o pescoço dos homens que o escavavam por dentro, além de um ou outro braço enlameado que se erguia ocasionalmente. Empurrando o filho para trás, a sra. Puri olhou para o interior da cavidade. O solo mudava de cor a cada meio metro de descida, passando de preto a vermelho-escuro e a cinza-osso, bem no fundo, onde ela viu antigas tubulações de cimento, manchadas e cheias de cracas. Pedaços enroscados de arame vermelho e amarelo transpareciam nas camadas de lama. Havia uma placa na beirada do poço, mas se voltava para a direção errada, e só ao contornar todo o buraco foi que a sra. Puri leu o que dizia:

Trabalho em andamento
Lamentamos o inconveniente
CMB

Ramu foi atrás dela; o cachorro, atrás de Ramu.

A sra. Puri viu o secretário na guarita do vigia, lendo o livro de registro, com uma das mãos levantada para se proteger do sol de fim da tarde.

— Ram Khare, Ram Khare — disse ele, girando o livro para o guarda. — Há um registro do homem hoje, Ram Khare. Aqui. — Deu uma batidinha com o dedo na anotação feita pelo visitante perguntador. — Mas... — virou a página — ...não há nenhuma anotação da vinda dele ontem.

— De que estamos falando? — indagou a sra. Puri.

Ramu levou o cachorro vadio consigo para a cruz negra, onde brincaria até que a mãe o chamasse.

— Ah, sim. Ele veio ontem. De manhã. — confirmou ela quando o secretário descreveu o homem. — E havia um outro com ele. Um gordo. Fizeram uma porção de perguntas. Respondi a algumas e mandei conversarem com o sr. Pinto.

O secretário encarou o guarda. Ram Khare passou as unhas compridas pelo livro de registro.

— Se não tem nenhum registro aqui — disse —, esses homens não vieram.

— O que eles queriam saber? — perguntou o secretário à sra. Puri.

— Se o lugar é bom ou ruim. Se os moradores são boas pessoas. Queriam alugar um apartamento, acho.

O gordo de anéis de ouro havia impressionado a sra. Puri. Seus lábios vermelhos e seus dentes eram escurecidos de tanto mascar *gutka*, o que dava a impressão de ser um homem de classe baixa, mas tinha modos refinados, como se fosse de uma boa família ou houvesse adquirido educação no decorrer da vida. O outro homem, moreno e alto, usava uma bela camisa branca e calças pretas, exatamente como o secretário o havia descrito. Não, ele não dissera nada sobre trabalhar na indústria química.

— Talvez devamos informar a polícia — observou o secretário. — Não entendo por que ele voltou hoje. Tem havido roubos perto da estação de trem.

A sra. Puri descartou a possibilidade de perigo.

— Os dois eram homens distintos, educados, bem-vestidos. O gordo usava uma porção de anéis de ouro.

O secretário se virou, inflamado.

— Os homens de anéis de ouro são os maiores ladrões do mundo. Onde é que a senhora tem vivido todos esses anos? — disse, e se afastou.

A sra. Puri cruzou os braços gordos.

— Sr. Pinto! — gritou. — Não deixe o secretário escapar, por favor.

O que os moradores chamavam de *sansad*, parlamento, já estava reunido. Cadeiras de plástico branco tinham sido dispostas em volta da entrada da Torre A, bem em frente à cozinha da sra. Saldanha, num arranjo que permitia às pessoas sentadas terem um vislumbre, por um rasgão em forma de amêndoa na cortina verde da cozinha, de um pequeno televisor. Os primeiros "parlamentares" começavam a se sentar nas cadeiras de plástico, que permaneceriam ocupadas até a água voltar ao prédio.

Um homem miúdo, vagaroso e de cabeça branca, que a idade reduzira à forma de um pardal humanoide, acomodou-se numa cadeira com vista direta para a televisão pela cortina rasgada da sra. Saldanha (a cadeira "de honra"). Contador aposentado da Britannia Biscuit Company, o sr. Pinto (2A) tinha o sistema vascular fraco e ficava com a boca aberta ao andar. Sua mulher, beirando a cegueira na velhice, caminhava com a mão no ombro do marido, embora conhecesse o condomínio bem o suficiente para circular sem a ajuda dele; quase todo fim de tarde, os dois andavam lado a lado, ela com os olhos cegos, ele de boca aberta, como se sugassem a visão e a respiração um do outro. A mulher se sentou ao lado do marido, com a ajuda dele.

— Pediram para o senhor esperar — disse a sra. Pinto, quando o secretário tentou contornar as cadeiras de plástico para entrar no escritório. Ela era a mulher mais velha da sociedade; o sr. Kothari não teve alternativa senão parar.

A sra. Puri o alcançou.

— É verdade o que dizem que o gato matutino encontrou no lixo do 3B?

O secretário, não pela primeira vez em seu mandato, maldisse o gato matutino. Pela manhã, o gato rondava as latas de lixo que os moradores deixavam do lado de fora para que Mary as recolhesse e, nesse processo, espalhava grãos de feijão, ossos e garrafas de uísque. Por isso, os residentes do prédio sabiam pelo lixo quem era vegetariano e quem apenas dizia sê-lo, quem era bebedor de rum e quem era de gim, e quem havia comprado uma revista pornográfica ao passar férias em Cingapura. Aliás, o objetivo principal do felino — arruivado e esquelético, no dizer de alguns, preto e lustroso, segundo outros — era garantir que não houvesse privacidade no edifício. Ultimamente, o gato arruivado (ou preto) tinha levado a sra. Puri a uma descoberta repulsiva ao derrubar a lata de lixo do 3B (o apartamento que Kothari havia mostrado ao estranho inquisitivo).

— Entre os jovens de hoje, é comum um rapaz e uma moça viverem juntos sem se casar — explicou ele. — No fim, um diz ao outro: siga o seu caminho, que eu sigo o meu. Não há o menor senso de vergonha no estilo de vida moderno. O que a senhora espera que eu faça?

(O sr. Pinto, distraído com uma reportagem sobre o mercado de ações na televisão, teve de ser informado pela mulher do tema da conversa: "...a garota moderna do nosso andar...")

— Ramu, você deu comida ao cachorro? — perguntou a sra. Puri, virando-se para a esquerda.

Ramu, cujo rosto flácido e pálido sugeria a presença da síndrome de Down, fez um ar perplexo. A mãe e ele tinham deixado uma tigela cheia de *channa* perto da cruz negra para alimentar os animais vadios que perambulavam pela sociedade; Ramu procurou a tigela. O cachorro a havia encontrado.

A sra. Puri se voltou então novamente para o secretário, a fim de deixar clara uma coisa: o estilo de vida moderno, desprovido de vergonha, não tinha para ela o menor valor.

— Tenho um filho em idade de crescimento... — começou, e baixou a voz. — Não quero que ele conviva com as pessoas erradas. Você tem de telefonar *já* para o Importação-Exportação Hiranandani.

Era compreensível que o sr. Hiranandani, proprietário e morador original do 3B, um astuto importador e exportador de mercadorias obscuras, conhecido pela malícia de fazer com que fosfato e peróxidos passassem pela alfândega, tivesse mudado para um bairro melhor (Khar Oeste); todos sonhavam fazer o mesmo. As diferenças financeiras entre os condôminos não passavam despercebidas — no verão anterior, o sr. Kudwa (4C) tinha levado a família a Ladakh, e não a Mahabaleshwar, ali pertinho, como tinham feito todos os demais, e o sr. Ajwani, o corretor, tinha um Toyota Qualis —, mas isso eram altos e baixos na esmolambação niveladora da Vishram. A verdadeira distinção era sair da sociedade. Os moradores foram para as janelas e deram vivas ao sr. Hiranandani, quando de sua partida com a família para Khar Oeste, mas, desde então, a conduta dele tinha sido escandalosa. Sem verificar a identidade da tal inquilina, ele havia aceitado seu depósito e lhe entregado as chaves do 3B, sem perguntar ao secretário ou os condôminos se eles queriam uma moça solteira — jornalista, ainda por cima — em seu andar. A sra. Puri não era de bisbilhotices — não era de perguntar o que acontecia na privacidade das quatro paredes de um vizinho —, mas, quando camisinhas vêm *rolando* até sua porta, ora, essa!

Enquanto o grupo conversava, um filete de água suja se moveu em sua direção.

Um cano da cozinha da sra. Saldanha escoava na área aberta do condomínio; apesar de ter sido repreendida várias vezes, ela nunca havia ligado a pia da cozinha ao coletor principal de esgoto, e assim, no minuto em que começava a cozinhar, o cano arrotava, bem aos pés dos vizinhos. Em todos os outros aspectos, a sra. Saldanha era uma mulher sossegada e retraída — fazia anos que seu marido, que "trabalhava em Vizag", não era visto na Vishram —, mas, em matéria de água, ela era atrevida. Por morar no térreo, parecia ter água por mais tempo do que os outros e a usava sem o menor pejo ainda que os vizinhos não pudessem fazer o mesmo. O escoamento da água no terreno do condomínio só fazia sublinhar sua arrogância aquática.

Uma reluzente enguia de água, agora com o corpo escuro salpicado de terra vermelha, embicou o nariz em direção ao parlamento. O sr. Pinto levantou os pés dianteiros da cadeira "de honra" e se afastou do caminho da enguia de esgoto. E ela foi esquecida.

— A senhora viu alguém entrar no quarto dela? — perguntou o secretário.

— É claro que não — respondeu a sra. Puri. — Não sou de bisbilhotar a vida dos meus vizinhos, sou?

— O Ram Khare disse que não viu nenhum rapaz entrar no edifício à noite.

— O que significa o Ram Khare não ter visto nada? — protestou a sra. Puri. — Um exército inteiro poderia entrar aqui e ele não veria nada.

O cachorro vadio, após terminar de mastigar sua *channa*, correu para o parlamento, trotou pela água, enfiou-se por baixo das cadeiras e rumou para a escada, como se apontasse ao grupo a solução para aquela crise.

O secretário o seguiu.

Com a respiração ofegante, uma das mãos no corrimão, a outra no quadril, a sra. Puri subiu a escada. Pelas aberturas em forma de estrela na parede, viu o sr. Pinto parado junto à cruz negra, de olho em Ramu até ela voltar.

Sentiu o cheiro do cachorro no segundo patamar da escada. Os olhos cor de âmbar luziram na penumbra; as pernas claras, empastadas de fezes secas, tremiam. A sra. Puri passou por cima das pernas repugnantes e subiu ao terceiro andar.

O secretário estava parado à porta de Masterji, com um dedo sobre os lábios. Do interior da porta aberta os dois ouviram vozes.

— ...e a minha mão representa...?
— Sim, Masterji.
— Respondam à pergunta, meninos: a minha mão representa...?
— A Terra.
— Certo. Enfim.

A turma quinzenal de reforço em ciências estava reunida. A sra. Puri se juntou ao secretário à porta, a única da sociedade Vishram que não era marcada por ícones religiosos.

— Esta é a Terra no espaço infinito. A morada do homem. Estão entendendo?

A reverência pela ciência e pelo saber levou o secretário a se postar de mãos cruzadas. A sra. Puri o empurrou para se aproximar da porta. Fechou um dos olhos e espiou.

A sala de visitas estava na penumbra, com as cortinas fechadas; um abajur era a única fonte de luz.

A silhueta de um punho grande, lembrando o gesto de um ditador, apareceu na parede.

Ao lado do abajur havia um homem, projetando sombras na parede. Quatro meninos sentados num sofá observavam as sombras criadas por ele; havia outro sentado no chão.

— E o meu outro punho, girando em torno da Terra, é o quê?

— O Sol, Masterji — respondeu um dos meninos.
— Não.
— Não?
— Não, não, não. O Sol é este. Vejam... — Um clique e a sala ficou completamente escura. — A Terra sem o Sol. — Clique. — A Terra com o Sol. Entenderam? Abajur: Sol.
— Sim, Masterji.
— Falem juntos, todos vocês.
— Sim, Masterji. — Três vozes.
— Todos vocês.
— Sim, Masterji. — Quatro.
— Logo, o meu outro punho, ou seja, o que está em movimento, é...? Um grande objeto branco que se vê à noite quando se olha para o alto.
— A Lua.
— Correto. LUA. O satélite da Terra. Quantos satélites tem a Terra?
— Agora podemos ir, Masterji?
— Só depois de chegarmos ao eclipse. E por que você está se remexendo, Mohammad?
— O Anand está me beliscando, Masterji.
— Pare de beliscá-lo, Anand. Isto é física, não é brincadeira. E então: quantos satélites tem...
— Uma pergunta, Masterji — diz um garoto sentado no chão.
— Pois não?
— Masterji, o que aconteceu quando os dinossauros foram extintos? Mostre de novo como o meteoro atingiu a Terra.
— E fale de novo do aquecimento global, Masterji.
— Vocês estão fazendo perguntas para evitar a minha. Acham que passei 34 anos lecionando na escola para não perceber esses truques?
— Não é um truque, Masterji, é...
— Por hoje, chega. A aula está encerrada — disse Masterji, batendo uma palma na outra.
— Agora nós podemos entrar — cochichou o secretário.
A sra. Puri abriu a porta e acendeu as luzes da sala.
Os quatro meninos que estavam no sofá — Sunil Rego (1B), Anand Ganguly (5B), Raghav Ajwani (2C) e Mohammad Kudwa (4C) — se levantaram. Tinku Kothari (4A), o gordo filho do secretário, esfalfou-se para levantar do chão.

— Chega, meninos, vão para casa! — Bateu palmas a sra. Puri. — Masterji precisa jantar daqui a pouco. A aula acabou. Vão, vão, vão.

Não era uma "aula", apesar de conduzida com tanta dignidade, mas uma "complementação" de ciências, destinada a fazer com uma criança normal o que uma injeção de esteroides faz por um atleta meramente saudável.

Anand Ganguly pegou seu bastão de críquete, que estava encostado na velha geladeira; Mohammad Kudwa apanhou seu boné azul de críquete, decorado com a estrela da Índia, de cima da vitrine cheia de troféus de prata, medalhas e diplomas que atestavam a excelência de Masterji como professor.

— Que surpresa vê-los aqui — comentou o velho mestre. — Quase não recebo visitas hoje em dia. De adultos, digo.

A sra. Puri verificou se as luzes estavam apagadas no 3B — é claro que sim; os jovens com aquele estilo de vida nunca chegavam antes das dez — e fechou a porta. Explicou em voz baixa o problema causado pela vizinha de Masterji e o que tinha sido encontrado no lixo dela pelo gato matutino.

— Há um rapaz que entra e sai daquele apartamento com ela — confirmou Masterji. Virou-se para o secretário. — Mas ela trabalha, não é?

— Jornalista.

— Essa gente é conhecida por suas atividades *número dois* — disse a sra. Puri.

— Embora eu só a tenha visto a distância, ela me parece uma moça decente.

Masterji continuou, a voz ganhando autoridade pelos ecos de "Sol, Lua, eclipse, física", que ainda pareciam ressoar nela.

— Quando este prédio foi construído, a entrada de hindus não era permitida, fato. Depois, não deveria haver nenhum muçulmano, outro fato. Todos se revelaram boas pessoas quando tiveram a chance. Agora, os jovens, as moças solteiras, também merecem que lhes deem uma chance. Não queremos virar um prédio cheio de aposentados e cegos. Se essa moça e o namorado fizeram alguma coisa imprópria, devemos conversar com eles. No entanto... — olhou para a sra. Puri — não temos nada a ver com o lixo dela.

A sra. Puri se encolheu. Não toleraria esse tipo de conversa de mais ninguém.

Correu os olhos pelo apartamento, que não visitava havia algum tempo, ainda esperando ver Purnima, a esposa sossegada e eficiente de Masterji e uma de suas melhores amigas na Vishram. Agora que Purnima se fora — fazia mais de seis meses que tinha morrido —, a sra. Puri observou sinais de austeridade, até de má conservação. Um dos dois relógios de parede estava quebrado. Um retângulo claro na parede, acima do suporte vazio da televisão, fazia lembrar a antiga Sanyo que Masterji vendera depois de perder a mulher, rejeitando-a por ser um luxo. (*Que erro*, pensou a sra. Puri. *Viúvo sem televisão fica maluco*.) Manchas de infiltração desabrochavam no teto; o encanamento do quarto andar estava vazando. Todo ano, em setembro, Purnima pagava a um favelado para raspá-las e dar uma demão de cal. Nesse ano, sem a raspagem, as manchas se espalhavam, como uma prova fantasmagórica da ausência dela.

Agora que o assunto da sra. Puri estava terminado, o secretário levantou uma preocupação mais válida, contando a Masterji sobre o estranho inquisitivo que estivera duas vezes na sociedade. Será que eles deviam dar queixa à polícia?

Masterji encarou o secretário.

— O que esse homem roubaria de nós, Kothari?

Foi até a pia que ficava num canto da sala — com um espelho acima dela e, acima do espelho, um retrato emoldurado de Galileu ("Fundador da física moderna") — e abriu a torneira; fluiu um filete de água.

— É *isso* que ele vai nos roubar, nosso encanamento?

Todo ano, o empreiteiro que limpava a caixa d'água superior fazia um trabalho malfeito, e o limo da caixa entupia os canos de todos os cômodos diretamente abaixo dela.

O secretário reagiu com um de seus sorrisos conciliadores.

— Vou mandar o bombeiro passar aqui da próxima vez que o encontrar, Masterji.

A porta se abriu com um rangido: Sunil Rego estava de volta.

O garoto deixou os chinelos na soleira e entrou, segurando um longo cartaz retangular. Masterji leu as palavras CAMPANHA DE ARRECADAÇÃO PARA A SEMANA DE CONSCIENTIZAÇÃO DA TUBERCULOSE escritas no topo.

Sunil Rego tinha 14 anos, e sua mãe era assistente social, uma assombrosa mulher de inclinações esquerdistas, apelidada de "Encouraçado" na sociedade. O filho já se revelava uma pequena canhoneira.

— Masterji, a tuberculose é uma doença que podemos vencer juntos, se todos...

O velho professor abanou a cabeça.

— Eu vivo de pensão, Sunil. Peça ajuda a outra pessoa.

Envergonhado por ter tido de dizer aquilo na frente de terceiros, Masterji empurrou o menino, talvez com demasiada força, para fora da sala.

Depois do jantar, dobrando a roupa lavada de Ramu na mesa de jantar, a sra. Puri olhou para uma dúzia de mangas maduras. O marido assistia à televisão, vendo a reprise de uma partida clássica de críquete entre Índia e Austrália. Ele havia comprado as frutas para agradar Ramu, que dormia embaixo de sua colcha com desenhos de aviõezinhos.

Fechando a porta ao sair, ela subiu a escada e empurrou com a mão esquerda a porta do apartamento de Masterji. A direita apertava três mangas junto ao peito.

A porta estava aberta, como havia esperado. Masterji tinha os pés sobre a mesinha de teca no centro da sala de visitas e brincava com um objeto multicor que ela levou um segundo inteiro para identificar.

— Um cubo mágico! — deslumbrou-se ela. — Faz anos e anos que não vejo um desses.

Masterji levantou o brinquedo para que ela o enxergasse melhor.

— Achei-o num dos armários velhos. Creio que era do Gaurav. Funciona.

— Surpresa, Masterji! — disse a sra. Puri, virando as mangas que carregava na direção dele.

O professor colocou o cubo mágico na mesinha de teca.

— Não devia ter se incomodado, Sangeeta.

— Aceite-as. Você passou trinta anos lecionando para nossas crianças. Quer que eu as corte?

Ele abanou a cabeça.

— Não como doce todo dia, só uma vez por semana, e não é hoje.

Masterji não cederia quanto a isso, ela sabia.

— Quando você vai ver o Ronak? — perguntou-lhe.

— Amanhã. — Ele sorriu. — À tarde. Vamos ao zoológico de Byculla.

— Bem, então leve as mangas para ele. Um presente do avô.

— Não. O menino não deve ser mimado com mangas. De todo modo, você é muito generosa, Sangeeta. Vi que há um cachorro vadio deitado na escada. Parece estar doente, está soltando um cheiro. Espero que você não o tenha trazido para a sociedade, como já aconteceu antes.

— Claro que não, Masterji — disse ela, tamborilando nas mangas. — Não fui eu. Deve ter sido a sra. Rego, outra vez.

Apesar de não ter efetivamente dado as mangas a Masterji, a sra. Puri experimentou o mesmo sentimento de direito de vizinha que teria resultado desse gesto e se aproximou da estante.

— Está ficando religioso, Masterji?

— É claro que não.

Tirando da prateleira uma brochura fina, ela exibiu o livro como prova; na capa havia uma imagem da águia divina, Garuda, voando sobre os sete mares.

A passagem da alma após a morte.

Leu um trecho em voz alta:

— "Em seu primeiro ano fora do corpo, a alma viaja lentamente, a uma altitude baixa, sobrecarregada pelos pecados de sua..."

— O primeiro aniversário de falecimento de Purnima não está muito longe. Ela queria que eu lesse sobre Deus quando partisse...

— Você pensa muito nela, Masterji?

Ele encolheu os ombros.

Na aposentadoria, Masterji havia esperado reler sua coleção de romances policiais, além de livros sobre a Roma antiga (Suetônio, *A vida dos doze Césares*; Tácito, *Anais*; Plutarco, *Vidas dos homens ilustres da República Romana*) e a antiga Bombaim (*Biografia resumida de Mountstuart Elphinstone*; *As etapas da criação da cidade de Bombaim, inteiramente ilustrado*). Uma *Gramática francesa avançada (com perguntas e respostas)*, comprada para que ele pudesse dar aulas a suas crianças em casa, também aguardava na estante. Mas, como os romances policiais eram muito requisitados em toda a sociedade e os vizinhos os pegavam emprestados com frequência (e raramente os devolviam), logo lhe restariam apenas os livros de história e a gramática estrangeira.

A sra. Puri tirou da prateleira um dos últimos livros de Agatha Christie e sorriu — havia também alguns de Erle Stanley Gardner, mas ela não estava *tão* entediada assim.

— Será que na minha porta está escrito "Biblioteca de empréstimos de Agatha Christie"? — perguntou Masterji. — Não vai sobrar nenhum livro para eu ler se as pessoas continuarem a pegá-los emprestados.

— Estou levando este para meu marido. Não é que eu não leia, Masterji. Se muito nos tempos da faculdade — disse ela, erguendo a mão acima da cabeça, para indicar quanto. — Mas agora, onde está o tempo, tendo de cuidar do menino? Eu trago o livro de volta na semana que vem, prometo.

— Ótimo. — Ele havia recomeçado a brincar com o cubo. — Só me traga o livro de volta. Qual é esse?

A sra. Puri virou a capa para que ele pudesse ler o título: *Assassinato no Expresso do Oriente*.

Yogesh Murthy, conhecido como Masterji, tinha sido um dos primeiros hindus aceitos na Vishram, graças a sua profissão nobre e a sua postura digna. Era magro, de bigode e estatura mediana; em termos físicos, um típico representante da geração anterior. Fluente em línguas (falava seis), generoso com os livros, apaixonado pela educação. Um adorno para a sociedade.

Mal haviam sido retiradas as bandeirolas de sua festa de aposentadoria (com samosas e *masala chai* no bufê, e com a presença de três gerações de alunos) no auditório da escola Santa Catarina, em maio do ano anterior, sua mulher fora diagnosticada com câncer de pâncreas — efeito colateral, ao que se tinha especulado, de anos de medicação para sua artrite reumatoide. Ela faleceu em outubro. Fora a segunda perda para Masterji; uma filha, Sandhya, tinha caído de um trem, fazia mais de dez anos. No lado positivo do balanço, Gaurav, seu único filho sobrevivente, executivo de um banco, fora agora "instalado" num bom apartamento da zona sul de Mumbai — em Marine Lines — por seu patrão, que havia pagado o depósito antecipado de seis meses pelo imóvel e, ao que se dizia, arcava inclusive com metade do aluguel. Portanto, em certo sentido, a história de Masterji estava terminada: a carreira encerrada com a festa de aposentadoria (com bufê), a mulher falecida sem um sofrimento absurdo, o filho emigrado para a cidadela dourada do centro de Bombaim. O que faria ele do tempo que lhe restava, essa guimba de cigarro de anos de vida para um homem já na casa dos sessenta? Depois da perda da esposa, ele continuara a se manter limpo e a conservar a casa arrumada; continuara a lecionar para crianças, a emprestar romances policiais, a fazer suas caminhadas noturnas em volta do condomínio, no ritmo certo, e a comprar seus legumes e verduras no mercado, em quantidades apropriadas. Controlando apetites e tristezas, havia aceitado seu destino com dignidade, e isso elevara seu conceito entre os vizinhos, que, de um modo ou de outro, em matéria de filhos e cônjuges, tinham sido malsinados pela sorte. Eles sabiam que eram dados a reclamar e que Masterji, apesar de ter sofrido mais do que seria justo, aguentava firme.

12 DE MAIO

— Ai, ai, ai, meu Ramu. Fora da cama, já, senão a mamãe dá uma palmada mais forte no seu bumbum. Levante, senão o Patinho Cordial vai dizer que o Ramu é um menino muito, muito preguiçoso.

A sra. Puri convenceu Ramu a entrar na banheira, cheia até a metade de água morna (*nunca* quente), e o deixou passar uns minutos brincando com o Patinho Cordial e o Homem-Aranha. O sr. Puri, um contador, saíra para o trabalho uma hora antes de Ramu acordar, levando uma marmita de metal preparada pela mulher. A viagem dele era longa — automóvel, trem, baldeação para outro trem em Dadar, depois um táxi compartilhado desde o Terminal Ferroviário Victoria até Nariman Point, de onde ele telefonava para Ramu ao meio-dia, pontualmente, para perguntar pela saúde do Patinho Cordial naquele dia.

— Ram-pam-pam — disse o garoto nu, pingando, enquanto a mãe esfregava suas pernas pálidas e penugentas (bom para a circulação, segundo a *Reader's Digest*). — Ram-pam-pam.

Houvera uma época, não fazia muito tempo, em que ele tomava banho e se enxugava sozinho em poucos minutos, e ela sonhara que um dia o filho seria capaz de se vestir sem sua ajuda.

— Hoje nós vamos aprender uma palavra nova, Ramu. Olhe, que palavra é esta no livro de Masterji? Ex-pres-so. Diga.

— Ram-pam-pam.

Pisando nos jornais velhos caídos no chão, Ramu, já inteiramente vestido, foi para a sala de jantar. Os 79m² de espaço vital dos Puri eram um turbilhão de material impresso. Os sofás tinham sido perdidos para as revistas *India Today* e *Femina*, enquanto a mesa estava submersa em papéis de escritório, formulários de empréstimos, contas de luz, extratos de cadernetas de poupança e cadernos de colorir de Ramu com personagens de desenho animado. A porta da geladeira na sala de jantar era uma colagem de adesivos filantrópicos ("Combata o aquecimento global: apague as luzes por uma hora esta semana") e bilhetes amassados, com recados vencidos fazia muito tempo. Havia armários em todos os cômodos; suas portas cediam de repente, cuspindo livros e jornais com força traumática, como ovas saindo da barriga aberta de um peixe. A intervalos de semanas, o sr. Puri espalhava revistas, à procura de um cheque ou uma carta bancária, e gritava: "Por que não arrumamos esta casa?!" Mas a bagunça crescia. A papelada que envolvia tudo só fazia acentuar o brilho doméstico das camas bem-feitas e da geladeira farta, pois (como entendiam instintivamente as pessoas de fora) esse apartamento desarrumado e sujo era uma caverna de Aladim de tesouros privados. Os Puri não eram pessoas de posses e tinham pouco ouro. O que tinham para mostrar de sua vida existia sob a forma de papel, e como era reconfortante que estivesse tudo ao alcance da mão, até as velhíssimas revistas *Shankar's Weekly* do sr. Puri, repletas de caricaturas que zombavam do primeiro-ministro Nehru, obtidas por empréstimo de um amigo, na época em que ele sonhava ser caricaturista profissional.

Quando a mãe pôs sobre os joelhos, um depois do outro, os pés de Ramu, com seus reluzentes sapatos pretos, para amarrar os cadarços, ele espirrou. Embaixo, no 2C, a sra. Ajwani, a mulher do corretor, borrifava-se generosamente com desodorante sintético. Amarrados os cadarços, a sra. Puri cuspiu nos sapatos e deu um polimento final com o indicador, antes de levar Ramu até o banheiro para que ele pudesse ver como estava bonito. No instante em que o adolescente parou diante do espelho, o banheiro se encheu de um barulho de gargarejo, como se um demônio invejoso praguejasse. Diretamente em cima, no 4C, Ibrahim Kudwa fazia exercícios extraordinários com água salgada, para fortalecer seu estômago sensível. A sra. Puri revidou com alguns de seus próprios gorgolejos; Ramu encostou a cabeça na barriga da mãe e riu com seus pneus de gordura.

— Até logo, vigia! — gritou a sra. Puri, em nome de Ramu, ao saírem da sociedade. Ram Khare, lendo sua versão condensada do *Bhagavad Gita*, acenou sem levantar a cabeça.

Ramu não gostava de calor, e por isso a sra. Puri o fez andar pela beirada da rua, onde as palmeiras imperiais ofereciam sombra. As palmeiras eram uma curiosidade, um experimento botânico feito pelo falecido sr. Alvares, cuja mansão, cheia de árvores e plantas incomuns, tinha sido vendida pelos herdeiros para dar espaço a três blocos de concreto de nomes florais: o Hibisco, o Mal-Me-Quer e o Rosa Branca.

A sra. Puri fez cócegas na orelha do filho.

— Diga "mal-me-quer" em inglês, Ramu. Você sabia dizer uma porção de coisas em inglês, não se lembra? *Mari...*?

— Ram-pam-pam.

— Onde você aprendeu isso, Ramu, esse "ram-pam-pam"?

Olhou para o filho. Dezoito anos. Não crescia nunca, mas, de algum modo, vivia aprendendo coisas novas — igualzinho à cidade em que morava.

Quando se aproximaram da igreja, Ramu começou a brincar com os balangandãs de ouro no pulso da mãe.

O ônibus escolar os esperava em frente à igreja. Antes de ajudar Ramu a subir os degraus do veículo, a sra. Puri lhe entregou um cartaz feito em casa, que exibia uma grande corneta verde, atravessada por uma faixa diagonal vermelha, com a legenda NADA DE BARULHO. Mais uma vez, como todas as manhãs, fez os colegas de turma de Ramu prometerem ficar quietos; depois, quando o ônibus partiu, deu adeusinho ao filho, que não pôde acenar de volta (já que apertava contra o peito o cartaz NADA DE BARULHO), mas disse à mãe com os olhos o que tinha a dizer.

A sra. Puri voltou manquejando para a sociedade Vishram. Ao contornar o grande buraco aberto pela obra em frente ao portão, que agora os operários enchiam com suas pás, notou que a placa

TRABALHO EM ANDAMENTO
LAMENTAMOS O INCONVENIENTE
CMB

tinha sido riscada e reescrita:

INCONVENIENTE EM ANDAMENTO
LAMENTAMOS O TRABALHO
CMB

A idade se acumulara em anéis de gordura em torno da sra. Puri, mas seu riso vinha da garota esguia que vivia dentro dela: uma escadaria de marfim de alegria, jovial, aguda e ascendente. As pás pararam de se mexer; os homens a fitaram.

— Quem escreveu essa piada na placa? — perguntou ela. Os operários recomeçaram a tapar o buraco. — Ram Khare! Levante os olhos de seu livro. Quem fez *aquilo* com a placa da prefeitura?

— O sr. Ibrahim Kudwa — respondeu ao guarda, sem erguer os olhos. — Ele me perguntou o que tinha achado e eu respondi: "Não sei ler inglês, não, senhor. A piada é boa?"

— Somos pessoas impotentes numa cidade impotente, Ram Khare, como tantas vezes diz o Ibby. As piadas são a única arma que temos.
— É verdade, madame. — Khare virou a página do livro. — Por falar nisso, hoje à noite não vai haver abastecimento. Atingiram uma tubulação de água quando estavam trabalhando e vão ter de cortar o fornecimento por algumas horas. O secretário vai pôr um aviso no quadro, quando voltar dos seus negócios.

A sra. Puri secou o rosto com um lenço. Inspirar. Expirar. Deu as costas para a cabine do guarda e refez seus passos, saindo pelo portão.

O aviso sobre a suspensão do fornecimento de água a fizera se lembrar das torneiras entupidas de Masterji.

Qualquer boa sociedade habitacional vive da circulação de favores; é como a brincadeira infantil em que cada um passa o bola para o colega ao lado. Se acontecia à sra. Puri precisar da ajuda de um homem quando o marido estava trabalhando, o secretário, que era bom com martelo e pregos, ia ajudá-la; ainda na semana anterior, ele cravara um prego na parede para uma nova corda em que ela pudesse pendurar a roupa molhada. Em troca, ela sabia que tinha de se responsabilizar pelas necessidades de Masterji.

Quando seu menino fora diagnosticado com síndrome de Down, Sangeeta Puri, antes de dar a notícia à mãe ou à irmã, falou com seus vizinhos imediatos. Masterji, ao ouvi-la, a mão no ombro de sua mulher, começou a chorar. Ela ainda se lembrava das lágrimas rolando pelo rosto dele: um homem que nunca tinha chorado em outra ocasião, nem mesmo quando houvera uma morte em sua família. Durante anos, ele lhe dera sugestões de revistas e jornais de medicina para deter — ou até reverter — o "retardo" de Ramu. Tudo que ela havia feito para instilar vida nos neurônios inertes do filho fora primeiro discutido com Masterji: consultas com especialistas formados no exterior, massagens com óleo, exercícios mentais e físicos inovadores, doses maciças de óleo de fígado de tubarão e de óleo de fígado de bacalhau. Apesar de seu conhecido ateísmo, Masterji havia aprovado até mesmo as idas dela a santuários sagrados, em busca de uma graça divina para o cérebro lento de Ramu.

E havia outra coisa. Seis meses antes de morrer, Purnima tinha emprestado quinhentas rupias à sra. Puri, as quais ela, por sua vez, havia emprestado a um parente. Masterji não tinha sido informado disso por Purnima, que muitas vezes escondia suas indiscrições financeiras (como ele as julgaria) do gênio estourado do marido.

Assim, tornando-se mais uma vez Madame Responsabilidade, a sra. Puri rumou para as favelas.

Historicamente, havia duas maneiras de os moradores da sociedade Vishram lidarem com a existência de favelas em Vakola. Uma era sair todas as manhãs pelo portão do condomínio, rumar para a rua principal e fingir que não havia outro mundo por perto. A outra era a abordagem pragmática — adotada pelo sr. Ajwani, o corretor, e também pela sra. Puri. Nas favelas ela havia descoberto muitos homens talentosos, especialistas em pequenas tarefas domésticas. Acaso não vira por lá um bombeiro hidráulico, certa vez?

Assim, ela então seguiu pela rua lamacenta, passou por outros dois edifícios de classe média — o Troféu de Prata e o Moeda de Ouro — e entrou na favela, que, bifurcando-se a partir desse ponto, invadia as terras públicas pertencentes à Superintendência Aeroportuária da Índia e se expandia como uma pinça até a pista de pouso e decolagem, de tal sorte que a primeira cena vista pelo visitante que chegava a Mumbai bem podia ser a de um garoto de um desses barracos soltando pipa ou dando tacadas numa bola de críquete jogada pelos amigos.

Sentindo cheiro de madeira e querosene queimando, a sra. Puri passou por uma fileira de barracos de um cômodo só, todos com a porta de zinco aberta. Havia mulheres sentadas do lado de fora, penteando o cabelo umas das outras, conversando ou vigiando as panelas fumegantes de arroz; um galo passeava garbosamente por cima dos telhados. Onde é que a sra. Puri tinha visto aquele bombeiro? Mais adiante, na rua, duas torres gigantescas, parcialmente construídas e cobertas de andaimes — ela ainda não as tinha visto até então —, só fizeram deixá-la mais confusa.

De repente, um rugido de motor — branco, tubular e reluzente, como uma cobra marinha que saltasse alto, um avião sobrevoou feito um raio um pequeno templo tâmil. *Esta* era a referência que ela andara tentando lembrar: o templo. Em algum lugar por ali ela vira o bombeiro.

Um grupo de meninos jogava críquete no templo; o rosto de um demônio guardião, pintado no muro externo (a boca negra escancarada o bastante para engolir todos os malfeitores do mundo), servia como alvo.

Toda aquela força animal, toda aquela gritaria dos jogadores de críquete: ah, como doía um coração de mãe! Aqueles meninos, com braços e pernas agitados e cotovelos resistentes, estavam virando homens. E nenhum deles tinha *metade* da beleza de seu Ramu.

— Mamãe! — gritou um dos jogadores. — Mamãe, é a tia dona Puri.

Mary, a faxineira da sociedade Vishram, levantou-se das raízes de uma árvore no pátio do templo, limpando as mãos na saia.

— Esse é meu filho, Timothy — disse, apontando para o jogador de críquete. — Ele passa tempo demais aqui, jogando.

Na sociedade, as relações entre Mary e a sra. Puri eram gélidas ("Sim, *faz parte* do seu trabalho pegar aquele gato matutino"), mas a distância da Vishram e a presença do filho da faxineira permitiam um relaxamento das tensões entre patroa e empregada.

— Bonito menino. Vai ficar alto e forte. — A sra. Puri sorriu. — Mary, aquele bombeiro que mora aqui, preciso encontrá-lo para fazer um serviço no apartamento do Masterji.

— Madame...

— Há um problema no encanamento dele. E o teto também precisa de limpeza. Irei de apartamento em apartamento fazer uma coleta para pagar o bombeiro.

— Madame, hoje a senhora não vai encontrar ninguém, por causa da grande notícia. Foram todos ver o barraco do muçulmano.

— Que grande notícia é essa, Mary?

— A senhora não soube, madame? — A faxineira sorriu. — Hoje Deus visitou a favela.

À noite, a "grande notícia" foi confirmada por Ritika, uma antiga colega de faculdade da sra. Puri e moradora da Torre B, que foi ao parlamento.

A renda média mais alta, a média etária mais baixa e o sentimento de serem "de algum modo mais modernos" significavam que os moradores da Torre B eram reservados, usavam o próprio portão e comemoravam em separado suas festas religiosas.

Só Ritika, já exibida desde os tempos de faculdade, ia à Torre A vez ou outra, em geral para se gabar de alguma coisa. Seu marido, médico proprietário de uma clínica perto da autoestrada, havia acabado de falar com o muçulmano da favela, que era seu paciente.

A sra. Puri não gostou de ver Ritika receber tanta atenção — quem tinha vencido quem na competição de debates da faculdade? —, mas se sentou numa cadeira de plástico entre Ajwani, o corretor, e Kothari, o secretário, e escutou.

O sr. J.J. Chacko, presidente do grupo Ultimex, tinha feito uma oferta de 81 *lakhs* ao tal muçulmano por seu barraco de um cômodo. Ficava logo adiante, na rua da Vishram. Viram os dois prédios novos? Esses eram do grupo Confiança. J.J. Chacko era seu grande rival. Por isso, estava comprando todos os terrenos bem em frente aos dos edifícios recém-construídos. Já era dono de quase tudo em volta do barraco de um cômodo; o tal muçulmano velho e teimoso ficava dizendo *não, não, não*, e por isso o sr. Chacko lhe dera uma chapuletada com essa oferta astronômica, que só Deus sabe em que base tinha sido calculada.

— Esperem um minuto vocês todos. Vou descobrir se isso é verdade.

Amável e de tez escura, Ramesh Ajwani era conhecido na Vishram como um membro típico de sua tribo de corretores de imóveis. Ética duvidosa, informações indubitáveis. Era um homem miúdo, de terno safári azul. Teclou alguma coisa no telefone celular; todos aguardaram; passado um minuto, o celular fez um bipe.

Ajwani olhou para a mensagem de texto e disse:

— Verdade.

Todos suspiraram.

Ainda que ficassem longe da favela, os moradores da sociedade Vishram estavam cientes das coisas que vinham acontecendo por lá desde que o Centro Empresarial Bandra-Kurla (BKC), o novo centro financeiro da cidade, fora inaugurado perto dela. Bombaim, como um praticante de ioga, vinha se dobrando sobre si mesma, conforme seu centro se deslocava do sul, onde não havia espaço para crescer, para essas terras pantanosas perto do aeroporto. Todo mês eram inaugurados novos prédios financeiros no BKC — American Express, Banco ICICI, HSBC, Citibank, bastava pensar em qualquer nome —, e o lucro em seus cofres, como manteiga numa chapa quente, vinha escorrendo e respingando nas favelas, enriquecendo uns e torrando outros. Alguns donos de barracos sortudos viravam milionários à medida que um banco ou uma construtora faziam uma oferta extraordinária por seu lotezinho de terra; outros estavam sendo esmagados — as máquinas de terraplenagem entravam em ação, barracos eram derrubados, projetos de eliminação das favelas seguiam em frente. Enquanto a riqueza vinha para alguns e a miséria para outros, as histórias de ouro e lágrimas chegavam à sociedade Vishram como ecos de um campo de batalha distante. Ali, em meio às cadeiras de plástico de seu parlamento, a vida dos residentes era lenta e regular. Eles tinham a segurança de títulos e escrituras legais que não podiam ser revogados, e suas aspirações se limitavam a uma ascensão paciente na vida, conquistada por meio de universidades e entrevistas feitas de terno cinza e gravata. Não estava em seu carma conhecer ouro nem lágrimas; eles eram respeitáveis.

— Não seria bom se alguém *nos* desse 81 *lakhs*? — comentou a sra. Puri, depois que Ritika já não podia mais ouvi-la.

Ajwani, o corretor, que continuava a bater nas teclas do celular, levantou os olhos e deu um sorriso sarcástico. Em seguida, recomeçou a teclar.

O valor das moradias do próprio grupo era incerto. A última tentativa de negociação tinha acontecido sete anos antes, quando o sr. Costello (5C) pusera à venda seu apartamento no quinto andar, depois de seu filho pular do terraço. Ninguém comprou o imóvel, que continuava trancado, e se mudara para o golfo Pérsico.

— Os pobres desta cidade nunca foram pobres, e agora... — a sra. Puri virou a cabeça para a direita: a filha da sra. Saldanha, Radhika, havia entrado na cozinha da mãe da maneira mais indelicada, obstruindo a visão que os parlamentares tinham da TV — ...estão ficando ricos. Energia gratuita nas favelas e televisão a cabo 24 horas por dia. Só *nós* é que ficamos parados no tempo.

— Cuidado — cochichou o sr. Pinto. — O Encouraçado está chegando. Cuidado.

A sra. Rego — o "Encouraçado", por causa das amplas saias cinzentas, da circunferência impressionante e da voz retumbante — estava voltando para casa com os filhos.

Com um "Oi, tio, oi, tia", Sunil e Sarah Rego subiram a escada. A mãe, sem dizer uma palavra aos outros, sentou-se e ficou assistindo à televisão.

— Já soube, sra. Rego, da oferta de 81 *lakhs* por um barraco de um cômodo na favela?

— Até uma comunista como a senhora deve se interessar por isso — observou a sra. Puri, com um sorriso.

O Encouraçado falou sem virar o rosto:

— Qual é a definição de uma cidade agonizante, sra. Puri? — perguntou o Encouraçado sem virar o rosto. — Eu lhe digo, já que a senhora não sabe: é uma cidade que para de surpreender. E foi nisso que se transformou esta Bombaim. Basta mostrar um dinheirinho às pessoas e elas pulam, dançam, saem correndo nuas pela rua. Aquele muçulmano jamais verá a cor do dinheiro. Essas incorporadoras e construtoras são uma máfia. Um dia desses, mataram a tiros um integrante do governo municipal. Deu nos jornais.

O sr. Pinto e sua mulher saíram de fininho, como pombos antes de uma tempestade.

Mas não começou de imediato.

O apresentador da televisão, como que para agravar o clima sombrio, mencionou que a falta d'água tenderia a piorar, a menos que as monções chegassem — ao menos uma vez — na hora certa.

— Veio gente demais para a cidade, isso é verdade — disse a sra. Puri. — Todos querem mamar nas nossas... — Tocou os seios.

O Encouraçado se virou para ela.

— E a senhora caiu do céu em Bombaim, sra. Puri? Sua família não é de Délhi?

— Meus pais nasceram em Délhi, sra. Rego, mas eu nasci aqui mesmo. Havia bastante espaço naquela época. Agora está lotado. O Shiv Sena tem razão, os forasteiros deviam parar de vir para cá.

— Sem as pessoas de fora, esta cidade viraria pó. Somos governados por fascistas, sra. Puri, mas aqui é tudo de segunda classe, até nossos fascistas. Eles não nos dão trens, não nos dão estradas. Tudo que fazem é bater nos forasteiros que trabalham duro.

— Não sei o que faz um fascista, mas sei o que faz um comunista. A senhora não gosta de construtores que fazem as pessoas enriquecerem, mas gosta dos mendigos que descem todos os dias no Terminal Victoria.

— Eu sou cristã, sra. Puri. Devemos nos importar com os pobres.

A sra. Puri, campeã de debates da faculdade Kishinchand Chellaram, a KC, estava prestes a arrasar a adversária com uma réplica, mas Ramu se aproximou de sua orelha e cochichou alguma coisa.

— Não há água subindo nos canos, Ramu — disse ela. — Não vai entrar água esta noite, querido. Eu lhe disse, não foi?

O lábio inferior de Ramu cobriu o superior e se estufou; a mãe sabia que isso era sinal de que ele estava pensando. O garoto apontou para os canos que subiam pelas laterais das paredes da sociedade Vishram.

— Fique quietinho, Ramu. A mamãe está conversando com a titia comunista.

— Não sou comunista e não sou tia de ninguém, sra. Puri.

A sra. Kothari, mulher do secretário, pôs a cabeça para fora da janela e gritou:

— Água!

Era uma bênção não esperada do município, uma rara gentileza. A briga foi adiada; as duas mulheres tinham de obedecer a um imperativo maior: água potável.

Onde está o Masterji?, perguntou-se a sra. Puri ao subir a escada. Já devia ter voltado da visita ao neto. Depois de dar o banho noturno em Ramu, ela tratou de guardar um balde extra para o velho, para o caso de a prefeitura municipal, por ter-lhes dado água que não era para receberem, vir a castigá-los, suspendendo o fornecimento matinal. Afinal, era assim que pensavam as pessoas que governavam Mumbai.

Apesar de haver descartado a ideia de que o estranho perguntador pudesse representar algum perigo, Masterji se deu conta, ao acordar, de ter passado parte da noite sonhando com o homem.

No sonho, que ele recordou vivamente minutos depois de acordar, o estranho (cujo rosto era muito escuro) cheirava a enxofre, propunha charadas aos membros da sociedade (inclusive a Masterji), criava asas, ria e saía voando por uma janela, enquanto todos corriam atrás dele, aos gritos, tentando derrubá-lo com um pedaço comprido de pau. Masterji ficou intrigado com esse sonho até perceber que algumas de suas imagens tinham sido retiradas do livro que ele estivera lendo até altas horas; apanhou-o e continuou a leitura.

A passagem da alma após a morte
(Benaras: Vikas Publications)

Em seu primeiro ano fora do corpo, a alma viaja lentamente, a uma altitude baixa, sobrecarregada pelos pecados de sua existência mundana. Sobrevoa campinas verdes, campos arados e pequenas represas e diques. Nessa etapa da viagem, tem asas como as da águia. No segundo ano, começa a ascender sobre os mares. Esse voo ocupa todo o segundo ano e também parte do terceiro. Ela vê o oceano mudar de cor, passando do azul para o azul-escuro até virar quase uma espécie de preto. O escurecimento da cor do mar alerta a alma para sua entrada no terceiro ano de seu longo voo.

De olhos fechados, imaginou uma alma humana com o rosto da sua mulher — e com asas como uma águia. Sim, olhos, nariz, bochechas como os de sua mulher, a envergadura das asas da águia, suspensa em pleno voo sobre o oceano...

Ao todo, o voo da alma depois da morte dura 777 anos. As orações e pensamentos devotos oferecidos por parentes e pessoas queridas do mundo dos vivos afetam enormemente o curso, a duração e a comodidade dessa viagem...

Yogesh Murthy, conhecido como "Masterji", 61 anos, ilustre professor emérito da Escola Secundária Santa Catarina, bocejou e estirou as pernas. *A passagem da alma após a morte* aterrissou na mesinha de teca.

Ele voltou para a cama. Nos velhos tempos, o chá, a fala e o perfume de flores frescas do cabelo de sua mulher o acordariam. Masterji farejou o ar, buscando aromas de jasmim.

Hai-iá! Hai-iá!

Os gritos vinham de algum ponto abaixo e à direita. Os dois filhos de Ajwani, o corretor, começavam a manhã praticando *tae kwon do*, de uniforme completo, na sala de sua casa. Os meninos de Ajwani eram os campeões esportivos da sociedade; o mais velho, Rajeev, conquistara uma grande vitória no campeonato de artes marciais no ano anterior. Num gesto de gratidão, a sociedade permitira que ele molhasse a mão em querosene e deixasse uma lembrança de seu corpo vitorioso na fachada, onde ela ainda podia ser vista (ou assim todos diziam ter certeza), logo acima da janela da cozinha da sra. Saldanha.

Em seguida, à esquerda, uma voz alta, jogando ditongos para cima e para baixo: "Ai, ai, ai-ai-ai-ai, meu Ramu, venha cá... Vire assim, meu príncipe, ai, ai..." *O que será que o Ramu vai levar de almoço para a escola?*, pensou Masterji, bocejando e virando de lado.

Um barulho na cozinha. Exatamente o que Purnima fazia ao picar cebola. Masterji foi pé ante pé até lá para pegar o fantasma, se houvesse algum. Uma antiga folhinha estava batendo na parede. Ilustrada com uma imagem da deusa Lakshmi vertendo um pote cheio de moedas de ouro, era a folhinha particular de Purnima e tinha as datas principais circundadas e marcadas com suas abreviaturas pessoais; ela a havia consultado até o dia de sua internação no hospital (12 de outubro, circundada), e por isso Masterji não a havia substituído por um novo calendário no início do ano.

Neste dia, ele teria de andar um pouquinho com o neto; para se precaver, ajustou bem uma faixa ortopédica cor-de-rosa em volta do joelho artrítico, o esquerdo, antes de vestir as calças. De volta à mesinha de teca, apanhou *A passagem da alma após a morte*.

A campainha soou: era o cabeludo e barbudo Ibrahim Kudwa, o dono do cibercafé residente do 4C, com caspa salpicada feito pontinhos de sabedoria nos ombros da *kurta* verde.

— Viu a placa, Masterji? — perguntou Kudwa, apontando para a janela. — No buraco que abriram lá fora. Troquei a placa "inconveniente em andamento, lamentamos o trabalho" pelo inverso. — Deu um tapa na testa. — Desculpe, troquei de "trabalho em andamento, lamentamos o inconveniente" pelo contrário. Achei que o senhor gostaria de saber.

— É mesmo impressionante — disse Masterji, dando um tapinha no vizinho sorridente.

Na cozinha, a folhinha antiga recomeçou a bater na parede, e Masterji se esqueceu de oferecer sequer uma xícara de chá ao visitante.

Ao meio-dia, estava no zoológico de Byculla, levando o neto pela mão de jaula em jaula. Os dois tinham visto uma leoa, dois ursos pretos cobertos de grama nova, um aligátor na água cor de esmeralda, elefantes, hipopótamos, najas e pítons.

O menino fazia perguntas: como é o nome daquele na água?, para quem o tigre está bocejando?, por que as aves são amarelas? Masterji gostava de ir dando nomes aos animais e acrescentava uma história divertida para explicar por que cada um tinha deixado sua terra natal e ido para Mumbai. "Você pensa na sua avó?", perguntava, de vez em quando.

Pararam diante de uma jaula retangular com grades e telhado baixo de zinco; um animal se deslocava de uma ponta à outra. Os vadios que tinham aparecido no zoológico e até os casais de namorados pararam em frente à jaula. No teto, uma lona encerada verde produzia um brilho fosforescente, em meio ao qual o animal escuro se aproximou, descontraído, como quem risse; com a língua de fora, trepou num banco de pedra vermelho, manchado de guano, e empinou a cabeça; depois desceu, virou-se, foi para o outro extremo da jaula e empinou a cabeça antes de voltar ao lugar inicial. Era imundo — era majestoso: a pelagem lanosa e cinzenta, a cara risonha e escura que lembrava um cachorro, os potentes membros inferiores listrados. Homens e mulheres o observavam. Talvez essa fera mestiça fosse como um daqueles indivíduos, metade políticos, metade criminosos, que governavam a cidade, vis e necessários.

— Qual é o nome dele?

Masterji não soube dizer. As sílabas estavam ali, na ponta da língua. Mas, quando ele tentou falar, moveram-se na direção inversa, como que magneticamente repelidas. Ele encolheu os ombros.

No mesmo instante, o menino pareceu assustado, como se o poder do avô, que residia em dar nomes aos animais, houvesse acabado.

Para animá-lo, Masterji comprou amendoim (embora sua nora lhe tivesse dito para não dar nada de comer ao menino), que os dois comeram na relva. Masterji achou estar num momento feliz de sua vida. As batalhas haviam terminado, o calor e a luz se atenuavam.

Antes que seja tarde demais, pensou, deslizando os dedos pelo cabelo cacheado do neto, *preciso contar a esse menino tudo por que passamos. A avó dele e eu. A vida em Bombaim nos velhos tempos. A guerra de 1965 com o Paquistão. A guerra de 1971. O dia em que mataram Indira Gandhi. E muito mais.*

— Mais amendoim? — perguntou.

O menino sacudiu a cabeça e olhou para o avô, com ar esperançoso.

Sonal, a nora, esperava por eles no portão. Sorriu enquanto o menino falava, no trajeto de carro para o centro da cidade. Meia hora depois, no apartamento do filho em Marine Lines, Masterji recebeu o chá e a má notícia que Sonal lhe ofereceu: Gaurav, seu filho, acabara de enviar à mulher uma mensagem de texto. Não chegaria em casa antes da meia-noite. Dia atarefado no escritório.

— Por que não fica aqui? — sugeriu ela. — O senhor pode passar a noite conosco. Afinal, a casa é sua...

— Eu espero — disse ele. Tamborilou os dedos nos braços da cadeira. — Eu espero.

— O senhor pensa muito nela, Masterji? — perguntou Sonal.

Os dedos tamborilaram mais depressa na cadeira, e ele respondeu:

— O tempo todo.

Depois disso, as palavras simplesmente lhe jorraram da boca.

— O Gaurav deve se lembrar de quando o avô dele morreu, em 1991, e ela foi a Suratkal cuidar dos ritos fúnebres com os irmãos. Ao voltar para Mumbai, passou dias sem dizer nada. Depois, confessou: "Eles me trancaram numa sala e me fizeram assinar um papel." Seus próprios irmãos!

Ameaçaram-na até ela assinar um documento cedendo a eles os imóveis e o ouro do pai.

Mesmo nessa hora, a lembrança lhe tirou a respiração. Na época, Masterji havia procurado um advogado imediatamente. Quatrocentas rupias para contratar seus serviços, pagamento adiantado, em dinheiro. Voltara para casa e discutira o assunto com Purnima.

— "Nunca os poremos atrás das grades", eu disse a ela. "A justiça deste país leva uma eternidade para fazer qualquer coisa. Vale a pena desperdiçar todo esse dinheiro?" Ela pensou um pouco e disse: "Está bem, deixe para lá." Às vezes, eu relembrava o incidente e me perguntava: será que devia ter pagado àquele advogado? Mas, sempre que tocava no assunto com a Purnima, ela só fazia assim — Masterji deu de ombros — e dizia aquela frase. Seu dito predileto. "O homem é como uma cabra amarrada num poste." Queria dizer que todos temos certo livre-arbítrio, mas não muito. A pessoa não deve julgar a si mesma com severidade.

— Isso é muito bonito. Ela era uma mulher maravilhosa, não era? — Sonal se levantou. — Desculpe, tenho de ver como está meu pai, um instantinho.

O pai dela, antes um respeitado executivo de banco, agora sofria do mal de Alzheimer, em estágio avançado; morava com a filha, que o alimentava, banhava e vestia. Quando Sonal entrou de mansinho num cômodo, Masterji louvou em silêncio a devoção filial dela. Muito rara numa época como esta. Deu um tapinha no joelho e tentou lembrar o nome daquele bicho na jaula. Ronak estava tirando um cochilo em seu quarto. Masterji queria se lembrar antes que o menino acordasse.

Sonal voltou do quarto do pai com um grande livro azul, que pôs na mesa diante de Masterji.

— O menino não lê muito; ele joga críquete — disse, com um sorriso. — É melhor o senhor ficar com isto, já que gosta de livros.

Masterji abriu o livro azul. A *História ilustrada da ciência*. Comprado fazia dez anos, na Livraria Strand, no centro da cidade, e impecavelmente conservado até duas semanas antes, ao ser dado de presente ao neto.

Masterji se levantou da cadeira com o livro.

— Vou indo para casa.

— A esta hora? — Sonal franziu o cenho. — O trem estará lotado. Espere uma hora aqui. A casa é sua, afinal.

— O que é que eu sou: algum estrangeiro? Eu sobrevivo.

— Tem certeza de que quer pegar o trem a esta... — Veio um gorgolejo do cômodo interno e Sonal se virou naquela direção. — Um minuto. Meu pai precisa de atenção de novo.

— Estou indo! — gritou Masterji, depois de calçar os sapatos. Parou um instante, esperando uma resposta de Sonal, fechou a porta ao sair e desceu pelo elevador.

Com o livro azul na mão, passou pelos prédios velhos de Marine Lines, alguns dos mais antigos da cidade, pórticos em que o sol nunca penetrava, iluminados em todas as horas do dia por lâmpadas elétricas amarelas, beirais de pedra quebrados por árvores novas, montes placentais de esgoto e terra preta empilhados em ruas úmidas. Seguindo pela lateral da estação ferroviária Marine Lines, ele caminhou em direção a Churchgate.

Procurou não pensar na *História ilustrada da ciência* que levava nas mãos. Será que o apartamento era tão pequeno que eles não podiam guardar nem mesmo um livro seu? O próprio avô do menino... e eles tinham de enfiar meu presente de volta em minhas mãos?

Abriu o livro azul e viu uma ilustração de Galileu.

— Hiena — disse, de repente, e fechou o livro. Era essa a palavra que não conseguira descobrir para Ronak: o animal listrado da jaula.

Não pense mal dela, ouviu a voz de Purnima. Esse era o seu hábito mais feio, ela sempre o alertara. *Seu jeito de se zangar com as pessoas, de caricaturá-las, de zombar da voz, do jeito e das ideias delas; seu jeito de encolher seres humanos de carne e osso, transformando-os em vagalumes para segurar na palma da mão.* Ela interrompia a raiva de Masterji tocando em sua testa (uma vez, encostara nela um copo de água gelada) ou mandando-o fazer alguma coisa na rua. Agora, quem haveria de controlar sua raiva?

Encostou a *História ilustrada da ciência* na testa e pensou em Purnima.

Estava escuro quando chegou ao Oval Maidan. O relógio iluminado da torre Rajabai, seu mostrador turvado por gerações de sujeira e descaso, parecia uma segunda lua, mais articulada, falando diretamente com os homens. Masterji pensou em sua mulher naquele espaço aberto; sentiu ali a serenidade de Purnima. Talvez essa serenidade fosse tudo o que ele já tivera na vida; por trás dela, havia posado de criatura racional, de homem sensato, para seus alunos da Santa Catarina e para seus vizinhos.

Não queria ir para casa. Não queria se deitar de novo naquela cama.

Consultou o relógio. Depois da morte de Purnima, o sr. Pinto o procurara, dizendo: "De agora em diante, você faz as refeições conosco." Três vezes por dia, ele descia a escada para se sentar à mesa de jantar dos Pinto, coberta por um oleado xadrez vermelho e branco que o casal trouxera de Chicago. Eles não precisavam anunciar quando a comida era servida. Masterji ouvia o barulho dos talheres, o arrastar das cadeiras e, com a clarividência trazida pela fome, era capaz de enxergar através do piso quando Nina, a empregada da sra. Pinto, punha na mesa as travessas de porcelana com curry fumegante de camarão. Criado como rigoroso vegetariano, ele havia conhecido o sabor de animais e peixes em Bombaim; trocar o regime de lentilhas e legumes de sua mulher pela dieta carnívora dos Pinto tinha sido a única coisa boa, dizia a si mesmo, que adviera da morte dela. Os Pinto não pediam nada em troca, porém Masterji voltava toda tarde do mercado com um punhado de coentro ou gengibre e o depositava à mesa deles.

Deviam estar atrasando o jantar por sua causa; ele precisava encontrar logo um telefone público.

Havia uma página solta do *Times of India* na calçada. Um ex-aluno seu, chamado Noronha, escrevia uma coluna no jornal; por essa razão, Masterji nunca pisava nele. Deu um passo repentino de lado, para se desviar do jornal. A calçada começou a escorregar feito areia. O joelho esquerdo latejou, a visão se escureceu. Luziram uns pontos na escuridão, como malacacheta numa laje de granito. "Você vai desmaiar", pareceu gritar-lhe uma voz distante, e ele estendeu a mão em busca de apoio; a mão pousou numa coisa sólida, um poste de luz. Masterji fechou os olhos e se concentrou em ficar imóvel.

Encostou-se no poste. Inspirar, expirar. Ouviu o som de madeira sendo cortada em algum lugar do Oval Maidan. Os golpes do machado vinham com a regularidade de um metrônomo, como o ponteiro das horas num carrilhão; ao fundo, ouviu o tique-taque nervoso do próprio relógio de pulso, feito lascas voando da madeira. Os dois sons se apressaram, como se competissem.

Eram quase nove horas quando se sentiu forte o bastante para deixar o poste de luz.

Estação Churchgate: as sombras dos ventiladores no teto alto tremulavam no chão como nenúfares enquanto centenas de calçados as pisoteavam. Fazia anos que Masterji não pegava o metrô da Linha Oeste na hora do *rush*. O trem para Santa Cruz estava acabando de parar. Ele virou o rosto quando um vagão feminino passou. Antes mesmo que o trem parasse, os passageiros começaram a pular para dentro, aterrissando com um baque, quase caindo, recuperando-se e correndo para pegar os assentos. Não restava um dedo de estofado verde desocupado quando Masterji entrou. Espere. Lá no canto, avistou um pedaço vago de verde, mas foi detido pela mão de um homem — ah, sim, lembrou-se: a famigerada "máfia do carteado" do trem do anoitecer. Estavam guardando o lugar para um amigo que sempre se sentava ali para jogar com eles. Masterji se encostou num balaústre para se equilibrar. Com uma das mãos, abriu o livro azul e virou as páginas até achar a seção sobre Galileu. A máfia do carteado, com a equipe completa, já jogava sua partida, que duraria 1h15 até Borivali ou Virar; o verso das cartas exibia os ponteiros de um relógio em vários ângulos, dando a impressão de que o tempo passava com grande fúria à medida que elas eram distribuídas. Marine Lines–rua Charni–rua Grant–Central de Mumbai–rua Elphinstone. Contadores, corretores de ações, vendedores de seguros, todos de meia-idade, continuavam a entrar a cada parada. Como um músculo abdominal, a massa humana no trem se contraía.

E veio o pior. As luzes se acenderam no vagão quando ele parou. Estação Dadar. Passadas e empurrões: na penumbra do vagão de primeira classe, os homens se multiplicaram feito isótopos. Uma barriga bojuda imprensou Masterji — como podia ser duro um barrigão, parecia pedra! O cheiro de outra camisa se tornou o cheiro da dele. O professor recordou um verso de *Hamlet*, dos tempos de faculdade. Os *milhares* de golpes que são a herança natural da carne? Qual! Shakespeare havia subestimado por larga margem o trauma da vida em Mumbai.

A pressão sobre seu corpo diminuiu. Pelas janelas gradeadas do trem em movimento, ele viu rojões explodindo no céu. Os corpos relaxaram, os rostos brilharam com a luz vinda de fora. Foguetes dispararam dos prédios encardidos. Seria uma festa religiosa? Hindu, muçulmana, parse, jainista ou católica romana? Ou talvez fosse algo mais misterioso: uma confluência não planejada de formas privadas de euforia — casamentos, noivados, aniversários, outras comemorações incendiárias, todos acontecendo ao mesmo tempo.

Em Bandra, Masterji percebeu que faltava apenas uma estação e começou a abrir caminho para a porta, aos empurrões. "Também vou saltar, velho. Tenha paciência." Quando o trem parou, ele estava a um metro da porta; foi empurrado por trás e empurrou os que iam à frente. Mas então foram todos atingidos por uma maré inversa: homens irrompendo da plataforma para o vagão. Os que queriam saltar em Santa Cruz se contorceram, empurraram, xingaram, recusaram-se a desistir, mas o desespero maior dos que queriam entrar saiu ganhando. O trem andou; Masterji tinha perdido sua estação.

— Vou lhe dar espaço, tio — disse um rapaz que vira a luta dele, e recuou um passo. — Desça em Vile Parle e pegue o trem seguinte de volta.

Quando o trem reduziu a velocidade, a massa de passageiros que ia descer gritou em uníssono: "Saiam!" E, dessa vez, nada os deteve; arrastaram Masterji consigo para a plataforma. Pegando o trem para Churchgate, ele voltou a Santa Cruz, onde a estação estava tão abarrotada que foi preciso subir um a um os degraus que levavam à saída.

Foi solto pela multidão em meio a luzes ofuscantes e fragrâncias pungentes. Na ponte que saía da estação, sob as lâmpadas elétricas descobertas, havia homens vendendo perfumes de tons laranja e verdes em vidros grandes, ao lado de mostruários de limões, tênis, chaveiros, carteiras, sapotis. Um menino deu-lhe um anúncio copiografado em papel amarelo quando ele saía da ponte.

Masterji deixou cair o anúncio e desceu a escada, evitando o mendigo de um braço só e passando por um tapete de boas-vindas feito de frutose. No mercado ao lado da estação, vendedores de mangas aguardavam os passageiros de regresso: estourando de madura, cada manga parecia um sincero pedido de desculpas da cidade pelo estado de seus trens. Masterji aspirou o perfume das mangas e aceitou as desculpas.

Perto dos vendedores de manga, um homem cuja cabeça e braços saíam dos buracos de um cartaz de papelão — que trazia os dizeres COMBATA SETE TIPOS DE PRAGA e ilustrações apropriadas abaixo (baratas, abelhas, mangustos, formigas, cupins, piolhos, mosquitos) — cumprimentou Masterji. Era comum esse exterminador de pragas ir à sociedade Vishram e, com uma vara comprida de bambu, derrubar uma colmeia ou uma casa de marimbondos surgidas no telhado. Estendendo a mão pelo cartaz de papelão ilustrado, ele segurou o braço do professor.

— Masterji, alguém andou perguntando pela sociedade Vishram no mercado.

— Perguntando o quê?

— Que tipo de gente mora lá, qual é sua reputação, se as pessoas brigam entre si ou com outras, uma porção de coisas. Era um sujeito alto, Masterji.

— Usava camisa branca e calças pretas?

— Sim, acho que sim. Eu disse a ele que qualquer sociedade que tenha um homem como Masterji é uma boa sociedade.

— Obrigado, meu amigo — disse Masterji, que esquecera o nome do homem do controle de pragas.

Quer dizer que o secretário tinha razão, há alguma coisa acontecendo, pensou. A imagem da jaula verde do zoológico voltou à mente; farejou algo de animalesco e insolente. Talvez eles devessem ir à polícia de manhã.

Quando chegou à Vishram, o portão estava trancado com um cadeado. Pisando com cuidado no buraco recém-preenchido da obra, ele bateu com a corrente pesada e o cadeado no portão.

— Ram Khare! — gritou. — Ram Khare, sou eu!

O guarda veio de seu quarto nos fundos do prédio e destrancou a corrente.

— Já passa das dez horas, Masterji. Tenha um pouquinho de paciência.

A escada cheirava mal. Ele encontrou o cão vadio deitado no primeiro patamar, com o corpo trêmulo e espuma na boca. Ninguém se importava com o fato de que aquele cachorro podia estar doente? O bicho tinha perdido uma camada de gordura subcutânea e sua caixa torácica se articulava monstruosamente, como se fosse a bocarra de outro animal que o estivesse consumindo.

Masterji cutucou as costelas do cachorro com o pé e, como ele não se mexeu, deu-lhe um chute. O bicho ganiu e disparou escada abaixo.

Esperando alguns segundos para ter certeza de que o cachorro não voltaria, continuou a subir até o terceiro andar, onde, ao girar a chave na porta, ouviu um clique às suas costas. A porta do 3B se escancarou — luzes, risadas, música —, e um rapaz saiu.

A srta. Meenakshi, a jornalista, de cabelo solto e camisola, estava com a mão no ombro do rapaz quando ele deu uma passada larga para o corredor, o que o fez esbarrar no velho mestre.

— Desculpe — disse o jovem. — O senhor me desculpe.

Tinha tomado banho minutos antes, e Masterji sentiu o cheiro de sabonete.

— Não sabe olhar para onde anda? — gritou.

O rapaz sorriu.

Sem saber o que estava fazendo, Masterji deu um empurrão naquela coisa sorridente. O rapaz foi projetado para trás, bateu com a cabeça na porta do 3B e escorregou para o chão.

Observado por Masterji, o jovem se levantou, de punhos cerrados. Antes que qualquer dos homens pudesse fazer alguma coisa, a moça desatou a gritar.

13 DE MAIO

O que é Bombaim?

Do 13º andar, uma janela responde: figueiras-de-bengala, esplanadas, pedra, telhas, torres, cúpulas, mar, gavião, chuvas-de-ouro em flor, nevoeiro no horizonte e fantasmagoria gótica (o Terminal Victoria e o Prédio Municipal) emergindo do nevoeiro.

Dharmen Shah observou o gavião. Estivera planando do lado de fora da janela, suspenso nas alturas por uma misteriosa corrente — um bater de asas ensolaradas —, e chegou ao parapeito. Nas garras, um camundongo, ou grande parte dele. As entranhas escapavam pela pelagem cinza: um rubi no minério. Um segundo depois, havia outro gavião no parapeito.

Abrindo a janela, Shah se debruçou o máximo que pôde: as duas aves voaram num rodopio vingativo, uma em torno da outra. Do camundongo morto, deixado no parapeito, escoavam sangue e gordura.

A boca de Shah se encheu de saliva. Ele havia comido um pacote de biscoitos de leite nas últimas 12 horas.

Consolando a barriga com uma massagem, deslocou-se para a janela ao lado. Dali devorou a paisagem: o campo de futebol que ocupava a maior parte do estádio Cooperage, o verdejante parque Oval Maidan ao lado, a cumeeira e a entrada da universidade, com seus arcos profundos, a torre Rajabai e a Suprema Corte de Bombaim. Em meio aos coqueiros e mangueiras, os botões vermelhos de um flamboyant chamejavam como chupões no dia de verão.

Um indicador gorducho, adornado por um anel de ouro, desenhou o contorno da torre Rajabai e o arrastou até a outra extremidade do Oval Maidan. *Ali*, ela ficaria muito melhor ali.

Shah baixou os olhos. Na rua que passava diretamente sob a janela, uma mulher falava a um celular. Ele inclinou o pescoço para ver o que ela estava usando abaixo da cintura.

— É uma moça, não é, Dharmen?

O dr. Nayak entrou na sala, segurando uma radiografia.

— Essa é a única coisa que o faria pôr o pescoço para fora da janela.

O médico virou a chapa radiográfica e a levantou contra a paisagem da cidade.

O crânio de Dharmen Shah brilhou. O raio X fora feito menos de uma hora antes, no hospital. Shah viu algo de um branco leitoso casquinando em seu crânio, um fantasma que ria através da boca escancarada. O médico repôs a radiografia num envelope. Fez sinal para que o convidado e paciente sentasse no sofá.

— Por que você acha que o chamei aqui a minha casa, depois dos exames? Cancelei três das minhas consultas da manhã para isso.

Shah, massageando a barriga com as mãos, sorriu.

— Imóveis — disse, permanecendo junto à janela.

— Desta vez, não, Dharmen. Eu queria dizer coisas que é melhor dizer em casa do que no hospital. Na esperança de que agora você escute.

— *Muito* grato.

— Fica um pouco pior a cada vez que o vejo, Dharmen. Essa coisa que está crescendo em seu peito e em sua cabeça. Bronquite crônica. Piorando sem parar, vez após outra. Você está com muco infectado nos pulmões e nos seios faciais. A próxima etapa é ter dificuldade para respirar. Talvez tenhamos de interná-lo num hospital. Quer que as coisas cheguem a esse ponto?

— E por que *chegariam* a esse ponto? — Shah deu uma batidinha na janela. — Apesar de eu fazer todos os exames de sangue e radiografias e de tomar todos os remédios que você recomenda. Depois de passar fome na noite anterior.

Jovial e de queixo quadrado, o dr. Nayak ostentava um bigode preto e um cavanhaque; quando ria, parecia um valete de espadas.

— Você é um criança mimado, Dharmen. Não quer seguir o que o seu médico manda e acha que ele não vai descobrir, desde que você apareça para fazer os hemogramas e raios X. Faz meses que venho avisando. É esse negócio das construções que está lhe causando isso. Toda a poeira que você inala. A tensão e o esforço.

— Frequento canteiros de obras há *25 anos*, Nayak. O problema só começou há um ou dois.

— São todos aqueles prédios velhos pelos quais você circula. Os que você derruba. Naquela época, usavam-se materiais que hoje são proibidos. Amianto, tintas baratas. Eles entram em seus pulmões. E há também esses lugares a que você gosta de ir, essas favelas.

— O lugar se chama Vakola.

— Já o vi. Muito poluído. Diesel no ar, poeira. Com o tempo, o organismo é enfraquecido pela poluição.

— Então, o que é isto? — perguntou Dharmen Shah, tamborilando na barriga. Beliscou os braços grossos. — E o que é isto? Não é boa saúde?

— Escute-me. Abri mão de três consultas pagas por causa disso. Você tem tido febre, tosse, problemas de estômago. Seu sistema imunológico está se debilitando. Saia de Bombaim. Ao menos durante parte do ano. Vá à cordilheira do Himalaia. A Simla. Ao exterior. A única coisa que o dinheiro não pode comprar aqui é ar puro.

O homem gordo enfiou a mão no bolso da camisa. Estendendo uma brochura de impressão barata, entregou-a ao dr. Nayak.

O "rei" dos construtores suburbanos, J.J. Chacko, diretor-geral do grupo Ultimex, assombrou todos os observadores, amigos e pares ao adquirir uma excelente área para construção em Vakola, Santa Cruz (Leste), por um valor audacioso, que constitui o MAIS ALTO PREÇO já pago por um projeto de reurbanização nesse subúrbio, apesar dos esforços diligentes e corajosos de vários concorrentes para abocanhar o petisco.

O sr. Chacko relevou com exclusividade ao Mumbai Real Estate News que um arquiteto de Hong Kong, a famosa terra do modernismo, será chamado para fazer o projeto dos apartamentos, de categoria internacional; o sr. Chacko também planeja acrescentar um parque e um shopping à área dentro de alguns meses. Hotéis, praças, jardins, e depois virão as felizes famílias.

O lema do grupo Ultimex é "O melhor do melhor", e a empresa vem progredindo em toda a cidade de Mumbai. No plano pessoal, o visionário sr. Chacko, do grupo Ultimex, não é uma figura conhecida, preferindo manter distância do glamour da vida social de So-Bo (a zona sul de Bombaim). É "gozador", "tímido" e "um homem de família, dado a prazeres simples", diz um amigo. Ágil nas ideias e astuto como o homem do futuro, é um grande filantropo, já havendo recebido 13 medalhas de ouro, placas, poemas dedicatórios e certificados por seus feitos humanitários no campo da assistência social.

Também é apaixonado por xadrez e sinuca.

O médico leu a brochura, virou-a e tornou a ler.
— E daí?

— Daí que esse é J.J. Chacko, diretor do grupo Ultimex. A área em torno da estação ferroviária de Vakola está no bolso dele, que já tem três prédios daquele lado. Agora está passando para o meu. Sabe o que ele fez outro dia? Pagou 81 *lakhs* por um barraco de um cômodo na favela. Só para todo mundo falar dele. No meu território. Chegou até a me mandar esta brochura pelo correio.

— E daí?

Shah pegou de volta o pedaço de papel, dobrou-o e o colocou no bolso, dando-lhe um tapinha.

— Como é que eu posso tirar férias se o J.J. Chacko não tira? Será que o médico dele o manda pegar leve?

A testa do dr. Nayak se encheu de rugas.

— Pouco me importa se *ele* se matar. Mas você não pode entrar direto em outro projeto. Está fazendo isso pelo Satish? O que ele pode querer mais do que ver o pai ter uma vida longa?

Dharmen Shah desenhou uma linha na poeira da janela com o dedo.

— Há uma linha dourada nesta cidade, uma linha que torna os homens ricos.

Em seguida, desenhou três pontos nela.

— Aqui você tem o aeroporto de Santa Cruz, aqui tem o Centro Empresarial Bandra-Kurla, e aqui a favela de Dharavi. Por que a linha é dourada? As viagens aéreas estão em franco crescimento. Mais aviões, mais visitantes. Além disso — deslocou o dedo —, o centro financeiro de Bandra-Kurla se expande a cada hora. E o governo está começando a reurbanizar Dharavi. A maior favela da Ásia vai virar a favela mais rica da Ásia. Essa área está fervilhando em dinheiro. Todo dia chegam pessoas que não têm onde morar. Exceto — marcou um ponto no centro de sua linha dourada — aqui. Vakola. O Fontana e o Excelsior vão ficar prontos em novembro deste ano. Já vendi a maioria das unidades. Mas o espetáculo principal será no ano que vem. O Xangai.

O dr. Nayak, que estava bocejando, fechou a boca. Sorriu.

— *Isso* de novo. Essa cidade vai matá-lo, Dharmen.

— Você devia ter ido comigo, Nayak. Ruas até perder de vista, arranha-céus, tudo limpo, lindo. — Shah bateu na janela, que estremeceu. — Aqueles chineses têm toda a força de vontade do mundo. E, aqui, não temos tido dez minutos de força de vontade desde a Independência.

Com um risinho, o médico se levantou do sofá e foi até a janela. Espreguiçou-se.

— A experiência de Xangai, para um empresário indiano de meia-idade, é o mesmo que a experiência do sexo para um adolescente. Você não pode continuar a nos comparar com os chineses, Dharmen.

Shah se virou para olhá-lo.

— De que outra maneira vamos melhorar? Olhe para os trens desta cidade. Olhe para as ruas. Os tribunais de justiça. Nada funciona, nada se mexe; levam-se dez anos para construir uma ponte.

— Chega. Chega. Tome café da manhã conosco, Dharmen. A Vishala quer lhe agradecer. Você arranjou aquele negócio para a amiga dela em Prabha Devi. — Pôs a mão no ombro do gordo. — Você está crescendo na estima dela. Fique. Eu cancelo uma quarta consulta por você.

Dharmen Shah olhou pela janela.

Os gaviões tornaram a se materializar. Ainda em combate, empurrados para o prédio por uma lufada súbita de vento, vieram direto para a janela e se chocaram contra ela antes que outra corrente os levantasse na vertical, como se estivessem escalando a face de um penhasco.

— Chatice danada — comentou o dr. Nayak. — Deixam cocô nas janelas, brigam o dia inteiro. Alguém devia... — puxou um gatilho imaginário — ... acabar com eles. Um por um.

Teclando os botões do celular, Shah caminhou pelo estacionamento subterrâneo até que uma voz espectral começou a ecoar sob o teto baixo.

— Sr. secretário, membros da sociedade Vishram...

Shah guardou o celular no bolso e avançou furtivamente.

Um homem alto e muito moreno, de camisa branca e calça preta, estava parado diante da porta aberta do elevador do subsolo. De frente para o espelho, levantou a mão esquerda em direção à imagem.

— Sr. secretário, membros da sociedade Vishram, Torres A e B, todos os seus *sonhos* estão prestes a se tornar realidade.

O homem mudou o ângulo do queixo: o dente superior lascado apareceu com destaque no espelho.

— Sr. secretário, membros da...

Um garoto de uniforme cáqui sujo, bandeja de chá na mão, cutucou o homem por trás, pedindo para entrar no elevador.

O homem girou o corpo, com a mão levantada.

— Seu sacana de merda, *não toque* em mim!

O garoto do chá deu um passo atrás, passando a bandeja com os copos saltitantes para a mão esquerda.

Shah pigarreou.

— Shanmugham, deixe o menino usar o elevador — disse.

Com um "sim, senhor", o homem alto correu para um Mercedes-Benz cinza, cuja porta ele abriu para o patrão, que tossia.

Na Marine Drive.

Os coqueiros se curvando à brisa marinha e os pombos em revoadas súbitas aumentavam a sensação de velocidade na corrida longa e reta pela avenida. Uma faixa acetinada de sol brilhava nas águas da Back Bay.

— Tem tudo, exceto a data final — disse Shanmugham, virando-se para trás no banco do carona do Mercedes-Benz a fim de mostrar ao patrão uma página impressa. O motorista trocou de marcha, quando um sinal vermelho finalmente os detêve.

— Examinei-a ontem à noite, palavra por palavra, senhor. Certifiquei-me de que todas as vírgulas estão no lugar certo.

Ignorando a carta, o sr. Shah abriu uma caixinha azul de metal e, com uma colherinha de plástico, jogou o que havia nela em sua boca vermelha e brilhante. Os dentes pretos e miúdos mascaram a *gutka*; alguns ele havia perdido.

— Não se preocupe com as palavras, Shanmugham. Fale-me das pessoas.

— O senhor as viu.

— Só uma vez.

— Gente íntegra. A Torre B é moderna. Finanças, tecnologia avançada, computadores. A Torre A é antiga. Professores, contadores, corretores. Todos íntegros.

— Professores? — O homem gordo se contraiu. — O que mais sabe sobre essa sociedade? Aconteceu alguma coisa ruim por lá?

— Um suicídio, senhor. Há muitos anos. Um rapaz se jogou do telhado. Não me contaram, mas descobri pelos vizinhos.

— Só *um* suicídio?

— Sim, senhor.

— Eu dou um jeito.

No semáforo antes de Malabar Hill, havia um gato sem cabeça na avenida; do pescoço para cima, era só um borrão de polpa rosada com marcas de pneu, um ponto de exclamação feito de sangue. O construtor se solidarizou com ele. Num mundo de caminhões e trânsito pesado, o gatinho não tivera a menor chance. *Mas e você, Dharmen?*, perguntou o animal pulverizado. *Você é o próximo, não é?*

Ele abriu a janela e cuspiu no cadáver.

Sonhou com o café da manhã. Seis fatias de torrada, cortadas em diagonal, empilhadas num prato de porcelana; um pote de geleia de frutas Kissan; um pote de geleia de laranja Kissan; um vidro de ketchup Heinz; e, suspenso numa tigela lobulada cheia d'água, para conservar a maciez, um iceberg de manteiga feita em casa.

O Mercedes seguiu por Malabar Hill, o mar cintilando à esquerda de Shanmugham.

Enquanto o motorista trocava de marcha, eles se demoraram diante de uma velha mansão arruinada. Árvores novas tinham arrebentado as folhas e flores primorosamente entalhadas em pedra na cornija do século XIX, e uma placa pregada na parede da frente dizia:

>   CORPORAÇÃO MUNICIPAL DE MUMBAI
>   ESTA CONSTRUÇÃO É PERIGOSA, DILAPIDADA E IMPRÓPRIA
>   PARA SER FREQUENTADA POR SERES HUMANOS. NINGUÉM DEVE ENTRAR.

Quando o carro acelerou e passou por ela, a luz refletida pelo mar ecoou pela mansão destruída.

Shanmugham viu quatro enormes figueiras-de-bengala que cresciam no recinto de um prédio majestoso, com suas raízes aéreas como que coladas ao muro que delimitava o terreno: quatro brasões da Casa de Shah.

O elevador levou-os ao oitavo andar.

— Vamos ao canteiro de obras logo depois do café — disse Shah a seu assistente, ao caminharem para seu apartamento. — O empreiteiro me disse hoje cedo que estava tudo certo e que não havia necessidade de eu estar lá. Você sabe o que *isso* quer dizer.

No lintel da residência do construtor se via o medalhão de um Senhor Ganesha dourado.

A porta estava aberta. Dois pares de sapatos de couro preto tinham sido deixados do lado de fora.

Na sala de estar, um quadro vivo, como que saído do teatro de comédia. Em frente a uma gigantesca imagem de bronze de Nataraja, o Dançarino Cósmico, Shah viu Giri, seu mordomo, ao lado de dois homens de uniforme cáqui, um dos quais bebericava um copo de água gelada. O outro sujeito uniformizado segurava com uma das mãos Satish, o filho do construtor, e o admoestava com o dedo indicador, como se encenasse uma pantomima para o pai do garoto.

O muco roncou no peito de Shah.

— Patrão — aproximou-se Giri, que usava uma *banian* surrada e um *lungi* azul. — Ele fez de novo. Estava pichando carros do lado de fora da escola; eles o pegaram e o trouxeram para cá. Eu disse para esperarem até o senhor...

O policial que segurava Satish parecia o mais experiente. Foi ele quem falou. O outro continuou bebendo sua água gelada.

— Primeiro, nós o vimos fazendo assim...

Fez um gesto circular para indicar o ato de pichar com um spray. Shah o escutou, os dedos da mão esquerda esfregando os anéis grossos de ouro nos da mão direita.

— Depois, fez *assim*. Depois, *assim*. Eles terminaram de pichar o primeiro carro e foram para o seguinte. São uma quadrilha, e cada um tem um nome de guerra. O do seu filho é Soda Gasosa.

— Soda Gasosa — repetiu Shah.

O policial que bebia água assentiu com a cabeça:

— ...Gasosa.

Satish, gorducho e de tez alva, exalava descontração, como se o assunto não lhe dissesse respeito.

— Aí, meu senhor, o policial Hamid — o que falava apontou para o calado —, que estava sentado no furgão da polícia, disse: "Aquele não é o filho do construtor, o sr. Shah?" E então, considerando o excelente relacionamento que a nossa delegacia sempre teve com o senhor, achamos... antes de isto ir parar nos jornais...

Tendo ouvido o bastante, o construtor, sr. Shah, quis a posse dos bens: fez sinal com os dedos para o filho. O policial não o deteve; o garoto andou calmamente para o lado do pai.

— E os amigos dele? Os outros meninos que estavam fazendo assim... — Shah repetiu o mesmo gesto circular. — O que vai acontecer com eles?

— Todos terão de ir à delegacia. Os pais terão de ir soltá-los. Deixaremos os nomes fora do registro. *Desta* vez.

Shah pôs a mão no peito.

— *Muito* agradecido.

Sem demora, Giri foi ao escritório do patrão. Uma gaveta de madeira foi aberta e fechada. Giri já fizera isso antes e sabia exatamente quanto colocar no envelope.

Entregou-o a Shah, que avaliou o peso, aprovou e o entregou ao policial.

— Para um *chai* e uns refrescos na sua delegacia, meu amigo. Sei que tem feito muito calor nestes dias.

Embora o envelope tivesse sido aceito, nenhum dos policiais se retirou. O falante disse:

— O aniversário da minha filha está chegando, senhor. Será um belo fim de semana para mim.

— Mandarei um bolo de aniversário para ela do Taj. Eles têm uma confeitaria ótima. Vai chegar logo.

— Senhor... — disse o policial calado.

— Sim?

— Bem, o aniversário da minha filha também está chegando.

Giri conduziu os policiais à saída com um sorriso; Shah ficou esfregando os grossos anéis de ouro do indicador. No instante em que Giri fechou a porta, socou o nariz do filho com os anéis.

"Soda Gasosa" se encolheu, fechou os olhos com força e manteve o rosto desviado, como se conservasse a força do murro.

Estava trêmulo; se pudesse, diziam todas as partes do seu corpo, ele se lançaria sobre o pai e o mataria ali mesmo.

Giri o levou para seu quarto.

— Vamos lavar as mãos, Baba. Vamos ao seu quarto tomar um leite morno. É isso que vamos fazer.

Ao voltar à sala, Giri encontrou o patrão e Shanmugham, cada qual de um lado do Nataraja Dançarino, examinando aquela coisa branca que dividia o espaço da mesa de madeira em que ficava a estátua de bronze: uma maquete de gesso de um edifício, levada para o apartamento dois dias antes por um contínuo do escritório do sr. Shah.

— O senhor vai falar com o menino agora? — perguntou. — Diga alguma coisa gentil.

Shah deslizou a palma da mão pela lateral da maquete de gesso.

— Traga um prato com umas torradas, Giri — disse. — Agora mesmo. E algumas para o Shanmugham também.

O mordomo fuzilou Shanmugham com os olhos ao se dirigir para a cozinha; não aprovava a presença de empregados durante as refeições.

Shah continuou a contemplar a maquete de gesso. Baixou os olhos para a inscrição na base:

> Xangai Confiança
> Vakola, Santa Cruz (Leste)
> Apartamentos de Alto Luxo
> "Da Minha Família para a Sua"

— Olhe para isso, Shanmugham — disse. — Olhe só para isso. Não será lindo quando subir?

Desde o momento em que o carro entrou na ponte, em Bandra, Shah manteve os olhos fechados.

Sentiu a pulsação se acelerar. Os pulmões ficaram mais leves. Como se fizesse anos que ele não tossia.

O Mercedes parou; ele ouviu alguém abrir-lhe a porta.

— Senhor.

Desceu do carro, segurando as mãos de Shanmugham. Ainda não tinha aberto os olhos; queria adiar esse prazer o máximo possível.

Já podia ouvir os dois, o Excelsior Confiança e o Fontana Confiança, produzindo um ruído surdo, como fizera o menino no ventre da mãe, nos últimos meses antes do parto.

Andou por cima dos sulcos dos pneus de caminhão, endurecidos e cheios de cristas, como vertebrados fossilizados. Sentiu sob os pés as pedras moídas de granito, que deram lugar à areia macia, cravejada de fragmentos de tijolos. O barulho aumentou a sua volta.

Nesse momento, abriu os olhos.

As betoneiras giravam feito canhões apontados para os dois edifícios; mulheres de sáris coloridos carregavam tinas de argamassa úmida para os andares do Fontana. Um pouco mais adiante, ele viu o Excelsior, que mais se assemelhava a um esqueleto, coberto por redes e andaimes, as costelas de vigas de madeira escura sustentando cada andar ainda não construído.

Em torno do canteiro de obras havia brotado uma aldeola: migrantes do norte da Índia, os operários tinham recriado seu antigo lar. Vacas espantando moscas com o rabo, caldos fervilhantes transbordando de vasilhas de alumínio, um pequeno santuário de um deus vermelho. Arregaçando as calças, Shah caminhou até a vaca; tocou a testa do animal três vezes, para dar sorte, depois tocou a sua.

Havia um grupo de trabalhadores diaristas a sua espera.

— Como está indo a concretagem hoje? — perguntou.

— Muito bem, senhor.

— Então, por que vocês estão parados aí, perdendo tempo?

Contou os homens. Seis. Usavam *dothis* brancos e *banians*, e tinham o corpo recoberto por uma película de poeira de obra. O mestre de obras encarregado do trabalho no Fontana veio correndo.

— Eles estão dizendo, senhor, que o calor... querem ir embora para cuidar da lavoura...

Shah estalou a língua.

— Quero que eles falem por si.

Um integrante do grupo de amotinados, um homem pequeno, com o cabelo cuidadosamente repartido, explicou:

— Não podemos trabalhar nestas condições, *sahib*, por favor, nos desculpe. Vamos terminar o dia de trabalho honestamente e iremos embora à tardinha. Pergunte ao empreiteiro. Temos sido seus melhores operários até agora.

Shah olhou para o Fontana, depois para o Excelsior, e levantou os olhos para o sol.

— Sei que tem feito calor. As palmas dos coqueiros estão ficando marrons. As vacas não querem ficar de pé nem quando se põe comida na frente delas. Sei que está quente. Mas só temos um mês antes de começarem as chuvas, e precisamos terminar a concretagem agora. Se não terminarmos, vou perder um mês e meio, dois meses, se as chuvas forem fortes. E tempo é a única coisa que eu não posso perder.

Cuspiu uma coisa espessa, cor-de-rosa e manchada de *gutka*. Tornou a afagar a vaca e disse:

— Olhando para mim, vocês podem pensar: ele é um homem rico, o que é que entende de calor? Deixem que eu lhes diga.

Com a mão que estivera afagando a vaca, apontou um dedo para os homens.

— Este seu Dharmen Shah sabe o que é trabalhar e andar e suar no calor. Não cresceu no luxo, como outros homens ricos. Cresceu numa aldeia chamada Krishnapur, no Guzerate. Quando veio para Bombaim, só trazia consigo 12 rupias e oitenta *paise*, e veio no verão. Pegou o trem, pegou o ônibus e, quando não tinha mais dinheiro para o ônibus, andou a pé. As sandálias acabaram e ele amarrou folhas em volta dos pés, e continuou a andar. E sabem o que encontrou, quando chegou a Bombaim?

Duzentos e cinquenta, pensou Shanmugham. *Não lhes ofereça mais de 250.*

— Ouro. — Nesse momento, o sr. Shah mostrou aos amotinados todos os seus dedos e todos os seus anéis. — E, quanto mais faz calor, mais ouro existe no ar. Vou aumentar o pagamento de vocês... — tornou a apertar os dedos e os balançou, franzindo o cenho — ...para... trezentas rupias diárias por operário. São cem rupias além do que estão ganhando, e mais do que vão ganhar em qualquer outro lugar em Santa Cruz. Vocês dizem que querem ir para casa. Acham que sei o que vão fazer? Vão lavrar as suas terras? Não. Vão deitar à sombra num *charpoy*, fumar, brincar com alguma criança. Quando o Sol se puser, vão beber. Ficarão sem dinheiro e vão voltar no dia 15 de junho, quando estiver chovendo, e me implorar um emprego. Abram bem os ouvidos: o mestre de obras se lembrará de cada operário que for embora agora, quando o patrão mais precisava dele. Nenhum homem que não trabalhe para o Shah quando faz calor vai trabalhar para ele quando fizer frio. Vou mandar ônibus a Maharashtra para buscar aldeões e trazê-los para cá. Pode ser que dobre a minha despesa, mas vou fazer. Agora, se vocês ficarem e trabalharem, eu lhes pago trezentas rupias, dia após dia. Estou jogando ouro para o alto. Quem vai pegar?

Os operários se entreolharam; a indecisão os perpassou, e, então, o que tinha o cabelo bem-repartido disse:

— *Sahib*, é isso mesmo que o senhor quer dizer: trezentas rupias por dia? Até para as mulheres?

— Até para as mulheres. Até para as crianças. — Shah tornou a cuspir e passou a língua nos lábios. — Até para seus cães e gatos, se eles puserem tijolos na cabeça e os carregarem para mim.

— Vamos ficar com o senhor, *sahib* — disse o operário.

E, embora nenhum dos outros homens de *banian* e *dhoti* se mostrasse satisfeito, eles pareceram impotentes para resistir.

— Ótimo. Tratem de trabalhar agora mesmo. As chuvas chegam mais perto de Bombaim a cada segundo que desperdiçamos.

Quando os homens já não os ouvia, o mestre de obras cochichou:

— O senhor vai mesmo pagar um valor igual às mulheres? Trezentas rupias?

— Quanto você está pagando agora?
— Cento e vinte e cinco. Quando são robustas, 150.
— Dê duzentos às mulheres — disse Shah. — Às gordas, 220. Mas os homens recebem trezentos, como eu disse. E quanto a você... — acrescentou, pondo um dedo cheio de anéis de ouro no peito do mestre de obras. — Da próxima vez que houver algum problema na obra, não me venha com "Está tudo bem, senhor". Será que a sua boca dói se disser a verdade uma vez por ano?
— O senhor me desculpe — respondeu o mestre de obras.
— Eles são animais sociais, entende? Quando um reclama, todos reclamam. Preciso saber assim que houver um problema.
— Desculpe-me, senhor.

Shah se afastou do edifício Fontana com Shanmugham e foi até o outro prédio.

Shanmugham sentiu a camisa colada nas costas. A do patrão também estava molhada, mas lhe pareceu que aquelas manchas não eram de umidade, e sim de manteiga derretida. O homem que havia passado mal de manhã agora reluzia de saúde. Shanmugham mal conseguia acompanhá-lo.

Estavam num grupo de barracos de operários entre os dois canteiros de obras. Havia ali um flamboyant mirrado, de galhos entrecruzados, como um homem que houvesse enredado os braços por apontar ao mesmo tempo em todas as direções. Uma bomba d'água pingava à sombra dele. De um lado da árvore se empilhava um monte de areia, do outro, pedras britadas. Dois filhos de operários tinham pendurado um pneu num galho baixo, no qual se balançavam até enfiarem os pés na areia. Outra criança tinha apanhado um machado, com o qual atacava a areia, que espirrava ao redor toda vez que seus golpes hesitantes acertavam.

O construtor parou junto à bomba para ler uma mensagem em seu celular.

— Era do Giri — disse, guardando o aparelho no bolso. — Eu teria cancelado a festa de aniversário do Satish, mas os convites já foram enviados. O garoto concordou em ficar lá e se comportar direito.
— Sim, senhor.
— Você tem filhos, não é, Shanmugham?
— Sim, senhor. Dois meninos.
— Espero que eles nunca se tornem para você a praga que o meu é para mim.

— Devo ir agora, senhor? À sociedade Vishram... para fazer a oferta?

— Espere até eu lhe dizer para ir. O astrólogo vai me telefonar para me dar a hora exata. Aquele projeto não será fácil, Shanmugham. Precisamos de toda a sorte que pudermos conseguir. Talvez os astros nos ajudem.

Shah pegou o celular e o apontou para o outro lado da rua. Um avião sobrevoou; esperando passar o estrondo, ele disse:

— Veja o atrevimento dele, Shanmugham. Bem embaixo do meu nariz, o sujeito comprou esse lugar.

Do outro lado da rua, um cartaz gigantesco havia sido colocado ao lado das casas decrépitas de tijolos, cujos telhados de zinco corrugado eram mantidos no lugar por pedras:

O GRUPO ULTIMEX
TEM O ORGULHO DE ANUNCIAR O FUTURO LOCAL DO
"ULTIMEX MILANO"
UM NOVO CONCEITO EM MORADIA
APARTAMENTOS DE ALTÍSSIMO LUXO

— Sabe quando ele vai começar a obra?

— Nem uma palavra ainda, senhor.

— As pessoas vão rir de mim se ele terminar esse prédio primeiro, Shanmugham.

— É verdade, senhor.

O sr. Shah foi sozinho para o Excelsior. Ali a obra sofrera um atraso, por isso Shanmugham sabia que o patrão teria muito que fazer nas horas seguintes.

Sentou-se à sombra da árvore mirrada, com o telefone celular na mão direita.

Os três filhos de operários se sentaram no monte de areia, de boca aberta, observando-o.

Mostrando-lhes um punho cerrado, Shanmugham disse:

— Sr. secretário, membros da sociedade Vishram, todos os seus sonhos estão...

Um búfalo-asiático se aproximou das crianças.

Shanmugham saiu da obra, almoçou na rua principal, retornou e esperou perto do monte de areia. As crianças voltaram para espiar. O assistente tornou a treinar seu discurso com elas. Pegou o lenço azul quadriculado, que sua mulher deixava dobrado para ele todas as manhãs na mesa do café, e enxugou o rosto: têmporas, nariz e nuca, até o primeiro caroço duro da espinha. Refez no lenço o quadrado dobrado pela mulher. Em seguida, projetando o corpo, mostrou às crianças o dente lascado: *Aaaargh!*

Elas saíram correndo.

Shanmugham saiu da obra, tomou chá perto da rua principal e voltou para o monte de areia. As crianças voltaram para espiar. O búfalo-asiático chegou perto da areia, virando os chifres longos e curvos de um lado para outro; um corvo planou, passando por entre os chifres do búfalo, e sugou uma minhoca de um buraco no chão.

Pouco depois das cinco horas, Shanmugham levou a mão ao bolso: o telefone celular tinha tocado. O sr. Shah, parado no terceiro andar do Excelsior, acenava para ele.

Tinha chegado a mensagem do astrólogo de Matunga.

Deixando seu grupo de espectadores sentado no monte de areia, Shanmugham saiu correndo do canteiro de obras, seguiu a trilha de lama, passou pelas sociedades Moeda de Ouro e Troféu de Prata, pelo templo tâmil em frente ao qual havia meninos jogando críquete (pulou para evitar a bola vermelha) e chegou, ofegante, à sociedade Vishram, onde pôs as mãos na cabine de segurança e disse:

— Quero ver o seu secretário outra vez.

Ram Khare, que estivera se abanando com o lenço xadrez, enquanto recitava trechos de sua compilação sagrada, levantou a cabeça para o visitante e largou o lenço.

Seguiu-o por todo o trajeto até o escritório do secretário, parou do lado de fora e viu o homem pôr as mãos uma de cada lado da máquina de escrever Remington e dizer:

— Sr. secretário, tenho uma confissão a lhe fazer. Não sou o homem que eu disse que era quando vim vê-lo outro dia. Meu nome é Shanmugham, de fato: essa parte é verdade. Mas venho como representante de uma das maiores empresas de construção civil de Mumbai, o grupo Confiança, e do seu diretor-geral, o estimado sr. Dharmen Shah. Permita que eu lhe diga, agora, por que tive de enganá-lo no outro dia. Primeiro, leia esta carta que coloco, com todo o respeito e reverência, na sua escrivaninha; enquanto o senhor a lê, vou esperar aqui com meu...

A base dos 32 anos de amizade entre Masterji e o sr. Pinto era o livro Sem Discussão, um caderno de notas em que todas as transações financeiras entre os dois eram fielmente registradas. Em julho de 1975, primeira vez que almoçaram juntos, o sr. Pinto, contador da Britannia Biscuit Company, havia proposto que uma consciência atuarial vigiasse seus lanches e cafés. Percebendo que brigas mesquinhas, principalmente por dinheiro, haviam perturbado suas outras amizades, e estando decidido a fazer com que essa fosse salva, Masterji havia concordado.

O sr. Pinto estava fazendo a anotação mais recente no Sem Discussão — o 16º da sua linhagem, desde o caderno original de 1975.

— Preencha isso depois. O garçom pode ver.

— Está bem — disse o sr. Pinto. — Mas você me deve duas rupias e meia.

— Duas e meia?

— Pelo jornal.

— Qual deles?

— O *Hindustan Times*. Você me fez comprá-lo no sábado passado, porque queria ler uma coluna de um ex-aluno seu.

— Conversa — retrucou Masterji. — Não tenho nenhum aluno que escreva para esse jornal.

O sr. Pinto sabia que Masterji não tinha comprado o *Hindustan Times*; contador a vida inteira, desviava uma variedade de inquietações para conversas sobre dinheiro. O assunto que realmente havia pretendido trazer à baila era outro: o incidente da noite anterior. O comportamento de Masterji, ao empurrar o namorado da moça moderna sem nenhuma razão — os gritos da moça tinham atraído gente do prédio para o terceiro andar —, fora tão contrário à "natureza" dele que as pessoas da Vishram haviam passado o dia inteiro falando do acontecido, passando-o adiante e enfeitando a história. Um homem que perde sua atividade e sua mulher, em rápida sucessão, ficava numa situação perigosa, achavam alguns. Ajwani, o corretor, tinha até perguntado se ainda seria seguro deixarem seus filhos com ele na penumbra de uma sala. A réplica vigorosa da sra. Puri ("Você devia se envergonhar!") pusera fim a essa conversa.

O sr. Pinto sabia ter o dever de informar ao amigo o que estavam dizendo sobre ele na sociedade. *Mas é melhor levantar esses assuntos depois do jantar*, decidiu.

Deixando de lado o caderno Sem Discussão, preparou-se para o que o Imperador do Biryani de Bombaim teria a lhe oferecer.

Um bom *biryani* precisa de arrebatamento. Um toque de mistério. No Café Noorani, perto de Haji Ali, o garçom trazia um prato com uma porção oval de arroz fumegante, salpicado de grãos amarelos e vermelhos; o frango ficava em algum lugar lá por dentro, é verdade, e era preciso escavar com o garfo — que aroma! — para encontrar aqueles nacos vermelhos marinados.

Em contraste — o sr. Pinto cravou o garfo em seu prato —, olhem só para isso. Dois míseros pedaços tostados de frango, ao lado de uma porção de arroz morno. Não se via um só legume.

O Imperador do Biryani ficava entre duas lojas que vendiam sáris de seda de cores vivas, o que acentuava a consciência dos fregueses do enlevo que faltava na comida. Era noite de domingo e, para os dois amigos, a noite de domingo era sempre noite de *biryani*. Conservadores na maioria das outras coisas, deixavam-se levar nas noites de *biryani* e experimentavam um lugar novo a cada semana. O sr. Pinto havia descoberto que o Imperador do Biryani era muito comentado nos jornais, chegando a figurar num deles entre "os dez segredos mais bem-guardados de Mumbai".

— Imperador do Biryani. Que fraude, Masterji.

Sem ouvir resposta do amigo, levantou a cabeça e viu que ele olhava fixamente para o teto do restaurante.

— É um rato?

Masterji fez que sim.

— Onde?

O telhado do Imperador do Biryani era sustentado por caibros de madeira, num dos quais se materializara um roedor.

— Garoto! — gritou Masterji. — Olhe aquilo lá em cima, na madeira.

O "garoto" — o garçom de meia-idade — olhou para cima. Sem se intimidar com toda a atenção, o astucioso rato continuou a se deslocar pelo caibro, como um leopardo num galho. O "garoto" bocejou.

Masterji empurrou na direção dele o seu *biryani*, do qual não comera nem a metade.

— Eu tenho uma regra. Não posso comer isso.

Era verdade: ele tinha uma "regra do rato": nunca volte a um lugar em que um único rato tenha sido visto.

— Você e a sua regra — comentou o sr. Pinto, servindo-se de um pouco do *biryani* do amigo.

— Não gosto de competir com animais por comida. Olhe para ele lá no alto: parece um César.

— Um homem tem de transigir um pouco em suas regras se quiser aproveitar a vida em Mumbai — disse o sr. Pinto, mastigando. — Só um pouquinho. De vez em quando.

Masterji não conseguia tirar o olho do César roedor. Não notou que seu braço estava derrubando um copo.

Quando o garçom se aproximou para recolher os cacos, o sr. Pinto pegou o caderno Sem Discussão e acrescentou à lista de Masterji: "Multa por quebrar um copo no (chamado) Imperador do Biryani. Dez rupias."

Depois de pagarem o jantar e o copo quebrado, os dois voltaram caminhando para a sociedade Vishram.

— Os ratos sempre combateram os seres humanos nesta cidade, sr. Pinto. No século XIX, houve pestes aqui. Ainda hoje eles nos superam em quantidade: seis ratos para cada ser humano em Bombaim. Têm uma porção de espécies, e nós, uma só. *Rattus norvegicus. Rattus rattus. Bandicota bengalensis.* Não devemos deixar que tomem a cidade outra vez.

O sr. Pinto não disse nada. Tornou a desejar que Masterji estivesse com sua motoneta Bajaj para não terem de voltar a pé com o estômago cheio. Atribuiu a culpa disso a Shelley, sua mulher. Depois da morte de Purnima, ela havia sugerido que Masterji seguisse o conselho de um artigo da *Reader's Digest* e renunciasse a alguma coisa, em memória da pessoa falecida.

— Por exemplo — dissera ela —, o senhor pode renunciar a comer beringela. E, toda vez que sentir vontade de comer beringela, vai se lembrar da Purnima.

Masterji pensou no assunto.

— Vou abrir mão da minha motoneta.

— Não, não — protestara ela. — Isso é demais. A beringela serve.

Masterji gostava de extremos: a motoneta se fora.

Após 15 minutos de caminhada, os dois senhores chegaram a seu mercado local, uma fileira de barracas de madeira com toldo azul, iluminadas por lâmpadas fluorescentes compridas ou lâmpadas amarelas sem nenhuma cobertura, nas quais se exerciam, lado a lado, as mais díspares atividades comerciais: uma loja de frangos que fedia a cocô de galinha e carne crua, uma barraca cujo caldo de cana vinha com uma auréola de pura sacarose, uma máquina Xerox numa papelaria, bocejando clarões de luz ofuscante, e uma barbearia, movimentada até aquela hora, que cheirava a creme de barbear e mexericos.

O sr. Pinto finalmente tomou coragem.

— Masterji, por que você não faz uns exames no hospital Mahim Hinduja? Lá eles fazem o *check-up* completo.

— Exames de quê?

— Começa com "d", Masterji.

— Bobagem. Tenho perfeito controle dos meus intestinos. Sempre tive órgãos inferiores fortes.

O sr. Pinto olhou para os sapatos e disse:

— Diabetes.

— Sr. Pinto, eu não bebo muito, não como muito, nem sequer tenho televisão. Como é que *eu* posso ter diabetes?

— Você anda se descontrolando. Ainda ontem, aconteceu com o namorado da moça moderna. Todos na sociedade estão comentando. E você vive indo ao banheiro, o tempo todo. Nós ouvimos, do andar de baixo.

— Como se atreve a me espionar, sr. Pinto? Eu vou ao banheiro quando eu quiser. Isto aqui é um país livre.

Voltaram para a Vishram em silêncio. Ram Khare, o guarda, correu a seu encontro.

— O senhor soube da notícia?

— Que notícia? — perguntou o sr. Pinto.

— O secretário está no escritório do Ajwani neste momento, senhor. Vá até lá ouvir a notícia por si mesmo — respondeu Khare. — Há ouro para vocês todos! Ouro!

— Ele andou bebendo de novo — cochichou o sr. Pinto.

Deixaram para trás o guarda desvairado e subiram a escada.

O velho contador disse:

— Venha à nossa sala tomar um traguinho, Masterji.

— Hoje não, sr. Pinto.

— Temos um Amaretto. Presente do Tony. Vamos tomar um cálice. Um cálice cada um.

O sr. Pinto tinha um licor maravilhoso, trazido por seu filho Tony da visita mais recente aos Estados Unidos, e só o bebericava em noites muito especiais. Masterji entendeu que isso era uma espécie de pedido de desculpas e tocou o ombro do amigo, antes de subir para o próprio apartamento.

Vakola à noite: a cruz de neon vermelho da igreja de Santo Antônio brilha sobre a avenida principal. Vendedores de *paani-puri*, *bhelpuri* e *gulab jamuns*, os últimos com calda de açúcar, alimentam as gigantescas levas de seres humanos cansados que saem da estação de trem. Relógios de plástico, cadeados de metal, brinquedos para crianças, sandálias e camisetas pontuam os espaços entre as ofertas de alimentos.

Do outro lado da rua, as luzes são da agência imobiliária Renascença.

Vakola não é um subúrbio em que as imobiliárias enriqueçam. Há pelo menos quatro em funcionamento só na avenida central. Delas, a Renascença é a mais atraente: espaçosa, clara, tendo pintada na porta de vidro uma imagem do Senhor Krishna tocando sua flauta nos jardins mágicos de Brindavan.

Do lado de dentro, sentado diante da escrivaninha de aço, Ramesh Ajwani ergueu os olhos do caderno de imóveis do *Times of India*. Mani, seu assistente, havia aberto a porta de vidro para uma jovem entrar.

Ajwani tirou os pequenos óculos de leitura e fez sinal para que a visitante sentasse.

Que bom encontrar uma moça, pensou, *que sabe usar bem um sári nos dias atuais.*

Era de um azul-celeste radiante, talvez um pouquinho baixo na cintura. O inglês da jovem era melhor que o seu, o que ele notou com prazer.

Um apartamento de dois quartos para ela, uma moça solteira que trabalhava fora, e seus pais. Contrato de aluguel por um ano, renovável. Faixa de 15 a vinte mil rupias.

Ajwani, como era de praxe, acrescentou 10% à faixa superior das cifras citadas e pensou prontamente num conjunto de lugares para mostrar à mulher. Pôs as mãos sobre a mesa e se inclinou para ela:

— A senhorita acha que eu sou um corretor, não é?

O rosto escuro e bexiguento de Ajwani era tão inusitado em sua comunidade que a clientela volta e meia o confundia com um indiano meridional — o que era bom, a seu ver, já que os indianos do sul, ao contrário dos sindis, eram conhecidos como pessoas honestas. Ele era corpulento, de pescoço grosso, usava ternos safári de tom azul ou creme e cheirava a talco Johnson's para bebês.

A mulher de sári azul-celeste se recuperou do susto.

— Sim — disse. — Não é?

— *Não* sou.

Duas fundas rugas paralelas se inclinaram altas nas bochechas de Ajwani, como guelras faciais, acrescentando um toque de ameaça a seu sorriso.

— *Não vou* fazer o que fazem todos os outros corretores desta cidade. Não mentirei para a senhorita. Não direi que um prédio é "praticamente novo" se ele tiver quarenta anos; não dourarei as peculiaridades dos vizinhos, as infiltrações e os vazamentos no teto ou nas paredes. Acredito em informações precisas: para mim e para meus clientes. Por favor, olhe para a parede. Meus três deuses estão ali em cima.

A moça viu um retrato emoldurado de corpo inteiro de Sai Baba e uma imagem do deus Balaji, em seu traje de ouro de 24 quilates, em Tirupati.

— O terceiro é o meu deus mais importante. Sabe o nome dele? Por favor, examine-o mais de perto. Vá até a parede, por favor.

A mulher de sári azul fez o que ele disse; entre as divindades, viu uma pequena lista impressa:

Um QSC (Um quarto, Sala, Cozinha)
Dois QSC (Dois Quartos, Sala, Cozinha)
Três QSC (Três Quartos, Sala, Cozinha)
Depósito: Múltiplo do aluguel — até seis meses
"Sinal" em dinheiro — tem de ser pago
AIO (Atestado de Inexistência de Objeções, dado pelo secretário da sociedade) — tem de ser fornecido
Atestado de Liberação pela Polícia (da delegacia local) — a ser obtido pelo corretor
Foto tamanho passaporte (x2) — necessária.
Comprovação de emprego — imperativa
Área útil, área construída, área total — saiba a diferença
Contrato de Arrendamento e Aluguel: quem paga as taxas dos documentos de registro? Decida primeiro
Tipos de locatários: Família; Solteiro Sozinho, Solteiro de Empresa, Indiano Não Residente, Passaporte Estrangeiro: quem é você?

Parada atrás do corretor, a jovem notou que o pé direito do homem, que escorregara para fora do chinelo, abria e fechava a gaveta inferior da escrivaninha, em claro estado de agitação.

— Sabe o nome desse deus, senhorita? Chama-se "Informação". Faça dele o seu senhor, também. Agora, queira se sentar.

Esperando-a voltar a sua cadeira, virou um porta-retrato na direção dela:

— R e R, meus dois filhos. Rajeev e Raghav. Tal como eu. R de Ramesh. E também da minha corretora, R de Renascença. E observe que os dois usam trajes de *tae kwon do*. O preparo físico é meu quarto deus.

Enquanto a jovem admirava o porta-retrato, Ajwani se inclinou para ela:

— Srta. Swathi, este seu Ajwani aqui é limpo, feliz, feio, rude, sincero e tem cara de mangusto. — Enfatizou cada adjetivo com as mãos, cobertas de anéis baratos. — E essas são as suas virtudes.

A moça fez muita força para se conter, mas levou a mão à boca e sucumbiu. Riu de sacudir, e o corretor abriu um largo sorriso.

— Também gosto de fazer as pessoas rirem. Especialmente as moças. Seu riso é o doce...

Nesse momento, a porta de vidro da agência imobiliária Renascença se abriu. O secretário Kothari entrou acompanhado de um homem — alto, moreno, vestido como um vendedor, de camisa branca e calça preta.

— O que foi, Kothari? — perguntou Ajwani. — Estou com uma cliente.

— É urgente — retrucou o secretário.

Ajwani estava conversando com uma jovem num sári azul-celeste que deixava o umbigo à mostra. Nada podia ser mais urgente naquele momento.

— Estamos procurando um apartamento de dois quartos para ela e os pais. Irei vê-lo no seu escritório quando tivermos terminado nosso trabalho, Kothari. E quanto ao senhor, cavalheiro, não estou interessado em nenhum outro seguro, muito obrigado.

— Ajwani, Ajwani — fez o secretário, colocando os punhos na escrivaninha. Sua voz tremia. — Todos os seus sonhos estão prestes a se realizar, Ajwani.

O homem com jeito de vendedor de seguros se sentou e empurrou um pedaço de papel sobre o tampo laminado da mesa, em direção ao corretor.

Ajwani pôs os óculos de leitura, pegou o papel e começou a ler.

Havia um pequeno templo hindu num cruzamento logo depois do mercado de frutas e legumes. Mendigos se agachavam nele, cabras sarapintadas de marrom perambulavam a seu redor; a sra. Puri rezava.

Afaste-a, Deus. Essa pedra que bloqueia a mente do Ramu. Era assim que sempre havia imaginado: um pedregulho tinha bloqueado a mente do seu Ramu dentro de uma caverna. Pelo menos, não o deixe rolar para trás e empurrá-la mais para o fundo da caverna. Quem vai cuidar dele quando ficar velho?

Em matéria de locais de culto em Mumbai, a sra. Puri era especialista: muçulmanos, cristãos e hindus, ela estivera em todos por seu Ramu. Haji Ali, Mount Mary, SiddhiVinayak, Mahalakshmi — era só dizer, ela havia rezado lá.

Deu uma rupia a cada um dos mendicantes agachados no recinto do templo, certificando-se de que merecessem seu dinheiro — "Ramesh Puri. Nós o chamamos de Ramu. Reze por ele com todas as suas forças" —, e foi para o mercado comprar legumes frescos para o jantar.

Hastes verdes recurvadas, sustentando bananas amarelas, pendiam dos tetos das mercearias; vistosos saquinhos plásticos de macarrão chinês instantâneo e malte em pó cintilavam junto às bananas, como primos novos-ricos. Dois padres católicos, de hábito branco da cabeça aos pés, estavam junto ao balcão de uma mercearia, recebendo do proprietário informações sobre os planos de telefone celular pré-pago da Companhia Reliance. A sra. Puri entreouviu a conversa. Reliance? Ah, não. A Vodafone tinha uma recepção muito melhor ali. Já ia salvando os dois santos homens de um conto do vigário quando ouviu:

— Boa noite, Sangeeta-ji.

Ibrahim Kudwa (4C) passou por ela em sua motoneta Honda Activa e acenou. Os braços da esposa lhe circundavam a cintura, enquanto o filho de dez anos do casal, Mohammad, ia sentado na frente do pai, usando seu traje de artes marciais (GOJURU TAE KWON DO). Com sua *kurta* branca, volumosa e esvoaçante, Kudwa parecia um canguru desbotado, carregando a família inteira nos bolsos.

A sra. Puri se sentiu mais leve. Tinha inveja de Kudwa por sua vida familiar feliz — assim como sabia que, em segredo, ele invejava Ajwani por ter um Toyota Qualis, tal como Ajwani devia invejar outra pessoa; e essa corrente de inveja os ligava, mostrando a cada um o que lhe faltava na vida, mas oferecendo também o consolo de que a felicidade estava presente bem na porta ao lado, na vida de um vizinho, um componente da mesma sociedade.

Voltou para a Vishram levando beringelas e beterrabas.

O secretário e o sr. Ajwani estavam parados junto à cruz negra, de mãos postas. Atrás deles, um homem de camisa branca e calça preta — ela o reconheceu como um dos dois que haviam passado no condomínio dias antes, fazendo todas aquelas perguntas — teclava algo no celular.

— Sra. Puri — chamou o secretário, com a voz trêmula. — Depressa. Suba para a sua casa. Seu marido quer lhe contar pessoalmente.

O coração dela se contraiu. Deus, o que o senhor fez com a minha família dessa vez? Que novo horror?

A sra. Rego estava plantada na entrada da sociedade.

— Isso é uma ilusão, sra. Puri. A senhora precisa compreender. O dinheiro nunca virá.

— Solte-me — disse a sra. Puri, quase empurrando o Encouraçado porta adentro.

Subiu a escada correndo para seu Ramu. A porta do apartamento estava aberta. O marido e o filho estavam sentados juntos no escuro.

— Todos nós... todos nós... todos nós neste prédio... — disse o sr. Puri, quando ela acendeu a luz.

— Sim? — murmurou a mulher. Alisou a testa de Ramu com a palma da mão. — Sim?

— Temos pago nossos impostos, temos ajudado uns aos outros e temos ido ao SiddhiVinayak e à igreja de Mount Mary e à igreja Mahim...

— Sim?

— ...e agora, todos nós neste prédio, todos nós, que somos boas pessoas, fomos abençoados pela Mão de Deus.

E então o marido lhe contou por que o secretário, Ajwani e o estranho estavam parados junto à cruz negra, e por que o Encouraçado estava tentando bloquear a entrada.

Ram-pam-pam. Ramu, captando o alvoroço, andou em volta dos pais. Ram-pam-pam-pam-pam-pam.

O sr. Puri observou sua mulher.

— Então, o que acha?

— Se isso for mesmo verdade, será o primeiro milagre da minha vida.

Nas últimas três décadas, os residentes dos apartamentos 3A (Murthy) e 2A (Pinto) da sociedade Vishram tinham sido quatro pessoas com os mesmos hábitos de sono. Se um casal ia dormir cedo, o outro desligava a televisão e ia se deitar. Se um escolhia cantar com Lata Mangeshkar até altas horas da noite, o outro casal também cantava com Lata Mangeshkar até altas horas da noite.

Nessa noite, o sr. Pinto estava tendo um surto de insônia. Olhou para o teto. Durante trinta anos, aquele teto — com o lustre pendurado no centro, como uma fonte reluzente de inteligência — tinha sido uma imagem da mente de seu vizinho e amigo.

— Por que ele está andando tanto de um lado para outro, Shelley? Já passa das dez horas.

A sra. Pinto estava deitada a seu lado. Por causa de sua quase cegueira, não acompanhava o marido e Masterji em suas saídas para comer *biryani*.

— Não há nada com que se preocupar — respondeu ela.

— Tem certeza de que ele está com diabetes? Ele ainda não foi ao médico.

A sra. Pinto, que não conseguia enxergar o lustre, concentrou-se nas passadas, que iam de uma ponta do quarto à outra e paravam (um momento de pausa à janela), antes de fazer meia-volta.

— Não é diabetes, sr. Pinto.

— Então é o quê?

A sra. Pinto entendia mais dos homens. Na idade dela, o corpo tinha se tornado uma máquina automática que se movia em tiques previsíveis, pequenos movimentos repetidos, mas a mente ainda era capaz de todos os saltos excêntricos. Pelo padrão das passadas, ela adivinhou a verdade sobre o homem lá em cima.

— As noites devem ser terríveis.

Tantos meses sozinho, sem uma única mão para tocar no escuro.

A sra. Pinto se virou de lado na cama, para não ter de escutar.

— Ele não é o único que está andando de um lado para outro — observou seu marido. — Está ouvindo? Há alguma coisa acontecendo no prédio.

Um retrato fosforescente do Senhor Balaji em Tirupati, a divindade favorita de sua falecida esposa, pendia de um gancho na parede do quarto de Masterji. Perto do retrato havia uma lavadora semiautomática, enquanto um colchão de algodão para as visitas, enrolado como uma minhoca rosa de listras, ficava sobre uma cadeirinha junto da máquina. Uma janela quadrada, com grades de ferro, dava para a cruz negra do jardim.

A parede tinha uma fileira de portas que se assemelhavam a armários embutidos, mas eram falsas, feitas para imitar a casa de um homem com mais dinheiro: atrás das portas havia seis *almirahs*, os armários Godrej de metal verde em que Purnima guardava tudo, desde suas joias do casamento até os livros de registro em que fazia a contabilidade doméstica.

No passado, Masterji só pudera observá-la examinar um grosso molho de chaves, encontrar a que servia, abrir um armário e tirar o que quisesse. Ele sabia que uma prateleira de um armário era para os sáris dela; uma era para os sáris em que havia trouxinhas de moedas e notas escondidas; uma era para os sáris em que ficavam embrulhados os talões de cheque; outra, para os documentos relacionados com a educação dos filhos; e outra, para as finanças do casal. Um mês depois da morte de Purnima, Gaurav tinha telefonado para pedir o colar de diamantes da mãe, aquele que ela havia comprado na loja Vummidi, em Chennai; Sonal estava ansiosa, não queria que as joias da sogra se perdessem. Masterji dissera não se lembrar de nenhum colar assim, mas havia prometido procurar nos armários. A frieza do filho, tinha certeza, havia começado nessa ocasião.

Abriu uma porta e fitou o interior do armário Godrej, no qual se viu refletido. Um espelho estreito de corpo inteiro fora fixado na frente do *almirah*. Centenas de pontos vermelhos (vermelho-tijolo, vermelho-lama e vermelho-sangue) cobriam a metade superior do espelho; sua mulher costumava grudar um desses *bindis* na testa, toda vez que saía de casa. Masterji achou que o espelho o fazia parecer um homem com uma doença de pele, ou uma árvore florescendo.

Na cozinha, a velha folhinha começou a bater na parede: de novo ele teve a sensação de que sua mulher estava bem ali, picando cebola.

Uma chave fora deixada no cadeado de um armário; ele a girou e deparou com as prateleiras vazias, exceto por uma, forrada de jornal e protegida por bolinhas de cânfora, com apenas um antigo sári de seda.

O sári do casamento.

Masterji fechou os olhos e aproximou as mãos da borda dourada do sári. Aspirou o aroma canforado da prateleira. Pensou na ocasião em que não a havia defendido dos irmãos em Suratkal. A antiga folhinha começou a bater mais forte na parede, *tac-tac-tac*, o que lhe deu a certeza de que Purnima estava falando com ele. *Tac-tac-tac*. Ela não queria saber do passado. Queria saber da moça do apartamento vizinho. A jornalista.

Ele aspirou mais ar canforado, em busca de forças, e confessou. Um ser humano de 61 anos é uma lascívia ardente entre ossos velhos, Purnima. A moça do lado o perturbava, era verdade. Ele achou que sua mulher se zangaria, mas agora ela estava em algum lugar além da raiva. A folhinha tornou a bater: Purnima lhe dizia para não ficar agitado. Ela agora compreendia que um homem não podia se castigar por seus desejos, os quais lhe eram enviados de outro mundo, e sabia que devia ter experimentado os mesmos sentimentos por outras mulheres — suas colegas da escola, talvez até alguma moradora da sociedade Vishram —, mas havia reprimido esses anseios e se mantivera fiel à esposa, e esse autocontrole era meritório, algo que a ajudava em sua viagem sobre os mares. Por que, perguntou Purnima, agora que ela estava morta, ele sentia vergonha de ficar excitado? Vergonha e culpa, acrescentou, com uma franqueza que nunca teria reunido quando a mulher era viva, constituíam mais da metade da vida de um homem. Para a geração dele, ou para seu tipo de homem nessa geração, sempre fora assim. É verdade, disse ela, é verdade, batendo as asas e se elevando sobre o oceano. Compreendia que a vida do marido se houvesse inclinado entre negros polos magnéticos chamados Vergonha e Culpa, mas uma das ondas cinzentas entre um polo e outro devia ser a Consciência Moral. Era essa linha tênue que ele devia encontrar. Para guiá-lo no que estava por vir.

Os vapores das bolas canforadas de naftalina, do jornal velho e do sári de seda o deixaram sonolento.

Em vez da imagem da alma de sua mulher, Masterji viu a si mesmo, com um corpo de águia, sobrevoando um oceano: como se a própria morte e o julgamento subsequente já houvessem começado.

Quando ouviu uma batida forte e ritmada na porta, seu primeiro pensamento foi que devia ser o oficial para buscá-lo e levá-lo a julgamento.

Abriu a porta e se deparou com o sr. Pinto.

— Por que não tocou a campainha?

— Não está funcionando... — O sr. Pinto apertou o botão para provar.

Nesse momento, Masterji se deu conta de vozes no condomínio e passos na escada. Do térreo, ouviu o Encouraçado gritando:

— Ilusão! Ilusão!

Os dois velhos desceram a escada e foram até o quadro de avisos, em volta do qual meia dúzia de pessoas havia se reunido. Masterji viu Ibrahim Kudwa, sua mulher, Mumtaz, a sra. Saldanha com a filha, Radhika, e a sra. Abichandani, do primeiro andar, com o secretário, que dizia:

— Como é que eu poderia ter dito a alguém antes? Só fiquei sabendo hoje à noite.

Masterji pediu em voz baixa que as pessoas se afastassem para o lado, até chegar perto o bastante para ler o aviso preso no painel central:

Oferta Geral de Reurbanização:
Às sociedades Vishram A e B.
Proposta feita pelo grupo Confiança
(Sede: Edifício Navnirman,
Parel, Mumbai).
Atenção: secretários das sociedades A e B
e todos os moradores

Em consideração à proposta de construção de um novo projeto residencial de altíssimo luxo no local atual das sociedades Vishram A e B, o grupo Confiança vem fazer às sociedades Vishram (Torres A e B) uma oferta de compra imediata de todos os apartamentos das referidas sociedades, nos seguintes termos:

Considerando-se que as duas sociedades se compõem de apartamentos de um e dois quartos, com áreas que vão de 42m^2 a 88m^2, com uma área média de 74m^2; considerando também que o valor vigente em Vakola varia entre oito e 12 mil rupias por metro quadrado, podendo ser até menor, no caso de prédios da idade e das condições da sociedade Vishram, faz-se a todos os proprietários a oferta generosa de um valor uniforme de 19 mil rupias por metro quadrado.

Por exemplo, o proprietário de um apartamento com área de 74m^2 receberá um pagamento bruto de 1.406.600 rupias. Isso contrasta com uma taxa de mercado provavelmente da ordem de sessenta a setenta *lakhs* (seis a sete milhões de rupias), no máximo, e mesmo assim, só depois de os moradores pagarem pelos reparos, pintura etc. dos apartamentos e das áreas comuns. Diversos outros benefícios financeiros e tributários desta oferta serão explicitados pelo diretor-geral do grupo Confiança, sr. Dharmen Shah, quando ele comparecer em pessoa à sua sociedade para falar com os residentes.

Caso os moradores aceitem esta generosa oferta, a referida soma será paga em três parcelas. Uma parcela será paga por ocasião da assinatura do acordo, uma quando da desocupação dos edifícios, e uma no prazo de três meses, por depósito nominal em conta bancária. Além disso, será oferecido a cada família o valor equivalente a oito semanas de aluguel, calculado com base nos valores médios de locação de um apartamento de dois quartos, de boa qualidade, na região de Vakola, a fim de que todos possam ficar por perto enquanto procuram uma nova moradia. Todos os pagamentos serão feitos em cheque. As contas pessoais poderão ser de qualquer banco do setor público (como o Corporation Bank, o Banco Nacional de Punjab etc.) ou de bancos privados reconhecidos e bem-conceituados (como HSBC, HDFC, Karur Vysya etc.). Tenham a gentileza de verificar com a construtora a lista de bancos aceitos.

Sobre o grupo Confiança: Nosso lema é "Da minha família para a sua". Fundada em 1978, é uma das principais construtoras de Mumbai, com novos projetos em construção também em Thane e Pune. O diretor-geral do grupo Confiança, sr. Shah, foi agraciado com numerosas medalhas de ouro e diplomas de honra ao mérito. Foi elogiado pelo Rotary Club por suas contribuições beneficentes e sua visão filantrópica da humanidade. Sendo no fundo um homem de família, ele evita a alta sociedade e a vida glamorosa, e se concentra na qualidade de seu trabalho e em suas realizações. É também apaixonado por xadrez e bilhar. Os senhores poderão conhecer seus numerosos projetos e realizações por meio do prospecto do grupo Confiança que foi deixado com os secretários das sociedades.

Importante: A data-final para aceitação desta oferta será o dia seguinte ao feriado de Gandhi Jayanti: 3 de outubro. (Não negociável.) A oferta não será estendida nem por um minuto além dessa data.

livro dois

O sr. Shah explica sua proposta

14 DE MAIO

Bocejando ao deixar o estacionamento do Solar Mirchandani, Shanmugham saiu pelo portão — o segurança, sem saber ao certo se ele era empregado ou amigo do sr. Shah, levantou-se sem cumprimentá-lo — e desceu os degraus largos de pedra, passando por idosos que faziam exercícios de alongamento, até parar na areia fresca e limpa.
    Praia de Versova. Respirou fundo, aspirando a brisa marinha da manhã. Havia alguns barcos de pesca no mar; Shanmugham se virou para o norte a fim de os coqueiros da distante ilha de Madh. Alongando o pescoço e levantando os braços acima da cabeça, virou-se para o outro lado da praia e estremeceu.
    Tinha esquecido como era Versova de manhã.
    Ali, na praia no bairro residencial requintado da zona norte de Mumbai, metade da areia era reservada para os ricos, que defecavam em seus arranha-céus, e a outra metade, para os favelados, que o faziam perto do mar. Havia moradores da favela que invadiam a praia agachados à beira da água, defecando.
    Uma linha invisível passava pelo meio da praia como uma cerca eletrificada; para além dessa linha, os executivos, as modelos e os produtores de cinema de Versova se dedicavam ao tai-chi, à ioga ou ao *jogging* em esteiras. Atrás do grupo que se exercitava, uma mulher de vestido vermelho esvoaçante posava contra o pano de fundo das pedras, ao som

dos cliques do fotógrafo. Grandes painéis revestidos de papel prateado, erguidos em volta da modelo, refletiam a luz sobre seu corpo, e ela forçava o rosto maquiado em mais um sorriso para a câmera. Alguns homens sem-teto formavam um semicírculo em torno da sessão de fotos, e dali teciam comentários altos e precisos sobre o corpo e a habilidade de posar da modelo.

Contemplando os longos membros depilados que transpareciam pelo esvoaçar de tecido vermelho, Shanmugham se sentou precariamente sobre duas pedras.

Virou-se para fitar o Solar Mirchandani, que se erguia sobre um aclive rochoso às suas costas: elegante, bege, com uma cumeeira pontiaguda. A cortina ainda estava fechada na janela do sétimo andar. Ele havia recebido uma mensagem de texto do chefe às seis e meia da manhã; presumiu que partiriam para a Vishram às nove.

Ótimo.

O sr. Shah devia ter estado presente quando a oferta fora feita, na véspera; devia ter mostrado os dentes, conquistado a confiança deles, seduzido os moradores com sorrisos e apertos de mão, feito papel de político segurando os bebês, e se despedido com uma reverência e uma citação de um livro sagrado. Era assim que sempre fora, até então. Atrasos, advogados e ONGs levantavam suspeitas; os abutres voavam mais baixo.

Mas veja só o patrão, trancado lá em cima, ali em Versova, sua outra casa, durante a tarde e a noite anteriores inteiras. Tudo porque aquele astrólogo de Matunga lhe dissera que a noite de ontem, apesar de *auspiciosa* para a apresentação da oferta, era *malpropícia* para uma visita pessoal. O chefe estava ficando cada vez mais supersticioso, disso não havia dúvida. Um ou dois anos antes, teria insistido em que os astros lhe dessem uma ocasião mais favorável. Ou talvez o que mantivesse o sr. Shah ali não fossem aqueles astros, mas a estrela fenecente do sétimo andar do Solar Mirchandani — a propriedade de Versova dentro da propriedade de Versova. Shanmugham, homem casado, deu um risinho de escárnio.

Ah, Versova. O incontestável bairro residencial "número dois" da cidade. Fazendo sucesso em Bollywood, era provável que você morasse em Juhu ou Bandra; fracassando, cairia fora; mas, se não fosse um sucesso nem um fracasso, apenas sobrevivesse daquela maneira cinzenta e ambígua dos "número dois", acabaria aqui.

O sr. Shah era humano. Tinha suas necessidades físicas. Isso Shanmugham entendia.

Só gostaria que o patrão não o deixasse no escuro diante de seus compromissos astrológicos — não fazia a menor ideia se o astrólogo havia indicado a manhã, a tarde ou a noite como o horário para eles irem à Vishram. Até chegar a hora, o esperado era que ele ficasse perto do Solar.

Uma das placas prateadas que refletiam a luz do Sol sobre a modelo era patrocinada por um banco; nas costas do painel, letras vermelhas em negrito anunciavam:

RENDIMENTO ACUMULADO DE 8,75%
CANARA CO-OPERATIVE BANK
DEPÓSITO FIXO POR 365 DIAS
SEM MULTA POR RETIRADAS
INVISTA AGORA!

Shanmugham chegou mais perto, foi enxotado pelo pessoal que cuidava da modelo, sorriu e voltou depressa para as pedras.

Ao subir na vida, ele havia descoberto os pequenos investimentos financeiros como outros homens descobrem a cocaína. Assinava o *Economic Times*, assistia ao canal de televisão CNBC e brincava com ações. Mas era um homem casado e com filhos, e o grosso do seu dinheiro ficava trancado na segurança de uma poupança bancária: 2,8 *lakhs*, ou 280 mil rupias, no Rajamani Co-operative Bank, com rendimento de 8,65% sobre 400 dias. Ele se orgulhava dessa taxa — havia forçado o gerente a acrescentar 0,15% sobre a taxa de juros normal do banco.

Um helicóptero riscou a praia com sua sombra ruidosa. De joelhos, Shanmugham fazia contas na areia quente (8,65% comparados com 8,75%; 400 dias comparados com 365), ao passo que as ondas espumavam na areia como os juros acumulados adicionais que ele poderia ganhar sobre o principal no Canara Co-operative Bank.

As ondas quebrando abaixo da janela; uma lagartixa no teto, encarando você com olhos gordos e invejosos; e, no cômodo ao lado, uma mulher 26 anos mais moça, escovando o cabelo recém-lavado e emitindo ondas de morango e aloé na direção de suas narinas.

Dharmen Shah bocejou. Não viu razão para se levantar da cama.

— Está acordado? — perguntou Rosie do seu quarto. — Venha ver o que comprei para você, tio. É surpresa.

— Deixe-me dormir, Rosie.

— Venha.

Ela o pegou pela mão e o conduziu à sala de visitas; lá estava ele, apoiado no sofá: um cartaz emoldurado, formado por três partes que mostravam etapas da construção da Torre Eiffel.

— Para você, sr. Construtor. Para colocar no seu escritório.

— É muita gentileza sua, Rosie — disse Shah, levando a mão ao peito. Ficou realmente comovido, ainda que o dinheiro usado para comprá-lo fosse seu. — O Eiffel — comentou, sentando-se à mesa de jantar laminada em frente à cozinha — foi o mesmo sujeito que construiu a Estátua da Liberdade. O que faríamos com ele na Índia? Perguntaríamos: *qual é a sua casta, qual é a sua família, quais são seus antecedentes? Desculpe, vá embora.*

O gordo esticou as mãos e flexionou os dedos dos pés. Rosie se virou da cozinha e o viu bocejando comodamente.

— Rosie, algum dia eu lhe disse que sou filho da primeira mulher do meu pai?

— Não, tio. Nunca me fala de você.

— Tiraram minha mãe de um poço, um dia. Essa é a primeiríssima lembrança que eu tenho.

Rosie saiu da cozinha e enxugou as mãos.

— Eu tinha quatro anos. Ela pulou no poço da nossa casa, em Krishnapur.

— Por que fez isso?

Shah encolheu os ombros.

— Um ano depois, eu tinha uma madrasta. Ela teve quatro filhos homens, que recebiam todo o amor do meu pai. Ele nem sequer me olhava com bondade. O pior era isto: ele fazia *eu* me sentir envergonhado, Rosie. Como se o suicídio da minha mãe fosse culpa *minha*. Ele me fuzilava com os olhos quando alguém mencionava o assunto.

— E depois?

Depois viera o dia em que ele tinha ido à mercearia do pai e pedido: "Pai, posso ganhar uma bicicleta? Estou fazendo 16 anos"; e ouvira um "Não", embora um meio-irmão mais novo tivesse ganhado uma. Compreendendo que o que se esperava dos filhos da primeira mulher era que viessem em segundo lugar, ele havia saído de casa na manhã seguinte, com 12 rupias e oitenta *paise* que tinha guardado. Andara, pegara o ônibus, pegara o trem, ficara sem dinheiro e tornara a andar, até as sandálias caírem dos pés e ele ter de enrolá-los em folhas de bananeira. Chegara a Bombaim. Nunca mais tinha voltado a Krishnapur.

— Nem uma vez?

— Voltar para quê? Na aldeia, o homem vive como um animal social, Rosie: tem de agradar o pai, o avô, os irmãos varões, os primos. Sua casta. Sua comunidade. Aqui o homem é livre. Na cidade.

Rosie esperou ouvir mais, porém Shah se calara; ela se levantou da mesa.

— Vou trazer as torradas num segundo, tio.

— Manteiga. Muita manteiga.

— E eu não sei? É a única coisa no mundo que você adora: manteiga fresca.

Pouco depois, Shah lambia a manteiga das torradas triangulares à mesa. Enxugando as mãos nas laterais dos jeans azuis, Rosie o observou da cozinha.

— Aconteceu alguma coisa hoje, tio? Você está muito falante.

— O Satish está encrencado. Pela segunda vez este ano.

— Que tipo de encrenca, tio?

— Vá buscar mais torradas.

Rosie voltou com novas torradas, que empurrou para o prato dele com as costas dos dedos.

— O Xangai, Rosie. Já disse que esse é o nome do meu novo projeto?

— O que aconteceu com o Satish, tio?

— Quero me esquecer dele. Quero falar do meu Xangai.

— Que chatice, tio. Você sabe que não gosto de conversas sobre construções. Quer geleia de laranja?

— Todo homem quer ser lembrado, Rosie. Não sou diferente. Quando a gente adoece, pensa nessas coisas. Comecei como empreiteiro, depois fiz reurbanização de favelas, porque os grandes construtores não queriam sujar as mãos. Se tinha de beijar o rabo de um político, eu beijava; se tinha de dar sacos de dinheiro a outro para a eleição, eu dava. Subi. Como uma lagartixa, subi por paredes que não eram minhas. Comprei uma casa em Malabar Hill. Aprendi sozinho a construir com estilo, Rosie. O estilo *art déco* de Marine Lines. O estilo gótico da estação Victoria. E vou pôr todos os estilos no novo edifício: o Xangai. Quando ele ficar pronto, quando o virem, brilhante e moderno, as pessoas vão compreender a história da minha vida.

Ao chegar à cidade, sem conhecer ninguém, ele entrara numa fila do lado de fora de um templo jainista em Kalbadevi e ali recebera três refeições por dia. O dono de uma loja tinha ficado com pena de seus pés e lhe jogara as sandálias; ele começara a trabalhar como entregador para esse comerciante e, em menos de um ano, gerenciava ele mesmo uma loja.

Numa economia socialista, um pequeno empresário tinha de ser ladrão para prosperar. Antes de chegar aos vinte anos, Shah contrabandeava mercadorias de Dubai e do Paquistão. Isso mesmo, que impedimento teria ao negociar com o inimigo se era tratado como um bastardo no próprio país? A pirataria parecia natural; na traseira de caminhões com a inscrição "fornecimento emergencial de trigo", ele despachava relógios e despertadores feitos no exterior para Guzerate e Bombaim. Mas, depois, a Constituição da Índia tinha sido suspensa; impusera-se o estado de emergência — a polícia recebera ordens de prender todos os que estivessem no mercado negro, os contrabandistas e os sonegadores. Mesmo que se detestasse aquele período, era forçoso admirar sua coragem: fora a única vez que alguém tinha mostrado força de vontade nesse país. Shah tivera de se livrar do dinheiro sujo — *O homem veio do pó*, havia pensado, *e pode muito bem repor seu dinheiro no pó*. Fundara uma empresa construtora, com o nome em inglês, é claro: fazia parte do novo mundo do "talento e mais nada". Contrabando era para homens pequenos, ele havia descoberto; o verdadeiro dinheiro do mundo estava no lado legítimo das coisas. Começando como empreiteiro de outro construtor, na rua Mira, Shah não tardara a perceber que, por mais que gostasse de cimento e aço, gostava mais de gente. O ser humano era o seu barro esperando para ser moldado. Seres humanos mais pobres, para começar. Entrara no ramo de "reurbanização" de *chawls* e favelas, comprando a saída dos ocupantes de estruturas envelhecidas para que arranha-céus e shoppings pudessem tomar seu lugar; era uma tarefa que exigia igual medida de brutalidade e sedução, e se revelava sutil demais para a maioria dos construtores; mas ele a vencera com as habilidades provenientes de seus anos de contrabando, aliando-se a políticos, policiais e bandidos para tirar as pessoas de suas casas, mediante subornos e expulsões. Com um instinto de justiça que o ensinava a preferir (ao contrário de muitos outros em sua profissão) o uso da generosidade ao da violência, ele ganhara fama de homem que fazia os outros enriquecerem, sempre preferindo seduzir o morador recalcitrante com um cheque — em vez de uma faca — para que deixasse o imóvel, e esperando até não haver outra alternativa senão mandar Shanmugham (como tinha feito em seu projeto mais recente de reurbanização, no bairro de Sião) ir até o fim: empurrar a cabeça do sujeito para fora de uma janela e lhe indicar que o resto dele seguiria em três segundos, a menos que aparecesse uma assinatura no documento apropriado. (E aparecia.)

Rosie pôs mais pão na torradeira. Shah ouviu o clique do aparelho e pensou na amante com gratidão: essa portadora de torradas e perfumes florais em sua vida, uma moça rechonchuda das províncias — *vinda lá de Ranchi, dá para acreditar?* Lambeu os dedos e esperou por mais pão. Como se precisava de pouco para ser feliz na vida! Camas brancas e macias, torradas com manteiga e moças cheinhas, três prazeres essencialmente intercambiáveis.

No chuveiro, a água quente fluiu pelos metais dourados; Shah ficou de pé sobre o ônix verde e sentiu o calor no couro cabeludo.

Sua mulher tinha morrido fazia cinco anos. Depois de um ano em que se ativera a uma vida reservada, ele havia começado a levar mulheres para quartos de hotel. Depois, construíra seu próprio hotel ali, no sétimo andar desse prédio de Versova. Travesseiros e almofadas de penas de ganso, lençóis de um branco puro, com poros de 2,8 mícrons, para repelir os alérgenos, luzes que se acendiam ao bater de uma palma, para não se ter de sequer sair da cama. O apartamento de Malabar Hill era mais desarrumado, sujeito à rabugice de Giri; e era um lar, as coisas quebravam. Este lugar com vista para o mar tinha o luxo de um palácio dos pecados.

— Como está o seu escarro hoje, tio? — gritou Rosie do banheiro.

Era um papel que toda amante era dada a desempenhar, mais cedo ou mais tarde: o de mãe substituta.

— Transparente, Rosie.

Shah tossiu, cuspindo, e depois molhou o dedo no cuspe e o inspecionou. Em dezembro estivera muito mais escuro, às vezes salpicado de vermelho.

— Não minta para mim, tio, estou ouvindo a sua tosse. Está parecendo a trovoada que eles usam nos filmes.

— Se eu tivesse projetado o corpo humano, teria feito um trabalho muito melhor, Rosie. Os materiais usados não são os melhores. Alguém andou cortando gastos. A estrutura desmorona muito depressa. — Shah riu. — Mas eu estou ótimo, Rosie. Graças ao Senhor SiddhiVinayak, estou ótimo.

Graças ao Senhor. Rosie sabia exatamente o que isso significava. *Graças a mim mesmo.* Igualzinho ao produtor de cinema que diz, depois que o pau dele é chupado: "Graças a Deus, você terá um pequeno papel neste filme."

Rosie deu um suspiro e tirou os pratos engordurados da mesa.

Seis meses antes, Shah aguardava num restaurante um pedido de *chow mein* que sua amante da época, Nannu, tinha querido que ele fosse buscar para levar-lhe pessoalmente, por estar numa de suas oscilações histéricas de humor. A moça bonita de blusa de alcinhas lhe dera um sorriso, aproximara-se sem ser convidada e lhe estendera a mão: "Meu nome é Rosie. E o seu?" Shah entendera na mesma hora que aquilo era uma oferta. Afinal, estava em Versova. "Obrigado", dissera com um sorriso, e fora embora. Nannu tinha a pele mais clara.

Na manhã seguinte, uma dessas coisas que contribuem para tornar a vida genial: ao abrir o jornal, ele viu numa coluna secundária: "Aspirante a modelo detida em academia de Oshiwara. Acusada de furtar objetos do vestiário feminino." Lera o nome da moça: "Rosie." Aquilo tinha sido um desafio a sua força de vontade. Shah em seguida cancelara as reuniões da manhã e fora à academia de Oshiwara; acertara o pagamento em dinheiro com o dono da academia; fora à delegacia, soltara a jovem e, olhando para ela — ombros e cabelo ainda em bom estado, depois de um dia em cana —, tinha decidido: "Ela serve." Nannu recebera um prazo de três dias para deixar o apartamento; depois disso, Shah transferira Rosie para Versova e lhe dissera que ela podia continuar a fazer o que tinha ido fazer em Bombaim: tentar uma carreira no cinema. Não havia necessidade de golpes baratos enquanto morasse com ele; bastava um grande golpe e a humilhação de aceitar. Uma ou duas manhãs por semana, Rosie ia ver algum produtor a respeito de um papel insignificante numa nova produção; ora renovava as esperanças de sucesso, ora tinha medo de envelhecer; achava que nunca teria uma chance e pedia "ajuda" para montar o próprio salão de cabeleireiro, o que Shah prometera que lhe daria. No fim do relacionamento. Até lá, porém, se olhasse para outro homem, ela voaria de cabeça no oceano Índico.

Quando Shah saiu do chuveiro, Rosie estava cantando numa língua estrangeira.

— Ópera — gritou, em resposta à pergunta dele.

Havia uma nova febre de óperas italianas em Bollywood, e a moça estava ensaiando uns trechos de canções. Chamavam-se "árias".

— *Ariia* — disse ele, enxugando o cabelo com uma toalha branca e macia. — É assim que se fala?

— *Ááária*, tio. Não pronuncie as coisas como um bode de aldeia guzerate.

— Rá-rá-rá. Mas eu *sou* um bode de aldeia guzerate, Rosie.

Outro dos maus humores dela, e Shah gostava de todos. "Arranje um quarto com vista para o mar. Uma das paredes estará sempre nova", diziam no ramo imobiliário. Arranje uma mulher que mude, e você terá uma dúzia de mulheres. Ele adorava o perfume do sabonete Pears na pele; desejou tomá-la nos braços.

— Por que você não me apresenta ao Satish, tio? Somos da mesma faixa etária, posso conversar com ele se estiver encrencado — pediu Rosie, quando Shah apareceu, ainda enxugando o cabelo.

— Vou lhe trazer uma maquete do Xangai, Rosie. É muito bonito, você precisa ver. Gótico, indiano, italiano, *art déco*, todos os estilos num só. A história da minha vida inteira está nele.

— Por que não me apresenta ao Satish, tio?

Shah se curvou e esfregou a cabeça com mais vigor, e os respingos em seu rosto a irritaram.

— Não sou sua prostituta! Não sou propriedade sua! Não dou a mínima para a porra do seu dinheiro!

Com a cabeça curvada, coberta pela toalha, Shah ouviu as pisadas duras no chão e uma porta batendo, *pou*! Esfregou o cabelo e perguntou ao piso (lajotas verde-escuras com flocos brancos engastados, seu padrão favorito, usado em todos os seus edifícios): por que será que, quando a mulher se preocupa com seu interesse por ela, faz exatamente as coisas que levam seu interesse a diminuir mais?

Sentado na sua cadeira, contemplando o seu mar e balançando o corpo, Shah cantarolou sua música favorita de Kishore Kumar: *Aa chal ke tujhe, mein...* Reclinando-se na cadeira, pressionou a cama com o dedo, apalpando o lençol de poros de 2,8 mícrons que recobria o colchão de molas de luxo; levantou o dedo, sentindo um formigamento ao ter sua força de vontade recarregada.

O caminho para uma nova construção em Mumbai era cheio de pedrinhas cintilantes — polícia, processos judiciais, ganância —, e ele precisaria de cada grama de sua gordura corporal para esmagá-las, uma a uma. Antes de cada novo projeto, como um ritual religioso, tinha de ir ali, a esse apartamento, procurar qualquer que fosse a moça com quem estivesse no momento, Nannu, Smita, Rosie, para aspirar seu perfume, comer torradas, contemplar o oceano, tocar nos metais dourados do banheiro. Na presença do luxo, sua capacidade de violência sempre se fortalecia.

Bateu à porta dela.

— Vou contar até cinco, Rosie.

— Não. Nunca mais vou sair. Você nunca me leva à sua casa. Nunca...

— Um — contou. — Dois. Três. Quatro.

Um rosto de mulher espiou por trás da porta aberta.

Uma hora depois, o sr. Shah lavou o rosto, as mãos e o peito no banheiro dela. Da janela, avistou um homem de camisa branca e calça preta na praia, sentado nas pedras e rabiscando na areia, enquanto esperava o telefonema do patrão.

Nenhum assistente havia permanecido no trabalho por tanto tempo quanto esse, sem ceder ao medo ou à ganância. Mas esse Shanmugham era especial. Um Dobermann puro-sangue.

Shah ligou para Giri.

— Vou ao templo SiddhiVinayak às cinco horas, depois sigo para minha sociedade em Vakola. Diga ao garoto para estar no templo. Pontualmente.

Rosie estava deitada de lado, o rosto escondido pelos braços. Shah se deitou junto dela e bateu uma palma na outra, acendendo a luz do quarto. Tornou a bater — a luz se apagou — e de novo —, até Rosie dar-lhe um tapinha no ombro e dizer:

— Pare de agir feito criança.

Ainda sentado nas rochas, Shanmugham havia apanhado uma pedra e batia com ela na areia quente, uma vez após outra.

Tinha sido tapeado. *Tapeado.*

Por seu próprio gerente de banco.

Lembrou-se das palavras exatas daquele velho hipócrita de cabeça branca: já que ele era um cliente tão valioso, ia receber um "pequeno adicional" além da taxa de juros programada ("A melhor taxa que se pode obter legalmente nesta cidade, eu lhe garanto"); e agora tinha descoberto que uma barraca de praia anunciava uma taxa de juros maior!

Atirando a pedra longe, levantou-se da rocha e sacudiu a areia da calça.

Depois de almoçar num *dhaba* panjabi, onde teve de lavar as mãos com água de um jarro de plástico, ficou observando as moças que corriam em esteiras ergométricas numa academia chamada Bárbaro, tomou uma água de coco na calçada às duas horas e, às três, um sorvete de pistache num prato de porcelana, num restaurante.

Dividiu a porção de sorvete em 16 pedaços e comeu um de cada vez para prolongar a permanência no restaurante. No 14º pedaço, teve certeza de que o homem de meia-idade que usava short era aquele ator que tinha sido famoso dez anos antes. Amrish Puri.

Amrish, não. Castigou um pedaço do sorvete, achatando-o com a colher. Om Puri.

Com o 15º pedaço na boca, pensou: *Estou tomando sorvete num restaurante em que um ator de cinema entra para fazer a mesma coisa.*

Nunca teria sonhado com algo assim, até aquele dia, seis anos atrás, em que, na imobiliária miserável em Chembur, soubera que havia um construtor à procura de um empreiteiro de mão de obra. Tinham se encontrado num restaurante próximo, de culinária da Índia meridional. O sr. Shah estava pondo chá em sua xícara quando disse:

— Uma pergunta simples. — O homem gordo mostrou-lhe dois dedos cheios de anéis de ouro. — Dois cômodos. Um tem quatro por cinco, um tem dez por dois. Ambos têm vinte metros quadrados. Certo?

— Sim, senhor — disse Shanmugham.

— Então, os dois custam a mesma coisa para serem construídos. Correto?

— Não, senhor.

— Explique-se. — Shah bebeu o chá de sua xícara.

— O cômodo de dez por dois é 33% mais caro, senhor. Quatro mais cinco são nove, nove e nove são 18, 18 metros de parede para construir. Dez mais dois são 12, 12 e 12 são 24 metros de parede para construir. Não se constroem pisos, constroem-se paredes.

— Você foi o primeiro homem a acertar a resposta. Despedi meu empreiteiro de mão de obra. Sabe como me arranjar operários para uma obra?

— Não, mas até a noite saberei — respondeu Shanmugham.

Seis meses depois, Shah lhe disse num canteiro de obras:

— Outro dia, você apartou uma briga entre os operários. Eu estava observando. Você sabe como bater num homem.

— Sinto muito, senhor — disse Shanmugham, olhando para o chão. — Não farei isso de novo.

— *Não peça* desculpas — retrucou Shah. — Não estamos na política. Isto aqui é construção civil. Temos de dizer a verdade neste negócio, senão nunca se construirá nada. Sabe o que é um braço esquerdo?

Na época, Shanmugham não sabia.

— Não tem importância. Você aprende depressa. Você pode ser o meu novo braço esquerdo a partir de segunda-feira. Mas hoje, tenho de despedi-lo, e você deve rasgar todos os seus cartões de visita. Se um dia nos envolvermos com a polícia, terei de dizer que o demiti.

Empurrando o prato do sorvete para o lado, Shanmugham tirou do bolso um caderninho preto e achou uma página em branco. Desenhando um quadrado com sete colunas e vinte linhas, criou um pequeno calendário: a última data era 3 de outubro. Ao lado dela, escreveu: Xangai.

Virou as páginas. As primeiras estavam cobertas de ditos sábios do sr. Shah, que Shanmugham vinha registrando fazia meses:

Se é hora de trabalhar, depressa, depressa, depressa. Se é hora de pagar, devagar, devagar, devagar.

Casta, religião, origem, nada. Talento é tudo.

Seja dez por cento mais generoso com as pessoas do que sentir vontade.

Clicou uma esferográfica preta e acrescentou uma frase da sua lavra:

Não confie em ligações feitas com bancos.

Quando o 16º pedaço de sorvete derreteu, Shanmugham pagou a conta e se retirou, com uma última olhadela para o ator.

Parou na sombra, num pequeno parque.

Um cão vadio preto passou por ali, com uma tira vermelha de carne viva brilhando perto da nádega esquerda. Shanmugham pensou no gerente de banco de cabelo grisalho e untuoso. Pensou no "pequeno extra". Com um olho fechado, mirou uma pedra pontiaguda na ferida aberta.

O celular começou a tocar.

Às quatro horas, a mão esquerda da sra. Pinto buscou uma parede. Sua *chappal* encontrou o primeiro degrau.

Na época em que sua visão começara a fraquejar, já se ia mais de uma década, a sra. Pinto costumava fazer uma contagem rigorosa dos degraus (chegava até a refazer o percurso, quando perdia a conta), mas isso já não era necessário.

Nas paredes haviam brotado olhos para ela.

Soube que tinha descido três degraus quando chegou ao "diamante", uma fresta romboide no quarto degrau. Sete degraus e dois patamares depois vinha o "dente podre". Deslizando pela parede, a palma da mão encontrou no reboco um trecho em forma de molar, que dava a sensação da parte posterior de seus dentes quando estavam cariados. Isso queria dizer que quase havia chegado ao segundo andar. Mudou de novo a angulação do corpo.

Sentiu uma tênue radiância: o sol da tarde luzindo sobre a entrada.

— Há alguém aí? — perguntou. — Cuidado quando correrem: Shelley Pinto está descendo, degrau por degrau, está descendo.

Só mais cinco degraus para chegar ao térreo. Ouviu a voz débil do marido, vindo do parlamento de cadeiras de plástico.

— ...se uma pessoa disser não, vocês não podem demolir a sociedade. Essa é toda a ideia de uma sociedade cooperativa habitacional. Um por todos, todos por um.

Preferia que ele tivesse dito uma coisa mais inteligente, pensou Shelley.

Na noite anterior, no momento em que o marido subira a escada com Masterji e lhe falara da coisa posta no quadro de avisos, ela sentira vontade de chorar. Os planos do casal para o resto da vida estavam na sociedade Vishram. Para que precisariam de dinheiro? Um depósito fixo na agência de Versova do banco HDFC lhes rendia quatro mil rupias por mês, o que cuidava de todas as despesas; os dois filhos estavam estabelecidos nos Estados Unidos — um bom país cristão —, um em Michigan, o outro em

Buffalo. As crianças estavam longe, mas eles tinham a sociedade Vishram a seu redor, calorosa, humana, familiar; era a queratina protetora que os dois haviam escolhido a partir das agruras da vida. Era isso que guiava Shelley na descida da escada e nos passeios pelo jardim fragrante. Como é que ela encontraria o caminho num prédio novo e estranho? O sr. Pinto e sua mulher tinham se sentado no sofá, de mãos dadas, sentindo-se mais apaixonados do que em muitos anos. E, quando Masterji disse "Se for não para vocês, será não para mim", Shelley Pinto começou a chorar. Um marido a seu lado e um sábio por amigo.

Durante o dia inteiro, fosse tomando o café da manhã com Masterji, fosse deitada na cama, ela ouvia o burburinho das conversas no condomínio. E se os outros os vencessem e a carregassem para um prédio com paredes estranhas, sem o diamante nem o dente podre nem seus milhões de outros olhos? Seu coração bateu mais depressa. Shelley esqueceu quantos degraus faltavam para chegar ao térreo.

A voz potente da sra. Rego a reanimou.

— É uma ilusão, sr. Pinto. Conheço esses construtores. Eles jamais pagarão.

Temos o Encouraçado do nosso lado, pensou a sra. Pinto. *Como podemos perder?*

— Em todos esses anos, sempre soubemos que a senhora era estranha, sra. Rego, mas não tínhamos percebido que era realmente louca — disparou a sra. Puri contra o Encouraçado.

A sra. Pinto sentiu um aperto no peito. *A sra. Puri está do lado deles. Como podemos vencer?*

— Isto é uma democracia, sra. Puri. Ninguém vai me calar. Nem a senhora nem todos os construtores do mundo.

— Só estou dizendo, sra. Rego, que até uma comunista deve entender que, quando aparece uma pessoa e nos oferece vinte mil rupias por metro quadrado, devemos dizer sim. Pensando em todos os consertos que temos de fazer no prédio e em cada um dos apartamentos, para que seja possível vender, com nova pintura e novas portas, isso fica mais perto de 250% do valor de mercado. E pense no tempo que leva para se achar um comprador estando num bairro como este. O sr. Costello esperou seis meses, desistiu e foi para o Qatar. Isso é dinheiro em caixa.

— Mas será que esse tal de sr. Shah vai pagar mesmo? — disse a voz de Ibrahim Kudwa.

Ótimo. Ibrahim Kudwa, o dono do cibercafé, era o termômetro do edifício. Se estava cético, todos estariam céticos.

— Olhem — disse o sr. Pinto, quando sua mulher chegou ao parlamento, tateando em busca de uma cadeira, a justificativa ideal. — Como ela vai sobreviver numa outra sociedade?

Ciente de que as pessoas a olhavam, a sra. Pinto sustentou o sorriso para que todos o vissem.

— Ao menos esperem esse homem vir falar conosco — disse a sra. Puri. — Será que isso é pedir demais?

Ibrahim Kudwa se aproximou da sra. Pinto e cochichou:

— Eu queria lhe contar sobre o cartaz que modifiquei em frente à sociedade. Agora eles taparam o buraco, mas havia uma placa lá. Dizia "Trabalho em andamento, lamentamos o inconveniente", mas eu troquei por "Inconveniente em andamento, lamentamos o trabalho".

— Foi muito inteligente, Ibrahim — cochichou ela de volta. — Muito inteligente.

Quase pôde ouvir o sangue afluindo orgulhosamente para o rosto dele. Ibrahim Kudwa a fazia lembrar de Sylvester, um cachorro de estimação que ela tivera. Sempre precisando de um "muito bem" e um tapinha na cabeça.

— Agora, vocês precisam nos dar licença. A Shelley e eu vamos dar a nossa caminhada.

Masterji, que estivera sentado na cadeira "de honra", fingindo não assistir à televisão da cozinha da sra. Saldanha, levantou-se em etapas. Seguiu o sr. e a sra. Pinto até o muro do condomínio.

Às suas costas, ouviu o indiscreto Ibrahim Kudwa cochichar:

— Qual é a posição *dele*?

Masterji reduziu o passo ao ouvir a resposta fiel da sra. Puri:

— No momento em que seus amigos disseram "Não queremos o dinheiro", ele disse "Eu também não".

Apesar de Masterji ter se oposto à oferta, a sra. Puri se orgulhava dele e queria que todos soubessem disso.

— Ele é um verdadeiro lorde. Só quando os Pinto mudarem de opinião é que Masterji mudará a dele.

Reprimindo o sorriso, o professor alcançou os Pinto. Shelley apoiava a mão no marido; ele a ouviu contando os passos. Ao contar "vinte", havia ultrapassado a zona de perigo, aquela em que os meninos jogavam suas partidas de críquete e as boladas poderiam acertá-la no rosto ou na barriga. Agora ela sentiria o perfume dos hibiscos por vinte passos.

Mary, terminada sua limpeza vespertina das áreas comuns da sociedade, estava começando a regar as plantas do jardim. Pegando a mangueira verde que passava o dia inteiro enroscada em espirais na grama, como uma cobra em hibernação, encaixou-a numa torneira próxima do muro; fez uma eclusa com o polegar no fluxo de água e foi despertando os hibiscos com pequenos jatos. Um-dois-três-quatro-cinco: com a mangueira na mão direita, Mary contava os segundos de irrigação de cada planta nas articulações da mão esquerda, como um brâmane meditando. Pequenos arcos-íris ganhavam vida no arco da água esguichada, desapareciam no afastamento dela e ressurgiam nas teias de aranha gotejantes que interligavam os galhos.

A sra. Pinto deixou o perfume dos hibiscos para trás. Agora vinha "o trecho do sangue" — os dez metros em que o mau cheiro de carne crua do açougueiro atrás da sociedade vinha pelo ar, parcialmente mitigado pelo desabrochar das flores dos jasmineiros que cresciam junto ao muro.

— É o seu telefone, Masterji — disse a sra. Pinto, virando-se.

Era capaz de apontar no prédio o cubículo exato do qual vinha um ruído.

— Deve ser o Gaurav outra vez. No minuto em que fareja dinheiro em mim, meu filho telefona.

Gaurav tinha telefonado mais cedo, de manhã. Fora o primeiro telefonema para o pai em meses. Ele explicara que a "tia Sangeeta" tinha lhe falado da oferta do construtor.

— Preferia que a sra. Puri não houvesse ligado para ele.

— Ah, ela é como uma segunda mãe para o menino, Masterji. Deixe-a telefonar.

Masterji se contraiu, mas não podia negar esse fato.

Na Vishram, todos sabiam da proximidade entre a sra. Puri e o rapaz; era uma das vitórias daquela vida comunitária — um dos pilares de afeição que se espera que cresçam em qualquer sociedade cooperativa. Mesmo depois de Gaurav se mudar para Marine Lines, por causa do trabalho, a sra. Puri mantivera contato com ele, mandando-lhe regularmente embrulhos de *chikki* de amendoim e outros doces. Fora ela quem havia telefonado para avisá-lo da morte de sua mãe.

Masterji comentou:

— Eu disse ao Gaurav: você é meu filho, minha casa é sua, você pode me visitar quando quiser. Mas não há nada o que *discutir*. Os Pinto disseram não.

E então, espiando a sra. Pinto pelo canto do olho, aguardou, na esperança de que ela também o chamasse de "verdadeiro lorde".

O sr. Pinto completou o circuito do muro do condomínio e raspou as sandálias no cascalho, perto da guarita. Esperou pela mulher e por Masterji com as mãos finas apoiadas nos quadris, arfando como o vencedor de uma corrida geriátrica.

— Vamos fazer exercícios de respiração juntos — disse, e deu o braço a Shelley. — Eles nos fazem sentir remoçados.

Enquanto os três praticavam inspirar-expirar-inspirar, o secretário passou com um microfone grande, que plantou perto da cruz negra.

Às cinco horas, Satish Shah, o Soda Gasosa, mais novo aterrorizador dos carros estacionados em Malabar Hill, postou-se à entrada do mais famoso santuário hindu da cidade, o templo de SiddhiVinayak, em Prabhadevi, à espera do pai.

Com o último número da revista *Muscle Builder* na mão direita, foi praticando flexões do tríceps com a mão esquerda atrás da cabeça.

Tocou o nariz com a mão direita. Ainda doía.

Não fora ideia *dele* pichar os carros. Tinha dito aos outros caras: a polícia nunca permitiria aquilo no centro da cidade. Vamos para os bairros residenciais, Juhu, Bandra. Lá dava para fazer o que se bem entendesse. Mas por acaso eles tinham escutado?

De qualquer modo, o que eles *tinham feito*? Só pichar uns carros e uma caminhonete. Não era nada, comparado ao que seu pai fazia no ramo profissional *dele*.

O cretino trabalha com construção, pensou Satish, *e tem coragem de me dizer que eu é que sou a ovelha negra da família.*

Pensar no pai o instigou a exercitar as flexões de tríceps mais depressa. Pensou em como o sujeito mascava *gutka* feito um aldeão. Pensou na porção de anéis de ouro que usava. Em seu jeito de pronunciar o inglês, não melhor do que fazia Giri: "Animaijj cho-chiais. Cho-chiais."

Sentiu alguém segurá-lo pelo braço.

— Isso não é coisa para se fazer aqui. Você devia estar rezando para Deus e pensando em sua mãe.

Shah esticou o braço do filho e o empurrou para dentro do templo. Shanmugham foi atrás.

O templo estava lotado, como a qualquer hora do dia, mas o Senhor Ganesha era receptivo à lógica do livre mercado, e uma fila "expressa", acessível a quem pudesse pagar cinquenta rupias por cabeça, acelerou a entrada dos três no santuário.

— Você vai fazer 17 anos daqui a alguns dias. Sabe o que eu fazia quando tinha a sua idade? Já pensou nas pessoas cujos carros você danificou? Você nunca mais vai andar com aquela gangue. Entendeu?

— Sim, pai.

Com os dedos gordos, seu pai segurava um cheque. Espichando o pescoço atrás dele, enquanto andava na fila, Satish viu que era um donativo de 100.001 rupias, emitido em nome do Banco de Desenvolvimento Industrial da Índia. Um pedido para Deus melhorar seu caráter? Não. Devia ser por um novo prédio que o pai estava começando a construir nesse dia. Um projeto do grupo Confiança só podia começar depois de duas intervenções divinas: um telefonema de um astrólogo tâmil de Matunga, com a hora exata para lançar a pedra fundamental, e uma visita ali, ao templo de Ganesha, cuja imagem era o emblema oficial do grupo Confiança, gravada em relevo em todas as comunicações oficiais em todos os edifícios.

Avistaram o santuário. Entre colunas douradas, a imagem vermelha da divindade era cercada por quatro brâmanes de peito nu, com enormes barrigões de tez clara e uma película de penugem: um *purdah* de gordura humana em torno da imagem divina. Era o desafio final aos devotos: só uma fé cem por cento pura seria capaz de penetrar *naquilo* para chegar ao Senhor.

Satish viu o pai juntar as palmas das mãos acima da cabeça. Atrás do sr. Shah, Shanmugham fez o mesmo. "Que bonitinho: ele acha que meu pai é Deus." O canto dos devotos ficou mais alto — estavam bem em frente ao santuário nesse momento — e Shah se virou para o filho, com um olhar penetrante.

— Reze.

Satish fechou os olhos, baixou a cabeça e procurou pensar em algo que realmente desejasse.

— Por favor, Senhor Ganesha — rezou —, faça o novo projeto do meu pai fracassar, e eu lhe trarei um cheque muito maior quando tiver dinheiro.

Às 18h20, com o construtor esperado a qualquer momento, o terreno da sociedade Vishram reluzia com fileiras de cadeiras brancas defronte à cruz negra.

O evento havia acelerado o metabolismo da velha sociedade. As lâmpadas acima da entrada tinham sido viradas para iluminar as cadeiras de plástico. O microfone perto da cruz negra, pedido emprestado à sociedade Moeda de Ouro, tinha sido ligado a um alto-falante, emprestado pela sociedade Hibisco. Os membros dos dois prédios da sociedade Vishram iam ocupando os assentos. O secretário Kothari se postou junto à cruz com o sr. Ravi, o secretário da Torre B.

Olhando pela janela, Masterji viu o sr. Pinto se sentar no meio do arranjo de cadeiras, com a mão no assento vago a seu lado, olhando para cima.

O professor levantou a mão direita — *estou indo, estou indo*.

O telefone tornou a tocar. Era Gaurav, ligando pela segunda vez em uma hora.

— Não, o construtor não chegou. É claro que vou descer para ouvi-lo. Sim, vou ouvir sem prevenção. Tá bom, até logo, e diga ao Ronak que o avô dele vai levá-lo ao aquário um dia desses.

De volta à janela, Masterji viu a pessoa por quem estivera esperando. Havia calculado que uma jornalista não perderia um acontecimento como aquele. Ela passou pela aglomeração, tomando cuidado para não pisar nos pés das pessoas mais velhas ou mais lentas.

Masterji aguardou com o ouvido na porta, procurando escutar os passos na escada. *Tinha* de fazer aquilo: *tinha* de pedir desculpas à moça. Como era que os vizinhos o chamavam? Um verdadeiro lorde.

— Srta. Meenakshi — disse, abrindo a porta —, pode esperar um minuto? Só um minuto?

A vizinha, que já pusera a chave na porta do 3B, não parou.

— Sinto muito pela outra noite. Eu não devia ter empurrado o seu amigo. O rapaz. Por favor, diga-lhe que sinto muito.

Com o rosto parcialmente escondido atrás da porta, a jovem o olhou:

— *Por que* o senhor fez aquilo? Ele não estava lhe fazendo mal algum.

— Poderia entrar no meu apartamento um minuto, srta. Meenakshi? Aqui será mais fácil a senhorita compreender. Fui professor da escola Santa Catarina por 34 anos. Meus alunos têm bons empregos em toda a cidade. Talvez a senhorita tenha ouvido falar do Noronha, o colunista do *Times*. Não há nada a temer.

Mostrou-lhe o armário envidraçado, cheio de pequenos troféus de prata e citações em letra dourada que atestavam suas três décadas de carreira; a fotografia da festa de despedida da escola Santa Catarina, assinada por mais de vinte ex-alunos; e, ao lado, a pequena foto emoldurada de uma mulher pálida, de rosto oval e sári azul.
— Minha falecida esposa.

A jovem se aproximou da fotografia. Usava aparelho nos dentes, e os óculos de aro escuro de aço ecoavam o metal da boca. A armação era hexagonal. Masterji contou as bordas pela segunda vez. Uma forma desgraciosa. Como podia estar na moda?

Lendo a data abaixo da fotografia, a moça disse:
— Sinto muito.
— Agora faz quase um ano. Estou acostumado. Ela a teria apreciado, srta. Meenakshi. Minha filha teria a sua idade. O seu nome é Meenakshi, não é?

A jovem confirmou com a cabeça.
— Onde está a sua filha agora? Em Mumbai? — perguntou.
— Ela faleceu muitos anos antes da mãe.
— Sempre falo as coisas erradas.
— Não se preocupe, srta. Meenakshi. Se não fizer perguntas sobre as pessoas, não descobrirá nada sobre elas. Olhe, este é o caderno de desenho dela. Encontrei ainda ontem no meu armário.

Tirou a poeira do caderno — DIÁRIO DE ESBOÇOS E EXERCÍCIOS DE SANDHYA MURTHY — e virou as páginas para a jovem.
— Essa é a nossa igreja, não é?
— Sim. A de santo Antônio. E esse desenho é da *Dhobi-ghat*, veja as pessoas lavando roupa. Não, não é a famosa, a de Mahalakshmi. É a daqui mesmo. E *este* é um desenho encantador. Este papagaio. O melhor que a minha filha fez. Ela tinha 19 anos. Só 19.

Pelo olhar da srta. Meenakshi, viu que ela queria saber como havia terminado a vida da desenhista. Fechou o álbum.
— Não quero aborrecê-la, srta. Meenakshi. Queria pedir desculpas, só isso. Quando os homens envelhecem, ao contrário do que a senhorita possa ter ouvido, não ficam mais sábios. Vai descer para ver o sr. Shah?

As sobrancelhas dela se arquearam.

— O *senhor* não vai? Ele está dando todo esse dinheiro a vocês.
— Ele *diz* que vai dar-nos todo esse dinheiro. A senhorita deve saber como são os construtores. É jornalista, não?
— Não. Relações-públicas.
— O que significa isso, exatamente? Todos os jovens querem trabalhar em relações-públicas agora.
— Um dia eu venho e lhe explico.
Agradecendo-lhe a gentileza de aceitar suas desculpas e convidando-a para voltar e tomar um chá de gengibre, ele fechou a porta.
Lá embaixo, o burburinho aumentou. A voz do secretário reboou ao microfone.
— Todos estão me ouvindo? Testando, testando. Todos estão...
Masterji se sentou. Por que *deveria* descer? Só porque um homem rico ia lá? Detestava essas reuniões formais da sociedade: toda vez que faziam uma assembleia geral anual, a picuinha entre os vizinhos, as acusações mesquinhas — "seu filho urina no muro do condomínio", "o gargarejo do seu marido me acorda de manhã" — sempre o embaraçavam.
Esperava outro banho de sangue nessa noite, a sra. Rego e a sra. Puri gritando uma com a outra, feito mulheres no mercado de peixes.
Com os pés na mesinha de teca, virou as páginas do álbum de Sandhya até chegar ao papagaio. O esboço estava incompleto; talvez ela ainda estivesse trabalhando nele quando... Passou os dedos pelos contornos do desenho, que pareciam ainda estar crescendo. O pensamento vivo de sua filha.
Onde está a sua filha agora?
No mesmo lugar em que está há 11 anos.
Seguia seu caminho para a faculdade quando alguém a empurrou do trem. Um abarrotado vagão feminino da primeira classe — alguém a jogou para fora com uma cotovelada. Sandhya caiu de cabeça nos trilhos e lá ficou. Nenhuma de suas colegas passageiras parou o trem. Não queriam se atrasar para o trabalho. Todas mulheres, boas mulheres. Secretárias. Bancárias. Gerentes de vendas. Ela sangrou até a morte.
A criança que ele tinha feito, os trilhos a desfizeram. O cérebro escorreu da cabeça quebrada, porque as passageiras não quiseram se atrasar. Com certeza, no vagão masculino, alguém teria puxado o freio de emergência, saltado, certamente alguém teria...
Durante três meses, Masterji não havia conseguido andar de trem. Pegava um ônibus atrás do outro e, quando não havia nenhum por per-

to, ia a pé. Em algum momento a revolta teve de acabar. Ele era impotente diante da necessidade. Porém nunca mais conseguiria olhar para um vagão feminino. *Quem disse que o mundo seria um lugar melhor se fosse governado por mulheres? Pelo menos os homens eram francos ao próprio respeito,* pensou.

Virou a página.

Sandhya tinha desenhado os hibiscos que cresciam nos fundos do condomínio e as pequenas teias de aranha entre as folhas, brilhantes e ovais, pairando umas sobre as outras como vias lácteas paralelas. Pai e filha, nos velhos tempos, muitas vezes paravam no jardim para ver as teias e conversar sobre as diferenças entre os homens e as aranhas. Lembrou-se de uma diferença sobre a qual tinham concordado. A mente da aranha fica fora dela; cada nova ideia dispara prontamente num fio de seda. A mente do homem fica do lado de dentro. Nunca se sabe o que ele está pensando. Outra diferença: uma aranha pode viver sem família, inteiramente só, na teia que constrói.

Uma pequena salva de palmas lá embaixo; o construtor devia ter chegado.

O sr. Pinto vai guardar uma cadeira para mim. Segurando o caderno de desenho de Sandhya, ele parou diante da janela.

Um homem gordo, de colar de ouro, parou junto à cruz negra, entre os dois secretários:

— ...para mim, agora vocês são membros da minha família. É o que digo, e a prova está no lema do grupo Confiança: da minha família para...

O pobre sr. Pinto tinha desistido da luta para proteger a cadeira vazia. Alguém da Torre B a havia ocupado.

Parado à janela, Masterji virou as páginas do caderno de desenho para lá e para cá. Papagaios, igrejas, lavanderias ao ar livre, árvores, o uniforme escolar de Sandhya, seu rosto, seu cabelo lavado e escovado; como se fossem corpúsculos de água iluminada pelo sol, eles subiam e desciam a seu redor. De vez em quando, com a distração com que um homem atarefado no escritório entreouviria um ou outro retalho de comentário sobre o críquete vindo da mesa de um colega, ouvia vozes da reunião:

— ...falo por todos aqui, sr. Shah, quando lhe pergunto: o senhor está falando sério sobre essa oferta? Vai honrá-la em todos os detalhes?

— ...é normal os construtores oferecerem unidades do prédio novo aos membros da sociedade existente. Por que o senhor não...

— Por que os moradores da Torre B, que é mais nova e está em melhores condições em todos os aspectos, não estão recebendo um valor mais alto por metro quadrado do que...

Masterji virou a última página. Ali ela havia rabiscado a lápis *"Je tien. Vous tenez. Il tient. Vous tenez. Nous..."*, treinando o francês que o pai lhe ensinava em casa, duas noites por semana. Masterji passou o dedo no *"tien"* e procurou uma caneta vermelha por perto. Não queria a filha falando um francês incorreto por toda a eternidade.

Uma voz cortante — a do Encouraçado — o fez se virar para a janela.

— Não queremos o seu dinheiro, não importa se são 200% ou 250%. Esta é a nossa casa, e ninguém pode nos pedir para deixá-la.

Silêncio no térreo. O Encouraçado e seus dois filhos tinham ficado de pé.

— Por Nosso Senhor Jesus Cristo, vou lutar contra o senhor. Conheço os construtores, são todos uns mentirosos e criminosos. É melhor o senhor se retirar agora. Agora mesmo.

Uma coisa era se opor à negociação, mas por que esse ataque pessoal? Será que ela conhecia esse tal sr. Shah para chamá-lo de mentiroso? Masterji fechou a janela.

Viu o cubo mágico na mesinha de teca. Estava endurecido pela idade, e girar as cores exigia esforço, como se ele mexesse nos maxilares de um bichinho.

Meia hora depois, quando o sr. Pinto entrou pela porta aberta, encontrou Masterji adormecido à mesa, o caderno de desenho da filha no chão, as páginas esvoaçando à brisa que vinha da janela.

Fechou a porta e desceu de volta para o segundo andar, onde sua mulher estava deitada na cama.

— Dormindo, Shelley. Na cadeira. E me esforcei tanto para guardar um lugar para ele.

— Sr. Pinto, não seja tão mesquinho. Quando dissemos não à oferta, ele disse não na mesma hora.

O marido resmungou.

— Agora, vá lá em cima acordá-lo. Ele não jantou. — disse a sra. Pinto.

O sr. Pinto olhou pela janela. A aglomeração lá embaixo se reunira em dois núcleos; alguns moradores estavam em volta da sra. Rego ("Todos os construtores são mentirosos, e esse não é diferente"), e outro grupo, bem embaixo da janela dele, ouvia Ajwani, o corretor.

— Nosso apartamento tem 75,5m². A vinte mil rupias por metro quadrado, isso dá...

Ajwani rabiscou o número de zeros no ar.

— E o meu é maior que o seu, Ajwani — disse a sra. Puri. — Tem mais dois metros quadrados. Isso quer dizer que recebo...

Com um dedo grosso, ela sobrepôs sua cifra à de Ajwani. Ibrahim Kudwa acrescentou então a sua sobre a dela.

— Mas o meu é ligeiramente maior que o seu, sra. Puri...

O sr. Pinto abanou a cabeça.

— Eles não vão trabalhar amanhã? — cochichou para a mulher. — Os filhos não têm de ir à escola? Esqueceram tudo por causa desse dinheiro.

— Estão muito empolgados, sr. Pinto. Vão concordar com a proposta e nos expulsar do edifício.

— Que coisa para se dizer, Shelley! Isto aqui é uma sociedade cooperativa registrada. Não é uma selva. Se uma única pessoa disser não, a sociedade não poderá ser demolida. Agora, vamos jantar.

A mulher se levantou da cama.

— Não fique zangado. Por favor, vá lá em cima acordar o Masterji. Todos devemos tomar uma sopa com pão.

— Está bem — concordou o sr. Pinto, e calçou os sapatos.

O Mercedes preto estava preso no trânsito, perto da autoestrada de Vakola, fazia meia hora.

— Alguma coisa está aborrecendo você, Shanmugham.

O assistente se virou do assento dianteiro para fitar o patrão.

— Não, sr. Shah.

— Não minta. Observei-o enquanto eu falava com aquela gente na Vishram. Você ficou esfregando as mãos.

— Dezenove mil rupias por metro quadrado, senhor. A Torre A foi construída em 1959 ou 1960, senhor. Dez mil são um valor ótimo para um lugar como aquele.

O patrão riu.

— Shanmugham, faz seis anos que você trabalha para mim e continua a ser um idiota. Eu *reduzi* o valor por metro quadrado em mil rupias.

O engarrafamento começou a se desfazer. Shah observou os olhos de seu assistente pelo espelho retrovisor.

— Aquela gente ficaria extasiada com uma oferta de dez mil por metro quadrado. Logo, vinte mil são inacreditáveis. Certo? E 19 mil são o mesmo que vinte mil na cabeça de um homem.

Cantarolou uma antiga canção de um filme hindu.

— Vire à esquerda — disse Shanmugham ao motorista, quando entraram na autoestrada para Bandra. — Depressa. Vire à esquerda. Entre na via de circulação local e siga em frente até que eu o mande parar.

— Continua a ser duzentos por cento do valor de mercado, senhor — dirigiu-se ao patrão. — Teremos que vender o Xangai a 25 mil rupias por metro quadrado, ou mais, para tirar algum lucro. Isto aqui é a zona leste, senhor. Quem vai pagar tanto dinheiro para morar aqui?

— Não se pode insultar essas pessoas, Shanmugham. Não se pode oferecer-lhes 10% ou 15% acima do valor de mercado. Estamos pedindo que elas abram mão de suas casas, as únicas que alguns deles já tiveram. Tem de respeitar a ganância humana.

O motorista parou no descampado ao lado da estrada.

— O secretário disse que nos encontraria aqui, senhor. Vai ligar quando chegar à estrada.

— Vamos saltar do carro, Shanmugham. Detesto ficar parado.

Havia um prédio alto no fim do descampado, com as letras "YATT" em branco e um arco vermelho abaixo, como o toque final de uma assinatura. Atrás dele ficava o brilho tênue de Vakola. Alguns rostos curiosos. Homens atravessando o descampado em direção a uma fileira de barracos ao longe.

— Está vendo ali, onde montaram umas barracas? — Shah apontou para um local próximo das moitas. — Em cinco dias, aquilo tudo vai virar uma favela. Nada de escrituras, títulos, direitos legais. Que fome de terra! — comentou, esfregando as palmas das mãos, arranhando os anéis uns nos outros. — Eu também a tenho. O seu patrão, como você sabe, é um aldeão. Não tem diploma universitário, Shanmugham. Vive mascando *gutka* feito um aldeão. Mas a fome é uma grande virtude. Olhe — disse, apontando para o letreiro da famosa rede de hotéis, "HYATT" —, eles perderam o "H". Como as pessoas são descuidadas! Se fosse meu hotel, eu mandaria dar um tiro no gerente.

Em seguida, Shah apontou o dedo para o norte, duas ou três vezes, para enfatizar um lugar distante, muito distante, naquela direção.

— Em 1978, quando eu ainda estava aprendendo a trabalhar neste ramo, um amigo, um corretor, ofereceu-me um andar inteiro num novo projeto na Cuffe Parade. Chamava-se Maker Towers. Três rupias e cinquenta paisas por metro quadrado, era esse o valor. Seria um novo tipo de construção, uma pequena cidade construída sobre um aterro. Fui até lá ver a construção e a área. Liguei para o meu amigo e disse não. Por quê? Porque aquele prédio estava sendo erguido onde havia mar fazia apenas cinco anos, e eu pensei: terra é terra, e água é água. Um dia, a água vai tornar a engolir essa terra. Um metro quadrado em Maker Towers valeria o quê? Umas duas a três mil vezes o meu investimento inicial. Aquele terreno agora vale mais do que terrenos em Londres, mais do que terrenos em Nova York. Um dia, dez anos depois, passei pelas Maker Towers e vi aquela construção, a sua solidez, a quantidade de pessoas que tinha comprado apartamentos lá, e pensei: "Fui vencido. Alguém sonhou mais alto que eu." E ali mesmo, naquele momento, prometi ao Senhor SiddhiVinayak: "Nunca mais subestimarei esta cidade." O futuro de Mumbai está aqui na zona leste, Shanmugham. É aqui que está o espaço, e, quando vierem as novas ruas e as novas linhas de metrô, o leste vai crescer. Conseguiremos 25 mil, talvez trinta mil por metro quadrado no Xangai. E mais até, na construção seguinte que fizermos. A Vishram é uma sociedade antiga. Mas é a construção mais famosa da área. Vamos pegá-la e derrubá-la, e todos ficarão sabendo. Vakola é nosso.

Sorriu para o assistente.

— Estamos juntos há seis anos. Você é como um filho para mim, Shanmugham. Um filho. Quer fazer esse novo trabalho para mim?

Por seis anos, no início de cada novo projeto, Shah lhe fizera a mesma pergunta, e por seis anos Shanmugham a respondera da mesma forma. Estendeu o braço, mostrando o punho cerrado ao patrão, e depois o abriu.

— Estou com essa sociedade na palma da mão, senhor. Conheço aquela gente por dentro e por fora.

Um sem-teto, um dos que dormiam sob o viaduto de concreto que passava por cima da estrada, observava-os sob a proteção de um cobertor. Ao ver o homem alto de camisa branca andar em sua direção, escondeu-se.

Shanmugham apontou para um riquixá que vinha andando devagar.

Segundos depois, Kothari, o secretário, chegou dirigindo o veículo aonde o construtor os esperava.

— Desculpe-me. Não pude vir na minha motoneta. Tive de pegar um carro. E que trânsito!

Shah descartou o pedido de desculpas.

— Se eu fosse embora toda vez que um homem ficasse preso no trânsito, jamais encontraria alguém nesta cidade. O senhor não contou a ninguém que viria aqui?

— Fui instruído a não contar nada — respondeu o secretário, com uma olhadela para Shanmugham. — Nem a minha mulher sabe. Nem *eu* sei por que estou aqui.

— Não há nada de secreto acontecendo. É aniversário do meu filho na semana que vem, mas vamos fazer a comemoração hoje à noite. Eu queria apenas que o senhor me acompanhasse para comer alguma coisa. Tomar uns drinques se quiser.

Kothari respirou fundo.

— É claro. É muita gentileza sua. Vamos esperar o sr. Ravi, o secretário da Torre B?

— Não. Ele não foi convidado.

As portas do carro bateram, e eles partiram para o centro da cidade. Kothari se sentou com o corpo arriado, as mãos entre os joelhos.

— Já esteve em Malabar Hill? — perguntou-lhe o construtor.

— Fui aos Hanging Gardens uma ou duas vezes. E só.

— Moro em Malabar Hill há 12 anos. E nunca fui aos Hanging Gardens.

Ambos riram. O secretário endireitou as costas e respirou fundo.

O carneiro na brasa se desmanchou na sua língua feito chocolate quente.

O secretário abriu os olhos, enxugou-os com o indicador e procurou os *kebabs* de frango. Numa bandeja de prata, rodando pelo extremo oposto do terraço do sr. Shah. Lá estavam todos os outros convidados: de ternos, camisas de seda, sáris sem manga e *sherwanis*, sentados diante de mesas de ébano iluminadas por velas grossas.

Kothari fez sinal com a mão para que o garçom excursionasse até onde ele estava, sozinho, encostado no parapeito da varanda. Sentiu umedecer a calva embaixo do cabelo penteado de lado — *apimentado* aquele carneiro. Esfregando as mãos, virou-se para absorver o ar frio que vinha da cidade:

um panorama de arranha-céus reluzentes que se estendia até a cúpula distante de Haji Ali.

— *Paneer*, senhor?

Um garçom trouxe uma bandeja de prata repleta daqueles cubos de *paneer* que pareciam ter pedacinhos de pepino por dentro. Pegando três cubos de uma vez, Kothari disse:

— Filho, será que você pode dizer àquele garçom do carneiro para voltar aqui?

A cada depósito de alimento saboroso no estômago, Kothari ficava menos cônscio de sua camisa — 70% de poliéster e 30% de algodão, comprada perto da estação ferroviária de Andheri por 210 rupias — e de seu *banian*, comprado por 35 rupias o pacote de seis, que reluzia por baixo dela como um raio X.

Ah, aquele bufê magnífico, que lançava satélites de bandejas de prata cheias de *kebabs*!

No centro da mesa ele vislumbrou uma garrafa de Johnnie Walker Black Label, umas cinco ou seis vezes maior do que o tamanho normal, pendurada de cabeça para baixo num suporte metálico e terminando numa torneirinha de plástico em que um atendente de gravata-borboleta tinha um dedo permanentemente colocado.

— Ah, *aí* está o senhor, sr. Kothari! — acenou-lhe da mesa o construtor.

Logo em seguida, o secretário se viu como um complemento do Johnnie Walker; Shah o apresentava a cada pessoa que se aproximava para buscar um drinque, dizendo "Este é o sr. Kothari".

Cada convidado parecia dirigir uma construtora diferente. Um deles, depois de lhe apertar a mão, perguntou:

— Que grupo o senhor representa?

— Vishram — respondeu o secretário.

O homem fez um aceno entendido com a cabeça, como se reconhecesse o nome.

— Bom grupo. Vocês têm feito um bom trabalho.

O secretário se viu então conduzido a uma das mesas, à qual se sentou ao lado de um adolescente gorducho e infeliz, de paletó dourado, que presumiu ser o rapazinho aniversariante.

O anfitrião estava falando num microfone sem fio.

— Quero agradecer a todos vocês por virem ao aniversário do meu filho. A comunidade a que pertencemos, a comunidade dos construtores, é conhecida por sua união, e a presença de vocês aqui demonstra essa proximidade contínua. — Aplausos dispersos. — Irei a suas mesas agradecer pessoalmente a cada um. Mas, primeiro, uma surpresa especial: é uma honra apresentar-lhes um homem que traz muitas lembranças a todos nós, o mercador de sonhos original, em pessoa.

A música retumbou nos alto-falantes. Ao ritmo das palmas da plateia, um homem de terno cinza se levantou de uma das mesas e se aproximou da mesa do bufê: um ator outrora famoso, agora na casa dos quarenta, convidado profissional de festas de aniversário e casamentos. Com um sorriso forçado, deu alguns passos com a mão direita levantada. Uma jovem de vestido vermelho o acompanhou na dança e os convidados assobiaram. Um telefone celular teve a câmera acionada.

De volta à mesa, o ator estava sem fôlego, com a barriga estufada e, de repente, parecendo vinte anos mais velho. Um convidado pediu um autógrafo; o astro de cinema o atendeu, assinando um guardanapo.

O guardanapo voou da mesa. O construtor tivera um acesso de tosse.

O astro de cinema valeu cada rupia que cobrava para comparecer a esses eventos. Pondo a mão sobre a de Shah, sorriu como se nada houvesse acontecido.

— Chamam-me de mercador de sonhos, sei disso — afirmou ele. — Mas o que sou, realmente? Apenas um pequeno mercador de sonhos, ao lado de outro, esse sim grande. — E apontou para o anfitrião, que enxugava o rosto na manga da camisa. — Quando saem de um filme, as pessoas jogam fora o ingresso, mas o nome de um construtor fica para sempre no prédio. Torna-se parte do sobrenome da família. Eu sou das torres Hiranandani. Ele é do condomínio Raheja.

O construtor engoliu a saliva e se virou para o secretário.

— E o que me diz, sr. Kothari? O senhor será do Raheja ou do Hiranandani depois de 3 de outubro? Ou será que planeja gastar todo o seu dinheiro em vícios dispendiosos?

O secretário, que estivera vigiando uma bandeja de *kebabs* de carneiro, virou-se para ele:

— Meus vícios são os sanduíches e o críquete. Pergunte a minha mulher.

As pessoas riram. O astro de cinema bateu palmas e disse:

— Igualzinho a mim.

O que provocou muito mais risadas.

— O que o senhor faz *exatamente*? — perguntou Shah.

— Negócios — disse Kothari.

O construtor voltou a tossir.

Kothari entregou-lhe um guardanapo e continuou:

— Trabalhei com madeira. Agora me contento com uns títulos, umas ações. Não tenho vícios, mas... — respirou e inflou o peito, como se a atenção que recebia estivesse expandindo sua personalidade — ...tenho um segredo. Vou me mudar, depois de 3 de outubro, para Sewri.

Shah, limpando a boca no guardanapo, teve de explicar aos outros.

— Na maioria dos projetos de reurbanização, oferece-se aos residentes uma unidade no novo edifício. No caso do Xangai, porém, o novo prédio será de altíssimo luxo. Uma mescla dos estilos Rajput e gótico, com um toque moderno. Haverá um jardim na frente, com uma fonte. Estilo *art déco*. Cada unidade custará dois *crores* ou mais. Os atuais residentes certamente terão a opção de comprar um imóvel no Xangai, mas ficarão mais bem-servidos se mudando para outro lugar.

Virou-se então para o secretário e perguntou:

— Sewri? Por que não Bandra ou Andheri? Agora o senhor terá dinheiro para isso.

— Os flamingos, senhor — disse o secretário. — O senhor sabe deles, não sabe?

É claro que Shah *sabia*. No inverno, o bairro de Sewri era visitado por um bando de flamingos migratórios, e os amantes dessas aves iam observá-los com binóculos. Mas ele não *compreendeu*.

— O senhor nasceu aqui, sr. Shah? — perguntou o secretário.

— Nasci em Krishnapur, no Guzerate. Mas me orgulho de ser um residente contribuinte de Mumbai.

— Não foi o que eu quis dizer — apressou-se o secretário a explicar. — Não tenho nada contra os emigrantes, nada. O que quis dizer é que todos os que estão nesta mesa nasceram na Índia. Certo?

— É claro.

— Eu não. Eu não. — O secretário sorriu. — Nasci na África.

Seu pai, atraído da cidade de Jamnagar para o Quênia por um primo nascido na África, havia montado uma mercearia em Nairóbi, na década de 1950; a loja tinha prosperado, e um filho nascera lá. Ashvin Kothari falou então de coisas de que nem sua mulher jamais soubera. De uma criada africana enxugando um grande prato de porcelana e o colocando numa mesa com uma toalha azul; de um mercado em Nairóbi onde seu pai era tido como um grande homem; e disse mais uma coisa, uma lembrança que ardia no olhar de sua imaginação como uma chama cor-de-rosa.

Flamingos. Um bando inteiro deles.

Quando ainda não tinha cinco anos, fora levado a um lago do interior repleto dessas aves selvagens cor-de-rosa. O pai pusera os polegares sob as axilas dele e o levantara bem alto para que pudesse enxergar até a linha do horizonte; todos os flamingos tinham alçado voo ao mesmo tempo e ele gritara por cima da cabeça do pai.

Shah escutou. O mercador de sonhos escutou. Os garçons se reuniram em volta da mesa.

O secretário sentiu então algo que só havia experimentado uma vez na vida, quando, estudante de dez anos, num concurso de poesia, recitara com tamanha perfeição os famosos versos do poema épico "Ramaiana",

> *Faze o que quiseres, rei perverso:*
> *Quanto a mim, sei diferenciar o certo do errado*
> *E jamais te seguirei,*
> *Disse o virtuoso demônio Maricha,*
> *Quando o senhor de Lanka*
> *Lhe pediu que roubasse a esposa de Rama.*

que todas as pessoas da plateia, inclusive seu pai, tinham se levantado para aplaudir. Kothari intuiu que o mesmo brilho cercava agora sua cabeça calva: a mecha de cabelo penteada de lado pareceu-lhe uma coroa de louros.

— E depois? — indagou Shah. — O que aconteceu com seu pai?

Kothari sorriu.

— Descobriu que os africanos não gostavam de indianos bem-sucedidos.

Quando Kothari tinha oito anos, houvera uma ameaça à loja, e seu pai a vendera por uns trocados para regressar a Jamnagar, onde havia morrido numa loja miserável, cheia de feijão-da-china e beringela.

— Era assim que eles nos tratavam naquela época — recordou o ator de Bollywood. — Com o Idi Amin dizendo aos indianos: levantem-se e vão embora.

O construtor tossiu.

— Agora eles veem os indianos com grande respeito na África. Estamos perfurando poços de petróleo no Sudão — continuou o ator.

Quinze minutos depois, com um floreio de passos de dança como despedida, o mercador de sonhos fez uma mesura e desapareceu. O sr. Shah olhou para os convidados, que no mesmo instante souberam ser hora de partir. Do mesmo modo, Kothari foi informado de que não devia se retirar. Ficou sentado à mesa, enquanto mãos vinham apertar a do construtor; algumas também apertaram a dele.

— Sabe por que não convidei o sr. Ravi, da Torre B, para vir aqui hoje?

Os convidados haviam saído. Shah observou os garçons retirarem o bufê.

Kothari intuiu que o sr. Shah, que no decorrer da noite passara de anfitrião animado a doente com tosse, estava prestes a se transformar em mais um homem. Abanou a cabeça.

— Não, senhor.

— O prédio dele não vai criar nenhuma dificuldade: está repleto de jovens. Pessoas razoáveis. Portanto, o senhor é o homem-chave, sr. Kothari. Está compreendendo?

— Não exatamente.

O aniversariante se juntou à mesa, sentando-se entre o pai e o secretário.

O construtor afastou o filho de sua linha de visão. Falou em voz baixa:

— Na minha experiência, algumas pessoas mais velhas se opõem aos projetos de reurbanização por temerem qualquer tipo de mudança. Outras apenas querem mais dinheiro. E há também um tipo de pessoa, o mais perigoso, que diz não por estar cheio de determinação negativa: por não ter prazer na vida e não querer que os outros tenham. Quando essas pessoas falarem, o senhor deverá falar mais alto e com mais clareza que elas. Não me esquecerei disso; eu retribuo a bondade com minha própria bondade.

Os garçons, havendo retirado a comida, estavam levando embora a garrafa totêmica de Johnnie Walker.

— Meu pai costumava dizer... — Kothari pigarreou —, meu pai... aquele que esteve na África, ele costumava dizer: o homem que vive para si mesmo não é melhor que um animal. Durante toda a minha vida, não fiz nada por ninguém senão eu mesmo. Até me casei tarde, porque preferia viver sozinho. Minha esposa é uma boa mulher. Ela me fez tornar-me secretário da Vishram para que eu fizesse alguma coisa pelos outros. Fico grato por qualquer... gentileza extra que o senhor queira me oferecer. Mas não posso aceitar enquanto não lhe fizer uma pergunta: e todas as outras pessoas da sociedade Vishram? O senhor manterá a palavra com elas e pagará a cada uma a parcela a que tiverem direito?

Por um instante, Shah não disse nada, depois estendeu a mão e apertou a do secretário.

— É uma honra para mim, sr. Kothari, fazer negócio com um homem como o senhor. Uma honra. Compreendo a sua preocupação a meu respeito. Entendo perfeitamente. Nos velhos tempos, um construtor nesta cidade achava que só poderia enriquecer se tapeasse seus clientes. E os enganava como uma praxe: no cimento, nos vergalhões de aço, no acabamento. A cada monção, desabava uma construção deles. Quase todos os que o senhor viu aqui hoje são construtores antigos. — Baixou a voz para um sussurro. — Haviam de depená-lo num segundo se fossem *eles* a fazer esta reconstrução. Mas agora há um novo tipo de construtor na cidade. Queremos triunfar, sim, mas acredite, sr. Kothari: também queremos que nossos clientes triunfem. Quanto mais houver pessoas ganhando, melhor, porque achamos que Mumbai voltará a ser uma das grandes cidades do mundo. Pergunte sobre a reputação do sr. Shah em *qualquer* projeto meu. Encontre um único cliente que tenha uma reclamação. Não sou um dos antigos construtores de Mumbai.

O secretário franziu os lábios e meneou a cabeça. Satisfeito.

Shah continuava a segurar a mão dele; o secretário sentiu a pressão aumentar.

— Mas uma coisa eu lhe digo, sr. Kothari: construtor antigo ou novo, a natureza fundamental do meu trabalho não mudou. O senhor sabe o que é um construtor?

— Um homem que constrói casas — respondeu Kothari, torcendo para que o outro soltasse sua mão.

— Não. Arquitetos constroem casas. Engenheiros constroem pontes.

Kothari olhou em volta, à procura de ajuda. Shanmugham contemplava o céu noturno; o jovem aniversariante sacudia o braço direito para baixo e para cima, atrás da cabeça, por alguma razão.

Shah ergueu um indicador adornado com um anel de ouro.

— O construtor é o único homem em Bombaim que *nunca* perde uma briga.

Com isso, soltou a mão do secretário.

— Por que demorou tanto? — perguntou a sra. Kothari, quando o marido deitou a seu lado na cama. — As pessoas ficaram perguntando por você, mas não contei a ninguém que você estava na casa do construtor.

Dizendo três vezes o nome do Senhor Krishna, o secretário apagou o abajur da cabeceira.

— Trouxeram você de carro? Como é a casa? Os metais do banheiro eram de ouro? Tinha banheira de hidromassagem?

O marido cobriu o rosto com o cobertor e não disse nada.

No escuro, viu um bando de aves cor-de-rosa voando a seu redor. Sentiu os dedos do pai apertando os seus — e, então, todas as décadas desperdiçadas desde aquela época desapareceram, e os dois estavam juntos de novo no lago do Quênia.

Ashvin Kothari adormeceu com lágrimas no rosto.

18 DE MAIO

Como um exército que se houvesse aproximado durante meses e agora estivesse tomando de assalto uma cidadela, eles entraram no Fontana e no Excelsior carregando tijolos na cabeça.

Era o impulso final do trabalho antes das monções. Os operários diaristas que haviam desfalecido no calor e fugido para suas aldeias tinham sido substituídos pelos que iam sendo descarregados dos ônibus, a um custo cada vez maior: agora a diária dos operários estava em 370 rupias. Com ou sem calor, com ou sem umidade, toda a fase estrutural de engenharia civil — paredes, pisos, colunas — tinha de estar concluída antes das chuvas.

Mais uma vez, como acontecera em todas as manhãs quentes, lá estava Dharmen Shah, mergulhando a barra das calças de seda na lama e na sujeira, apontado coisas e gritando com os operários. Parou junto à betoneira que rugia, ao passo que mulheres de sáris coloridos e brinco de brilhante no nariz se curvavam e se levantavam com tinas de cimento escuro e úmido na cabeça.

Shah pôs um pé numa pilha de tubos de concreto.

— Mais rápido, filho — disse a um operário. — Estou lhe pagando um bom dinheiro. Quero ver você trabalhar.

Shanmugham, correndo os dedos para cima e para baixo pela lombada de um prospecto financeiro verde, postava-se atrás do patrão.

Shah dirigiu a atenção do assistente para dois adolescentes que partiam ao meio uma vara comprida de metal corrugado.

— Trabalho. Trabalho duro. Coisa bonita de se ver.

Os dois jovens musculosos haviam apoiado a vara num triângulo de metal; um deles erguia o malho, depois o arriava. A cada batida, a vara comprida tremia. Atrás do garoto que movimentava o malho, um saco de cimento era levantado numa polia para os andares superiores do Excelsior Confiança.

— Soube que Chacko nunca vai a seus canteiros de obras. Não gosta do cheiro de cimento e aço. Que construtor de terceira!

Quando subiram de elevador para o quarto andar do Excelsior, Shanmugham abriu seu prospecto financeiro. Dele tirou um livrinho preto e abriu suas páginas.

— Falei com o secretário, senhor — disse, lendo algo no livro preto. — No momento, quatro pessoas da Vishram dizem não à oferta. Quatro da Torre A. Todos na Torre B disseram sim.

— O que é esse livro preto? — O sr. Shah tirou-o da mão do assistente e o virou para si.

— Tem datas e coisas de que tratamos, e palavras sábias que escuto do senhor. Minha mulher me incentiva a anotar as coisas, senhor.

Shah folheou o livrinho.

— Quisera eu que meu filho prestasse toda essa atenção ao que eu digo — comentou, devolvendo o livro ao assistente. — Uma vez você me disse que havia professores na sociedade Vishram. Eles estão entre os que dizem não?

Saíram do elevador.

— Há apenas um professor, senhor. E ele *é* um dos que estão dizendo não.

— Eu sabia, Shanmugham. Não gosto de professores. Anote isso no seu livro.

A família de um operário vinha passando as noites no inacabado quarto andar, que um dia seria ocupado por um executivo da área tecnológica ou por um empresário. Shah tocou na roupa lavada dos trabalhadores, pendurada nas alcovas em que logo estariam peças de Versace; suas barrinhas de sabão e detergente faziam o trabalho que logo seria executado por perfumes caros. E era provável que o fizessem melhor. Shah sorriu; gostaria que Satish estivesse ali, a seu lado, para poder mostrar-lhe coisas desse tipo. Dobrando uma nota de vinte rupias, deixou-a perto de uma barra de sabão, como surpresa para a mulher do operário.

Um caminhão com a caçamba descoberta entrou com dificuldade pela lama do canteiro de obras, carregado de lajotas de mármore. Na beirada do andar, Shah se agachou e gritou:

— Não descarreguem as lajotas! — Gesticulou para os operários. — Não mexam nelas!

Na descida, Shanmugham ficou o mais longe que pôde do patrão, que falava ao celular:

— "Bege", foi isso que eu escrevi. Para o caso de você ser burro demais para saber o que significava essa palavra. Você mandou branco-pérola. Acha que tenho tempo para perder dessa maneira? Aqui tudo tem um cronograma. Vai ficar tudo atrasado por sua causa. Quero o tom certo de mármore carregado e trazido para cá até o fim do dia!

Ao chegar ao térreo, Shah marchou para o caminhão e gritou com os operários, que já tinham começado a descarregar o mármore e pestanejaram para o patrão. Ele os xingou. Colocaram de volta o mármore. A fumaça de diesel do caminhão que partia espirrou no rosto de Shah. Um minuto depois, ele continuava tossindo.

Shanmugham o acompanhou até a árvore arruinada que crescia perto da fileira de barracos dos operários. O filho de um deles estava escovando os dentes junto à bomba d'água embaixo da árvore. Ao ver o gordo tossindo, deu um passo atrás.

Shah se sentou ao lado da bomba. Shanmugham viu, como as primeiras gotas de chuva no solo, pontos vermelhos salpicados na espuma branca de pasta de dente no chão.

— Senhor, nós deveríamos levá-lo ao hospital...

Shah abanou a cabeça.

— Isso já aconteceu antes, Shanmugham. Passa em poucos minutos.

Uma vaca se sentava por perto, abanando moscas com o rabo. O filho do operário olhou fixo para os dois homens, a pasta de dente escorrendo da boca.

— Venha, senhor. Vamos ao hospital de Breach Candy. Eu ligo para o dr. Nayak.

— O Nayak vai me assustar de novo e me dizer para não vir mais aqui. Temos de acabar a parte de engenharia civil da construção antes que venham as chuvas. Isso só vai acontecer se eu estiver aqui todas as manhãs.

Shanmugham sabia que era verdade: o corpo barrigudo do patrão era uma versão humana das betoneiras que giravam e punham os operários em movimento.

— Sr. J.J. Chacko — disse Shah. — Bem aqui. Embaixo do meu nariz.

Olhou para o terreno amplo, logo em frente ao Excelsior, com a grande placa do grupo Ultimex.

— Já soube quando ele vai começar o trabalho? Há alguma data?

— Nenhuma data, senhor. Mas ele vai começar a construir em algum dia de outubro.

— Vamos voltar. — Shah ficou de pé. — Não quero que os operários pensem que há algum problema.

Apontou um dedo para o peito de Shanmugham.

— Quero que todos esses *nãos* se transformem num *sim*, Shanmugham. Imediatamente.

livro três

Quatro ou cinco segundos com a sensação de ser milionário

4 DE JUNHO

Vittal, o velho bibliotecário da escola Santa Catarina, devia ser o único homem em Vakola que ainda não sabia da boa notícia. Masterji se sentia feliz na presença dele. Exercendo seu privilégio de professor aposentado, ia à biblioteca da escola todas as segundas-feiras para ler de graça o *Times of India*.

— Já não se veem pessoas como o senhor, Masterji — disse Vittal, curvando-se para arrumar numa prateleira baixa da estante os volumes da *Encyclopaedia Britannica*. — Os jovens não querem mais entrar no magistério. Para eles, são só computadores ou bancos. Dinheiro, dinheiro, dinheiro.

Masterji virou as páginas do jornal.

— Não percebem a importância do serviço público, não é?

O bibliotecário assou o nariz num lenço, sacudindo a cabeça.

— Lembre-se de quando éramos pequenos. Tínhamos de ir a pé para a escola todas as manhãs. Estudávamos à luz de velas na época das provas. Agora, o computador faz o trabalho por eles.

Masterji riu.

— Não entendo nada de computadores nem de internet, Vittal. Nem celular tenho.

— Ah, isso é muito drástico, Masterji — comentou o bibliotecário. Tirou um objeto vermelho e brilhante do bolso e sorriu, orgulhoso. — Nokia.

Masterji virou as páginas do jornal.

— Para que é que um professor de física precisa dessas coisas, Vittal? Os fatos da vida não mudam: a maré alta é seguida pela maré baixa, e o equinócio continua a ser o equinócio.

Bateu com um dedo no jornal e chamou a atenção de Vittal para uma proposta de restauração do mercado Crawford, para devolvê-lo sua glória original.

— As esculturas da área externa do mercado foram feitas pelo pai de Kipling, Lockwood Kipling. Sabia disso?

Vittal esticou as costas.

— Não sei nada sobre Mumbai, Masterji. Não sou um gênio como o senhor. Se hoje o senhor fosse moço e trabalhasse num banco estrangeiro, mexendo com ações, sabe Deus quanto dinheiro ganharia.

— E o gastaria em quê? — Masterji dobrou o jornal, sorrindo. Fez sinal para o bibliotecário. — Vittal... — cochichou. — O primeiro aniversário de morte da Purnima está chegando. Quero telefonar para o Trivedi para falar disso.

— É claro.

Era um pequeno luxo conspiratório de que o velho professor gozava ali: Vittal o deixava (desde que não houvesse ninguém olhando) usar de graça o telefone público preto.

Um aluno de uniforme azul e branco entrou de fininho pela porta lateral quando Masterji estava discando. Ficou de queixo caído diante dos dois velhos como se houvesse descoberto dois paleossauros.

No mercado, Masterji foi andando de cabeça baixa, sentindo o cheiro de frutas cítricas e maçãs, titica (dos galos dos galinheiros), cenoura e couve-flor.

— Chefão! Levante a cabeça!

Embaixo da figueira-de-bengala sob cuja sombra se faziam as transações comerciais do mercado, um vendedor acenava para Masterji de trás de uma barraca cheia de cebolas.

Rechonchudo, de nariz bulboso e protuberâncias nodosas na testa escura, parecia um anúncio antropomórfico de seu produto.

— Faz muito tempo que reparo no senhor — disse o vendedor de cebolas, que achou um banquinho vermelho e o colocou diante de Masterji

—, mas nunca soube, até agora, que era um homem de grande poder. Há alguma coisa especial em todos vocês da Vishram. Não foi à toa que o grupo Confiança os escolheu.

Vendedores de frutas e legumes se aproximaram da banqueta vermelha, observando seu ocupante de cima a baixo, com assombro, como se ele tivesse sido atingido por um raio e sobrevivido.

— Minha grandeza, se é que existe, tem a ver com os meus alunos — explicou Masterji.

Apontou para os jornais descartados que o vendedor de cebolas havia empilhado em seu carrinho para embrulhar sua mercadoria.

— Você vai encontrar um artigo escrito por um homem chamado Noronha no *Times*. Meu aluno. Não, não estou me atribuindo nenhum mérito pelo Noronha. Menino inteligente, muito esforçado... vinha a pé lá de Kalina para a escola todo dia. Nos velhos tempos, os meninos davam muito duro. Eu me pergunto para onde esses velhos tempos terão ido...

Um dos vendedores, um grandalhão trigueiro em cujo rosto rechonchudo despontava uma barba branca de três dias, virou-se para o vendedor de cebolas e perguntou em voz alta:

— Ram Niwas, há um homem aqui perguntando pelos "velhos tempos". Você tem isso para vender? Porque eu não tenho. Só vendo batata.

E riu da própria piada antes de voltar para as batatas.

Ouviu-se uma buzina no mercado. Um homem de motoneta acenava para Masterji.

— Minha mulher disse que o senhor telefonou; vim na mesma hora, vim na mesma hora procurá-lo.

Todos em Vakola estavam familiarizados com a visão do tronco mesomórfico e sem camisa de Shankar Trivedi — xale branco jogado sobre os ombros —, entrando ou saindo dramaticamente das casas numa motoneta Honda vermelha, como um anjo do nascimento ou da morte. Purnima o recrutava todos os anos para conduzir um ofício fúnebre em memória da filha do casal, Sandhya, cerimônia esta a que, em consideração à mulher, Masterji sempre havia comparecido. Na morte de Purnima, Trivedi é que havia oficiado os ritos finais, com cocos e incenso, num templo de Bandra.

Afastando o velho professor dos vendedores, apertou a mão dele:

— Parabéns, parabéns — disse.

— Trivedi, o primeiro ano da morte da Purnima está chegando. Dia 5 de outubro. Ainda faltam cinco meses, mas eu queria ter certeza de que você o marcasse no seu calendário. É uma data muito importante para mim, Trivedi.

O sacerdote soltou a mão de Masterji, boquiaberto.

— Masterji, quando a sua filha faleceu, quem fez a cerimônia para ela?

— Você, Trivedi.

— Quando sua esposa faleceu, quem fez a cerimônia para ela?

— Você, Trivedi.

— E, quando meu filho precisou de reforço em ciências, quem deu aulas a ele?

— Fui eu, Trivedi.

— Então, que conversa é essa de marcar ou desmarcar compromissos, Masterji? Será uma *honra* fazer a *samskara* do primeiro ano de morte da sua falecida esposa. Não se preocupe.

Trivedi se ofereceu para comprar para Masterji uma coisinha que aliviasse o calor — um coco. Masterji conhecia esse sacerdote como um homem avarento, até inescrupuloso — sempre havia um desentendimento sobre o preço de suas cerimônias —, por isso sucumbiu ao puro ineditismo da oferta. Com Trivedi empurrando a motoneta, foram até o vendedor de cocos sentado perto da entrada da escola Santa Catarina, que tinha um facão preto e um grande cesto de vime, estourando de tantos frutos.

Enquanto o homem batia nos cocos verdes para verificar a quantidade de água em cada um, Masterji observou o rosto de Trivedi. Entre nascimentos, casamentos e funerais, o sacerdote dava aulas pagas a jovens sobre a recitação adequada de poesia em sânscrito. O próprio bigode bem-azeitado sobre seu lábio superior era um belo verso poético: flexível e equilibrado, de um negro robusto, com um toque de grisalho nas bordas e pontuado no centro por uma cesura perfeita. Trivedi estava enrolando as pontas dele e sorrindo, mas a verdade vazava de seus olhos e nariz.

Estava à beira das lágrimas.

Ardendo de inveja, pensou Masterji. Aliás, nesse momento pareceu-lhe que boa parte da admiração que todos haviam professado pela Vishram, ao longo de tantos anos, tinha sido uma espécie de condescendência em relação a um prédio velho e dilapidado. E agora, com um susto, todos tinham sido levados a um respeito real por seus moradores.

— Vou dar-lhe a boa notícia, Trivedi — disse Masterji, com pena do homem.

Com um facão curvo, o vendedor cortou a boca de um dos cocos.

Os olhos do sacerdote se arregalaram.

— Esse tal de Shah também vai fazer uma oferta por nosso espaço?

— Não. A boa notícia para você é que não há boa notícia para nós. Os Pinto disseram não. A Shelley não conseguiria achar o caminho em nenhum outro edifício.

— Vinte mil rupias por metro quadrado! Com todo esse dinheiro, vocês poderiam comprar olhos novos para ela. — Trivedi sorriu. — O senhor está brincando comigo, não é, Masterji?

O mercado se encheu de ruído: um cortejo fúnebre começava a se deslocar, em meio a muitos clamores, em direção à rodovia.

O vendedor entregou a cada um deles um coco aberto, transbordando de água fresca e espetado por um canudo cor-de-rosa.

Masterji sabia que devia recusar: aquele coco se destinava a um homem que aceitasse o dinheiro do sr. Shah.

— ...é claro que o senhor deve estar brincando, Masterji. Vai mesmo dizer não? Quando o prazo final se aproximar, vai mesmo, mesmo...

Masterji segurou o coco transbordante e sentiu o peso. *Quando você é rico, não tem de dar coisas às pessoas*, pensou. *Elas é que lhe dão coisas.*

Que maravilha.

Sugada pelo canudo, a água doce e fresca foi um prazer amargo: por quatro ou cinco segundos, ele compreendeu o que era ser milionário.

Calva, úmida e escura feito chocolate, a cabeça do tocador de tambor brilhava à luz do meio da manhã; atrás dele, gingando, um homem tocava um *nadaswaram*. Quatro adolescentes carregavam o ataúde de madeira; dois seguiam atrás deles, percutindo címbalos de bronze. No ataúde estava o corpo de uma idosa, envolto num sári verde-vivo, as narinas tampadas por bolotas de algodão. A intervalos de poucos passos, um menino à frente do cortejo irrompia numa dança jubilosa.

Parado no mercado Vakola, de braços cruzados, Ajwani, o corretor da sociedade Vishram, observava Shanmugham, a alguns passos de distância, que assistia de braços cruzados ao cortejo fúnebre.

O homem do grupo Confiança usava seu clássico uniforme preto e branco; embaixo do braço levava o que parecia ser um prospecto financeiro.

Virou-se e notou que Ajwani o observava.

O corretor se aproximou dele com um sorriso.

— Sou da sociedade Vishram. Meu nome é Ajwani.

Shanmugham retribuiu o sorriso.

— Eu sei. Ramesh. Torre A. O senhor é o dono do Toyota Qualis.

Pouco depois, os dois se sentavam juntos num restaurante próximo. Ajwani despachou com um pontapé um camundongo que estava embaixo da mesa; fez sinal para o garçom.

Pegou o prospecto verde que Shanmugham pusera sobre a mesa e folheou as páginas.

— Fundos mútuos... Eu investia no mercado nos anos 1990. Empresas de tecnologia. Comprei ações da Infosys. Não ganhei nada. O senhor também não vai ganhar.

— *Eu ganhei* — disse Shanmugham.

— Nesse caso, vai perder tudo. Homens como nós não enriquecem com ações.

Ajwani empurrou o prospecto para o outro lado da mesa; fitou o interlocutor nos olhos.

— Quero lhe perguntar, sr. Shanmugham: qual é o seu cargo no grupo Confiança?

— Não tenho nenhum. Estou ajudando como um favor pessoal ao sr. Shah.

— Não, não está. — O corretor espalmou a mão sobre o prospecto. — Todo construtor tem um homem especial em sua empresa. Esse homem não tem cartões de visita para oferecer, não tem cargo, nem sequer aparece na folha de pagamentos. Mas é o braço esquerdo do construtor. Faz aquilo de que o braço e a mão direitos não querem saber. Quando há problemas, ele entra em contato com a polícia ou com a máfia. Se há dinheiro a ser pago a um político, ele carrega a sacola. Se é preciso quebrar os dedos de alguém, ele quebra. *O senhor* é o braço esquerdo do sr. Shah.

Shanmugham puxou o prospecto de baixo da mão do corretor.

— Nunca ouvi essa expressão. Braço esquerdo.

O garçom pôs duas xícaras de chá na mesa.

— Traga um açucareiro — disse Ajwani, empurrando gentilmente a outra xícara para mais perto de Shanmugham.

— O senhor já ouviu o provérbio que diz que o corretor é primo-irmão do construtor? Vi reconstruções durante a minha vida inteira. O construtor tem sempre um espião dentro do grupo, que dá informações sobre os outros membros da sociedade habitacional. Vocês lhe dão uma gorjeta. Infelizmente, dessa vez escolheram o homem errado.

Shanmugham, que havia começado a soprar o chá para esfriá-lo, parou. O corretor prosseguiu:

— Em geral, o escolhido é o secretário. O da Torre B, sr. Ravi, é um bom homem. Mas o *nosso* secretário é um *zero à esquerda*.

— Zero à esquerda? — repetiu Shanmugham, olhando para seu chá.

— Só teve filho quase aos cinquenta anos. Não é capaz de fazer *isto*. — Levantou um dedo e concluiu: — Há dias em que tudo o que faz é ficar repetindo *África, África, África*.

— Então, *quem* pode nos ajudar?

Ajwani encolheu os ombros:

— Deixe-me perguntar-lhe uma coisa: quantas pessoas da sociedade Vishram estão dizendo não à oferta?

— Quatro.

O corretor deu uma pancadinha na mesa com o celular:

— Errado. Apenas uma pessoa realmente se opõe a ela. As outras três não sabem o que querem.

— Qual delas?

O garçom pôs o açúcar na mesa. Ajwani guardou o celular no bolso. Sorriu.

— O prazo é muito apertado, sr. Shanmugham. Um projeto como esse levará dois anos, no mínimo. Por que o seu patrão está pressionando tanto?

Os olhos de Shanmugham brilharam. Ele tomou o chá e empurrou a xícara vazia para o centro da mesa.

— Qual delas?

Pegando o açucareiro, Ajwani tirou uma colherada e a manteve em suspenso acima de sua xícara:

— O senhor está querendo obter informações de mim... — mexeu levemente a colher — ...a troco de nada. Isso é ganância. Dê-me alguma coisa para adoçar. Mais mil rupias por metro quadrado.

Shanmugham se levantou:

— Vim a Vakola entregar caixas de doces na sua sociedade. O senhor encontrará a sua no portão, sr. Ajwani. Afora isso, não tenho nada para lhe dar.

O corretor mexeu o açúcar no chá:

— Vocês jamais farão a sociedade Vishram aceitar sua oferta sem a minha ajuda.

Ao parar no portão do edifício, Ajwani descobriu que Shanmugham dissera a verdade sobre os doces.

Eram caixas vermelhas, todas com a imagem do Senhor Siddhi Vinayak. Dentro de cada uma, trezentos gramas de doces feitos de massa de bolo e caju, fatiados em forma de losango. Havia uma carta manuscrita presa a cada caixa, assinado: "Da minha família para a sua. Dharmen Shah, gerente-geral, grupo Confiança."

— Entreguei sua caixa à sua senhora — disse Ram Khare.

Ajwani apontou para a pilha ao lado do guarda.

— Por que essas quatro caixas estão aí?

— Quatro pessoas disseram que não querem os doces. Dá para acreditar?

Ajwani espiou as caixas.

— Que quatro pessoas?

Era certeza ver um sorriso ensolarado no rosto barbudo de Ibrahim Kudwa quando um de seus vizinhos passava pelo amontoado de cabos, vegetação, tijolos, telhado barato e tinta descascada que levava o nome de SPEED-TEK CIBERCAFÉ DA ZONA CIBERNÉTICA. O tronco da figueira-de-bengala ao lado do cibercafé tinha sido pintado de branco para simular neve. Ao que parece, Arjun, ajudante de longa data de Kudwa, convertera-se ao cristianismo uns anos antes; no Natal anterior, conquistara a figueira para sua religião e pusera a seus pés um berço seu, com figuras de brinquedo dispostas num esplendor de neve de algodão. Outro indício do Natal se encontrava na grande estrela de cinco pontas, cercada por bandeirolas coloridas, que Arjun tinha pendurado no telhado do café; meses depois, ela ainda estava lá, inesperada, colossal, com as bandeirolas puídas e, à luz matinal que vinha de trás, semelhante a um símbolo do Apocalipse. Como que atraído pela estrela mística, às vezes um religioso hindu se sentava do lado de fora do café. O sr. Kudwa não fazia objeção; na verdade, até o encorajava com uma ou outra moeda de duas rupias.

Homem de iniciativa, esse Ibrahim Kudwa. Solista de uma banda de rock na universidade, havia optado, depois da formatura, por não permanecer no prédio exclusivamente muçulmano de Bandra Leste em que seus irmãos e irmãs ainda moravam. A sociedade Vishram era velha, mas ele queria que seus filhos convivessem com hindus e cristãos. A conselho de um artigo de revista, chegara à conclusão de que o futuro estava na tecnologia.

Depois de rejeitar a oferta de um irmão de se associar à loja de ferragens da família em Kalanagar, tinha aberto um cibercafé na vizinhança em 1998. Dinheiro fácil. Suas tarifas por hora tinham subido de dez para 15 e de 15 para vinte rupias, depois tornado a baixar para 15 e, mais adiante, para dez. Coisa traiçoeira a tecnologia. Em menos de seis meses, a conexão com a internet havia ficado tão barata que só os grosseirões, os arruaceiros e os turistas precisavam de cibercafés. Os preços das ferragens haviam se mantido; havia pouco, seu irmão comprara um segundo apartamento de dois quartos, a título de investimento. Depois, o governo chegara à conclusão de que todo usuário de cibercafé era um terrorista em potencial. Nome, número de telefone, endereço, carteira de habilitação ou número do passaporte do usuário: os donos dos cafés ficaram legalmente obrigados a manter um registro detalhado de todos os clientes, e a polícia vasculhava os livros de Kudwa em busca de qualquer pretexto para extorquir uma propina.

Mesmo assim, nenhum de seus vizinhos diria que ele era infeliz. Kudwa era um urso capaz de encontrar mel em qualquer nível de uma árvore. Esbanjava suas consideráveis horas de folga com os dois filhos encantadores: Mohammad, de dez anos, que perdia corajosamente para os meninos de Ajwani nas competições de *tae kwon do*, e Mariam, de dois anos, que circulava de camisola e em passos trôpegos pelo cibercafé do pai, convidando-se a sentar-se no colo dos clientes para bater alegremente nos velhos teclados. Mumtaz, a esposa, guardava cupons de desconto e acumulava pontos nos cartões de crédito para a família poder tirar férias em Mahabaleshwar todo verão. Em agosto do ano anterior, eles haviam até realizado o milagre, subsidiado pelos pontos dos cartões de crédito, de passar férias em Ladakh, onde visitaram mosteiros tibetanos, de lá voltando com rosários e camisetas para seus vizinhos hindus.

— Por que você está no Partido da Oposição, Ibrahim?

Ajwani acabara de se acomodar na cadeira das visitas no café.

— Partido da Oposição? — repetiu Kudwa. A pequena Mariam estava em seu colo e ele lhe afagava o cabelo.

— Você está dizendo não à oferta. Por quê?

Kudwa o olhou fixo:

— *Quem* lhe disse que eu disse não?

Deixou Mariam engatinhar pelo chão.

— Você acha que quero passar a vida inteira nesse negócio de cibercafé? Por acaso quero que meus filhos cresçam pobres?

— Quer dizer que você pretende nos apoiar, Ibrahim. — Ajwani sorriu. — Nesse caso, por que não pegou sua caixa de doces?

— Não, não é tão simples assim. — Kudwa deu tapinhas no ar, pedindo paciência.

Por outro lado, havia aquilo de que a sra. Puri chamara Masterji. "Um verdadeiro lorde." Mesmo querendo aceitar a oferta, ela admirara o gesto do professor. Como iriam os vizinhos interpretar o caráter *dele*, Ibrahim, se corresse para pegar o dinheiro do sr. Shah?

— Quero ser bem-visto. As pessoas da sociedade pensam em mim como um homem imparcial.

Kudwa coçou a barba com as duas mãos.

— É claro que pensamos — confirmou Ajwani. — Aliás, foi ótima aquela piada do outro dia. A que você escreveu naquela placa em frente à sociedade. Como era mesmo? "Lamentamos o inconveniente, mas o trabalho..."

— "Inconveniente em andamento, lamentamos o trabalho" — disse Kudwa, com um largo sorriso. Mariam ia se aventurando por baixo dos computadores; ele a pegou e a recolocou na cadeira.

— Todos gostam de você, Ibrahim. Mas será que continuarão a gostar se você não disser sim? Isso eu não sei.

Kudwa estremeceu.

— Fico com o estômago embrulhado, Ramesh, só de pensar nessa decisão. Minha mulher diz que tenho uma proporção alta de nervos no corpo. Um homem de estômago fraco *nunca* deveria ser solicitado a tomar decisões.

Ajwani viu uma tira de antiácidos em formato de coração no bolso da camisa de Kudwa, como múltiplas testemunhas de sua afirmação. Estendeu a mão e estalou os dedos diante da tira de comprimidos.

— Venha comigo, Ibrahim. Vou resolver seu problema num segundo.

Pegando a pequena Mariam, que estava de novo no chão — e gritando para que Arjun, que varria o pátio atrás do café, cuidasse das coisas e se certificasse de que nenhum dos clientes surfasse por *sites* "indecentes" na sua ausência —, Kudwa acompanhou o vizinho até a sociedade Vishram.

Ao passarem pelo prédio, o muçulmano deu uma olhada no escritório do secretário.

Kothari tinha lhe contado sua história da África naquela manhã, assim como havia feito com todos os outros integrantes da sociedade Vishram.

Finalmente fizera sentido para Kudwa aquela personalidade estranha e sigilosa, ainda que sociável, do secretário. Durante todos aqueles anos, a vergonha por causa do pai regressado da África — a vergonha do expatriado que volta de mãos vazias — havia esmagado sua sociabilidade natural. Não fosse por essa vergonha, Kothari teria sido um outro tipo de homem. Todos poderiam ter sido homens diferentes.

— Que estranho o secretário ter essa paixão por flamingos — comentou.

Ajwani se virou.

— Que estranho o secretário ter paixão por *qualquer coisa*.

— Talvez continuemos aqui no prédio e passemos a conhecer melhor uns aos outros. Talvez seja isso que essa proposta do Shah está realmente fadada a fazer.

— Não — retrucou Ajwani, esfregando uma moeda invisível entre os dedos. — Ela está destinada a nos deixar ricos.

Atravessou o condomínio em direção à Torre B. No estacionamento em frente ao edifício, apontou para um veículo com uma fita dourada em forma de "V" no capô.

Recém-saído do salão de exposição, um Toyota Innova. Fazia dois dias que fora comprado, mas a encomenda devia ter sido feita semanas antes da oferta do sr. Shah.

Ajwani, que acumulava informações sobre todos os moradores burgueses de Vakola, descobrira rapidamente o nome do proprietário: sr. Ashish, engenheiro de programação, um dos residentes da Torre B.

— O que você está vendo? — perguntou.

— Um carro. Um carro novo.

— Não. Você está vendo dez anos de trabalho estafante, economizando e se sacrificando, até poder comprar uma coisa como esta. Existe uma nova maneira de ver as coisas novas, Ibrahim. Toque nele.

— Tocá-lo?

Ajwani espanou a caspa do ombro de Kudwa e estendeu os braços para Mariam.

— Não se preocupe com o dono. Ele *quer* que você toque no carro. Sabe como são as pessoas da Torre B, não sabe?

Ibrahim Kudwa entregou a filha ao vizinho. Correu as mãos pela barba, depois deu um passo em direção ao carro da fita dourada. Seu dedo indicador tocou na pele luzidia de metal, e, no mesmo instante, a concha que cercava o Innova e dizia "Daqui a dez anos" se rompeu e se desfez em pedaços. Ele espalmou todos os dedos sobre aquela superfície e não conseguiu reprimir um sorriso.

Na volta, Kudwa pediu sua caixa vermelha de doces na guarita do guarda.

Com os braços para trás, tamborilando os dedos nas costas, Ajwani foi ao mercado de frutas e legumes.

Todas as suas melhores reflexões eram feitas no mercado. Pelo menos uma vez por semana, ia lá com os dois filhos, para ensiná-los a pechinchar. Parte essencial da educação deles. Quando um homem não podia ser tapeado na comida, não podia ser tapeado em mais nada.

África, disse a si mesmo, caminhando por entre carroças cheias de melancias maduras. Nunca estivera na África. Nem nos Estados Unidos, na Europa, no Canadá, na Austrália. Nunca havia cruzado o oceano.

As mulheres tinham sido sua África. Comissárias de bordo, modelos, vendedoras, jovens solteiras, mulheres divorciadas viviam entrando em escritórios de corretores de imóveis à procura de acomodações, cheias de urgência, às vezes numa pressa desesperada. Para elas, um corretor podia parecer uma figura paterna, alguém benevolente, decisivo. Quando era mais moço, sem nunca recorrer à coação nem à chantagem, Ajwani tinha dormido com muitas de suas clientes. Muitas. No começo, havia um hotel perto da estação de trem, o Wood-Lands, que alugava quartos por hora. Mais tarde, ele tinha construído um aposento interno no escritório. Com um coco para bebericar, deitados lado a lado na cama. As mulheres ficavam felizes e Ajwani, mais feliz que elas. Era assim que gostava que fossem seus negócios.

Dinheiro — o dinheiro tinha sido sua Índia. Não ganhara uma rupia no mercado de ações; até no ramo imobiliário, próprio campo, seus investimentos haviam fracassado. Uma ou outra pessoa sempre lhe passara a perna. Ele havia comprado o Toyota Qualis de um primo para se sentir rico, mas o carro o estava matando. Bebia diesel demais. Precisava de consertos mês após mês. Ele fora novamente tapeado. No filme da sua vida, tinha de admitir, era apenas uma figura cômica.

Mas não dessa vez.

Umas maçãzinhas escuras se dispunham em forma de pirâmide num carrinho azul, semelhante a uma munição medieval; mamões pontudos, modernos cartuchos de artilharia, cercavam-nas por todos os lados. Ajwani pegou um e cheirou para ver se estava maduro. Faria o mesmo com

Masterji, os Pinto e a sra. Rego: cheirar e apalpar, cheirar e apalpar, encontrar os pontos fracos, expô-los às claras. De Kudwa ele havia cuidado de graça, mas o sr. Shah teria de pagar pelos outros três.

A conversa no mercado, como sempre nessa época, girava em torno das chuvas que viriam tarde e da falta d'água, que logo se tornaria terrível.

Mexericos antigos à esquerda, mercadorias medíocres à direita: Ramesh Ajwani sabia que seus olhos eram o que havia de mais brilhante à venda no mercado de Vakola.

livro quatro

Começam as chuvas

19 DE JUNHO

Um *pizzicato* de gotas pingou de uma folha de coqueiro: um virtuose de brilho no concerto de nuvens tempestuosas, céu carregado e chuva engrossando.

Da janela do quarto, Ramu e o Patinho Cordial observavam.

A treliça de metal, destinada a proteger a janela de ladrões, ganhou vida; a folhagem de ferro batido gotejou e se transformou em folhas reais e flores de verdade.

— Ai, ai, ai, meu príncipe. Que pensamentos profundos você está pensando?

Sentada ao lado do filho, a sra. Puri apontou para o céu. As linhas da chuva que amainava estavam cintilando: o Sol começava a sair.

— Lembra-se do que diz o Masterji? Quando a chuva e o Sol vêm juntos, aparece um... Você sabe a palavra, Ramu. Diga. É ar... arco... arco-í...

Protegendo com o braço a cabeça molhada do filho, a sra. Puri olhou para cima. Uma gota de chuva pendia do teto. As velhas paredes da Vishram reluziam com o brilho dos vazamentos; a umidade se infiltrava pelas rachaduras da tinta, lambia os vergalhões de aço e mastigava a alvenaria.

Ramu, que sabia ler os pensamentos da mãe, estendeu a mão para suas pulseiras de ouro e começou a brincar com elas.

— Não precisamos nos preocupar, Ramu. Vamos nos mudar para uma casa novinha em folha. Faltam só três meses. Uma casa que nunca vai desabar.

Ramu cochichou alguma coisa.

— Sim, todo mundo, até Masterji e o titio secretário.

O menino sorriu; em seguida, tapou os ouvidos e fechou os olhos.

A sra. Puri se virou para o lado e gritou:

— Mary! Não faça tanto barulho com o lixo. Tenho um filho aqui em idade de crescimento!

Como todos os dias, Mary estava arrastando um barril azul embolorado de um andar para outro da sociedade Vishram, despejando nele o conteúdo das latas de lixo postas diante de cada porta e limpando a sujeira feita pelo gato matutino em sua busca por comida.

Os moradores da sociedade não eram dados a elogiar as criadas, mas em Mary tinham confiança. Tão honesta que até uma moeda de uma rupia caída no chão seria reposta na mesa. Em sete anos de serviço, nem uma só queixa de furto. É verdade, sempre havia poeira nos corrimões e na escada, mas o edifício era velho. Transpirava decrepitude. Por que culpar Mary?

Era dura a vida dela. Casara-se com um par de braços musculosos que entrava e saía de sua vida, deixando manchas roxas e um filho; vez por outra, o pai dela aparecia embaixo das barracas de legumes do mercado, bêbado feito um gambá.

Terminado o 5B, o último apartamento do último andar, ela girou o latão azul para descer os degraus, enchendo a escada de um barulho de trovão. ("Mary! Você não me ouviu? Pare já com esse barulho! Mary!") Com as veias saltando nos braços, como se o latão estivesse amarrado nelas, rolou-o para fora da sociedade, pelo portão e pela rua, até uma fossa de lixo a céu aberto.

As chuvas tinham transformado a fossa num lodaçal: papel celofane, cascas de ovo, rostos de políticos, cotações da bolsa, folhas de bananeira, pés de galinha cortados e coroas verdes de abacaxi. Tiras de fita cassete desenrolada se derramavam por cima de tudo, feito caramelo derretido.

Jogando os sacos plásticos do latão azul no local, Mary viu pelo canto do olho um homem que se aproximava. Sentiu um aroma de talco infantil Johnson's e deu mais um passo em direção à pilha de lixo, preferindo seus odores.

— Mary.

Ela grunhiu, registrando a presença de Ajwani. Não gostava do jeito como ele a olhava; seus olhos atribuíam preços às mulheres.

— O que havia hoje de manhã no saco de lixo da sra. Puri?

— Não sei.

— Quer ver para mim? — pediu ele, com um sorriso.

Mary patinhou no lixo, pegou um saco plástico e o jogou aos pés de Ajwani, que o virou com o sapato.

— Você lembra, Mary, que ontem a sra. Puri disse que ia levar o Ramu ao templo? Ao Sitla Devi, em Mahim. Foi o que ela disse quando perguntei. Ora, quando os hindus vão ao templo, trazem coisas com eles, como flores, cascas de coco, *kumkum*, e você não está vendo nada disso no lixo. O que isso lhe diz?

Mary, que tinha esvaziado o latão azul, raspou seu interior com a mão aberta. Três porcos escuros começaram a fuçar a imundície; outro, de olhos fechados, ficou imóvel no lodo, como se fosse uma figura sagrada em meditação.

— Não sei.

— Ninguém guarda segredos de sua lata de lixo, Mary. De agora em diante, quero que você examine três sacos de lixo todas as manhãs: os de Masterji, dos Pinto e da sra. Rego.

— Isso não é trabalho meu. É do gato matutino.

— Então, transforme-se no gato, Mary.

Com um sorriso, Ajwani ofereceu-lhe uma nota de dez rupias. A faxineira abanou a cabeça.

— Tome, tome — insistiu ele. — Isto também é para você — acrescentou. Entregou-lhe uma caixa vermelha que tinha uma imagem do Senhor SiddhiVinayak. — Para seu filho.

Mary olhou para a caixa vermelha: havia grandes manchas de gordura nas laterais do papelão.

Duas catadoras de lixo haviam esperado a faxineira despejar o conteúdo do latão azul; uma delas segurava um limpador de para-brisa. Nesse momento, pisaram descalças o refugo molhado, carregando nos ombros velhos sacos de juta e remexendo o lixo com o limpador. Deixaram de lado o saco da sra. Puri. Não procuravam informações, apenas plástico e latas.

De volta à sociedade Vishram, Mary escondeu a caixa de doces no quarto dos funcionários e foi varrer as áreas comuns, a escada e a parte externa.

Meia hora depois, com a caixa de doces na mão, comprava legumes no mercado. Alguma coisa fresca para o filho. Beterraba. Era bom para o cérebro das crianças, dizia a sra. Puri, que sempre cozinhava beterraba para o filho. Ela *devia dar as beterrabas para mim*, pensou Mary. Que adiantava desperdiçá-las com aquele imbecil?

Equilibrando um *pav* de beterrabas sobre a caixa vermelha, ela entrou na sociedade Hibisco.

— Por que está procurando emprego aqui? Você não trabalha na Vishram? — perguntou-lhe o segurança.

— O construtor fez uma oferta a eles. Vai todo mundo embora no dia 3 de outubro.

— Ah, uma reconstrução — disse o guarda, chupando os dentes. Era velho, já vira várias sociedades. — Isso vai levar anos e anos. Alguém vai entrar na Justiça. Você não tem com que se preocupar agora.

— Atenção, todo mundo que mora na favela perto do *nullah*! — gritou um homem que vinha correndo pelo mercado. Pôs as mãos em concha na boca: — Remoção de barracos! Os homens chegaram!

O guarda da sociedade Hibisco, coçando a cabeça e pensando na proposta de Mary, disse:

— Está bem. Mas o que eu levo nisso? Ganho uma parte por mês? Se não ganhar, aí...

Mas, no lugar onde estivera a faxineira, agora havia uma caixa vermelha de doces no chão e beterrabas rolando em volta.

Esbarrando nas pessoas, Mary correu. Empurrando bicicletas e carroças, correu.

Passou pela sociedade Vishram, pelo templo tâmil, pelo canteiro de obras onde subiam as duas torres, e entrou na favela; seguiu pelas vielas estreitas, uma atrás da outra, desviando de cães vadios e galos, até correr pelo descampado mais adiante. Um avião voou acima dela. Por fim, Mary chegou ao *nullah*, um canal comprido de águas negras em cujas margens fora montada uma fileira de barracas de lona encerada azul.

Seus vizinhos estavam cortando lenha; um galo passeava entre as barracas; crianças brincavam em pneus pendurados nas árvores.

— Não vem ninguém aqui, Mary — disse-lhe sua vizinha, em tâmil.
— Foi alarme falso.

Acalmando-se e respirando fundo, Mary foi até sua barraca e olhou por baixo da cobertura azul da lona, sustentada por uma estaca de madeira. Tudo intacto: óleo de cozinha, vasilhas de cozinha, os livros de escola do filho, álbuns de retratos.

— Eles só vêm depois das monções — gritou a vizinha. — Até lá, estamos salvas.

Mary se sentou e enxugou o rosto.

Na colcha de retalhos formada por favelas inteiramente legais, favelas semilegais e bolsões de choças em Vakola, a essa fileira de barracas junto a um canal poluído, o *nullah* que cortava o subúrbio residencial, fora reservada a vida mais precária. Por terem chegado ali depois da última anistia concedida pelo governo às favelas ilegais, e visto que o canal podia transbordar numa chuva forte das monções, os posseiros não tinham recebido os cartões de identificação que "regularizavam" a vida dos favelados e lhes davam o direito de serem transferidos para uma construção *pucca* se o governo derrubasse seus barracos. Repetidas vezes, as autoridades municipais haviam ameaçado de despejo os moradores das margens do *nullah*, mas alguém sempre intervinha para salvá-los, em geral um político que precisava de seus votos na eleição municipal seguinte. No mês anterior, a sra. Rego fora até lá explicar-lhes que as coisas tinham mudado. Agora era uma temporada de decisões firmes em Bombaim: a coalizão de corrupção, filantropia e inércia que os havia protegido por muito tempo estava se desintegrando. Um novo funcionário fora encarregado de acabar com as favelas ilegais da cidade. Havia arrasado quilômetros de barracos em Thane e prometia fazer o mesmo em Mumbai. Cada dia de sobrevivência de sua favela devia ser considerado um milagre.

Agora as barracas ao longo do *nullah* brilhavam por dentro. Mary ganhara da sra. Rego uma velha lâmpada fluorescente branca que funcionava com três pilhas, que foi pendurada com um gancho no teto da barraca.

Pouco depois, apareceu alguém para saber como ela estava. Era o Encouraçado em pessoa.

Enxugando as mãos no sári, Mary saiu para conversar.

— Hoje foi alarme falso, Mary, mas, cedo ou tarde, virão demolir este lugar. Você deve se mudar daqui enquanto pode.

— Aqui é minha casa, madame. A senhora largaria a sua?

A sra. Rego perguntou por seu filho, Timothy:

— Ele está jogando críquete lá perto do templo.

— Deixe-o jogar, Mary. Ele é criança. Depois não haverá tempo para brincar.

— Aqueles outros garotos não vão à escola, madame. Alguns têm quase vinte anos. A senhora deixa o seu filho jogar com eles?

A sra. Rego, que já ia pondo Mary em seu lugar, refreou-se:

— Quem faz sermões aqui sou eu, Mary. Não estou acostumada a ouvir sermões de gente que mora à beira do *nullah*. Mas não vamos brigar. Hoje nós duas tivemos boas notícias.

Ela estava a caminho de casa, voltando do escritório de um advogado no Parque Shivaji, um especialista em sociedades habitacionais e suas brigas. Não era verdade, ele lhe dissera, que todos os membros de uma sociedade tivessem de dizer sim para que ela pudesse ser demolida. Três quartos apoiando a transformação podiam ser suficientes, em termos jurídicos. Mas a lei se manifestava de forma ambígua nessa matéria. Como na maioria das matérias, acrescentara o advogado. A legislação de Mumbai não era cega, longe disso: tinha duas caras e quatro olhos em funcionamento, examinava cada caso de ambos os lados e nunca conseguia se decidir. Mas uma lei ambígua, ambivalente e ambidestra também tinha as suas vantagens. O problema ali — o direito individual em confronto com o bem-estar coletivo — era tão complicado que, se um único morador da Vishram recorresse à Justiça, a demolição seria adiada durante anos, enquanto o juiz quebrava a cabeça diante do processo, tentando encontrar um padrão em meio século de precedentes legais conflitantes. O sr. Shah desistiria e iria para outro lugar.

Mary saiu de sua barraca com um machado e começou a cortar lenha para preparar o que comeria à noite.

A sra. Rego vagava por umas barracas mais adiante, ao longo do *nullah*.

— Quantas vezes eu já lhe disse — gritava ela com um homem conhecido por seus problemas com a bebida — para nem *pensar* em levantar a mão para sua mulher?

Mary pensou em seu Timothy. Ele devia estar ali, estudando, e não lá no templo tâmil, jogando críquete com aqueles sujeitos mais velhos e mais brutos. Logo, logo, começaria a admirá-los.

Ela poderia acabar batendo no filho com muita força, por ter desrespeitado suas ordens. Era melhor descontar na lenha. Levantou o machado e cortou.

— Eu costumava levar você e sua mãe a uma feira de rua em Bandra, quando você era desse tamanho. Tenho certeza de que você se lembra.

No outro extremo da cidade, Dharmen Shah caminhava com o filho, passando por balões coloridos e espirais de plástico fluorescente. Os dois haviam tomado um chá desagradável no saguão do hotel Hilton e, ao saírem, depararam com a Nariman Point fechada para o trânsito, por causa de uma feira de rua. Bolotas de sorvete de baunilha, em casquinhas ou em copos, materializaram-se ao redor deles feito bolas de neve; cavalos puxando charretes em forma de cisne, revestidas de papel-alumínio, trotavam para lá e para cá pela avenida.

— Quando vou receber meu cartão de crédito de volta?

— Quando eu tiver vontade de devolvê-lo. Você andou encontrando aqueles garotos da gangue?

Satish parou.

— Cocô de cavalo. Em toda parte — comentou. A bainha de sua calça jeans se arrastava pela rua suja, mas Shah presumiu que aquele comprimento fosse o estilo da moda e se conteve.

— Eu lhe fiz uma pergunta sobre a gangue, Satish. Você ainda...

O adolescente havia tampado o nariz.

— Quero ir para casa — disse.

O pai apenas lhe perguntou se tinha dinheiro para o táxi.

Shah ligou para Shanmugham, que estava em Malabar Hill, esperando para lhe entregar o relatório vespertino.

— Venha para Nariman Point.

Parou atrás de uma fila de crianças que se formara para que elas comprassem copinhos de um sorvete vermelho cristalino. As crianças o olharam, entre risinhos divertidos; ele sorriu. A sua volta, por todos os lados, viu homens com suas mulheres e filhos.

Estou perdendo meu filho, pensou. Sabia que Satish não diria ao motorista do táxi que o levasse para Malabar Hill — iria direto para a casa de um de seus amigos.

Um punhado de balões amarelos se elevou acima da feira e flutuou na escuridão; Shah o acompanhou.

Deixando as luzes e o barulho para trás, chegou a um estacionamento. Atrás havia uma cerca metálica e, para além dela, água escura. Do outro lado da água, avistou as luzes do bairro de Navy Nagar: o extremo sul de Mumbai.

Shah encostou o rosto nos frios aros de metal da cerca. Ali contemplou as luzes distantes, depois baixou o rosto até fitar o solo.

Essa cerca supostamente demarcava o fim da área terrestre, mas um promontório de detritos, pedaços quebrados de antigas construções, granito, plástico e garrafas de Pepsi Cola passara furtivamente pela cerca — o lixo empreendedor avançava por alguns metros água adentro. Os dedos de Shah pulsaram enquanto ele fitava a terra anfíbia de Nariman Point. Veja só, esta cidade nunca para de crescer: entulho, fezes, plantas, lodo de esgoto, se deixados por conta própria, começam a tragar o mar, avançando aos poucos para o outro lado da baía, como uma língua de cobra, sibilando pela água salgada: *lá tem mais terra, mais terra*.

Algo se revolveu no promontório — garrafas plásticas e pedrinhas começaram a ondular, como se houvesse ratos correndo por baixo delas; em seguida, um pardal levantou voo dos detritos. *Está ganhando vida*, pensou Shah. *Ah, se o Satish estivesse aqui para ver!* Bombaim inteira fora criada assim, pelo desejo da sucata e dos aterros sobre os quais se assentara a cidade ampliada, para se transformar em algo melhor. Era assim que todos haviam emergido: peixes, aves, os leopardos do Parque Nacional de Borivali, até as aspirantes a estrela de cinema e as supermodelos de Bandra.

Um sem-teto começou a andar pelo entulho; devia ter descoberto um buraco na cerca. Agachou-se e cuspiu. O cuspe contribuiu para a massa de aterro que se projetava, tal como contribuiria seu cocô, que viria logo depois. Shah fechou os olhos e rezou para o entulho e para o homem que defecava nele: *Me deixem construir mais uma vez*.

— Senhor... — Sentiu uma mão em seu ombro. — Aqui não é limpo.

Shanmugham, com sua camisa branca e sua calça preta, estava parado atrás dele.

Voltaram para as luzes e o barulho.

— O que aquele secretário está fazendo? — perguntou Shah, no caminho de volta para a feira de rua.

Tinha acabado de saber da má notícia: os quatro nãos da Vishram tinham se tornado três, mas esses três simplesmente não cediam. E o secretário havia protestado ao telefone que não havia nada que *ele* pudesse fazer para induzi-los a assinar o acordo.

— Não sei por que o elegeram secretário, senhor — comentou Shanmugham. — Ele é inútil. Mas há outra pessoa... um corretor... que talvez possa nos ajudar. Ele pediu dinheiro.

— Tudo bem. Gaste outro *lakh*, ou dois *lakhs*, se achar que deve. Gaste até mais que isso se for absolutamente necessário. O dia 3 de outubro está chegando. — Shah pôs a mão em concha na orelha: — Todo dia eu o escuto chegando mais perto. Você também consegue escutar?

— Sim, senhor — disse Shanmugham. — Eu o escuto. Ouço o dia 3 de outubro se aproximando.

O construtor parou e virou a cabeça. Uma barraca de caldo de cana fora levada para a calçada como parte da feira. Os olhos de Shah se voltaram para o alto da barraca, onde os colmos de cana-de-açúcar tinham sido agrupados num monte de quase dois metros de altura, os maiores se curvando para baixo na ponta, como garras de caranguejo.

A máquina que moía a cana era iluminada por lâmpadas elétricas nuas. Num quadrado de luz viva, um menino girava uma roda vermelha, que fazia girar rodas verdes menores, que tiniam e trituravam a cana, cujo suco, escorrendo por uma calha cheia de pedaços irregulares de gelo, passava por um coador sujo e caía num jarro de aço inoxidável que se embaçava com o líquido gelado. Servido em copinhos cônicos, ele era vendido aos fregueses por cinco rupias a unidade, sete o copo maior.

— Eu vivia tomando esse suco quando vim para Bombaim, Shanmugham. Vivia disso.

— Senhor, eles usam água suja para fazer o gelo. Icterícia, diarreia, vermes, Deus sabe o que mais.

— Eu sei. Eu sei.

As rodas iluminadas, céleres, musicais, tornaram a girar, amassando a cana — e Shah imaginou tijolos subindo, andaimes erigidos, homens içados no ar por quilômetros, com aquela energia tilintante. Quisera ele ser de novo recém-chegado a Bombaim: quisera poder voltar a beber aquilo.

No trajeto de volta, continuou a imaginá-las, as rodas do moedor de cana girando sob as lâmpadas cruas, os discos de luz acelerada perfurando buracos na noite, como máquinas fiandeiras do destino que houvessem concluído seu turno diário e estivessem fazendo hora extra.

Tarde da noite, o primeiro temporal desabou sobre a cidade.

20 DE JUNHO

Aluguéis baixos, cinco minutos até a estação ferroviária de Santa Cruz, dez minutos de carro até Bandra. Há muitas vantagens em morar em Vakola, sim, mas Ajwani, um corretor honesto, avisa aos novatos que há também um grande ponto negativo.

Não é a proximidade das favelas (eles ficam nos barracos deles, você fica no seu edifício, quem é que incomoda alguém?). Não são os Boeings 747 que voam lá no alto (um pouco de algodão nos ouvidos, o braço em cima da mulher e é só pegar no sono).

Mas de uma coisa você precisa saber antes de se mudar para cá, diz Ajwani, batendo de leve com o celular na mesa de metal laminado: *esta é uma área de baixada*. Toda monção tem um dia de tempestade, e, nesse dia, a vida em Vakola se torna impossível.

De manhã, a água da enchente batia na cintura, perto do sinal luminoso da autoestrada e em algumas partes de Kalina. A sociedade Vishram, situada em um terreno mais alto, era mais segura, porém a ruela que levava ao condomínio estava coberta por trinta centímetros de água; volta e meia chegava um riquixá, cortando a água da tempestade como uma foice, descarregava um cliente perto do portão e partia feito uma gôndola. Abandonando a guarita de segurança, Ram Khare buscou a proteção da sociedade. Não que ela fosse uma proteção absoluta: um borrifar contínuo atravessava as estrelas da grade. Os baldes colocados sob as goteiras do telhado transbordavam a cada 15 minutos; línguas de limo e musgo cresciam embaixo da escada. Diagonais cambiantes de chuva açoitavam o portão enferrujado e o telhado azul da cabine do vigia; a chuva era pesada e brilhante e, embora o Sol estivesse escondido, a luz era forte o bastante para com ela se ler um jornal.

Na agência imobiliária Renascença, Ajwani viu que era inútil esperar clientes. "Este é aquele dia que acontece uma vez por ano", disse a Mani, e voltou trôpego para sua sociedade, embaixo de um guarda-chuva.

Às quatro horas da tarde, o céu estava claro de novo. As nuvens carregadas, como uma única atadura negra, tinham sido arrancadas de uma só vez, expondo a luz crua do Sol. Pessoas se aventuraram a sair dos prédios e a se arriscar na água cor de chá de Assam, na qual boiavam detritos e luz fulgurante.

21 DE JUNHO

Na manhã seguinte à tempestade, Masterji andava de um lado para outro na sala. O terreno do condomínio estava cheio de água da chuva e lama. Ele havia acabado de lavar sua calça marrom na lavadora semiautomática, e bastaria que ele desse apenas uns passos lá fora para que ficasse salpicada de preto e vermelho.

Bateu à porta da sra. Puri, na esperança de uma xícara de chá e uma conversa.

— O senhor anda sumido, Masterji — disse a sra. Puri ao abrir a porta. — Mas temos de ir ao templo SiddhiVinayak daqui a pouco, o Ramu e eu. Vamos conversar amanhã.

Era verdade que os vizinhos não andavam vendo Masterji com frequência ultimamente.

O parlamento já não se reunia, por causa das chuvas, e, de qualquer modo, agora todas as conversas aconteciam a portas fechadas. Uma mudez de negócios sigilosos tinha caído sobre uma sociedade tagarela. Em meio à germinação silenciosa das maquinações e ambições que o cercavam, Masterji ficava sentado feito um cisto, contemplando a chuva e os desenhos de Vakola feitos por sua filha, ou brincando com o cubo mágico, até vir uma batida na porta e o sr. Pinto gritar "Masterji, estamos esperando. Está na hora do jantar".

O passado de um homem continua a crescer, mesmo depois que seu futuro chega a um ponto final.

Embora os homens e mulheres ao seu redor sonhassem com casas maiores e automóveis, as alegrias de Masterji eram as da metragem em expansão de sua vida interior. Quanto mais ele olhava para os desenhos da filha, mais lugares da Vishram — a escada que ela subia correndo, o jardim em que passeava, o portão que ela gostava de balançar — tornavam-se mais bonitos e mais íntimos. Os sons eram mais ricos. Um arrastar de pés em algum lugar do edifício lembrara-lhe a filha limpando o tênis no capacho de fibra de coco, antes de entrar em casa. Às vezes, era como se Sandhya e Purnima estivessem contemplando a chuva com ele, e havia uma sensação de plenitude feminina no apartamento sombrio.

Quando o céu clareava, ele notava que era noite e ia caminhar junto ao muro do jardim. Quando a brisa salpicava em suas mãos o orvalho das folhas de begônia, ela estava novamente a seu lado, de sua pequena

Sandhya, coçando-lhe a palma da mão, como antigamente. Masterji transpunha as feições da filha nas mulheres que passeavam pelo jardim. Quase trinta anos, era o que ela teria. A mãe era magra, ela teria sido magra.

No jantar, os Pinto diziam: "Masterji, você anda muito calado ultimamente", e ele apenas dava de ombros.

Uma ou duas vezes, perguntaram-lhe se já tinha feito o exame de diabetes.

Embora passasse mais tempo sozinho, não diria se entediado; na verdade, tinha consciência de um estranho contentamento. Mas agora, quando queria conversar com alguém, descobria-se inteiramente só.

Abriu a porta e tomou a escada. Em vez de descer, subiu. Foi até o quinto andar e parou diante de uma escada íngreme, com largura para apenas uma pessoa, que levava ao terraço do telhado.

Depois do suicídio do jovem Costello, em 1999, a sociedade havia desestimulado o uso do terraço, e as crianças eram proibidas de subir lá.

Masterji subiu a escada do terraço. Fazia muito tempo que a portinha de madeira no fim dos degraus não era aberta, e ele teve de empurrá-la com o ombro.

E então, pela primeira vez em mais de uma década, viu-se no telhado da sociedade Vishram.

Quinze anos antes, Sandhya subia ali à tarde, para brincar num cavalinho de balanço que ainda estava no terraço, apodrecendo num canto. Colocando um pé sobre ele, Masterji deu-lhe um pequeno chute. O brinquedo rangeu e balançou.

Anos de guano não removido tinham se calcificado no piso do terraço, e nele se acumulara a água da chuva.

Masterji andou devagar pela água até o parapeito. Dali pôde ver Mary catando as folhas e galhos que sujavam o terreno, e Ram Khare voltando para sua guarita.

A sra. Puri chegou à área externa com Ramu; encaminharam-se para a cruz negra com uma tigela cheia de *channa*. Como que por um sexto sentido, a mulher olhou para cima e viu o vizinho no terraço.

— Masterji, o que está fazendo aí em cima? — gritou. — O terraço é perigoso.

Enrubescendo de vergonha, como um colegial apanhado numa travessura, Masterji desceu prontamente a escada.

Para compensar o passeio indiscreto ao terraço, gastou algum tempo lendo *A passagem da alma após a morte*; depois, tentou brincar com o cubo mágico. Por fim, deu um bocejo, sacudiu o corpo para despertar e desceu ao escritório do secretário.

Ajwani estava num canto do escritório, lendo a primeira página do *Times of India* com seus óculos miúdos de leitura. O secretário Kothari segurava outra parte do jornal: examinava os classificados. Os dois estavam prestes a bebericar um chá em copinhos plásticos; Kothari achou um terceiro copo, no qual serviu parte do seu a Masterji. Ajwani se aproximou da mesa para fazer o mesmo.

— Que maravilha a chuva, não é? — disse Kothari, empurrando o copinho para Masterji. — O mundo inteiro fica verde. Tudo cresce.

— E edifícios caem — retrucou o ex-professor. Tirando de Ajwani o *Times of India*, leu em voz alta a reportagem principal da primeira página: — "Um prédio de três andares no mercado Crawford desabou durante a tempestade de ontem, matando o vigia e mais duas pessoas. Como o prédio servia de moradia para mais de vinte pessoas, dizem que foi um milagre terem morrido apenas três."

Masterji continuou a ler. O desejo de melhora tinha sido a causa da destruição. Contrariando a orientação do engenheiro municipal, os residentes haviam instalado caixas d'água no alto, que, pesadas demais para o prédio antigo, afundaram o velho telhado, que, por sua vez, se partira com o temporal. Era a morte por terem desejado uma vida melhor.

— Também houve um desabamento em Wadala. Está no meio do caderno.

Ajwani amassou o copinho de chá e mirou a cesta de lixo.

— Mesmo assim, isso soma apenas seis mortes este ano. Quantas foram no ano passado? Vinte? Trinta? É um ano leve, Masterji. Um ano leve.

Era uma competição macabra feita pelos homens da Vishram havia pelo menos uma década. Se um ano era "pesado", em matéria de mortes ligadas às monções, de algum modo; um lado (Masterji e Kudwa) tinha vantagem; um ano "leve" era um ponto marcado pelo lado oposto (o sr. Puri e o secretário).

— Um ano leve — admitiu Masterji. — Mas tenho esperança. Ainda falta muito para estas monções terminarem.

— Não gosto dessa competição — disse Ajwani. — O telhado que desaba pode ser o nosso um dia.

— Na Vishram? Nunca. Este prédio poderia durar mil anos.

— *Vai* durar — corrigiu Masterji, com um sorriso.

— *Duraria*.

Masterji olhou para o teto, com um aceno floreado da mão: tolerância sarcástica, tal como a expressaria um personagem numa peça.

— Um ponto para o seu partido — disse.

— Como vai a moça do 3B? A jornalista. Ainda continua a incomodá-lo?

— Ah, de modo algum. Agora somos amigos. Ela tomou chá comigo um dia desses.

— O Importação-Exportação a notificou. Ela tem de se mudar até 3 de outubro.

Masterji se virou para a esquerda, de frente para o corretor:

— O Hiranandani está arranjando um novo inquilino?

— Está. — Ajwani sorriu. — O sr. Shah, do grupo Confiança.

Masterji olhou para o teto e levantou a voz:

— Mais um ponto para aquele partido. Estamos perdendo, meus companheiros da oposição.

Tirando os óculos, Ajwani sorriu.

— Eu lhe dou esse ponto, Masterji. Dou-lhe cem pontos no debate. Mas, em troca, o senhor faria uma coisa por mim? Meus dois filhos estão no seu reforço de ciências. São seus dois maiores fãs. Eles me contam *tudo* que o senhor diz. Devemos sempre fazer experiências antes de acreditar nas coisas. Certo? Só por hoje, Masterji, permita que este Ajwani seja seu professor. Quer fazer uma experiência para ele? Quer ter a bondade de descer a rua e dar uma espiada no que o sr. Shah está construindo, lá adiante da favela? E, depois, será que você vai dizer, sinceramente, que *não* se impressionou com esse homem?

De camiseta e calça jeans, Ramu desceu a escada, trazendo nas mãos o cartaz NADA DE BARULHO de sua mãe.

— Estamos indo ao templo SiddhiVinayak, vamos rezar por todos — disse a sra. Puri, mandando o filho dar adeusinho aos três tios, que acenaram de volta.

Ajwani, puxando a cadeira para a mesa do secretário, fez sinal com os dedos para os outros dois se aproximarem.

— Todo dia ela volta com brochuras de prédios novos, que aparecem no seu lixo no dia seguinte. Mas diz que vai ao templo.

Masterji cochichou de volta:

— A sua competição acabou de aumentar, Ajwani. Deus deve ter entrado no ramo imobiliário.

Os três homens caíram na gargalhada, e um deles pensou: *Exatamente como nos velhos tempos. Nada mudou.*

Ao sair, Masterji encontrou Ram Khare perto do muro do terreno, examinando um objeto vermelho reluzente: uma motocicleta Bajaj Pulsar novinha em folha.

— É do Ibrahim Kudwa — informou Ram Khare. — Ele a comprou ontem.

— Ele não devia gastar um dinheiro que não tem.

O guarda sorriu.

— A boca se enche de água antes da comida. É da natureza humana, Masterji.

A superfície metálica da Pulsar brilhava como chocolate tingido de vermelho. As partes do corpo eram tensas, infladas como um caranguejo; o capacete preto do dono estava empalado no espelho retrovisor. Masterji se lembrou da motoneta que um dia tivera, e sua mão se estendeu.

Um galo, um dos que perambulavam por Vakola e às vezes se infiltravam no terreno de uma sociedade habitacional, voou para o selim e cacarejou, como um espírito que desse um alerta.

Era isto que uma mulher queria. Nada de ouro nem carrões, nem dinheiro fácil.

Isto.

Madeira sólida e escura, de granulação fina, com uma camada nova de verniz e puxadores dourados.

A sra. Puri deslizou as mãos pela frente do armário embutido, abriu as portas e aspirou o aroma de madeira nova.

— A madame também pode abrir as gavetas, se quiser.

Mas a madame já o estava fazendo.

A família Puri se achava num apartamento de exposição, no sexto andar das Torres Rathore — bege, novo em folha, dois quartos, área construída de aproximadamente 112m². O sr. Puri estava na janela com Ramu, mostrando ao filho a piscina da área de lazer comum, a academia que garantia a perda de peso e o salão de pingue-pongue, lá embaixo.

A guia, ainda segurando uma brochura, acendeu uma luz.

— E este é o segundo quarto. A madame quer vir por aqui, por favor?

A madame estava muito ocupada abrindo as gavetas. Imaginava a luz do sol brilhando naquelas belas peças de madeira escura, todas as manhãs, pelo resto de sua vida. Completamente abarrotadas de roupas cheirosas de Ramu. Suas toalhas nesta gaveta. Camisetas ali. Camisetas e shorts aqui. Camisas polo aqui. Calças felpudas aqui.

— Venha até aqui, senhor. E o menino. E a senhora também, madame. Desculpem, tenho outro compromisso depois deste.

— Ele não é uma criança. Tem 18 anos.

— Sim, é claro — disse a guia. — Observem os acessórios e os acabamentos. O grupo Rathore dá extrema atenção aos acessórios e aos acabamentos...

— Por que não há trilhos de cortina nos quartos?

— A madame tem razão. Mas o grupo Rathore teria prazer em acrescentar trilhos de cortina para alguém como a senhora.

Cortinas vermelhas ficariam perfeitas ali. À noite, o lugar pareceria um farol. Os vizinhos notariam; as pessoas na rua olhariam para cima e perguntariam: "Quem mora lá?"

A sra. Puri apertou a mão macia junto a sua. *Quem mais?*

Que apartamento enorme, cheio de luz! Que pé-direito alto! E olhe só este piso: um mosaico de lajotas quadradas pretas e brancas. Um delineamento preciso e geométrico do espaço, não aqueles pisos sem cor nem limites sobre os quais ela havia brigado, comido e dormido durante toda a vida de casada.

No elevador, perguntou ao marido:

— Você não disse a ninguém que vinha aqui, disse?

Ele abanou a cabeça.

O Mau-Olhado tinha devastado a vida da sra. Puri uma vez. Quando estava grávida, ela se gabara com as amigas de que seria um menino, com certeza. O Mau-Olhado a ouvira e castigara seu filho. Ela não cometeria o mesmo erro outra vez.

Fazia semanas que repetia a mesma pantomima, anunciando a Ram Khare que ela e o filho "iam ao templo" — antes de pegarem um riquixá para o prédio mais recente que ia avaliar. O marido chegava logo depois. Tudo em surdina. Desta vez, o Mau-Olhado não saberia da sua sorte.

O sr. Puri pôs a mão na cabeça do filho, dando tapinhas no cabelo cortado rente até o remoinho no centro.

— Quantas vezes lhe disse para não fazer isso? — A sra. Puri afastou o filho do marido. — O crânio dele é sensível. Ainda está em crescimento.

Quando a porta se abriu, Ritika, sua amiga da Torre B, aguardava do lado de fora com o marido, o médico.

As duas se encararam e caíram na gargalhada.

— Que surpresa será se acabarmos vizinhas novamente — disse a sra. Puri, meia hora depois. — Uma surpresa adorável, é claro.

As duas famílias estavam num restaurante de comida indiana meridional, logo abaixo das Torres Rathore, num salão refrigerado com fotografias emolduradas de cães felpudos estrangeiros e jovens ordenhadoras.

— Pois é, não seria? — Ritika sorriu.

A sra. Puri e Ritika haviam estudado na mesma escola em Matunga, depois na Faculdade KC, em Churchgate. A sra. Puri sempre se saíra um pouco melhor. Nos debates. Nos estudos. Nas disputas de prêmios. Até quando as duas haviam considerado rapazes para casar. Seu noivo tinha sido mais alto. Cinco centímetros.

Agora, os dois filhos de Ritika com o marido baixote eram baixos, feios e normais.

— Quanto vocês vão receber pelo apartamento? — perguntou Ritika.

— Nós temos 76m².

— O nosso tem 79,5m². Iam colocar lavabos comuns na Torre A, depois acrescentaram esse pedacinho de área aos apartamentos da coluna C. Há algumas vantagens em morar num prédio antigo.

— Então, isso quer dizer que vocês vão receber... — Ritika olhou em volta, à procura de lápis e papel, e se pôs a escrever no ar.

— 1,51 *crore* — completou a sra. Puri. — E vocês?

Ritika retraiu o braço, sorriu com dignidade e perguntou:

— Você viu um daqueles apartamentos de três quartos do último andar? Estamos pensando em comprar um deles.

— Não podemos gastar mais de 65 *lakhs* — disse a sra. Puri, e murmurou a frase seguinte: — O resto é para o futuro do Ramu. O único problema é que esse senhor... — inclinou a cabeça na direção do marido — ...quer sair da cidade.

Brigar, assim como fazer amor, tinha de ser escondido do filho: a regra criada há 18 anos na família Puri. Mas *isso* era uma franca provocação.

— Por que alguém haveria de morar em Mumbai, hoje em dia? — rebateu o sr. Puri, dirigindo-se à mulher. — Vamos para um lugar civilizado, como Pune. Um lugar aonde não cheguem dez mil mendigos de trem todas as manhãs. Estou farto desta cidade, farto desta corrida de ratos.

— O que se tem de fazer na corrida de ratos é vencer. Não fugir.

— Um lugar civilizado. Pune é civilizado. Nagpur também.

A sra. Puri deu um nó no sári para se lembrar. Isso seria resolvido *depois* que Ramu fosse dormir com o Patinho Cordial.

— Averiguamos umas coisas sobre esse homem da Confiança — disse o marido baixote de Ritika, diminuindo o tom. — Conheço uma pessoa que conhece uma pessoa no ramo da construção civil. Ele atrasa o pagamento. *Sempre* atrasa. Mas paga. Talvez tenhamos de brigar com ele nos tribunais para receber o dinheiro, mas receberemos. Não estou preocupado com ele. Não com ele.

— Então, com quem?

— Sangeeta... — sorriu Ritika — ...ouvimos que umas pessoas da Torre A estão se opondo ao negócio, não é?

— Absolutamente ninguém na nossa sociedade se opõe a ele. Há uma pessoa dizendo "talvez". Ela é comunista. Vamos fazê-la mudar de ideia.

— Mas ela não é a única, Sangeeta. O velho professor da sua sociedade também.

— Masterji? — A sra. Puri riu. — Ele é só uma jaca enorme. Espeta por fora, mas é macio e doce por dentro. Ele nasceu para debater, não para brigar. Vive reclamando disto ou daquilo. Mas, na hora que os Pinto disserem sim, ele dirá sim. Conheço o meu Masterji.

O garçom se aproximou com pratos de *dosas* crocantes.

— Espere só para ver, Ritika, vamos passar na frente de vocês. Faremos nossa assembleia geral extraordinária da Torre A e entregaremos os nossos formulários primeiro.

Quando o garçom pôs as *dosas* na mesa, todos notaram que a maior fora colocada diante da sra. Puri.

Sentaram-se num banco da pracinha ao ar livre em frente ao restaurante, à sombra de uma pequena açoca. A sra. Puri não havia esquecido o nó no sári, mas tinha de ficar claro que não havia brigas entre mamãe e papai, e por isso eles se sentaram perto um do outro. Ramu, balançando as pernas entre os dois, brincou alternadamente com os dedos da mãe e os do pai.

Um casal se aproximou.

— Estamos procurando as Torres Rathore. — disse a mulher.

— Bem atrás de nós — respondeu a sra. Puri, apontando.

A mulher usava um gracioso *salwar kameez* preto. O homem, uma bela camisa social. Um casal jovem e elegante.

A sra. Puri pôs o braço em volta de Ramu e disse à moça:

— Este é meu filho. O nome dele é Ramesh. Talvez sejamos seus vizinhos.

O sr. Puri arqueou as sobrancelhas. Nunca acontecera uma coisa dessas: apresentar Ramu a uma estranha.

Durante todos aqueles anos, sua mulher tinha convivido com as pessoas a distância, como um leproso. Sua reação normal, quando um estranho se aproximava, era esconder Ramu atrás de si; talvez fosse por isso que engordara tanto após o nascimento do filho. O marido ainda estava pensando em sua conduta extraordinária, quando...

— Este domingo iremos todos ao Taj. Você me ouviu?

— Ao Taj? — perguntou o sr. Puri. — Você enlouqueceu, Sangeeta?

É claro que não. Desde pequena ela vira os pálidos abajures cônicos atrás das janelas escuras — o Sea Lounge do hotel Taj Mahal Palace. No próximo domingo, eles entrariam de mãos dadas e pediriam ao garçom: "Uma mesa na Sea Lounge, por favor." ("*No* Sea Lounge", corrigiu o marido.) Então se sentariam e diriam: "Queremos um café, por favor." Todos se portariam bem, especialmente Ramu, que não esfregaria as gengivas, não babaria nem daria chutes. Talvez entrasse uma estrela de cinema. Depois de pagarem a conta (centenas e centenas de rupias), eles guardariam a nota como recordação.

O sr. Puri, que ia protestar, ficou calado. *Por que não?*, pensou. Outros seres humanos o faziam.

Dois dedos ásperos arranharam sua perna: um menino pedinte. Sentindo-se culpado por sua fantasia com o Taj, ele deu à criança uma moeda de duas rupias.

— Não me critique por isso — disse, esperando o pior da mulher.

— E por que eu o criticaria?

— Faz 25 anos que quero dar esmola aos mendigos. Até por uma rupia você se zangava.

Era uma calúnia contra ela, mas a esposa deixou para lá: se isso deixava o sr. Puri feliz, ele que o dissesse. Ele também tinha sofrido o suficiente na vida.

Começou a chover. Os três correram para um riquixá; o sr. Puri entrou primeiro com o filho, e sua mulher, depois de desfazer o nó do sári, juntou-se a eles.

25 DE JUNHO

O fim da Terra. Ao se extinguir, o Sol esfriaria e se transformaria num gigante vermelho, depois se expandiria sem parar, até consumir todos os planetas próximos, inclusive a Terra.

Nesse ponto, as luzes do teto se apagam — para dar mais dramaticidade. Sombras são projetadas na parede, com o brilho da luz do abajur.

Os preparativos para o "reforço" do dia estavam todos feitos. Com duas horas para matar, Masterji pegou *A passagem da alma após a morte* e fez outra tentativa de concluí-lo.

Acompanhou o voo de iluminação do atmã sobre o sétimo e último oceano da vida após a morte, além do qual reluziam os picos das montanhas nevadas. Ali o esperavam mais dez mil anos de purgação.

Fechou os olhos. Aos 16 anos, enquanto outros adolescentes da sua idade em Suratkal jogavam críquete na esplanada ou corriam atrás das garotas da faculdade, Masterji atravessava uma fase "espiritual", na qual passava as tardes lendo o dr. Radhakrishnan sobre a filosofia hindu e budista, e fazendo exercícios baseados num exemplar usado de *Luz sobre o ioga*, de B.K.S. Iyengar, além de estudar sânscrito sozinho. Essa fase "espiritual" havia terminado na noite em que ele vira o cadáver do pai ser cremado no cemitério e pensara: *A vida é só isso. Mais nada*. Depois da morte do pai, quando fora morar em Bombaim com um tio, havia deixado para trás o dr. Radhakrishnan e B.K.S. Iyengar. Bombaim era um mundo novo e ele estava ali para se transformar num novo homem. Agora, parecia-lhe que, curiosamente, ele havia passado seus 44 anos na cidade exatamente da maneira prescrita pelos filósofos hindus: *como uma flor de lótus num lago sujo, fica no mundo, mas não faças parte dele*. Durante anos, nada o tinha feito chorar. Nem mesmo a morte da mulher. Será que realmente lamentava ela haver morrido? Não sabia. A agulha hipodérmica do mundo externo se vergara em sua epiderme e nunca a tinha penetrado.

Ouviu alguma coisa bater no chão e se deu conta de que era seu livro.

— Estou pegando no sono. De dia.

Nem uma única vez em sua vida adulta, nem mesmo quando ficava doente, ele se permitira tal luxo; havia repreendido a mulher e a filha, quando as apanhava cochilando à tarde, e castigado o filho com uma palmada aplicada com a régua de aço nos nós dos dedos. Com um esforço concentrado de vontade, rompeu a superfície do sono e se levantou.

Abriu a torneira da pia da sala para lavar o rosto com água fria, mas o filete costumeiro havia secado por completo.

Como era possível, em meio às monções, não haver água na sala? Deu um soquinho na torneira.

Da escada, como que para provocá-lo, vieram as palavras:

— *"By the rivers of Bab-y-lon/ Where we sat dowwwwwn..."*

A canção era em inglês e a voz, grave: Ibrahim Kudwa, subindo para seu apartamento.

Uma hora depois, as crianças estavam na sala e Masterji projetava sombras na parede para mostrar como uma estrela saudável se transformava numa gigante vermelha.

Ainda estava falando e projetando sombras quando a gigante vermelha piscou na parede e sumiu. Clarões de luz e grandes explosões, vindas de perto, dominaram as estrelas e os buracos negros das galáxias distantes de Masterji.

Os moradores da Torre B estavam soltando fogos.

Os alunos de física olharam pela janela do professor, inclinando o pescoço para ter uma visão melhor.

— O que está havendo? — indagou Masterji. — Hoje é algum dia santo?

— Não — respondeu Mohammad Kudwa.

— Há alguém se casando, então?

As luzes se acenderam na sala: a sra. Puri entrou pela porta aberta.

— O senhor leu o aviso, Masterji? — perguntou ela, ainda com os dedos gorduchos no interruptor. — Eles passaram a nossa frente. A Torre B. Aceitaram a oferta.

— A senhora está interrompendo a aula de reforço de física, sra. Puri.

— Ai, ai, ai... — Ela apagou o interruptor. — Masterji, isso não pode mais continuar. Converse com os Pinto. Será que todos temos de perder a luz por causa da cegueira da Shelley? Tome... — estendeu-lhe um papel — ...leia isto. E libere os meninos. Que tipo de aula o senhor pode dar, com todo esse barulho lá fora?

— Está bem. Desçam — gritou ele para os meninos na janela — e vão brincar com esse pessoal. É o que vocês querem, não é? Ninguém se importa com a física. Vão. E a senhora também, sra. Puri.

Ela permaneceu à porta, com o aviso na mão.

— Eu vou, Masterji. Mas o senhor vai fazer o que o Ajwani pediu? Vai descer e ver os prédios novos do sr. Shah?

O professor fechou a porta atrás de todos.

Como é que ela sabe o que o Ajwani me pediu para fazer?, admirou-se. *Será que andam falando de mim pelas costas?*

Leu o papel que a sra. Puri lhe deixara:

AVISO

Soc. Coop. Habitacional Vishram Ltda., Torre B,

Vakola, Santa Cruz (Leste), Mumbai — 40055

**Ata da Assembleia Geral Extraordinária
realizada em 24 de junho**

Assunto: Dissolução da Sociedade (Aprovada)

Uma vez que havia *quórum*, a assembleia teve início na hora marcada, às 12h30.

O sr. V.A. Ravi, secretário, sugeriu que os membros dispensassem as formalidades e tratassem do assunto principal, que era o exame da generosa oferta de reconstrução apresentada pelo...

Ele abriu a janela e procurou ter uma boa visão da Torre B. Parados diante do edifício, homens e mulheres acendiam estrelinhas, rojões, fogos estonteantes com a forma do Sudarshana Chakra e coisas em garrafas sem outra finalidade senão emitir ruídos e luzes fortes.

A campainha tocou.

— Masterji, *por favor*, apenas desça e dê uma *olhada* no que o sr. Shah...

Dessa vez, a sra. Puri trazia Ramu. O menino sorriu; também estava fazendo uma súplica ao seu Masterji.

Uma torre de Babel das línguas da construção.

Tijolos, concreto, cabos de aço retorcidos, tábuas e varas de bambu sustentavam os interiores. Longos raios metálicos se projetavam dos pisos com uma rede verde, que afundava entre eles como uma membrana, como se houvessem esmagado uma mosca sobre a planta do edifício. Buracos no concreto, grandes como olhos de gigante, e lajes maciças, que pareciam incorretamente alinhadas, superpunham-se e se projetavam uns sobre os outros. Tudo era uma afronta às noções de escala e de ordem, até a placa que identificava aquela coisa, grande como um cartaz de propaganda política e iluminada por baixo:

Excelsior Confiança

Masterji parou diante dos dois prédios de concreto semiconstruídos.

Um dia eles seriam envidraçados e revestidos, mas, nesse momento, sua verdadeira natureza estava exposta. Era essa a verdade das vinte mil rupias por metro quadrado. O bairro já sofria com a falta d'água, como suportaria tantas novas moradias... e o que aconteceria com as ruas?

Acenderam-se luzes no alto da segunda torre: de algum modo, um guindaste fora suspenso até lá e começou a se mexer. No clarão ofuscante das luzes, Masterji viu homens sentados nos andares escuros, como uma tropa avançada escondida nas entranhas do prédio.

Ergueu o pé na hora H: à sua frente havia um rato morto, gravado no solo por uma trilha de pneus.

Passou pelos barracos e pelo templo tâmil, regressando ao portão de sua sociedade. A comemoração continuava em frente à Torre B.

Estava a meio caminho da subida da escada quando um míssil vermelho desceu em disparada, vindo da direção oposta.

— Desculpe, Masterji.

Era a srta. Meenakshi, sua vizinha de porta, com uma blusa vermelha que não chegava propriamente a alcançar o cós da calça.

— Não se preocupe, srta. Meenakshi. Como vão as coisas?

Ela sorriu e continuou a descer a escada.

— Como vai seu namorado? — gritou ele.

Em algum ponto perto do térreo, a moça riu.

— Meu namorado tem medo do senhor, Masterji. Não quer mais vir aqui.

Ele a ouviu disparar para fora do prédio. Exatamente como Sandhya, quando as amigas a chamavam para um jogo de vôlei; largava o caderno de desenho e descia feito um foguete.

Masterji pôs a mão na parede quente do prédio. Tal como quando uma gota de formaldeído cai numa folha morta, numa aula de ciências, e revela uma vida secreta de veias, a Vishram pulsava com redes ocultas. Estava prenhe do passado do velho mestre.

Já no apartamento, ele abriu a torneira da pia em forma de bacia. Deu-lhe um tapa. Esguichou uma água marrom, depois vermelha, e, então parou. Masterji tornou a bater e, dessa vez, a torneira cuspiu uma pedra. Um último jato vermelho, e por fim a água fluiu, límpida e forte.

Quem disse que ele está desmoronando?, pensou, enquanto lavava o rosto na água fria. *Vai durar para sempre se cuidarmos dele.*

Na cozinha, a velha folhinha bateu na parede, num frenesi de aprovação.

Virando as páginas até outubro, onde algumas datas tinham sido circundadas por sua mulher (*7 de outubro: Dentista*), acrescentou um círculo seu em vermelho: *3 de outubro*. Voltou as páginas do calendário e o devolveu para junho. Era do ano anterior, mas serviria. Riscou "25 de junho". A ponta vermelha da caneta saltou sobre dias e meses... restavam apenas 98 dias.

Não.

Restavam 99 dias.

No terreno do condomínio explodiu um último rojão.

29 DE JUNHO

Manhã de sexta-feira no 1B, Torre A da sociedade Vishram: cereais, leite morno, muito açúcar. Torradas com geleia de laranja. Fatias grossas de queijo.

Os pratos tinham sido retirados da mesa de jantar e mergulhados numa pia de cozinha transbordando de água, sabão e espuma.

Sentados na cama da mãe, Sunil e Sarah observaram a sra. Rego, sentada à sua mesa de leitura, abrir a carta mais recente de sua irmã mais nova, Catherine, que morava em Bandra.

Cabelo escovado, gravata bem-atada com um nó Windsor, vestindo seu uniforme escolar azul-marinho e branco, Sunil, de 14 anos, o "assessor sênior" da mamãe, fechou os olhos para se concentrar. Ao lado dele, com seu lindo uniforme (rosa e branco), Sarah, de 11 anos, a "assessora júnior", balançava as pernas e admirava uma libélula.

Na parede do quarto, uma fotografia em preto e branco de Arundhati Roy, ao lado de um cartaz emoldurado de uma peça de Vijay Tendulkar, encenada no Teatro Prithvi.

Pondo os óculos, mamãe leu em voz alta a carta de tia Catherine, até chegar à frase iniciada por "Apesar de fazer uma semana que você não escreve, como *sói* fazer...".

Lendo em voz alta pela segunda vez, a sra. Rego pôs a mão no coração. Suspiro. "Sói" era uma palavra *extremamente* refinada, explicou aos filhos. O que significava que os três tinham sido radicalmente superados no "trunfo".

O objetivo dessa justa epistolar das manhãs de sexta-feira, para cada irmã, era inserir, numa carta aparentemente banal, uma palavra ou construção que apanhasse a adversária desprevenida e a forçasse a admitir que tinha sido "trunfada". Embora elas morassem a poucos minutos uma da outra (dependendo do trânsito na passagem leste-oeste), toda sexta-feira a sra. Rego fechava uma carta endereçada com pompa formal ("Sra. Catherine D'Mello-Myer, de Bandra Oeste") e andava até a colônia de empregados do correio, perto da mesquita de Vakola, para depositá-la na caixa vermelha que lá havia.

Uma semana depois, o carteiro entregava a resposta de Bandra.

Agora, a sra. Rego tinha de "trunfar" a tia Catherine.

Pegando sua melhor caneta-tinteiro e com sua letra mais floreada, ela escreveu na carta:

Minha estimadíssima Catherine...

...quando me preparava para uma importante reunião de negócios no instituto, deparei, com total fortuitidade, com sua encantadora cartinha...

"Com total fortuitidade" é um modo *muito* chique de dizer "por acaso", explicou a sra. Rego aos filhos. Os três trocaram risinhos malvados. No instante em que chegasse a essa linha, Catherine seria obrigada a rodopiar na cadeira e dizer: "Oh, não é que fui *trunfada!*"

Sunil pegou a caneta da mãe e sublinhou a expressão três vezes, só para esfregá-la na cara da tia Catherine.

— Hora da escola, crianças — disse a sra. Rego, levantando-se da cama. — Vou pegar um saco plástico.

Entrou na cozinha para checar o trabalho de Ramaabai, a empregada. Parada diante da pia, a velha senhora tirava da água espumante um utensílio molhado após outro, como um psicanalista extraindo lembranças recalcadas, e lavava cada um com uma esponja de aço cor-de-rosa.

— Ramaabai, se você quebrar um dos copos hoje, vou deduzir o valor do seu salário mensal — disse-lhe. — E trate de ser pontual logo mais à noite.

A empregada continuou a lavar a louça.

A sra. Rego e os filhos percorreram um a um os andares da sociedade Vishram, inspecionando as portas. Outro lote de doces havia chegado do construtor na noite anterior para comemorar a aceitação (unânime) de seu projeto pela Torre B, e a sra. Rego sabia, a julgar pela última vez, o que ia acontecer. Os Ganeshas dourados das caixas de doce vermelhas, recortados pelos que não queriam jogar fora a imagem de um deus, apareceriam ao lado das imagens de Shiva e Jesus que se superpunham nas portas.

A sra. Puri, naturalmente, tinha posto um Ganesha do grupo Confiança em sua porta. Dois, na verdade. As unhas da sra. Rego arranharam a barriga bojuda do deus até ela se soltar. Fez o mesmo com o segundo Ganesha. Sunil levantou o saco plástico preto, no qual sua mãe jogou os deuses.

Despedindo-se de seus dois assessores no portão — eles pegariam o ônibus escolar no mercado —, a sra. Rego tomou a direção oposta. Seus dedos seguravam o saco preto, com o cotovelo dobrado em ângulo reto;

os lábios estavam espremidos, os olhos, semicerrados. Nem um centímetro quadrado de superfície vulnerável.

Jogou o saco preto na fossa de lixo a céu aberto, onde, para sua alegria, um porco vadio se interessou por ele. Bom seria se tivesse passado mel nos Ganeshas do grupo Confiança que havia tirado das portas!

— Mentiroso — disse, como se instigasse o animal ao ataque. — Mentiroso, mentiroso, mentiroso — repetiu, batendo palmas três vezes.

Deixou o porco desfrutando dos presentes do sr. Shah à Vishram e foi andando para o instituto.

Uma vida como a da sra. Rego era um excelente exemplo sobre o comportamento dos mentirosos.

Georgina Rego, o "Encouraçado", era uma das duas filhas de um médico famoso de Bandra, que teria ficado rico se não confiasse em todo homem que encontrava na rua. Catherine, a irmã mais nova, com quem ela fazia seu jogo de "trunfo", ainda morava em Bandra, num apartamento da área recuperada pelo aterro. Desobedecendo ao pai, Catherine se casara com um estudante norte-americano de intercâmbio que era parte judeu — um escândalo na comunidade, na ocasião; agora, o marido estrangeiro, um homem calmo, de cavanhaque, escrevia artigos sobre a vida nas aldeias indianas, publicados em revistas estrangeiras e nas edições da revista *Economic and Political Weekly* que chegavam à escrivaninha da sra. Rego no instituto.

O marido de Georgina, Salvador, tinha sido escolhido pelo pai dela: um católico de Bandra, em Bombaim, que gostava de ternos de estambre e camisas escuras, com suas iniciais bordadas — "S.R.". Após dois anos em Manila, trabalhando para um banco mercantil britânico, ele havia confessado uma noite, num telefonema internacional, que tinha encontrado outra, uma mulher local mais jovem. Católica, naturalmente. Eram todos bons católicos nas Filipinas. "Você nunca seria suficiente para um homem como eu, Georgina."

Levara tudo dela.

Seu dote inteiro. Dezesseis moedas de meio soberano com a efígie de George V, os certificados de ações da companhia Colgate-Palmolive que tinham pertencido a seu pai, duas pesadas baixelas de prata — tudo contrabandeado na bagagem do marido para Manila. O pai estava morto, e ela não podia viver das esmolas de Catherine, por isso havia saído de Bandra, mãe solteira com dois filhos, e se mudado para o lado leste da cidade, para um bairro sem ruas pavimentadas nem fama, porém com cristãos. Va-kho-la. (Ou seria Vaa-k'-la? Ela ainda não tinha certeza.)

Soubera por meio de Catherine de grandes mudanças em Bandra. Uma a uma, as antigas mansões da rua Waterfield tinham sido derretidas como lingotes — até a de seu tio Coelho. Era sempre o mesmo construtor, Karim Ali, quem derrubava as casas. Quando quisera abocanhar a casa do tio Coelho na Waterfield para construir um bloco de apartamentos para estrelas de Bollywood, também havia aparecido com doces e sorrisos — no começo, fora tudo "titio e titia". Depois tinham vindo as pichações de ameaças nos muros e os telefonemas tarde da noite, até o dia, finalmente, em que quatro adolescentes irromperam pela casa quando o tio Coelho estava jantando, puseram um cheque de um lado da mesa, uma faca do outro, e disseram: "Ou a faca, ou o cheque. Decida antes do fim do jantar." Esse tal de Shah, do Confiança, era o mesmo tipo de homem que Karim Ali; como é que alguém podia acreditar naqueles sorrisos bajuladores, naqueles doces gordurosos? Por trás dos sorrisos havia mentiras e facas.

— Ei! — gritou a sra. Rego. — Desligue o telefone enquanto dirige!

Um motociclista vinha costurando pela rua, a cabeça inclinada de lado, apoiando o telefone. Sorriu ao passar por ela e continuou a falar.

Infringindo a lei em plena luz do dia. E a polícia se importava? *Alguém* se importava? Uma pessoa nunca ficaria impune se falasse ao telefone ao dirigir em Bandra — ao menos isso tinha de ser dito sobre o lado oeste da via férrea. Era só aumentar em 20% os preços dos imóveis em Vakola para que sujeitos como aquele — a sra. Rego estalou os dedos — evaporassem.

O Instituto de Ação Social ficava a meio caminho entre a sociedade Vishram e as favelas mais adiante, na mesma rua. Um velho prédio de azulejos, com a porta sempre aberta.

Saritha estava parada à porta, esperando a sra. Rego.

Com Julia e Kamini, Saritha era uma das três moças socialmente engajadas e de boa família (o emprego no instituto era rigorosamente restrito às boas famílias) que ficavam subordinadas à sra. Rego. A função de Saritha era conduzir pesquisas sobre litígios de interesse público, referentes à reurbanização de favelas, além de matar as lagartixas que corriam pelas paredes. É que, se havia muita compaixão pelos pobres no instituto, não havia nenhuma por répteis nem aracnídeos; a sra. Rego detestava e temia tudo que rastejasse nas paredes.

— O que foi? — gritou para Saritha. — Há alguma lagartixa no escritório? Saritha inclinou a cabeça.

Foi então que a sra. Rego viu: havia um Mercedes preto estacionado bem em frente ao instituto. Shanmugham estava ao lado do carro. Sorriu e fez uma espécie de saudação, como se trabalhasse para ela.

— Sra. Rego, o meu patrão quer dar uma palavrinha com a senhora. Ele me mandou com o carro para buscá-la.

— Como se atreve? — disse ela. — Como se atreve? Saia daqui, senão eu chamo a polícia.

— Ele só quer convidá-la para o almoço, sra. Rego. Por favor... apenas dez minutos.

Ela entrou em seu escritório e fechou a porta. Pegou os papéis da escrivaninha para ler. Uma resposta de um órgão de assistência social alemão, dirigido pelo governo; sim, havia verbas disponíveis para quem trabalhasse pelos pobres em Mumbai. Infelizmente, o prazo tinha... Um pedido de uma assistente social que fazia doutorado na Universidade de Calicute. Estava colhendo dados sobre o auxílio às crianças; será que o instituto dispunha de alguma informação sobre crianças...

A sra. Rego consultou o relógio.

— Aquele homem ainda está lá fora? — gritou.

Saritha entrou no escritório e confirmou com a cabeça.

Pela janela do escritório, ela viu ao longe as torres parcialmente construídas do sr. Shah: pedaços de lona encerada azul as cobriam para protegê-las das chuvas, e o trabalho prosseguia embaixo da cobertura.

Soprou uma rajada de vento úmido; a sra. Rego esfregou os braços arrepiados.

— É um tubarão, senhor. De água doce. Pequeno. Mas autêntico.

O cheiro de cerveja, camarão, curry, manteiga e óleo adensava o ar viciado do ar-condicionado no interior do restaurante. Um aquário fora instalado na parede mais próxima. A coisa que fora chamada de tubarão se embasbacava num canto, com a boca idiota aberta, enquanto peixes menores deslizavam por perto, zombando de suas pretensões predatórias.

O sr. Shetty, o gerente, colocava-se diante do homem, com as mãos postas.

— Foi uma aquisição recente ao aquário — explicou. — Espero que o senhor goste.

No restaurante de Juhu — frutos do mar de Mangalore, sua culinária favorita —, Dharmen Shah se sentava em silêncio a uma mesa com vista para a porta. O teto do restaurante era abobadado, numa alusão às grutas de Ajanta; a parede oposta ao aquário era coberta por um baixo-relevo de gesso com os grandes monumentos cívicos da cidade — o terminal Victoria, a torre Rajabai, a fachada em colunas da biblioteca da sociedade Asiática. Cerveja, camarão, curry, manteiga e óleo se misturavam no ar gelado.

O gerente esperou que o sr. Shah dissesse alguma coisa.

Um garçom trouxe uma lagosta inteira num prato e pôs a seu lado uma tigela de manteiga. Veio mais comida: caranguejo, peixe ao curry, um *biryani* de camarão. Embrulhada em papel-alumínio, chegou uma pilha de *naans* reluzentes numa cesta de vime. Quatro pastas cremosas e condimentadas foram colocadas junto dela: hortelã, alho, limão e tomate.

Talvez ela não venha, pensou Shah, pegando um pedaço de pão com as mãos.

Afinal, ela havia citado o nome de Deus: "Por Nosso Senhor Jesus Cristo, eu vou..."

Perguntou-se em qual das pastas molhar o pão.

Lembre-se, Dharmen, disse a si mesmo: a pessoa que cita Jesus não é, em termos imobiliários, cristã. Não. A pessoa que cita Jesus quer um preço mais alto para vender.

Cantarolando uma melodia de Kishore Kumar, molhou o pão na pasta de hortelã.

Em seguida, passou para o caranguejo na manteiga. Com uma colher fina e comprida, tirou a carne cozida do exoesqueleto salgado e apimentado; depois de comida toda a carne ficar fácil de escavar do peito, arrancou as patas e as mastigou, uma a uma, mordendo e espremendo a casca até ela se romper, depois sugando a carne branca e quente. Os garçons tinham sido treinados para retirar a carne e trazê-la num pratinho, mas Dharmen Shah não quis assim. Queria se sentir comendo uma coisa que havia respirado até apenas uma hora antes: queria sentir, mais uma vez, a sorte extraordinária de ser um dos que ainda estavam vivos.

Voltou a pensar na mulher. Sra. Rego. Será que ela não viria? Não. Não. Uma assistente social precisa de um construtor. Criamos um ao outro: ela só pode ser muito pura se eu for muito mau. Ela virá.

Cuspiu a casca e a cartilagem no prato de porcelana. Verificou com o dedo a cor do muco que cobria a casca.

A porta do restaurante se abriu. Shanmugham entrou, vindo da luz ofuscante, como uma imagem numa revelação.

Veio sozinho, pensou o sr. Shah. *Quer dizer que ela disse não.* Não conseguiu respirar.

A porta se abriu novamente: com a silhueta recortada contra a forte luz branca, Shah viu uma mulher de meia-idade.

Limpou a boca e se levantou.

— Ah, sra. Rego, sra. Rego... Que bom a senhora ter vindo! Suponho que o trânsito a tenha feito demorar muito, não é? — perguntou, olhando para Shanmugham, que fez um rápido movimento negativo com a cabeça.

A sra. Rego não se sentou.

— Por que me trouxe aqui, sr. Construtor? Qual é o assunto?

Shah abriu os braços sobre os pratos na mesa.

— *Este* é o assunto. Nós, guzerates, não gostamos de comer sozinhos. Gostaria de uma limonada gelada, sra. Rego? E a senhora deve se sentar, por favor.

— Não estou com fome. Tenho que voltar agora.

— Ninguém pretende detê-la em momento algum, sra. Rego. Há riquixás bem em frente. A senhora estará em Vakola em dez minutos.

A sra. Rego correu os olhos pelo restaurante, pelo teto abobadado, o baixo-relevo, e olhou fixo para o peixe.

— Mas *por que* o senhor me chamou aqui?

Shah compartilhou uma piada com a comida.

— Ela está com medo de que eu lhe faça alguma coisa. Com aquele tubarão por perto, devo parecer um vilão dos filmes de James Bond. Shanmugham, por favor, chame o gerente do restaurante.

Lá veio ele, de mãos postas, inclinado para a frente, ansioso por agradar.

— Sr. Shetty, esta é a sra. Rego. O senhor a viu comigo no... que horas são? Uma e vinte da tarde. Quero que escreva isto em seu registro: a sra. Rego, residente no apartamento 1B da Torre A da sociedade Vishram, em Vakola, foi vista na presença do sr. Shah. Quero isso registrado, palavra por palavra; anotou?

— Sim, senhor.

— E, por favor, mande um garçom tomar nosso pedido.

O construtor olhou para sua convidada nervosa.

— Agora, se alguma coisa lhe acontecer, irei para a cadeia. A senhora é assistente social: a imprensa e o pessoal da televisão não terão clemência comigo. Tomei a liberdade de pedir uns frutos do mar e caranguejos antes da sua chegada. Shanmugham, sente-se você também, e coma.

A sra. Rego não se mexeu. Ficou olhando fixamente para o prato do sr. Shah, no qual cartilagens, ossos e carne tinham se empilhado em volta de pão, arroz e curry vermelho.

— A senhora é minha convidada, sra. Rego. Pode não gostar da minha oferta, mas deve comer a comida da minha mesa. Uma dama como a senhora, criada em Bandra, deve saber não desdenhar do seu anfitrião. Se for muita comida, pode levá-la para seu filho. A senhora tem dois meninos, não é? Perdão, um filho e uma filha. Bem, pode levá-la para ambos.

Puxando uma cadeira, a sra. Rego se sentou.

Um garçom tirou o guardanapo de seu prato. O próprio sr. Shah serviu-lhe uma porção de curry de lagosta e lhe ofereceu um *naan*, que ela recusou.

Jamais comia carboidratos à tarde.

Sunil Rego, voltando sujo do jogo de críquete, encontrou a mãe sentada na cama, com Sarah no colo. O abajur da cabeceira estava aceso.

— Tem comida para você na geladeira, Sunil. Está embrulhada em papel-alumínio.

A sra. Rego olhou para a filha.

— Muito boa, não é?

Sarah fez que sim.

— Por que você a comprou, mãe? — perguntou Sunil, sentando-se perto delas.

— Não comprei. Você sabe que não temos dinheiro para gastar em comida de restaurante.

A sra. Rego cochichou:

— Foi o construtor que a mandou. O sr. Shah. Ele nos fez uma oferta.

— Sim, mamãe, eu sei.

— Não, Sunil. Ele nos fez uma oferta à parte. Hoje à tarde.

Sunil escutou tudo — como Shah havia pedido a comida, ouvido a biografia dela, manifestado solidariedade por sua história de vida e depois lhe passado uma pasta com um envelope em branco.

Não era um suborno; uma primeira parcela do dinheiro que viria, apenas isso. Não quero, ela dissera, achando que era uma armadilha. Será deduzida, será deduzida do pagamento final. Aceite, sra. Rego. Pense nos seus dois filhos. Seu filho e sua filha, desculpe.

— O que você fez, mamãe?

— Eu disse não, é claro. Ele disse que podíamos pensar no assunto e lhe informar.

Sunil cobriu a boca com a palma da mão. Sarah imitou o irmão.

— O que faremos agora? Devemos ligar para o seu pai, nas Filipinas, e perguntar a ele?

— Não, mãe — respondeu Sunil, com ar severo. — Como é que você pode pensar nisso? Depois de tudo que ele fez conosco?

— Você tem razão. Tem toda a razão.

— Você vai ligar para o papai? — indagou Sarah, sacudindo as pernas. — O papai, nas Filipinas?

Sunil pôs um dedo sobre os lábios e olhou furioso para a irmã.

— Vamos dar uma volta, mamãe.

A sra. Rego entendeu. As paredes da Vishram eram finas.

Mãe e filhos, de mãos dadas, foram até a rua principal, onde ela tornou a lhes contar, com palavras ligeiramente diferentes, tudo que havia acontecido; e logo depois eles estavam na Dhobi-ghat, o lugar de Vakola onde as roupas eram lavadas ao ar livre, em pequenos cubículos que fervilhavam com água, sabão e espuma. Mãe e filhos pararam diante de um cubículo e conversaram. Atrás deles, uma anágua branca e comprida subiu e desceu como uma vela na tempestade, ao ser batida numa laje de granito. Do outro lado da rua, um vendedor de *bhelpuri* cortou uma batata cozida em cubos, enquanto o molho de lentilha fervia.

A sra. Rego se virou: o lavador de roupa tinha interrompido o trabalho para observá-los.

Chamando um riquixá, a sra. Rego e Sunil disseram, quase em uníssono:

— Bandra.

O muro que divide o oeste e o leste de Mumbai é perfurado em apenas três lugares em Santa Cruz — na verdade, a dificuldade da travessia é o tipo mais duro de tributo imposto aos moradores do pobre leste (que são, em geral, quem tem de fazer a travessia). Dois desses pontos são chamados de "passagens subterrâneas" — túneis por baixo dos trilhos da ferrovia — e ambos, Milan e Khar, ficam igualmente congestionados na hora do *rush*. A terceira opção, a autoestrada, é a mais humana — porém, sendo a mais longa, é também a mais cara quando se usa um riquixá.

Por motivos econômicos, a sra. Rego pediu ao motorista que fosse por Khar; virando à esquerda logo antes da estação, o riquixá entrou na fila de veículos que tinham a esperança de atravessar o túnel para o oeste.

A zona sul de Mumbai tem o terminal Victoria e o Prédio Municipal, mas os subúrbios, construídos posteriormente, têm o próprio estilo gótico, isso porque toda noite, por volta das seis horas, colunas de hidroxibenzeno e dióxido de enxofre se elevam bem alto das ruas, botaréus voadores de dióxido de nitrogênio se encontram no ar, redemoinhos de querosene não queimado, ilegalmente misturado ao óleo diesel, cacarejam como gárgulas, e um enorme telhado de monóxido de carbono cobre a estrutura. E essa catedral feita de partículas se eleva sobre todo sinal vermelho, toda ponte e todo túnel durante a hora do *rush*.

Numa passagem estreita como o túnel subterrâneo Khar, a poluição engasga, queima, devasta o tecido humano. Quando seu riquixá finalmente chegou à boca do túnel, após vinte minutos de buzinas e avanço rastejante, a sra. Rego cobriu o nariz de Sarah com seu lenço e instruiu o filho a também cobrir o rosto. A fila de automóveis entrou no túnel sufocante, passando por baixo de um anúncio gigantesco que oferecia tratamentos para cálculos renais pelos mais modernos métodos ultrassônicos, para dessa maneira primitiva iniciar a travessia para o oeste.

Lá adiante, ao longe, onde terminava o túnel, os três Rego podiam ver luz, ar puro e liberdade.

À sombra de um grupo de palmeiras-reais, uma mulher de burca levantou a máscara do rosto e cochichou com um rapaz. Ao observá-los, a sra. Rego pensou: *Estou quase velha. Tenho 48 anos.*

De mãos dadas, ela e os filhos andaram em direção ao coreto de Bandra.

E então eles brotaram, como que saídos do mar: moças com alças douradas nas bolsas, rapazes de peito nu transparecendo nas camisas brancas, em cada fronte e cada lábio a umidade depositada pela noite quente e refrescada pelas brisas marinhas.

A sra. Rego esperou o cair da noite.

A noite de uma mulher velha é muito pequena; a de uma jovem é o céu inteiro.

Quando os lampiões de rua ganharam vida, os três pegaram outro riquixá para que ela pudesse rever sua Bandra — a Bandra dos tempos de faculdade, quando até a fachada de uma igreja católica tinha a qualidade e a excitação do pecado.

Descendo na Faculdade Nacional Rishi Dayaram, os três caminharam em direção ao bairro antigo.

Havia moças comprando bolsas e sandálias nas barracas iluminadas da rua Linking. Exatamente como fizera ela, já se iam muitos anos. Se o seu eu da juventude, à procura de uma bolsa, viesse a esbarrar nela, será que acreditaria que seria esse o seu destino na vida: terminar como uma radical de esquerda em Santa Cruz (Leste)?

Na rua Waterfield, ela parou diante de um café e olhou pela janela de vidro: sobre o que falavam todos aqueles jovens, com suas camisetas pretas e óculos de aro de tartaruga? Como pareciam gordos e luzidios, feito peitos de frango caramelados girando num espeto de rotisseria.

O contato do vidro frio com a ponta do nariz da sra. Rego foi como a repreensão de um guarda.

Ainda não. Só depois que você assinar aquele documento.

— Nós vamos nos mudar para Bandra, mamãe?

— Fique quieta. A mamãe está observando as pessoas do outro lado do vidro.

— Mamãe...

— De qualquer jeito, nós *não podemos* nos mudar para Bandra, então não perturbe a mamãe.

— Por que não, Sunil?

— Porque o construtor é um homem mau. Igualzinho ao Karim Ali, que roubou o tio-avô Coelho.

— Mamãe, vamos mudar para Bandra. Eu gosto daqui.

A sra. Rego olhou para o filho, depois para a filha, e assentiu com a cabeça para os dois.

livro cinco

O fim de um partido de oposição

3 DE JULHO

Ajwani pegou a fatia de limão e a espremeu com os dedos escuros: escorreram sumo e caroços.

— É assim que ela se sente. Finge ser especial, uma assistente social que ajuda os pobres, mas, a cada dia que o prazo-limite se aproxima, é isto que está acontecendo com o cérebro dela.

A sra. Puri lançou-lhe um olhar raivoso; curvou-se e catou os caroços de limão do carpete de sua sala.

— Não faça isso. O Ramu pode escorregar neles.

Ramu estava deitado sob a colcha de aviõezinhos azuis, com a porta do quarto entreaberta; Ajwani, bebericando seu chá de limão no sofá da sala, deu um adeusinho para o garoto.

— Sei que o Shah esteve com a sra. Rego — cochichou. Um adolescente da favela, uma das fontes dele por lá, vira um Mercedes ir ao instituto. Na manhã seguinte, as embalagens de um restaurante de frutos do mar caríssimo, de Juhu, tinham sido descobertas no lixo dela.

— Como sabe o que estava no lixo dela? — perguntou a sra. Puri.

Ajwani sorriu, aprofundando as linhas do rosto, que lembravam guelras.

— Vai querer discutir bagatelas, sra. Puri? Sei que sou a ovelha negra desta sociedade. Faço coisas que vocês, pessoas distintas, se recusam a fazer. Mas, agora, vocês devem dar ouvidos à ovelha negra, senão todos nós perderemos o dinheiro. — Murmurou: — A sra. Rego recebeu uma oferta de uma lambujinha. Do sr. Shah. É o meu palpite.

— Lambujinha? — repetiu a sra. Puri, revirando a palavra como se fosse um par de jeans sujos. — Quer dizer, um dinheiro *extra*? Por que só ela? *Você* está recebendo algum, Ajwani?

O corretor levantou as mãos, frustrado.

— Eu nem *pediria* isso. Se todos quiserem uma coisinha para adoçar, ninguém vai ganhar o bolo. Por iniciativa própria, estou convencendo os membros do partido da oposição, um por um. *Por quê?* Porque eu assumo responsabilidades.

A sra. Puri fechou a porta do quarto de Ramu. Sussurrou, indicando a Ajwani o nível adequado de decibéis para uma casa com uma criança em idade de crescimento:

— *Você* se responsabilizou pela sra. Rego? E por que ela não concordou?

Ajwani se encolheu.

— Um homem não pode pressionar uma mulher além de certo ponto. Um *homem* não pode.

— Então, foi por isso que você veio aqui — disse a sra. Puri. — *Eu é que não vou conversar com aquela comunista.*

— Sra. Puri... — O corretor juntou as mãos num gesto de oração — ...essa briga antiga, essas velhas implicâncias... isso tem de acabar. É por isso que nunca chegamos a lugar nenhum neste país.

Dizendo a Ajwani que vigiasse Ramu enquanto ele dormia — com o Patinho Cordial do lado, para o caso de ele acordar —, a sra. Puri desceu a escada, claudicando e com a respiração estertorante, transferindo o peso do corpo de um pé para o outro. Ninguém atendeu a campainha do 1B. Ela a apertou pela segunda vez.

— Está aberta — disse uma voz lá dentro.

Ela encontrou o Encouraçado à mesa do jantar, olhando fixo para a parede.

— Qual é o problema, sra. Rego?

— Ali na parede. Está vendo?

Era a primeira vez que a sra. Puri entrava na casa do Encouraçado.

Viu cartazes emoldurados em híndi e em inglês e três fotos grandes em preto e branco, uma das quais reconheceu como sendo do presidente Nelson Mandela.

— Ramaabai costuma cuidar disso quando elas entram em casa. Não posso fazer nada enquanto alguém não as mata para mim — disse a sra. Rego, apontando.

Nesse momento a sra. Puri viu. Acima do presidente Mandela.

Grossa e curvilínea como uma coisa espremida de um tubo, cor de pistache, a lagartixa se deslocava em direção à lâmpada fluorescente, onde as moscas haviam se reunido.

Um exemplar como aquele a sra. Puri nunca tinha visto: uma rainha da espécie. Capturando uma libélula que pairava perto da lâmpada, a lagartixa jogou a cabeça para trás; as asas translúcidas lampejaram douradas contra a luz, depois desapareceram entre os maxilares trituradores. O corpo voraz da lagartixa entrou no tubo da lâmpada, uma forma cinzenta que deixou marcas pretas exatas nos pontos em que as patas pressionaram o cilindro iluminado.

— É *esse* o problema? — perguntou.

A sra. Rego confirmou com a cabeça.

A sra. Puri foi até a cozinha, tirou dos braços as pulseiras de ouro e as colocou sobre um jornal em cima da mesa. Procurou uma cadeira que a ajudasse a alcançar a lâmpada.

Acima da geladeira, viu um cartaz de um ser humano inteiramente formado por mãos e pés unidos, com o lema:

Nenhum de nós é tão forte quanto todos nós
Vote em todas as eleições
É seu direito e seu dever

A sra. Puri balançou a cabeça. Até a cozinha era comunista.

Procurando algo para servir de arma, contentou-se com as Páginas Amarelas sobre o micro-ondas. Subiu numa cadeira junto à mesa de jantar. Batendo com um canto do catálogo no cilindro luminoso, fez o monstro sair, batida após batida.

A sra. Rego tinha se recolhido à cozinha, em busca de segurança.

— Está matando a lagartixa? — gritou de lá.

— Não, vou jogá-la fora.

— O rabo vai cair! Você tem de matá-la!

O rabo tinha mesmo caído. A sra. Puri pegou o corpo da lagartixa, que se contorcia, foi até o lado de fora e a deixou cair ao longo da parede da sociedade. Voltou para buscar o rabo.

— Acabou — disse, entrando na cozinha para lavar as mãos.

Estendeu o braço, com os dedos bem juntos. A sra. Rego pegou as pulseiras sobre o jornal e as deslizou uma a uma pelo pulso da vizinha, até o braço ficar de novo folheado a ouro.

— Por que tem tanto medo delas? O meu marido as desenha para distrair o Ramu. Aranhas também.

— Sabe, ele roubou todas as minhas moedas de ouro — disse a sra. Rego, ao enfiar a última pulseira no braço da sra. Puri.

— Quem? O bicho?

— Soberanos. Soberanos de George V. Moedas de meio soberano. Gordas assim. Foram-se todas. — A sra. Rego sorriu. — O homem de quem recebi meu sobrenome.

— Nunca o conheci, sra. Rego.

— É um ladrão. Fez de mim uma mulher pobre. Nunca lhe disse que o meu pai foi um dos homens mais ricos de Bandra?

— Muitas vezes — disse a sra. Puri, sacudindo as pulseiras para ajeitá-las no braço.

— É verdade. Tínhamos o melhor de tudo. Eu e Catherine. Mas brigávamos por tudo. No jantar, nosso pai nos servia *biryani*. Carne de carneiro. Brigávamos tanto, no estilo "você está ganhando mais, eu estou ganhando menos", que ele resolveu pesar as porções de *biryani* numa balança antes de nos servir. Assim, nenhuma das duas superava a outra. Catherine tinha a pele clara; toda vez que parávamos diante de um espelho, ela me superava. Quando se casou com aquele judeu e eu me casei com um católico *pucca*, achei que a tinha superado de uma vez por todas. Mas agora... ela ainda mora em Bandra. O marido é um homem conhecido. E ela tem um PlayStation da Sony em casa. Tenho de levar meus filhos até lá para eles poderem jogar.

A sra. Puri deu outra chacoalhada na mão esquerda.

— A senhora tem o seu trabalho.

— Quem sou eu, a Arundhati Roy? Sou apenas uma mulher de Vakola que manda cartas para estrangeiros, pedindo dinheiro. Uma vez na vida, outra na morte, ajudo alguém da favela. Na maior parte do tempo, só fico sentada, vendo esta cidade ser destruída pelos construtores.

Havia uma garrafa nova de ketchup Heinz na mesa, mas a vazia, a ser substituída pela nova, ainda não fora jogada fora. A sra. Puri pôs a garrafa nova ao lado da vazia.

— Isto é o que nós queremos na vida — disse, apontando para o vidro novo. — E isto é o que recebemos.

A sra. Rego deu uma risada.

— Sempre admirei o seu jeito com as palavras, em todos esses anos, sra. Puri. Mesmo quando brigamos.

— A senhora devia ter visto meus contos, meus poemas dos tempos da faculdade — disse a sra. Puri, correndo a mão por cima da cabeça para indicar glórias passadas. — Eu podia ter sido escritora, ter sido o que eu quisesse. Todos tivemos de aceitar outras vidas.

— Esse construtor da Confiança me subornou, sra. Puri. Para eu aceitar a oferta.

A sra. Puri meneou a cabeça.

— Eu sei. O Ajwani me disse.

— Como é que o Ajwani sabe?

— Ele sabe toda sorte de coisas. É como uma dessas lagartixas que sobem por todas as paredes. — A sra. Puri chegou mais perto da sra. Rego, para dizer: — Ele é um homem *sujo*.

— Sujo?

— Procura mulheres impuras. No centro da cidade. Sei o que estou falando. Uma vez, meu marido o viu perto da rua Falkland.

A sra. Rego, que já ia perguntando o que o sr. Puri fora fazer perto da rua Falkland, reprimiu a pergunta.

— Dinheiro, para mim, não é nada — disse a sra. Puri. — Quando estou com fome, passo manteiga num pão e como. Mas no Ramu eu tenho de pensar. E a senhora tem de pensar no Sunil e na Sarah. Até os pobres vivem melhor do que nós. É só passar de carro por uma rua alta, acima das favelas, que se veem antenas parabólicas espalhadas como folhas de lótus num lago. A senhora tem pensado nos pobres há anos. Agora, pense nos seus filhos. Sei o que eu quero fazer com o meu dinheiro. Cuidar do Ramu. Comprar uma casa em Goregaon. Sabe o que quero fazer com o resto? Uma clínica para cães. Esta cidade está cheia de animais feridos.

— É muito generoso da sua parte, sra. Puri.

— Sei que a senhora não gosta de construtores. Não faça isso pelo sr. Shah. Faça-o por seus filhos. Gente miúda como nós que aceita transigir é o mesmo que poderosos que se recusam a transigir em negociatas. O mundo se torna um lugar melhor.

A sra. Puri precisou de mais meia hora. Depois, as duas se abraçaram; através de um véu de lágrimas sinceras, ela viu um armário de madeira brilhante, repleto da roupa limpa e perfumada do Ramu. Fechou os olhos, feliz. Quanto mais chorava, maior se tornava o armário.

Se há alguém que vai ganhar uma coisinha de lambuja, pensou, de olhos fechados, dando tapinhas nas costas da amiga, *somos eu e o Ramu*.

No 2A da sociedade Vishram, a sra. Pinto e o marido davam as mãos por cima da mesa de jantar.

Masterji estalou os dedos. Estava sentado no sofá.

— E daí se a sra. Rego mudou de ideia? Nós somos três, e isso basta. Em Roma, eles tinham um triunvirato. César, Crasso e Pompeu. Seremos como eles. O Triunvirato de Vakola.

— *Você* quer o dinheiro, Masterji? — indagou o sr. Pinto. — Se quiser, Shelley e eu concordamos. Não queremos atrapalhá-lo.

— Que ideia perguntar uma coisa dessas, sr. Pinto! Que ideia você...

— É como um limão sendo espremido. É assim que eles se sentem a cada dia — disse o sr. Pinto, pensando no que Ajwani lhe contara no parlamento, na noite anterior. — Ontem a sra. Saldanha me deu um sorriso quando saí pelo portão. Mas não sorriu quando voltei. Naqueles cinco minutos, deve ter ouvido o tique-taque do relógio anunciando o prazo.

— Não notei nenhuma mudança — disse Masterji. — Os nossos vizinhos são gente íntegra.

— Nós cederemos ao sr. Shah pelo *seu* bem, Masterji. Não é, Shelley?

Masterji sentiu movimentos sob os seus pés, como se estivesse em meio às ondas da praia de Juhu. *Mas eu estou fazendo isto pelo bem deles*, pensou.

Olhou para o rosto idoso do sr. Pinto, que olhava fixo para o rosto idoso de Shelley; viu os dedos osteoartríticos do casal cruzados sobre a mesa. *Eles não querem ser vistos como as pessoas que estão atrapalhando todas as outras.*

Seu olhar correu para a mesa de jantar, com sua toalha vermelha e branca, onde ele havia feito as refeições desde a morte de sua mulher.

— Não quero aceitar a oferta do sr. Shah — disse. — Moro na sociedade Vishram com meus amigos e quero morrer aqui com eles. E, já que não há mais nada a dizer, vejo vocês no jantar.

À luz crepuscular da escada, examinou as paredes velhas de sua sociedade: a tinta amarelo-pálida, as rachaduras, as imperfeições, as manchas deixadas pela chuva.

Nesse momento, pareceu-lhe que o sr. Pinto tinha razão. Eles *vinham* mudando fazia algum tempo. Os vizinhos. Quando Ajwani cruzava com ele na rua, virava a cara e fingia estar falando ao celular. Masterji tocou numa mossa recente na parede. O secretário. Neste, a mudança era mais sutil: as linhas do riso em volta das sobrancelhas nevadas ficavam mais tênues a cada sorriso.

A função de Purnima na vida tinha sido refreá-lo; e agora essa escada na penumbra o forçava a refletir sobre si mesmo, como se o espírito dela houvesse reencarnado ali. *Você está fazendo de novo*, disse sua mulher. *Imaginando o pior nos seres humanos*. Parou na escada, tirando a sujeira das estrelas octogonais molhadas da grade.

Meia hora depois, estava deitado na cama, com a faixa ortopédica rosa atada em volta do joelho, para diminuir a tensão, girando o cubo mágico, quando dois punhos bateram em sua porta, um em ritmo insistente, outro obsequioso.

— Estou indo, Sangeeta. E não bata com tanta força, Ajwani.

Quando ele abriu a porta, a sra. Puri sorriu:

— Masterji, acabo de passar na casa dos Pinto. E tornei a perguntar se eles estariam dispostos a assinar.

Ajwani se manteve uns passos atrás da sra. Puri, olhando para os pés. Masterji intuiu que houvera certa tensão entre os dois e que era ele a fonte dessa tensão.

— Não fale com os Pinto. Fale comigo. A minha resposta continua a ser não.

— Masterji, não sou um ser humano brilhante como o senhor. Só tenho uma pergunta a lhe fazer. Por que quer permanecer num edifício que está prestes a desabar?

Pela natureza do silêncio, pela interrupção de todo o ruído no ambiente, ele percebeu que os Pinto estavam escutando a conversa.

— Tenho lembranças aqui, sra. Puri. Minha falecida filha, minha falecida mulher. Quer que eu lhe mostre o caderno de desenho da Sandhya? Está cheio de desenhos do jardim. Cada árvore e cada planta, cada teia de aranha e cada pedra e...

Ela assentiu com a cabeça.

— Eu me lembro dela. Uma linda moça. Mas o senhor não é o único que tem recordações neste prédio. Eu também tenho. Tenho uma deste exato lugar. Lembra-se daquele dia, Masterji, há 18 anos, quando vim aqui e lhe contei o que os médicos tinham dito sobre o Ramu? Purnima estava na porta e o senhor pôs seu livro na mesa de teca. E está lembrado do que fez, do que os seus olhos fizeram, ao ouvir a notícia sobre o Ramu?

O velho piscou os olhos com ênfase. Ele lembrava.

— Masterji, gosto tanto dos Pinto quanto o senhor. Há anos, eles olham por meu Ramu quando ele brinca no terreno do condomínio. Mas por acaso vão pagar a conta do hospital e da enfermeira quando ele ficar velho e precisar de assistência médica? Pergunte a eles.

Masterji ouvia: nenhuma tosse, nenhum arranhão na mesa, no andar de baixo. Os Pinto não faziam objeção a essa lógica.

— Faz trinta anos — continuou a sra. Puri — que o procuro para pedir conselhos. Agora, só desta vez, eu lhe peço que escute essa mulher gorda e boba. Converse com o Gaurav. Pergunte o que ele acha, como um pai deve perguntar a um filho. Será que pode fazer isso por mim, por sua sra. Puri?

Lançou um olhar furioso para o homenzinho escuro parado a seu lado.

As marcas do rosto de Ajwani subiram, com ar bajulador: ele forçou um sorriso.

— Masterji, meus dois filhos são os seus maiores fãs. R e R. E eu sou o seu terceiro maior fã no mundo.

Depois que a chuva parou, Masterji desceu a escada até o térreo. A porta da sra. Saldanha se abriu.

— Masterji, tenho evitado reuniões a vida inteira, como o senhor deve ter notado. Mas tenho uma coisa para lhe dizer.

— Sim, sra. Saldanha.

Ela usava um vestido verde sem forma; rugas de preocupação cortavam-lhe a fronte, e mechas grisalhas descuidadas se soltavam do seu cabelo em caracóis. O professor se lembrou dela vinte anos antes: a mulher mais bonita do prédio.

— Masterji, a minha Radhika quer estudar jornalismo. Na Universidade de Syracuse.

Ele evitou o olhar da vizinha:

— Havia uma Siracusa no Império Romano. Um lugar do saber.

— Essa fica nos Estados Unidos. No estado de Nova York. E eles não dão bolsas de estudos a indianos, de modo que temos de pagar tudo...

Masterji passou pelos vizinhos sentados no parlamento e caminhou pelo terreno. A sra. Kudwa, trazendo o pequeno Mohammad com seu uniforme branco do *tae kwon do*, foi a próxima a procurá-lo. O menino escondeu o rosto atrás da mãe. Tinha faltado à aula de ciências da sexta-feira.

Depois que ela se foi, vieram outros: a sra. Ganguly, do quinto andar, a sra. Vij, do segundo. Além deles, Masterji recebeu pedidos de uma presença invisível. Teve certeza de ouvir sua mulher lhe sussurrar coisas quando pisoteava o cascalho do terreno. Aquelas pessoas também eram vizinhas dela. Purnima advogou a causa dos vivos.

Antes de entrar no edifício, ele parou junto à cadeira da sra. Puri no parlamento e lhe disse que conversaria com o filho no dia seguinte. Mas não de manhã. A correria dos trens seria muito grande nesse horário.

— Acabou-se. Até o Masterji concordou — disse Mary.

Parada à entrada da sociedade Troféu de Prata, ela explicou sua situação ao segurança:

— Quando esse tal de Xangai subir, eles vão ter empregadas de uniforme que falam inglês. Não vão me querer. Tenho um filho na escola, não posso perder um mês de salário.

O guarda era um homem magro, de pele clara; garantiu a Mary que ficaria de olho, mas, em seguida, perguntou-lhe pela "família", com um brilho no olhar que só podia significar sem-vergonhice.

O segurança de um prédio próximo ao Dhobi Ghat lhe dissera para verificar com ele depois do almoço; a família de um médico acabara de se mudar de Délhi.

Nuvens carregadas voltaram a surgir no céu da tarde. Mary atravessou a rua e passou pelas fileiras de peixeiros, com seu pescado reluzente e fresco, apenas para ouvir:

— Aquele pessoal de Délhi acabou de arranjar uma empregada há dez minutos. Antes disso até.

Agradecendo ao guarda, ela se sentou numa mureta de pedra, perto dos vendedores de peixe, e respirou numa ponta dobrada do sári. Estava na rua desde as sete horas da manhã. Dos seus dois lados, em cestos ou dispostos no chão sobre pedaços de lona encerada azul, viu anchovas salgadas e desidratadas, caranguejos frescos, camarões em baldes de plástico e umas coisas miúdas e escorregadias que ainda se debatiam. Uma velha pescadora raspava as escamas de um atum-amarelo de uns sessenta centímetros, usando uma faca curva.

Como se a alma dos peixes falecidos se elevasse numa grande hoste, um estrondo encheu o ar.

Mary olhou para cima. Um Boeing, decolando do aeroporto de Santa Cruz, cortou o céu que escurecia.

Um cego vendia jasmins no pátio do templo tâmil. O portão do altar estava aberto, e uma lamparina a óleo brilhava diante de um Ganesha preto, resinoso pelas décadas de óleo santo.

A parede lateral do templo, com a pintura da boca de um demônio, estava novamente servindo de *wicket*.

Kumar, que trabalhava como faxineiro na cozinha de um hotel próximo, estava junto de um dos muros laterais, dando tapinhas de expectativa nas coxas.

Dharmendar, o filho do mecânico de motos e bicicletas, corria para o arremesso, com a bola vermelha de borracha na mão.

Timothy, que havia matado aula para estar ali, recebera a honra de ser o primeiro a rebater e montava guarda em frente à boca do demônio.

Em vez de lançar a bola vermelha, Dharmendar a deixou cair e sorriu.

— É seu dia de sorte, Timothy. Sua mãe vem aí.

— Merda.

O garoto largou o taco, pegou a mochila e saiu correndo. Gritando seu nome — enquanto o time de críquete assobiava, adorando a situação —, Mary foi atrás, com a mão direita levantada e os dedos flexionados.

Um relâmpago se bifurcou sobre a cabeça de todos, e gotas grossas de chuva caíram sobre mãe e filho, conforme corriam para o *nullah*.

6 DE JULHO

Um velho se esquivou pela porta aberta, desfrutando do vento no cabelo como um garoto de 14 anos em sua primeira viagem desacompanhado. Observou um trem que vinha na direção oposta.

Que *força*! A locomotiva que passou era um vetor de uma força pura, correndo de uma outra dimensão, para atravessar esta em diagonal. Um fragmento de sonho abrindo uma fenda no mundo da vigília.

Eram duas horas da tarde.

O vagão da primeira classe estava quase vazio. Num impulso, entretanto, Masterji tinha se levantado do banco e feito algo que havia décadas não fazia: ir até a porta aberta do vagão.

Loucura.

Ele, mais que qualquer outro homem, devia saber o perigo de ficar ali, ele, que tantas vezes tinha alertado seus alunos sobre isso, ele, que tanto havia sofrido por causa dos trilhos.

Outro expresso passou em velocidade e, dessa vez, o vento morno que correu entre os trens pareceu uma bruxaria. Os rostos dos passageiros do lado oposto lhe pareceram poderosos, mágicos, até demoníacos, como se fossem criaturas de outro mundo — ou talvez sempre presentes naquele mundo, bem-escondidas, agora expostas pela energia impactante liberada pela passagem das máquinas.

Um toque em seu ombro.

— Rádio, senhor? Funciona. Rádio de verdade.

Masterji se virou. Levou um segundo para se recuperar da ilusão dos rostos demoníacos que passavam.

Um homem de camisa suja lhe oferecia um pacotinho de estrelas fosforescentes: "Rádio para crianças." Dez rupias. Próprio para paredes de quarto. Desperta o intelecto, manda as crianças para a universidade.

Masterji olhou para o pacotinho; tinha se esquecido de levar um presente para Ronak.

Barrigudo, com as mamas comprimidas pela camisa de seda estampada, Gaurav Murthy caminhou pelo corredor da mercearia. Foi apontando pés de moleque e *ladoos* dourados, rodelas de banana frita e saquinhos de *farsans* condimentados; o vendedor ia colocando tudo num saco plástico.

Saquinhos de amendoim de dez rupias, tradicional e com cobertura de masala em pó, um pacote de salgadinhos de *kurkure* com masala da Frito-Lay. Mais um saquinho de amendoim? Por que não?

— Meu pai vai lá em casa de novo, sabe?

— É uma ocasião feliz — disse o dono da loja. — Comprando doces para ele. O senhor é um bom filho.

— Por que não levar umas bananas fritas, pelo sim, pelo não? Um pacote pequeno basta.

Com meio quilo de petiscos na sacola, Gaurav Murthy foi andando para casa. Quinze para as cinco. Seu pai tinha dito que chegaria às cinco. O que significava que já estaria lá.

Gaurav não devia ter se afastado tanto de seu condomínio, mas os petiscos de Dobhi Talao, logo virando a esquina, eram mais baratos. Ao parar em frente ao prédio para recuperar o fôlego, notou uma estrela do último Diwali que tinha ficado no terraço; teve certeza de que o pai também a teria notado. ("Por que ela ainda está lá em cima? Você não paga a empregada para...") Enfiando a mão na sacola de compras, Gaurav abriu uma embalagem de pé de moleque. Mastigou o amendoim. O pai zombaria dele por ter engordado; mastigou mais depressa.

"É o rabo do pai": era assim que a mãe o chamava nos primeiros tempos, quando, com uma alegria burra de animal, ele pulava ao ouvir a campainha, à tardinha, e seguia o pai por toda a casa, inclusive nas idas ao banheiro, de onde tinha de ser empurrado para sair. O desencanto havia começado aos 14 anos, quando sua mãe voltara de Suratkal roubada pelos próprios irmãos: Gaurav descobrira que o pai, que lhe batia nos nós dos dedos com uma régua de aço pela menor das infrações, não soubera enfrentar dois ladrões provincianos. E nascera o desprezo em Gaurav, o desprezo de um filho que havia apanhado de um pai fraco. Ao crescerem os ombros, crescera o desprezo com eles. O pai queria que ele fosse cientista ou advogado, um homem que trabalhasse com a mente; ele tinha decidido estudar para o comércio. Na biblioteca da universidade, levantava os olhos dos manuais de finanças e pensava em algo que o pai tinha feito ou dito na véspera; como uma ação banal do índice Sensex de Bombaim, o valor da reputação de Yogesh Murthy era recalculado diariamente na cabeça do filho e todos os dias caía.

Um homem não tem escolha em matéria de pai, mas, quando se mantém distante de um pai desagradável, é ao *filho* que a sociedade culpa. Isso parecia incrivelmente injusto a Gaurav.

Ao apertar a campainha, ele ouviu gritos que vinham do pátio externo do condomínio e identificou o som estrídulo de seu filho. *Por que o menino não subiu de uma vez?*

A empregada abriu a porta. O pai dele estava na sala, admirando a aquisição mais recente de Sonal: um grande prato ornamental de bronze, cheio de água até a borda, onde flutuavam pétalas vermelhas de flores de *flamboyant*.

— Olhe, Gaurav: meu sogro trouxe um bonito presente para o Ronak — disse sua mulher, mostrando-lhe o pacotinho de estrelas fosforescentes. — Foi muita gentileza dele gastar esse dinheiro.

Dizendo que estava na hora de dar comida ao pai, ela se retirou para o quarto interno e deixou os dois homens cuidarem dos assuntos do dia.

— A vida é difícil, pai. A vida da Sonal é muito difícil.

— Pensei que você tivesse um bom emprego, filho.

Quando Gaurav falava, Masterji tinha a impressão de que ele se dirigia a alguém junto a seu ombro direito. Deslocou a cabeça para interceptar o olhar do filho, mas Gaurav deslocou os olhos mais para a direita.

— O emprego é bom, pai. Outras coisas na vida é que não são boas. Estresse. O tempo todo. Agora estou consultando um guru, por causa do meu estresse. Foi tia Sangeeta quem me falou dele. Ele me dá mantras para cantar.

Seu pai era racionalista, é claro. Logo viria alguma observação mordaz. Gaurav mordeu o pé de moleque.

— Quando vai assinar o formulário de aceitação, pai, e receber o dinheiro?

Do outro cômodo, Sonal forneceu as palavras que ele havia esquecido:

— Sogro, existem questões de... imposto de renda, imposto de transmissão. Seguro de vida. Temos de planejar. Quanto mais cedo o senhor disser "sim", melhor para todos nós.

Masterji lançou um olhar furioso para o pé de moleque ao falar:

— Filho, existem as coisas que nós sabemos sobre a sociedade Vishram. Em termos físicos, o condomínio decaiu muito, mas as lembranças da minha falecida esposa...

— O senhor quer dizer minha mãe.

— Sim, sua mãe, e sua irmã. Não é tão fácil assim fazer as malas e ir embora.

Sob o olhar do pai, Gaurav abriu outra embalagem de pé de moleque; sua mulher falou por ele:

— O senhor viu os novos prédios em Parel, sogro?

Inclinando-se para trás, para que ele pudesse vê-la com a colher pingando iogurte, Sonal sorriu.

— São duplex. Ainda não foram construídos, mas as unidades estão todas vendidas. Indianos não residentes, vindos da Inglaterra. Sabe quanto custam? — Deu mais iogurte ao pai. — Vinte e sete *crores* cada. Todos vendidos.

Vinte e sete *crores* cada. Tentando dimensionar todo esse dinheiro, Masterji pensou no oceano.

— Vinte e sete *crores* — repetiu Gaurav. — Vinte e sete.

Vejam só o garoto, choramingando as palavras da mulher. Masterji tornou a olhar com raiva para o pé de moleque na mão do filho.

A empregada trouxe um pedaço de *barfi* e seis ou sete fatias de banana frita e colocou na mesa diante dele. As porções eram pequenas. Era sempre assim quando ele ia lá: mal tocava no prato.

— O primeiro aniversário de falecimento da sua mãe está chegando, em outubro, filho. Falei com o Trivedi, ele está animado para fazer a cerimônia. Nós três iremos a Bandra, como da última vez. Espero que você vá conosco este ano, Sonal. E leve o Ronak também.

Comeu as rodelas de banana, uma por uma.

Gaurav pegou o pacotinho de estrelas fosforescentes.

— Pai, isso é porcaria, não é bom para o menino. — Deixou-o cair.

Masterji se levantou e foi até a varanda. Ao avistar Ronak brincando no pátio lá embaixo, bateu palmas. Sem se virar para o filho, disse:

— Nenhum dos meus presentes para o Ronak é apreciado nesta casa. Dei-lhe um livro, um livro azul maravilhoso. A *História ilustrada da ciência*. Foi devolvido a mim pela mãe dele.

Tornou a bater palmas.

Sonal se inclinou para trás no aposento mais ao fundo e olhou para o marido. *Responda, responda*, os olhos dele lhe pediram com insistência.

Aproximando-se do pai com outra colherada de iogurte, ela desapareceu de vista.

— Pai, o senhor sempre esperou que eu lesse livros, mesmo quando eu era pequeno. Fez-me aprender francês. Não sou bom nessas coisas. A mamãe lhe dizia: não sou um intelectual como você. — Gaurav abriu outra embalagem de pé de moleque. — E entre os sindis, pai, o costume é dar ouro de presente quando nasce uma criança. Uma vez Sonal lhe disse isso, achando que um indiano do sul como o senhor talvez não soubesse.

Mas o senhor nunca deu ouro ao Ronak. Um dos colares da mamãe ainda está no antigo apartamento. Um colar da joalheria Vummidi. No *almirah* dela. Mas não tem importância. Não tem importância.

Depois de bater palmas mais uma vez — "Ronak, sou eu, suba!" —, Masterji voltou para a sala. Sentou-se defronte do filho.

— Você é preguiçoso demais para ler, mas isso não significa que não deva incentivar o Ronak. Essa é a maior alegria e força da vida: a capacidade de aprender. Lembre-se do que eu lhe dizia. Lorde Elphinstone recusou o governo-geral para poder escrever sua história da Índia.

Gaurav comeu mais pé de moleque.

Sonal, Sonal, saia daí, por favor — lambeu a unha do polegar, o polegar, a unha do indicador, o indicador e a pele entre o polegar e o indicador. *Saia antes que eu me levante e comece a gritar com o velho.*

Nesse momento, porém, um cheiro de suor e Sol entrou na sala; um taco de críquete de madeira caiu no chão e um garoto foi levantado no ar, nos braços do avô.

Na cozinha, Sonal fez as contas.

— O senhor disse que são 72,9m², sogro? Isso daria... 1,62 *crore*. Deixe-me refazer o cálculo: 72,9 vezes 222.222... é, acho que está certo... 16.200.000.

Saiu com um copo de suco de abacaxi numa bandeja.

— Para mim não, Sonal, tem muito açúcar.

Ele ofereceu o copo a Ronak, sentado a seu lado no sofá, mas o menino, educado, recusou.

— É melhor esse sr. Shah pagar em dia, sogro. Caso contrário, o Gaurav tem um contato no trabalho que conhece um bom advogado especializado em direito imobiliário. Depois de assinar o acordo, o senhor pode se mudar para cá — disse Sonal. — Nossos pais estarão ambos conosco.

— Talvez fosse uma boa ideia — concordou Masterji. — Ficar perto do Ronak.

Seu filho pegou o pé de moleque, partiu um pedaço e recomeçou a mastigar.

Sonal sorriu para o marido:

— É claro que, se o sogro não quiser ficar aqui conosco, sempre poderá comprar um quarto e sala em Vakola. — Disse bem alto: — Um, meia, dois, zero, zero, zero, zero, zero!

Masterji, afagando o cabelo molhado do neto, ouviu um som de gorgolejo vindo do quarto — como se até aquele velho com cérebro já meio morto estivesse animado. *Para um executivo de banco*, pensou, *a senilidade deve consistir numa porção de zeros girando sem parar na cabeça.*

— Tem certeza de que não quer tomar o suco de abacaxi antes de ir? — perguntou Sonal. — Nem um golinho? Dividindo-o com seu neto?

O elevador estava com defeito, por isso ele desceu pela escada.

Ao levantar a perna, o degrau se dissolveu, e Masterji baixou-a no ar negro, macio e úmido. Segurou-se no corrimão sólido para não escorregar. O joelho esquerdo, artrítico, latejou. Ah, Purnima, Purnima, rezou ele. O açúcar no sangue chiava feito o motor de um riquixá velho. Ah, Purnima.

Explosões de glicose — cometas e supernovas — iluminaram suas trevas particulares: uma bacanal havia começado em suas células hipermetabolizantes.

Segurando-se no corrimão, foi se abaixando até se sentar num degrau. Podia ouvir Purnima gritar com ele lá dos oceanos do outro mundo. Por que ainda não tinha feito o exame do diabetes?

Será possível, matutou, *que a Sonal tenha me dado aquele suco de abacaxi exatamente para provocar isso? Ela ficou insistindo.*

No patamar, um homem maltrapilho, um dos empregados do condomínio de Gaurav, dormia com o braço cobrindo o rosto.

Masterji tocou a parede do edifício do filho. Ela não lembrava Purnima nem Sandhya. Logo, logo, ele estaria morando entre quatro paredes iguais a essa.

Passando por cima do empregado adormecido, continuou a descer, ainda se perguntando sobre Sonal e o suco de abacaxi.

— Por que ele está demorando tanto a voltar? — perguntou a sra. Puri.

Meia dúzia de moradores tinham se reunido no escritório do secretário para comemorar a volta de Masterji: o instante em que ele entraria com um sorriso e diria "Sim". Um microfone fora colocado perto da cruz negra; o plano era fazer uma Assembleia Geral improvisada e resolver a coisa toda em dez minutos.

O secretário ajeitou a mecha de cabelo lateral que lhe cobria a careca.

— Pode ser que ele esteja preso no trem.

Ajwani estava em pé num canto do escritório, teclando seu celular; nessa hora, virou o telefone e bateu de leve com ele num armário de arquivo.

— Estou ficando preocupado. Escute... — sorriu para o secretário — ...por que você não datilografa logo o nosso formulário de aceitação? É só bater um formulário que diga: *Todos os membros da Torre A concordaram e assinaram.* Assim que ele chegar, faça-o assinar o papel. Ele pode mudar de ideia a qualquer momento. Um homem como aquele é imprevisível. Lembra o que ele fez com o namorado da moça moderna?

Ajwani esmurrou o ar.

Kothari pôs dois dedos sobre o teclado da Remington, depois os retirou, um a um.

— Acho que é contra as normas datilografar um formulário desses até que todos realmente digam sim.

O corretor abanou a cabeça, teclou o celular e murmurou alguma coisa.

— Do que foi que você me chamou? — O secretário se levantou. — Sei que anda me chamando assim pelas costas, Ajwani. Um zero à esquerda.

O corretor levantou os olhos do celular.

— Eu digo o que penso, Kothari. Não escondo as coisas.

— O que significa isso? Por acaso tenho escondido algo todos estes anos?

Ibrahim Kudwa estava aguardando no escritório; tinha Mumtaz a seu lado, com a bebê Mariam no colo. Ia intervir na briga quando a sra. Puri disse:

— Ibby.

Ele sorriu.

— Sangeeta-ji — disse.

— Ibby, a conexão com a internet está meio lenta hoje, lá em casa. Não sei se é algum cabo solto ou... — Sorriu para Mumtaz. — O seu marido é muito jeitoso com computadores e fios.

Mumtaz viu o marido seguir a sra. Puri pela escada. Voltaria falando igual a ela, dizendo "ai, ai, ai", frase sim, frase não. Assim como o corpo de um marido infiel assumia outras fragrâncias, a voz de Ibrahim adquiria os sotaques das mulheres a quem tentava impressionar.

Se lhes pedissem para decidir quem era o casal mais incompatível do edifício, os residentes da Vishram teriam dificuldade para escolher entre os Puri e os Kudwa. Antes do nascimento de Mohammad, Mumtaz Kudwa havia trabalhado numa clínica dentária em Khar (Oeste); agora, saía de casa uma vez por dia, para buscar o filho na escola, e os outros moradores raramente falavam com ela, a não ser em feriados como o Dia da República. Ibrahim fazia seu ninho na casa de outras pessoas. Vivia tocando a campainha para bater papo e oferecer carona em sua motoneta, ou uso gratuito de seu cibercafé, e os outros percebiam que ele ficaria mais contente vendo televisão no sofá deles que no dele próprio.

Tinha sido um casamento arranjado; mesmo nos primeiros tempos, os mais felizes, Mumtaz havia notado coisas estranhas no marido. Quando Ibrahim era tratado como adulto, agia como criança. Grato por ser incluído num grupo, fazia tudo que quisessem dele, mesmo que o degradasse ou o pusesse em perigo. Em sua casa, com os próprios pais, ficava extasiado quando lhe davam atenção à mesa do jantar. Um dia, Mumtaz tomara coragem e perguntara: "Por que você se preocupa tanto com o que eles pensam a seu respeito?" Ele passara dias aborrecido; e depois, sem consultá-la, anunciara que agora iriam morar longe da família dele. Mudaram-se para um prédio velho, cheio de hindus e cristãos, e o comportamento de Ibrahim havia piorado. A sra. Puri o infernizava, pedindo pequenos favores — um tubo grátis de pasta de dente com nitrato de potássio para os dentes sensíveis de Ramu, por exemplo —, e Ibrahim, incapaz de dizer não, tinha obrigado sua mulher a surrupiar seis tubos da clínica dentária ("não é roubar, é para um vizinho").

Mumtaz ponderou que valeria a pena sair da Vishram só para afastar o marido daquela mulher.

Com a filha no colo, olhou para a porta, com apenas uma vaga consciência de que o tom se elevava a seu redor, por causa da briga entre Ajwani e o secretário.

Sentindo-se fraco demais para o trem vespertino, Masterji fizera sinal para um táxi na porta do edifício de Gaurav. Por que não? Um homem rico podia se deslocar como um homem rico. Pôs a mão para fora da janela e deu um tapinha na lateral do Fiat preto. O trajeto pelas ruas levava pelo menos meia hora a mais do que de trem, mas, ao passar pela mansão do prefeito, perto do parque Shivaji, Masterji já se sentia mais forte. Descendo perto da mesquita de Bandra, atravessou a rua movimentada e esperou um riquixá para economizar no último trecho da volta para casa.

Mal havia destrancado o portão da sociedade Vishram, um corpo escuro veio correndo do prédio iluminado e cingiu seu pescoço com os braços.

— Obrigada, tio! Muito obrigada!

Era Radhika Saldanha, ele percebeu, após certa confusão, quando ela se virou e disparou de volta para casa.

A sra. Saldanha, que observava pelo rasgo da janela da cozinha, sorriu-lhe quando ele entrou no edifício.

Por força do hábito, ele parou diante do quadro de avisos: Um novo texto datilografado fora afixado com um prego no painel central:

Aviso

Soc. Cooperativa Hab. Vishram Ltda.,
Vakola, Santa Cruz (Leste), Mumbai – 40055

Ata da Assembleia Geral Extraordinária do edifício "A", realizada em 6 de julho

Assunto: Dissolução da sociedade

Todos os membros estavam presentes no horário, às 17h30.

Ramesh Ajwani(2C) ocupou a mesa e presidiu a reunião.

ITEM N.° 1 DA PAUTA:

Todos os membros concordaram por unanimidade em aceitar a oferta feita pelo grupo Confiança. Os residentes da sociedade concordaram por unanimidade com a dissolução da sociedade e com a demolição de sua estrutura física.
Nenhum outro item foi discutido na reunião.
Pelo Comitê Executivo da Torre "A" da Vishram,
Assinado,
Ashvin Kothari,
Secretário, Torre "A" da Vishram

Cópia (1) Para os membros do edifício "A" da Sociedade Coop. Hab. Vishram Ltda.

Cópia (2) Para o secretário da Sociedade Coop. Hab. Vishram Ltda.

Nota: As assinaturas de todos os membros da sociedade estão listadas abaixo, ao lado do número de suas respectivas unidades (com a metragem entre parênteses).

O secretário emergiu de seu escritório com um sorriso.
— O que é isso? — perguntou Masterji, com o dedo indicador no quadro de avisos. — Acabei de chegar. Ainda não assinei nada.
Kothari se aproximou do quadro e espremeu os olhos, de onde se irradiaram as linhas de riso que lembravam um lince.
— Bem, eu só estava ganhando tempo, Masterji. Já que você tinha concordado, pensei em datilografar o aviso.
O indicador de Masterji não se mexeu.
— Eu concordei? Concordei quando? Eu disse que ia conversar com meu filho. Só isso.
O secretário parou de sorrir.
— A ideia não foi minha, na verdade. Foi do Ajwani. Ele me obrigou a afixar o aviso antes da sua volta... ele...
Afastando do vidro a mão de Masterji, o secretário abriu o quadro. Rasgou o aviso, cujas metades caíram no chão.
— Pronto, Masterji, está satisfeito?
Ele não estava.
— Quem lhe deu o direito de dizer que concordei? Por que disse que assinei alguma coisa?
— Obrigada, Masterji — disse a sra. Puri, que vinha descendo a escada. — Obrigada por pensar em todos nós.
O indicador de Masterji voltou para o quadro de avisos, vazio:
— Sangeeta, você sabia que o secretário acha que pode falsificar minha assinatura?
— Masterji! — exclamou o secretário, elevando a voz. — Isso é fazer drama demais. Não é nada de mais, um simples erro que cometemos! E eu já lhe disse, a ideia não foi minha. Foi do Ajwani!
Masterji pegou no chão os pedaços do formulário rasgado e os alisou. Tornou a ler.

— É uma assinatura — murmurou. — A *minha* assinatura.

— Sra. Puri... — O secretário levantou os olhos. — A senhora é a defensora dele no prédio. Fale com ele, sim?

— Masterji. Esperamos o senhor durante horas. Nem peguei água para o banho noturno do Ramu. O senhor nos *disse* que ia assinar.

Uma voz ribombou:

— Não ponha a culpa em nós, Masterji. Só faz meia hora que afixamos aquele aviso. Por que demorou tanto a voltar?

O rosto negro de Ajwani apareceu olhando para baixo, junto ao corrimão do segundo andar.

— É verdade, Masterji — disse o secretário. — Se o senhor tivesse voltado *apenas* meia hora atrás...

— Não pude vir mais cedo porque... não estava me sentindo bem.

De vários pontos da escada havia pessoas olhando para baixo: o sr. Ganguly, Ajwani, o sr. Puri, Ibrahim Kudwa, o sr. Vij.

Ele queria aspirar o ar canforado do armário de sua mulher. A sra. Puri deu um passo de lado para deixá-lo passar. O cão doente estava deitado no primeiro patamar, tremendo nas articulações. Masterji parou diante dele e olhou para os vizinhos. Foi como estar de novo na beirada do vagão do trem, com o vento quente soprando nos olhos e o outro trem passando em disparada: ele viu os rostos demoníacos se amontoarem a sua volta.

Falou para que todos ouvissem:

— ...não disse sim, não disse não.

livro seis

Medo

15 DE JULHO

— ...você disse que estava *resolvido*, Shanmugham. Faz uma semana.

Passando por Juhu de manhã, afundado nos estofados de couro preto do Mercedes, mascando *gutka* da caixinha azul, o sr. Shah contemplou a única coisa que havia para contemplar.

A chuva tinha martelado Mumbai a noite toda; agora, o oceano retrucava.

Inchado pela tempestade, a espuma sibilando, espessa como um refluxo ácido, dissolvendo a gravidade e as pedras, investindo pelas rampas que separavam a praia da rua, o mar quebrava no limite da terra em explosão após explosão de gotículas, que faziam os espectadores gritarem, encolhidos sob guarda-chuvas pretos.

Shah disse ao motorista para dar voltas lentas por Juhu; quando o carro fazia o retorno, ele se deslocava para a outra janela a fim de poder continuar a contemplar o oceano.

— Não estou interessado naquele professor velho e em suas mudanças de humor. Você trate de dizer àquele secretário que ele não vai ver uma rupia da propina... o que foi que lhe prometemos: um *lakh* extra?... se não fizer por merecer. Não lhe falei desde o início que aquele professor ia dar trabalho? E quanto a você, Shanmugham, nunca mais me diga que uma coisa está resolvida até ela estar resolvida, até a assinatura estar lá, até...

O sr. Shah atirou o telefone celular num canto do carro.

Tivera a esperança de que não houvesse brigas dessa vez. Com uma oferta generosa como aquela. Mas *sempre* tinha de haver briga. Era da natureza dessa cidade estúpida, estúpida. O que já não teria construído se estivesse em Xangai — hospitais, aeroportos, shoppings de 13 andares! E aqui era toda essa dificuldade, só para começar um simples condomínio de luxo...

O muco do peito engrossou; sua respiração soava como o rosnado de um cão feroz. Shah tossiu e cuspiu no lenço. Verificou com um dedo a cor do cuspe.

Abaixou-se para apanhar o celular e tornou a teclar o número de Shanmugham.

Parvez, o motorista, ligou os limpadores de para-brisa. A chuva tinha recomeçado.

— Espere — disse Shah. — Pare aqui.

Os garotos no ponto de ônibus à esquerda deles estavam dando gritos de incentivo.

Do outro lado da rua, sob a chuva torrencial, um homem esfarrapado carregava outro nas costas, em direção à parada de ônibus. O sujeito de cima estava coberto por uma capa de lona encerada azul que inflava ao redor dos dois. O que o carregava era empurrado de um lado para outro pelo vento e pelo peso nos ombros; os veículos piscavam os faróis para eles na chuva, mas o homem se aproximou mais e mais dos espectadores que o animavam e que, como que pela pura força de vontade, puxavam-no para a segurança.

— Pois não, senhor? — disse Shanmugham, do outro lado da linha. — Quer que eu comece a tomar providências na Vishram? Devo fazer o que fiz no ano passado, naquele projeto em Sião?

Shah olhou para os homens na chuva. Somando sua vontade à dos espectadores, exortou os dois a prosseguirem até cambalearem para dentro do abrigo do ponto de ônibus.

O construtor sorriu; bateu na janela com um anel de ouro, fazendo Parvez dar a volta.

21 DE JULHO

Rugas finas irradiavam dos olhos de Ram Khare durante a leitura de seu resumo sagrado, como diminutas ilustrações da rede que o destino lançara sobre ele.

Na adolescência, o vigia tivera esperança de se tornar jogador de críquete por Bombaim no Troféu Ranji; na casa dos vinte anos, havia sonhado comprar sua casa própria; na casa dos trinta, sonhara levar os pais idosos numa peregrinação à cidade de Benaras.

Aos 56 anos, descobriu que sua vida se limitava a três coisas: sua filha, Lalitha, uma ex-aluna da escola Santa Catarina que agora estudava engenharia da computação em Pune; seu rum; e sua religião.

As manhãs eram para a religião. Em pé em sua guarita, com uma fileira de sementes pretas de *rudraksha* na mão esquerda, mantinha um dedo sobre a página 23.

— Quais são as marcas que nos fazem reconhecer uma alma? Escuta as palavras do nosso Senhor Krishna. A alma não nasce e não...

Passos se aproximaram da sociedade Vishram. Khare se virou para o portão e disse:

— Um minuto, Masterji. Um minuto.

Abrindo a porta de zinco da guarita, colocou-se de lado e convidou Masterji a entrar. O velho professor, que voltava com um maço de coentro fresco para os Pinto, levantou-o num gesto de protesto.

Khare repetiu:

— *Um* minuto.

Desarmado pela insistência do empregado, Masterji cedeu e, pela primeira vez em 32 anos, entrou na guarita do segurança da sociedade Vishram.

— Se o senhor esperar só um segundo, eu lhe mostro o trabalho da minha vida.

Uma grande teia de aranha crescia num canto; Khare não parecia fazer qualquer objeção a sua existência. Objetos do chão — gravetos, giz, tampas de caneta, pedacinhos de arame — tinham sido transportados para essa teia, vários palmos acima do chão: a coisa toda parecia um leve projeto de bruxaria levado a cabo por Khare nas horas vagas.

— Este é o trabalho da minha vida, senhor. O trabalho da minha vida.

Os dedos de Ram Khare se apoiavam em outro objeto mágico: o Registro de Visitas, comprido, com sua lombada rija.

Correu a unha limpa pelas colunas:

Nome do Visitante
Ocupação
Endereço
Número de Celular
Propósito da Visita
Pessoa a Visitar
Hora de Entrada
Hora de Saída
Comentários (se houver)/Observações (se houver)
Assinatura do Visitante
Assinatura do Guarda

— Cada visitante, sem exceção, é registrado, e o número do celular é anotado. Há 16 anos tem sido assim... — Apontou para os registros antigos, enfiados em caixas de plástico. — Pergunte-me quem veio ao prédio na manhã de 1º de janeiro de 1994 e eu lhe digo. A que horas foi embora, eu lhe digo. Dezesseis anos, sete meses e 21 dias.

Khare fechou o livro de registro e fungou.

— Antes disso, fui o segurança da sociedade habitacional Raj Kiran, em Kalina. Uma boa sociedade. Lá eles também receberam uma oferta de reurbanização de um construtor. Um homem se recusou a assinar a oferta, um sujeito jovem e saudável, não era como o senhor... e uma manhã, ele tropeçou na escada e quebrou os joelhos. Assinou na cama do hospital.

Masterji fechou os olhos por uma fração de segundo.

— Você está me ameaçando, Ram Khare?

— Não, senhor. Estou lhe informando que estou perturbado, como se tivesse uma cobra dentro da minha cabeça. É comprida e preta.

O guarda abriu bem os braços.

— E eu queria que o senhor também visse a cobra preta. Todo dia, a sra. Puri ou a sra. Saldanha ou alguém mais vai até sua porta, bate e pergunta: "O senhor se decidiu? Vai assinar?" E todo dia o senhor diz: "Estou pensando no assunto." Quanto tempo isso pode continuar, Masterji? Ora, para mim não faz diferença se o senhor vai dizer sim ou não. Se este prédio continuar aqui, tenho este emprego. Se cair, terei um emprego em outro lugar. Mas...

Ram Khare abriu a porta para seu convidado.

— ...existe a questão da minha dívida com o senhor. E agora, haja o que houver, eu a paguei. O Senhor Krishna tomou nota disso.

E assim ele voltou a seu resumo sagrado.

— *Nunca nasci e jamais morrerei; não causo dor nem posso ser ferido; sou invencível, imortal, indestrutível.*

Que atrevimento, pensou Masterji, caminhando para a entrada de sua sociedade. *Falar em "cobra preta" na Vishram.*

Ele devia fazer uma queixa ao secretário. A sra. Rego tinha razão, Ram Khare andava bebendo demais. Masterji sentira cheiro de melaço naquela guarita.

A sra. Puri estava na janela, observando-o por trás da grade.

— Sra. Puri — gritou o professor —, quer saber o que o Ram Khare acabou de dizer? Disse que eu devo me preocupar com o que a senhora e meus outros vizinhos vão fazer comigo.

Diante de seus olhos, ela fechou a janela e baixou a persiana. *Não deve ter me visto*, pensou Masterji. Ele próprio vivia fazendo isso, ignorando pessoas bem a sua frente. Não há como evitar depois de certa idade.

Entrou no edifício com o coentro.

Recuando para o espelho do quarto, a sra. Puri escovou os cabelos negros e compridos para se acalmar.

O marido havia gritado com ela de manhã, ao sair. Primeira vez que gritava com ela na presença de Ramu. *Ele* nunca havia confiado naquele velho. Ela é que descrevia Masterji como "um verdadeiro lorde". *Ele* é que o havia chamado de "uma jaca enorme".

Ramu, intuindo que a mãe estava aborrecida, sentou-se a seu lado e a imitou com uma escova imaginária. Ao ver isso, agradecida, ela deixou escapar uma lágrima.

Secando o celular no braço, tornou a teclar um número:

— Gaurav, sou eu de novo — disse. — Por que você não vem aqui, Gaurav? Fale com ele. Traga o Ronak. Ele vai mudar de ideia, é seu pai. Não seja teimoso como ele, Gaurav. Você precisa vir vê-lo. Faça isso pela sua tia Sangeeta, sim?

Limpando o celular no antebraço, colocou-o na mesa e se virou para o filho.

— Dá para acreditar nisso, Ramu? Todas aquelas mangas, todos esses anos. Eu as cortava em fatias compridas e finas e guardava na geladeira dele. Você se lembra, não é?

Ouviu Masterji abrir a geladeira para pegar um copo de água gelada.

— Que velho egoísta e ganancioso ele virou, Ramu. Quer tirar de nós os nossos armários de madeira. O Mau-Olhado deve ter sabido da minha sorte. De novo.

Ramu tampou os ouvidos com os dedos. Seu rosto começou a tremer, os dentes bateram. A sra. Puri sabia o que vinha pela frente, mas ele foi mais rápido, correu para o banheiro e bateu a porta. Não, não ia abrir a porta para a mamãe.

— Ramu, eu nunca mais digo nada ruim sobre o Masterji. Eu juro.

A porta finalmente se abriu, mas Ramu não quis se levantar do vaso sanitário. Respirando da maneira mais normal que podia, para mostrar que não estava zangada com ele, que ele *não tinha* feito uma sujeira fedorenta no banheiro, a mamãe lavou o traseiro do filho com um caneco de água, trocou suas calças e o pôs na cama com o Homem-Aranha e o Patinho Cordial.

Ajoelhou-se com esforço e limpou o piso do banheiro com um esfregão. Quando ele ficava assustado, errava o vaso.

Quando ela abriu a porta do quarto de Ramu, o filho estava se sentando, virando o caderno em que o pai tinha desenhado lagartixas e aranhas num ângulo em que o Patinho Cordial também pudesse ver os desenhos.

Bem do lado de fora do quarto, um passarinho começou a trinar notas agudas e longas, como a linha enfiada numa agulha, como se remendasse um canto rasgado do mundo. Mãe e filho escutaram juntos.

Ao descer a escada, a sra. Puri encontrou três mulheres no primeiro patamar, cochichando:

— Passa o dia inteiro brincando com aquele cubo mágico. Mas será que *ele* tem alguma solução? — perguntou a sra. Kothari, a mulher do secretário. — Ele só se isola.

— Não quer fazê-lo nem pelo filho. Ou pelo neto — disse a sra. Ganguly.

— É aquela moça do apartamento vizinho. Ela o deixou maluco — comentou a sra. Nagpal, do primeiro andar.

Calaram-se quando a sra. Puri passou. Ela sabia que suspeitavam de sua solidariedade com Masterji.

Virou à esquerda no portão e passou pela favela. Logo chegou aos dois novos prédios do Confiança. Sob as coberturas de lona azul, o trabalho de colocação das lajes de granito e mármore prosseguia, apesar das chuvas. Começou a garoar. Ela esperou embaixo do guarda-chuva e torceu para que Ramu não houvesse acordado.

Um homem alto veio correndo de um dos prédios em sua direção. Colocou-se sob o guarda-chuva; ela falou, e ele ouviu.

— Sra. Puri — sorriu Shanmugham —, a senhora é uma pessoa de iniciativa. Ano passado, num projeto de reurbanização em Sião, deparamos com um problema como o desse seu Masterji. Há muitas coisas que podemos fazer, e vamos tentar todas, uma por uma. Mas a senhora *precisa* confiar em mim e no sr. Shah.

23 DE JULHO

O elevador da sociedade Vishram se movia como um caixão sobre rodas. Quando se apertava um botão, vinha um clique alto: cabos, alavancas e correntes entravam em ação. Pela treliça da porta metálica que guardava o poço aberto do elevador se viam um retângulo de madeira escura — um contrapeso — deslizando parede abaixo e uma luz circular no alto do elevador em ascensão, enquanto a caixa grande e escura passava rangendo para o andar de cima, levando consigo uma placa: O CONDOMÍNIO É SEU. MANTENHA-O LIMPO.

Masterji viu o elevador passar antes de bater com sua massa escura no quarto andar. Um trinco clicou e a porta se abriu, mas ele não ouviu ninguém sair.

Era um daqueles deslocamentos-fantasma que às vezes o Otis fazia sozinho, compensando semanas de inércia com esses surtos espectrais de atividade.

Nenhuma criança ainda. Ele voltou para sua sala, deixando aberta a porta de entrada.

Eram sete horas de segunda-feira. Hora da primeira aula de reforço de ciências da semana. As luzes do teto estavam desligadas, na expectativa, e a luz do abajur se projetava na parede oposta.

Dez minutos depois, Masterji desceu a escada e encontrou os meninos jogando críquete no pátio. Mohammad Kudwa estava arremessando; Anand Ganguly levantava bem alto o taco. Sunil Rego procurava interceptar a bola na posição de cobertura.

— Masterji, não fique parado aí — gritou Mohammad —, a bola pode bater no senhor.

— Está na hora da aula, Mohammad.

O menino se virou e sorriu.

— *Boicote*, Masterji.

Mohammad remessou a bola na direção de Anand Ganguly, que se inclinou para trás e a rebateu alto e com força; ela quicou numa grade de janela no quarto andar e voltou para o chão.

— Boicote? — perguntou Masterji, dando um passo atrás para evitar a bola, que quicava. — É uma nova desculpa para não ir à aula de reforço?

Ele caminhou até o parlamento, onde encontrou a sra. Saldanha conversando com a sra. Kudwa, que fazia cócegas em Mariam, que, por sua vez, estava em seu colo.

— Seu filho está se recusando a ir para a aula de reforço, sra. Kudwa. A senhora sabe disso?

As duas se levantaram imediatamente das cadeiras, entraram no prédio e pararam junto ao quadro de avisos. Ali continuaram a conversar.

— Elas também não estão falando conosco — disse o sr. Pinto.

Masterji subiu a escada até o 3C. A sra. Puri abriu a porta com a mão esquerda, os dedos da mão direita juntos e sujos do arroz com coalhada que estivera dando a Ramu para comer. Ele estava sentado à mesa, de avental, e abriu um largo sorriso para o seu Masterji.

— Sangeeta, o que está havendo?

— Ramu... — virou-se para o filho e disse (forçando um grande sorriso, para ele não suspeitar do conteúdo de suas palavras) — ...diga ao seu Masterji que está havendo um boicote.

— Boicote? — repetiu Masterji. — O que quer dizer isso?

— Ramu... — A sra. Puri tornou a sorrir — ...como um professor famoso, o Masterji deve saber tudo sobre Gandhi e Nehru, e o que eles fizeram com os ingleses. Portanto, diga a ele para não nos perguntar o que é um boicote.

— Gandhi e Nehru, e... sra. Puri, isso é loucura.

— *Loucura?* — A sra. Puri riu. Ramu, à mesa, participou da diversão.
— E recusar uma oferta de 250% do valor de mercado pelo apartamento dele não é loucura, Ramu? Certas pessoas não deveriam falar de loucura, Ramu.

— Eu não disse não. Ainda estou pensando na proposta do sr. Shah.

A sra. Puri olhou para o vizinho:

— *Ainda* está pensando? O senhor sempre gostou de compartilhar as suas ideias profundas conosco, não é, Masterji? Algum dia nós lhe pedimos para ser secretário desta sociedade? O que isso lhe diz sobre o que achamos das suas ideias profundas?

— Eu *não disse* não. Mas me recuso a ser forçado a...

A sra. Puri fechou-lhe a porta na cara. Voltando para seu apartamento, Masterji se sentou diante da mesa de teca e tamborilou nos braços da cadeira, como se realmente não acreditasse que os meninos não viriam.

24 DE JULHO

Masterji abriu a porta. Sua lata de lixo tinha sido virada.

Fragmentos do lixo — a casca da banana, por exemplo — tinham sido atirados para longe de sua soleira, como se alguém os tivesse chutado.

Ele se abaixou sobre um dos joelhos e começou a recolher os restos errantes.

O pé de uma moça empurrou a casca de banana para ele.

— Pode deixar, srta. Meenakshi, eu limpo.

— Só estou tentando ajudar.

Os insinuantes jeans pretos da vizinha expunham pedaços de pele acima dos tornozelos, e ela não usava meias; enfeixados pelo trançado das sandálias prateadas, seus dedos gorduchos e alvos, avermelhados pelo esmalte, pareciam raízes de *bonsai*. Quando ela se livrasse do aparelho nos dentes e comprasse óculos melhores, faria um ótimo casamento, concluiu Masterji.

Ele fez pressão sobre a perna errada ao se levantar; uma dor angulosa e aguda cortou seu joelho esquerdo como um acento num "e" francês. Um *accent aigu* que ele riscou no ar, satisfeito por poder civilizar sua artrite, ligando-a a uma bela língua.

A srta. Meenakshi ficou encostada na porta, sorrindo e mostrando o aparelho.

— Aquela mulher deve detestá-lo ainda mais do que me detesta — comentou, inclinando a cabeça na direção da porta da sra. Puri. — O meu lixo ela só *examina*.

— Isso é coisa do gato matutino, srta. Meenakshi — retrucou Masterji, massageando a patela. — A sra. Puri não fez isso.

A vizinha ajeitou os óculos hexagonais antes de fechar a porta.

— Então, por que a sua lata de lixo é a única virada?

À uma hora, sem ter sido convidado, Ibrahim Kudwa foi se sentar à mesa dos Pinto para almoçar.

Talvez pelo fato de, único muçulmano do prédio, ser considerado um homem imparcial pelos outros — ou talvez porque, dono de um cibercafé sem grande movimento, podia sair de sua loja à tarde —, Kudwa fora designado "neutro" na disputa e mandado ali, nessa condição, pelo resto da sociedade. Mais ou menos na metade do almoço, quando Nina, a empregada, servia *appams* fumegantes, ele disse:

— Masterji, não aprovo esse negócio. Esse boicote.
— Obrigado, Ibrahim.
— Mas, Masterji... entenda *por que* as pessoas estão fazendo isso. Há muita angústia no prédio por causa das suas ações estranhas. O senhor diz que vai assinar, aí vai visitar seu filho e diz que não assina.
— Eu nunca disse *sim*, Ibrahim — retrucou Masterji, abanando o dedo. — Eu disse *talvez*.
— Deixe que hoje eu lhe ensine uma coisa, Masterji: não existe *talvez* nesse caso. Achamos que o senhor deve se encontrar com o sr. Shah na casa dele. Converse com ele. O homem tem grande apreço pelos professores.

Ibrahim Kudwa lavou a boca e enxugou os lábios e a barba na toalha de mão dos Pinto. Repôs a toalha no suporte e a olhou fixamente.
— Masterji, quando a oferta do construtor foi feita, eu sofri, porque não sabia o que fazer com o dinheiro... e tomei um antiácido para dormir. Agora que existe a possibilidade de o dinheiro que eu nunca tive ser tirado de mim, preciso de dois antiácidos para dormir.

Tornou a enxugar as mãos e se foi, aparentemente abandonando na toalha de mão molhada o que restava de sua neutralidade.
— Boicote... é apenas uma palavra — disse Masterji ao sr. Pinto. — Lembra-se de quando o filtro de água da Sangeeta causou um vazamento na cozinha do Ajwani, e de lá foi para a do Abichandani? Lembra-se de como os dois pararam de falar com ela, até ela pagar os consertos? Ela jamais concordou em pagar. Passadas duas semanas, voltaram a falar com ela.

Uma hora depois, Masterji desceu a escada, chutou o cão vadio para o lado e foi se sentar na cadeira "de honra" em frente à janela da sra. Saldanha. A pequena televisão estava ligada na cozinha, um quadrilátero fantasmagórico atrás da cortina verde; uma fatia do rosto do apresentador do noticiário aparecia pelo rasgão em forma de amêndoa, como um núcleo de verdade. Enquanto Masterji assistia ao programa, a sra. Saldanha foi até a janela e fechou a veneziana de madeira.

O velho professor inspecionou o terreno cercado do condomínio como se nada houvesse acontecido.

A caminho da escada, viu o cão doente novamente deitado no patamar. Pelo menos ele o olhou do mesmo jeito que antes. Masterji o deixou por lá.

Olhava com tanta atenção para o cachorro, que quase deixou escapar o cartaz manuscrito que fora preso à parede acima dele com fita adesiva:

Alguns fatos sobre "uma certa pessoa" que
recebeu nosso respeito durante trinta anos.
Mas por quê?
Agora descobrimos a verdade.

---

1. Como ele era professor aposentado, tinha o respeito de todos nós. Oferecia-se para ajudar as crianças nas provas, é verdade. Mas que tipo de ajuda? Falava das partes do Sol, como a coroa e o núcleo denso de hidrogênio e hélio, e assim por diante, muito além dos requisitos estritos do currículo, o que significava que, quando vinham as provas, as crianças não encontravam nada de útil nas aulas dele. Portanto, procurá-lo para receber instruções ou ter aulas particulares era o "beijo da morte".

2. No DIVALI, no NATAL ou no EID, ele nunca deu uma rupia de *baksheesh* ao Ram Khare. Vive dizendo que não tem dinheiro, que é aposentado, mas será que é verdade? Não temos uma informação diferente?

3. Embora gostasse de se gabar em voz alta de que "não tinha televisão", toda noite ele se sentava em frente à cozinha da sra. Saldanha, bloqueando a visão de todos para que ele pudesse assistir à televisão.

4. NUNCA DÁ GORJETAS à *khachada-wali* pela grande quantidade de lixo deixada à porta.

então, por que o respeitávamos cegamente?

Masterji leu o texto duas vezes até entender. Pensou em rasgá-lo, mas tirou a mão. Um homem não é o que os vizinhos dizem que é. Resolveu rir e deixar para lá.

Minutos depois de se debruçar sobre a pia para lavar o rosto, a água queimou-lhe os olhos e o nariz.

Mas o homem *é* o que seus vizinhos dizem que é.

Nos prédios antigos, a verdade é uma coisa comunitária, um consenso de opinião. A sociedade Vishram, ao longo de 48 anos, tinha guardado recordações de todos os que ali moraram; cada morador havia deixado um registro físico de si mesmo, como a marca da mão deixada por Rajeev Ajwani na parede da fachada, no dia de sua grande vitória no *tae kwon do*. Se você soubesse ler as paredes da Vishram, descobriria que estavam cobertas de marcas de mãos. Eram impressões permanentes, mas podiam mudar; o registro da pessoa era alterável. Nesse momento, Masterji sentiu que a opinião gravada no prédio sobre ele — na tinta descascada e no reboco de 48 anos — estava mudando. À medida que ela se mexia, algo dentro do seu corpo também mexia.

Ele não sabia dizer, ao olhar para o rosto molhado e o bigode gotejante, quanto do que estava escrito naquele cartaz era mentira.

Desceu para lê-lo de novo. Não havia nada sobre os Pinto: os vizinhos esperavam criar uma rixa entre eles. Masterji rasgou o cartaz.

Nessa noite, porém, apareceu outro, colado na porta do elevador, diferente na letra, semelhante nas queixas ("nunca ensinou inglês aos alunos, apesar de conhecer Shakespeare e outros grandes autores que faziam parte das provas"), e depois houve um na guarita de Ram Khare ("Cole o seu próprio cartaz", disse o vigia, quando Masterji protestou). Apesar de rasgar todos, ele sabia que apareceriam outros: as marcas pretas das mãos estavam se multiplicando.

31 DE JULHO

Nos velhos tempos, havia a casta e a religião: elas ensinavam como comer, casar, viver e morrer. Mas, em Bombaim, a casta e a religião haviam desaparecido, e o que as substituíra, até onde ele sabia, tinha sido a ideia de ser respeitável e viver entre pessoas semelhantes. Durante toda a sua vida adulta, era o que Masterji tinha feito, mas agora, no espaço de apenas alguns dias, havia rompido a casca da vida respeitável e provado seu caroço amargo.

Eram quase oito da manhã. Ele ainda estava deitado, ouvindo os selvagens gritarem no andar de baixo.

No 2C, Rajeev e Raghav Ajwani praticavam *tae kwon do* sob a supervisão do pai.

Masterji imaginou poder ouvir ruídos parecidos vindo de todos os apartamentos de sua sociedade; todos desferiam murros e davam chutes para arrancá-lo da Vishram.

Nesse momento, ouviu os passos do secretário no andar de cima. Teve certeza de que eram mais altos do que tinham sido nos 25 anos anteriores.

Ele não queria se levantar; não queria descer a escada e ler os novos avisos afixados a seu respeito.

Se, nos primeiros dias do "boicote", houvera um sorriso escusatório nos lábios do secretário quando ele se esquivava das tentativas de conversa de Masterji, agora não havia sorrisos nem desculpas.

Eles me tratam como tratariam um intocável nos velhos tempos, pensou. Até mesmo à ideia de que sua sombra pudesse cobri-los, os vizinhos se encolhiam e se afastavam.

Pouco a pouco, foram-lhe virando a cara, até que, ao passar pelo parlamento, ele enfrentava uma fileira de pessoas dando-lhe as costas.

Quando, num desafio, sentava-se entre eles, os vizinhos se levantavam e saíam. No momento em que subia a escada, tornavam a se reunir. Depois começaram as tiradas sarcásticas. Sempre dirigidas a ele, nunca aos Pinto:

— ...se a Purnima fosse viva, não sentiria vergonha dele?

— ...o próprio filho. Um homem que não se importa com o próprio filho, o que se...

Então, era isso que queriam dizer com a palavra *boicote*. Até na cama o professor sentia o desprezo deles, como o calor que irradia de uma parede de tijolos numa noite de verão.

Desceu até a base da escada. Pelas estrelas octogonais da grade, viu Ajwani andando de um lado para outro no terreno do condomínio, falando ao telefone celular — com um cliente, sem dúvida.

Eu nunca poderia fazer isso, pensou Masterji: *negociar. Usar o "toque pessoal"*. Não tinha nenhum dos componentes sutis de personalidade que outros homens possuíam; não era bom para seduzir nem para fingir sorrisos, nunca trocava nem comercializava nada da maneira humana normal. Era por isso que só tinha dois amigos verdadeiros. E, por esses dois amigos, vinha rejeitando a sorte grande. Não fazia muito tempo, fora chamado de "um verdadeiro lorde" por fazer isso. Por essas mesmas pessoas.

Bateu na grade com o punho.

Era dia de "reforço" dos estudos; ele olhou para as manchas redondas de infiltração no teto da sala e viu asteroides e anãs brancas. No bolor cursivo, leu $E = mc^2$.

Endireitou os livros nas prateleiras do armário (por onde andavam todos os de Agatha Christie?), tirou o pó da mesa de teca, tentou restringir o uso do cubo mágico, escondendo-o numa prateleira do armário da mulher, fechou as persianas e se deitou na cama.

Fechou os olhos.

Só a viu quando era tarde demais. A velha vendedora de peixe tinha o rosto curtido, velhaco e cheio de rugas, e andava com um cesto na cabeça. Foi chegando cada vez mais perto, sempre sorrindo e, no instante em que passou por ele, Masterji viu que uma grande cauda molhada se projetava do cesto.

Acordou sentindo cheiro de peixe no rosto e nos braços. Jogou os travesseiros para fora da cama e se levantou.

Dormi de dia, pensou. A sua volta, a sala tremia, como uma gaiola de onde a luz tivesse acabado de fugir. Eram 16h35.

Para expungir o pecado da indolência vespertina, seu primeiro descuido desde a infância, lavou o rosto três vezes na água fria, deu tapas nas bochechas e resolveu andar até a estação de trem e voltar.

Tinku Kothari, o filho do secretário, usando um uniforme escolar amarrotado, estava parado a sua porta. Masterji fez uma pausa, com a chave na mão.

— Estão chamando o senhor.

— Quem?

O garoto gordo desceu a escada. Ainda com a chave na palma da mão, Masterji o seguiu pelos portões da Vishram; volta e meia Tinku virava para trás, como um dedo escuro que o chamasse. Masterji julgou estar com um cheiro cada vez mais forte de rabo de peixe. Acompanhou o menino até o cibercafé de Ibrahim Kudwa.

Tinku entrou correndo e gritou:

— Tio, ele chegou!

Arjun, o ajudante cristianizado, havia subido até a luneta de vidro acima da porta do café para fixar um rebite frouxo com uma chave de fenda. Lá do alto, olhou para baixo, feito um macaco, para o menino que entrou correndo no café. *Incrível como todas as criaturas têm seu nicho neste mundo*, pensou Masterji. *Há apenas duas semanas eu era como ele. Tinha um lugar em que me empoleirar entre as janelas e grades da Vishram.*

Havia um Mercedes estacionado não muito longe da entrada do cibercafé.

Kudwa foi até a porta. Ajwani se postou a seu lado; Masterji sabia que os dois estavam falando dele naquele momento. E ali, nesse mesmo momento, como ambos pareciam dizer com os olhos, eles poderiam — se o professor entrasse no café, se aceitasse a lógica do boicote — devolver-lhe seu lugar na hierarquia da sociedade Vishram. Ajwani, um intermediário nato, poderia negociar o trato: por um tanto de fúria abandonada, de orgulho engolido, Masterji seria readmitido na vida comum de sua sociedade.

— O sr. Shah mandou um carro para buscá-lo; está a sua espera na casa dele, em Malabar Hill. O senhor não tem *nada* a temer. Ele admira os professores.

Masterji mal conseguiu perguntar:

— O que vem a ser tudo isso?

— Pediram-me para levá-lo à casa do sr. Shah. Nós o deixaremos na Vishram na volta, Masterji. O motorista está logo ali.

Tinku Kothari, parado na soleira do café, observou o velho mestre.

— Há um banheiro aqui? — perguntou ele, ainda sentindo no bigode e nas pontas dos dedos o cheiro do peixe do sonho.

— Arjun tem um banheiro nos fundos — respondeu Kudwa. — Não é muito limpo, mas...

Da luneta, feito um macaco, Arjun indicou o caminho com a chave de fenda.

Masterji estava parado diante do vaso sanitário quando o motor do Mercedes ganhou vida e, uma vez iniciado esse barulho, simplesmente não conseguiu urinar.

Tudo no carro em movimento era suntuoso — o ar-refrigerado, o estofamento macio, a fragrância floral — e tudo se somava ao desconforto de Masterji.

Ele estava sentado no banco traseiro, com os braços entre os joelhos.

Ajwani, ao lado do motorista, virava para trás a intervalos de poucos minutos e indagava, sorrindo:

— Tudo bem aí?

— Por que não estaria?

O professor tinha certeza de estar fedendo a peixe, desde as pontas do bigode até as dos dedos, e isso o envergonhava e enfraquecia. Fechou os olhos e se acomodou para o longo trajeto até o centro da cidade.

— Por que não há trânsito hoje? — ouviu Ajwani perguntar. — É feriado?

— Não, senhor. Estamos quase sozinhos nas ruas.

— Disso eu sei, mas por quê?

Passou-se algum tempo, e então ouviu Ajwani comentar:

— Não há *mesmo* trânsito nenhum. Não entendo.

Masterji abriu os olhos: como que por mágica, já estavam na subida de Malabar Hill.

Resplandecente em seu círculo de fogo, com o pé comprimindo o demônio da ignorância, o Nataraja de bronze se erguia sobre a mesa da sala de estar. A maquete de gesso do Xangai se encontrava aos pés do deus, numa relação ambígua de deferência ou desafio ao poder dele.

Num canto da sala, longe do olhar da estátua de bronze de Nataraja, Shanmugham abriu os painéis de vidro do armário de bebidas do patrão. Três fileiras de copos limpos de cristal enchiam as prateleiras de madeira acima do armário.

Todas as panelas e frigideiras da cozinha sacudiram, num acesso de nervosismo metálico: Giri estava cortando alguma coisa com um cutelo.

Shanmugham fechou a porta do armário.

Seu telefone tocou. Era Ajwani: eles haviam chegado ao edifício.

— Mas o sr. Shah acabou de sair — disse Shanmugham. — Foi ao colégio do filho para uma reunião. Só era para vocês chegarem daqui a uma hora.

— Não havia trânsito. Nunca vi uma coisa dessas. Devemos ficar subindo e descendo Malabar Hill? Parar nos Jardins Suspensos?

— Não. Entrem e esperem aqui pelo sr. Shah. Vou passar uma mensagem para dizer que vocês chegaram cedo.

Esperou-os à porta de entrada, sob o medalhão dourado de Ganesha. Quando o velho mestre saiu do elevador, Shanmugham notou que ele mancava um pouco. Artrite numa das pernas. Um ponto fraco. Saudou o velho com um namastê extremamente caloroso e o levou à sala.

— Posso oferecer-lhe alguma coisa para beber, Masterji? Temos Coca-Cola, Pepsi-Cola...

Ajwani entrou atrás deles.

— Um Black Label para mim — disse.

— Só o sr. Shah pode abrir o armário de bebidas. Você terá de esperar. — Virou-se para o outro convidado: — Tem certeza, nada para o senhor? Nem uma Pepsi?

Masterji se sentou recurvado no sofá bege, olhando para o chão.

— Tenho de ir ao toalete — disse, levantando-se.

— O toalete do quarto de hóspedes está com problema, mas, se o senhor não fizer objeção — Shanmugham fez uma pausa e acrescentou, com um sorriso significativo —, pode usar o do sr. Shah. O quarto dele é ali.

Entrando num quarto às escuras, com uma cama de casal, Masterji localizou o toalete, entrou e fechou a porta atrás de si.

Ali, finalmente, poderia urinar.

Se alguém pudesse me ver agora, pensou, *será que não diria: foi exatamente isso que o Masterji planejou desde o começo? Montar um espetáculo tão convincente que até seu filho e seus vizinhos fossem enganados, depois se deixar levar até ali, num carro com chofer, à casa do construtor, beber a água dele, fazer xixi em seu vaso sanitário e ser "convencido" por alguns* lakhs *extras?*

Jogou água no rosto. Ficou com as sobrancelhas úmidas e emaranhadas. Mudou de pose para ver seu rosto por outro ângulo.

Fechando a porta do toalete ao sair, foi andando na ponta dos pés. Os dois homens cochichavam no sofá como velhos amigos:

— ...estou lhe dizendo, nenhum trânsito, de nenhum tipo. O que eu posso...?

— E você *tinha* de falar em bebidas na presença do velho?

— Ele bebe. É muito moderno. Eu o conheço, é meu vizinho.

— Por que ele está demorando tanto, aliás?

— Ele fez xixi pouco antes de sairmos. Tem aquela doença que começa com D. Ela enfraquece os órgãos inferiores.

— Diarreia?

— Não, senhor. Outra palavra com D.

— Demência?

— Não é isso. — Ajwani deu um tapinha na testa. — Escute, sirva-me alguma coisa, sim? Sou eu quem está fazendo todo o trabalho aqui, lembre-se disso. E diga ao seu patrão — baixou a voz — que um *lakh* não basta para adoçar as coisas. Quero *dois*. Em dinheiro.

Os dois pararam de falar. Numa mesa num canto da sala, Masterji viu um maço de papéis embaixo de uma espátula dourada. Como era mesmo a história do tio da sra. Rego, o tio Coelho, e do construtor que roubara sua propriedade?... ele não tinha uma faca?

— Posso lhe mostrar a vista da varanda, Masterji? É a melhor que o senhor terá da cidade, eu garanto.

— É claro que Masterji vai apreciar a vista — disse Ajwani, com um risinho. — É uma paisagem muito *doce* de Bombaim.

Masterji seguiu os homens pelas portas de vidro que davam para uma varanda retangular com uma balaustrada, onde a brisa soprou seu cabelo. Uma aglomeração de arranha-céus, cartazes e quarteirões reluzentes se espalhou ante os olhos assombrados do velho professor. Ele nunca vira Bombaim dessa maneira.

Uma nuvem de luz elétrica envolvia os edifícios como incenso. Ruído — um som agudo, penetrante, que não era do trânsito nem de gente falando, mas outra coisa, algo que Masterji não soube identificar. Um imenso letreiro — "LG" — erguia-se atrás da massa principal de prédios; mais adiante, ele reconheceu o fulgor branco do santuário de Haji Ali. À esquerda ficava o escuro oceano.

— Breach Candy — disse Masterji, estendendo o dedo para tocá-la. — Essa era a linha divisória entre Malabar Hill e a ilha de Worli. Na maré alta, era por ali que a água entrava. Os ingleses a chamavam de "Grande Fenda de Bombaim". Já vi em mapas antigos.

— O Masterji sabe tudo. Sobre o Sol e a Lua, a história de Bombaim, uma porção de informações úteis.

Ajwani se virou e cochichou algo para Shanmugham, que se inclinou para o corretor baixote e ouviu.

Com as mãos na balaustrada, Masterji olhou para os prédios em construção no escuro. Pensou na espátula brilhante sobre a mesa. Cada edifício parecia iluminado por seu preço em rupias por metro quadrado, reluzindo como uma auréola à sua volta. Pelo brilho, ele localizou o prédio mais rico da paisagem.

"Por que você se colocou diante de nós?", perguntaram as torres. Cada coisa luzidia na paisagem à frente parecia ser o segredo do coração de alguém — uma delas, lá fora, representava o dele. Um homem honesto? Ele havia enganado sua sociedade, os Pinto, até a si mesmo, mas ali, na varanda aberta, despiu-se de todas as suas mentiras. Ele fora até ali amedrontado pelo boicote, não alheio às possibilidades de dinheiro, pronto para trair os Pinto. Pronto para trair as lembranças que havia de sua esposa morta e de sua filha morta nas paredes, na tinta e nos pregos da sociedade Vishram.

— Construção — disse Shanmugam, aproximando-se de Masterji. — Sabe quantos guindastes há lá embaixo, neste momento? O trabalho continua durante a noite inteira. Há dezenas de edifícios subindo a nossa volta. E quando todo o trabalho estiver terminado... meu Deus! Esta parte da cidade será como Nova York. O senhor já deve ter ido a Nova York, não?

Masterji abanou a cabeça.

— Agora poderá ir. — Ajwani sorriu. — De férias.

— Não — respondeu Masterji, inclinando-se para a frente. — Ah, não, eu não irei. Não irei a lugar nenhum. Nunca mais vou sair da sociedade Vishram.

Viu Shanmugam se voltar para Ajwani, que revirou os olhos.

— Masterji... — O assistente do construtor se aproximou. — Masterji. Posso falar com o senhor, de homem para homem?

Masterji sentiu cheiro de alguma coisa estragada na boca do homem e pensou na jaula coberta de verde no zoológico.

— Há um termo que usamos neste ramo. Adoçante. Mais mil rupias por metro quadrado? Não remuneramos bem os nossos professores neste país.

Nesse instante Masterji entendeu. Era o cheiro de sua própria covardia, soprado de volta pela boca dessa criatura.

— E qual foi aquele projeto de reurbanização de que você estava me falando, Ajwani... aquele em que o casal idoso se recusou a aceitar a oferta, e então, um dia... os dois caíram da escada? Ou será que foram empurrados, ou...? As pessoas idosas precisam tomar cuidado. Este é um mundo perigoso. Terrorismo. Máfia. Criminosos no poder.

— Ah, sim. Aquele casal de idosos que você se referia, de Sião, eles foram empurrados, com certeza.

À luz dos edifícios, as ideias de Shanmugham pareceram se cristalizar em letras gigantescas diante de Masterji: "É assim que vou bajular o velho e, com muita sutileza, intimidá-lo. Mostrarei a ele os reinos da terra e lhe darei um indício dos instrumentos de tortura." Portanto, eles lhe haviam mostrado todos os reinos de Bombaim e dito: "Faça sua escolha." E então ele sabia o que queria.

Nada.

Viu a água negra estourando no quebra-mar que pretendia mantê-la afastada, rolando num recuo e estourando de novo.

Uma vez, quando Purnima fora ameaçada por seus irmãos, ele tinha sido fraco. Não querendo criar problemas em sua sociedade, tornara a ser fraco.

— E, Masterji, os Pinto querem que o senhor concorde. Pelo bem deles, o senhor deve dizer sim.

— Não me venha *o senhor* falar dos Pinto.

— O seu amigo, o sr. Pinto, não é o homem que o senhor pensa que é, Masterji. Até duas semanas atrás, ele bebia uísque Royal Stag. Uma manhã dessas, apareceu no lixo dele uma caixa vazia de uma garrafa de um quarto de litro de Blenders Pride. Ele começou a pagar 15 rupias a mais pela garrafa de uísque. Por quê? Porque gosta mais de dinheiro que da cegueira da mulher.

Quer dizer que ele anda examinando o nosso lixo, pensou Masterji. *Mas o lixo de um homem não é a verdade sobre ele, é?*

— O senhor não sabe nada sobre o sr. Pin... o sr. Pin... sr. Pin...

Sentiu o chão deslizar sob os pés. *Está recomeçando.* Ouviu o açúcar no sangue dar uma risadinha. O joelho esquerdo se inchou de dor, a visão ficou turva.

— Masterji. — Ajwani estendeu a mão para segurá-lo. — O que foi, Masterji?

— Nada — respondeu ele, repelindo a mão do outro. — Nada.

— Fique calmo, Masterji. E respire fundo. Vai...

Olhe para baixo, disse uma voz. *Olhe para mim.* Masterji se virou para a esquerda e viu os remoinhos no mar, a espuma que batia no quebra-mar ao longo da costa de Bombaim. A espuma se adensou. O mar atacou o muro de Breach Candy como um touro. *Olhe para mim, Masterji.* O touro se aproximou de novo e chifrou a muralha da cidade e recuou outra vez para reunir forças. *Olhe para mim.*

Os oceanos estavam cheios de glicose.

— O que está dizendo, Masterji? — perguntou Ajwani. Olhou para Shanmugham com um sorriso.

Shanmugham se lembrou da placa que via na mansão todas as manhãs a caminho de Malabar Hill. "Esta construção é perigosa, dilapidada e imprópria para ser frequentada por seres humanos. Ninguém deve entrar." A prefeitura devia pendurar uma placa dessas em velhos como esse. Ele tentou tocar em Masterji, que deu um passo atrás e o fuzilou com os olhos.

— Vocês me trouxeram aqui para me *coagir*?

Dita em inglês, a força dessa palavra, *coagir*, enfraqueceu Ajwani e Shanmugham.

Um aroma de empanados soprou na varanda. Giri vinha caminhando em direção aos homens com uma bandeja de prata cheia de *pakoras* recém-saídas da frigideira, que descansavam sobre um papel manchado de gordura fresca.

— Quente, quente, quente, quente.

— Por favor, ofereça as *pakoras* ao sr. Murthy, da sociedade Vishram — disse Shanmugham. — Ele é professor.

— Quente, quente, quente, quente... — repetiu Giri, levando a bandeja até o ilustre visitante.

A mão esquerda do velho deu um tapa na bandeja, que escorregou e se soltou das mãos de Giri, estatelando-se no chão. Shanmugham e Ajwani se afastaram das *pakoras* que rolavam. Giri as fitou, boquiaberto. Quando os três levantaram os olhos, perceberam que estavam sozinhos na varanda.

1º DE AGOSTO

De manhã, à mesa de jantar de toalha vermelha e branca, os Pinto souberam o que tinha acontecido em Malabar Hill, enquanto, na cozinha, Nina, a empregada, obscurecida pelo vapor, tirava *idlis* da panela de pressão.

— E o senhor simplesmente foi embora?

— Eles estavam me ameaçando — respondeu Masterji. — É claro que fui embora.

— Dez mil compromissos são perdidos por dia nesta cidade por causa do excesso de trânsito, e o senhor não se encontrou com o sr. Shah por causa da falta de trânsito. É o destino, Masterji — disse o sr. Pinto, enquanto a empregada punha três *idlis* em seu prato. — A própria definição dele.

— O senhor me parece ressentido, sr. Pinto. — Masterji se inclinou para trás e aguardou seus *idlis*. Três para ele também.

— E o que fazemos agora? — perguntou Shelley. Como de praxe, recebeu apenas dois *idlis*.

— Esperaremos até 3 de outubro. O prazo vai expirar, e esse tal de Shah irá embora. Foi o que ele disse, não se lembram?

— E, até lá, o boicote vai piorar.

— Há alguma coisa maior envolvida nisso, sr. Pinto. Ontem, quando eu estava na varanda do construtor, vi uma coisa no mar. As coisas estão mudando depressa demais nessa cidade. Todos sabem disso, mas ninguém quer assumir a responsabilidade e dizer: "Mais devagar. Parem. Vamos pensar no que está acontecendo." Está me entendendo?

Mas também não era isso. Havia algo mais nas águas brancas e espumantes: uma sensação de força. Violando uma regra tácita — jamais tocar o corpo de outro homem enquanto ele come —, Masterji pôs a mão no ombro do amigo. O sr. Pinto quase cuspiu seu *idli*.

Depois da refeição, a empregada serviu chá em xicrinhas de porcelana.

— Esse boicote — disse o sr. Pinto — já está muito difícil de suportar. A Shelley chora toda noite na cama. Como podem fazer isso conosco depois de todos esses anos de convívio?

— Não devemos fazer mau juízo de nossos vizinhos — disse Masterji, bebericando o chá. — A Purnima não gostaria disso. Lembra-se do que ela costumava nos dizer sobre o homem ser como uma cabra amarrada a um poste? Existe um raio de liberdade, mas a circunferência dos nossos atos está dada. As pessoas devem ser julgadas com brandura.

O sr. Pinto, que nunca tivera muita certeza de como a imagem de Purnima combinava com os ensinamentos católicos, soltou um grunhido.

Masterji estava animado. Violando a regra de não abusar da generosidade dos Pinto, pediu a Nina uma segunda xícara de chá.

Os defecadores tinham saído da beira d'água na ponta favelizada da praia de Versova, enquanto, numa troca equiparável, a extremidade chique da praia tinha se livrado dos praticantes de *jogging*, dos alongamentos e de *tai chi*. Eram 10h15. Por uma trilha de concreto vinha um cavalo branco selado. A trilha passava por entre as pedras que levavam à praia; puxando o cavalo pelo estribo, um menino parou para cochichar em seu ouvido. *Ninguém aqui, Raja. Elas virão de tarde, crianças para levarmos para passear na areia. Por enquanto, estamos sozinhos, Raja.*

O murmúrio ambiente das ondas tornava sua privacidade mais exclusiva; numa pedra alta, o garoto se sentou para ficar com a boca na altura do orelhão de Raja.

O menino parou de falar. Havia mais alguém na praia. Um homem gordo, parado à beira d'água, olhando para a confusão azul-acinzentada de edifícios na distante linha costeira de Bandra. O garoto afagou a orelha do cavalo e observou o gordo.

Shah estivera olhando fixo para as torretas do hotel Land's End, em Bandra. Em algum ponto além dele, onde os aviões pousavam, ficava Santa Cruz. Em algum ponto de lá ficava a Torre A da sociedade Vishram. Ele visualizou o prédio à sua frente, sujo, cor-de-rosa, manchado pela chuva. Seis andares. Estendeu a palma da mão e fechou os dedos.

Passos às suas costas. Shah se virou.

Descendo das pedras atrás dele, a figura alta e submissa de Shanmugham andou até a praia, com uma caixinha azul nas mãos.

— Isto é para o senhor — disse, entregando-a a Shah.

Rosie, que tinha visto o tio sozinho na praia, havia chamado Shanmugham e lhe entregara a caixa azul de *gutka*.

Shah pegou um punhado e começou a mastigar.

Shanmugham viu a parte pensante do patrão, o queixo, lutando para compreender as coisas.

— Ainda não entendi. Você e aquele corretor, tudo o que tinham de fazer era reter aquele professor até eu voltar.

— Ele ficou violento, senhor. Pergunte ao Giri. Derrubou a bandeja e saiu correndo.

— Não gosto de culpar outro homem quando a culpa é minha — disse Shah, mastigando depressa. — Ir ver aquele tal diretor da escola, uma completa perda de tempo. O que o sujeito fez? Saudou com um namastê, disse "é uma grande honra conhecê-lo, senhor construtor" e aí me pediu orientação sobre um apartamento de um quarto que está comprando em Sete Bangalôs. Será que a área dos Quatro Bangalôs seria um investimento melhor? Será que Andheri Leste ficará mais valorizada quando o metrô chegar? Eu devia ter ficado em casa e acabado com esse professor da sociedade Vishram. Minha culpa. *Minha* culpa. — Mordeu o lábio inferior.

— Lamento, senhor.

— Não diga que lamenta, Shanmugham. É uma palavra inútil. Escute o que estou dizendo: qualquer nanico em Mumbai com um telefone celular e uma motoneta imagina que é construtor. Mas nem um em cem consegue chegar lá, porque existe uma linha nesse mundo: de um lado ficam os homens que não conseguem fazer as coisas do outro, os que conseguem. E nem um em cem chega a cruzar essa linha. Você vai cruzá-la?

— Sim, senhor.

Shah cuspiu na praia.

— Temos sido razoáveis em todos os sentidos com esse velho professor. Perguntamos o que queria de nós e prometemos dar-lhe o que queria.

— Sim, senhor.

— Agora, ele que descubra o que significa não querer nada em Mumbai.

Shanmugham estendeu o punho para o patrão e abriu a mão.

— Sim, senhor.

No caminho da volta, o construtor parou para afagar o cavalo. Ignorando-o, o menino cochichou na grande orelha rosada.

— Tome isto, guri — disse Shah.

— Para que é isso? — O garoto não tocou na nota que o estranho lhe oferecia.

— Porque estou com vontade.

O menino sacudiu a cabeça.

— Então, aceite para manter seu cavalo em boa forma. Gosto de olhar para coisas bonitas.

Nessa hora o menino aceitou a nota de cem rupias.

— De onde você é, filho?
— Madhya Pradesh.
— Há quanto tempo está em Mumbai?
— Dois meses. Três meses.
— Você não deve passar o tempo todo falando com o cavalo. Deve olhar em volta, para as pessoas. Pessoas ricas. Bem-sucedidas. Deve sempre pensar: o que ele tem que eu não tenho? É assim que se sobe na vida. Entendeu?

Com um afago no flanco do cavalo, Shah foi embora.

O cuidador do cavalo ainda estava examinando sua sorte grande quando Shanmugham partiu para cima dele.

— Passe isso para cá — disse.

O garoto abanou a cabeça e encostou o rosto no pescoço de seu cavalo.

— O *Sahib* pretendia lhe dar uma nota de dez rupias. Ele dá dinheiro e depois muda de ideia; vai mandar alguém levar você para a polícia.

O garoto pensou nisso, achou que era uma afirmação digna de crédito e entregou o presente. Shanmugham o trocou por uma nota de dez rupias; depois, saiu pulando pelas pedras, com o passo leve do homem que acabou de ficar noventa rupias mais rico.

O que você quer?

No mercado permanente que atravessa toda a área sul de Mumbai, sob as figueiras-de-bengala, nas calçadas, nas galerias de prédios góticos, onde se vendem alimentos, livros pirateados, perfumes, relógios de pulso, contas para meditação e programas de computador, há uma pergunta que se repete para turistas e moradores locais, em híndi ou em inglês: *O que você quer?* Ao se caminhar pelo mercado da passagem Colaba, coberto de lona encerada azul, passando pelos vendedores de produtos pirateados, aos pés das feras mágicas que formam as pilastras do templo zoroastrista do Forte, alguém pergunta a cada momento: *O que você quer?* Pode-se obter qualquer coisa, seja indiana ou estrangeira, objeto ou humano; se você não tiver dinheiro, talvez possua outra coisa para negociar.

Só que o homem precisa desejar *alguma coisa*, pois qualquer um que viva aqui sabe que as ilhas sacudirão, a argamassa da cidade se dissolverá e Bombaim se retransformará em sete pequenas pedras brilhando no mar da Arábia, se algum dia se esquecer de fazer esta pergunta: *O que você quer?*

O almoço na casa dos Pinto foi servido, como de praxe, à 13h15. Nina contornou a mesa, servindo conchas fumegantes de curry de camarão sobre pratos de arroz branco. Quando Masterji se instalou em sua cadeira, o sr. Pinto perguntou:

— Há algum problema com o seu telefone?

Masterji, prestes a espetar um camarão com o garfo, levantou os olhos.

— Por que está perguntando?

— Nenhuma razão — disse o sr. Pinto, misturando o curry a seu arroz.

Em algum momento antes das duas horas, Masterji se despediu dos Pinto. No instante em que abriu a porta de seu apartamento, o telefone tocou.

— Alô?

Minutos depois, tocou de novo.

— Quem é?

Mal ele baixava o fone, ouvia o telefone tocar na sala dos Pinto. Em seguida, o seu tocava outra vez e, no momento em que ele atendia, ficava mudo, e o dos Pinto voltava a tocar.

A porta do apartamento dos Pinto estava aberta. Os dois se sentavam lado a lado no sofá, e Nina, a empregada, postava-se junto deles, com ar protetor.

— São só as crianças — disse Masterji, parado à porta, de braços cruzados. — Deve ser o Tinku, ou o Mohammad. Na escola, havia um garoto que grudava bilhetes nas costas dos professores. Um menino alto. Rashid. *Chute-me. Adoro garotas.* Eu o apanhei, e ele foi suspenso por duas semanas. A pena máxima, abaixo da expulsão.

— Fico pensando em por que Deus fez a velhice — disse a sra. Pinto. — A visão se turva, o corpo fica fraco. O mundo se torna uma bola de medo.

— Somos o triunvirato de Vakola, sra. Pinto. César, Pompeu e Crasso. Ninguém pode nos fazer arredar pé. — Masterji recusou o copo de água gelada que Nina ofereceu. — Vou lá embaixo falar com o Kothari.

— Alguém anda telefonando e desligando o telefone — explicou Masterji ao secretário, que estava sentado em seu escritório, lendo os classificados do *Times of India*. — Acho que é uma pessoa do prédio.

O secretário virou a página.

— Por quê?

— Porque, no instante em que entro no meu apartamento, começam a ligar. E, quando saio, param de ligar. Portanto, sabem onde estou.

O secretário dobrou o jornal. Ajeitou a mecha que cobria a careca e se reclinou na cadeira, exalando um hálito de batatas e cebolas ao curry.

— Masterji — arrotou —, sabe que outra pessoa morreu no desabamento de um prédio na terça-feira?

Kothari sorriu; os bigodes de lince se espalharam em torno de seus olhos semicerrados.

— Esqueci o nome do lugar. Foi alguém daquela favela perto do mar... aquele muro perto da favela desabou quando as chuvas... saiu nos jornais...

— É *você* que está dando os telefonemas, Kothari? — perguntou Masterji. — É você que está nos ameaçando?

— Viram? — disse Kothari, gesticulando com ar desamparado para uma plateia fantasma em seu escritório. — Viram? Faz dois mil anos que jogamos este jogo, esse homem e eu, e agora ele pergunta se isso é uma ameaça. E, depois, ouve telefonemas. E logo estará vendo homens com facas e tacos de hóquei correndo atrás dele.

De novo no apartamento dos Pinto, os três discutiram o assunto.

— Talvez esteja só na nossa cabeça — disse o sr. Pinto. — Pode ser que o Kothari tenha razão.

— Quando estiver com dúvida, faça uma experiência — disse Masterji. — Vamos colocar o fone de volta no gancho.

Já que ninguém ligou durante uma hora, Masterji subiu para seu apartamento. Quando girava a chave na fechadura, o telefone tocou. No instante em que o atendeu, a ligação caiu.

À meia-noite, desceu a escada e bateu na porta dos Pinto. O sr. Pinto abriu, foi até o sofá e segurou as mãos da mulher.

— Eu ouvi — disse Masterji.

Às vezes, os filhos dos Pinto, nos Estados Unidos, calculavam mal a diferença de fuso horário e ligavam tarde da noite; mas o telefone havia tocado quatro vezes, sem ser atendido. Nesse momento, começou a tocar de novo.

— Não atenda — advertiu o sr. Pinto. — Agora estão falando conosco.

Masterji levantou o fone.

— É você, velhote? — disse uma voz aguda, zombeteira.

— Quem está falando?

— Tenho uma lição para você, velho: se você não sair do apartamento, vai ter problemas.

— Quem é? Quem o mandou telefonar? Você é o empregado do sr. Shah?

— Vai ter problemas para você e seus amigos. Portanto, vá embora. Pegue o dinheiro e assine o papel.

— Não vou embora. Portanto, não telefone.

— Se você não for embora... vamos brincar com a sua mulher.

— O quê?

— Vamos levá-la para o mato atrás do prédio e brincar com ela.

Masterji deu uma gargalhada.

— Você vai brincar com um punhado de cinzas?

Silêncio.

— É o *outro* que tem... — disse uma voz ao fundo.

A ligação caiu. Um minuto depois, voltou a tocar.

— Não atenda, por favor — pediu Shelley.

Ele atendeu.

— Velho, velho.

Dessa vez era outra voz: mais grave, mais ríspida. Masterji teve certeza de já tê-la escutado em algum lugar.

— Aja de acordo com a sua idade, velho. Cresça. Pegue o dinheiro e vá embora antes que alguma coisa ruim aconteça.

— Quem está falando? Conheço a sua voz. Vá dizer ao seu sr. Shah...

— Se alguma coisa ruim acontecer, você será o único responsável. O único.

Masterji bateu o telefone. Subiu a escada até a porta da sra. Puri e bateu; quando não houve resposta, socou. Ela veio abrir com os olhos embaçados, como se estivesse dormindo.

— O que vem a ser isso, Masterji?

— Os telefonemas. Acabaram de nos telefonar de novo. Agora, estão nos ameaçando.

A sra. Puri engoliu um bocejo.

— Masterji, o senhor tem falado sem parar nesses telefonemas, só que ninguém mais os ouve.

— Ou há alguém no prédio telefonando, ou alguém daqui está dando um sinal a quem liga. Sabem bem demais o momento certo de ligar. Tenho certeza de que reconheci uma das vozes.

Ela riu.

— A minha? É isso que o senhor está dizendo?

— Não... acho que não.

— Não estou dando esses telefonemas. Quer que eu pergunte ao Ramu se é ele quem liga?

Começou a fechar a porta, mas Masterji a empurrou de volta na direção da mulher.

— E o seu senso de vergonha, Sangeeta? Sou seu vizinho. Seu vizinho há trinta anos.

— O *nosso* senso de vergonha? O senhor disse *nosso*, Masterji?... Depois da maneira como se portou na casa do sr. Shah? Depois da maneira como mentiu para seu próprio filho sobre aceitar a oferta?

Quando a sra. Puri fechou-lhe a porta na cara, Masterji a golpeou com o punho.

— A senhora pediu dinheiro emprestado a minha mulher e nunca pagou. Pensa que eu não sei?

Desceu ao terreno do condomínio. No escuro, as distâncias se turvavam, as massas se dissolviam, uma janela iluminada chamava por outra; ele viu rimas na luz. Uma lâmpada se apagou num edifício próximo. Outra se acendeu na Torre B.

Seriam *eles* que telefonavam?

Um riquixá passou pelo portão em direção às favelas.

Ao ser acordado em seu quarto, nos fundos da sociedade, e saber da situação, Ram Khare fez um beiço.

— Fale com o secretário. Os telefones não são responsabilidade do guarda.

Acendeu o abajur da cabeceira. Sua camisa cáqui estava pendurada num prego na parede; velhas fotos em preto e branco mostrando um professor de ioga de torso nu nos quatro estágios do *Dhanush-asana* tinham sido coladas acima da cama.

— O que significa isso, Ram Khare? Estamos sendo ameaçados. É noite, você é o segurança.

Havia meia garrafa de rum Old Monk no único outro móvel do quarto, uma mesa de vime. Exalando um hálito de bebida, Ram Khare cruzou os braços e depois coçou as costas com as unhas compridas.

— Eu avisei o senhor. Eu avisei.

Virou-se na cama e, dando as costas ao visitante, encaroçadas por picadas de mosquito, voltou a dormir.

— Por que não liga para o Gaurav? — perguntou o sr. Pinto, quando Masterji voltou ao apartamento e depois de haverem trancado bem a porta.

— Peça-lhe para vir passar a noite conosco. De manhã iremos à polícia.

Masterji pensou um pouco e disse:

— Não precisamos da ajuda de ninguém. Somos o triunvirato.

Arrancou da parede o cabo do telefone dos Pinto e o jogou no chão.

— Hoje todos os três vamos dormir bem aqui. De manhã cedo iremos à polícia.

O sr. Pinto preparou uma cama no sofá para ele; Shelley veio do quarto com um travesseiro extra nos braços cegos.

Masterji subiu para a sua sala e voltou de lá com um sorriso e um grande livro azul.

— Para que isso? — perguntou o sr. Pinto.

— É minha *História ilustrada da ciência* — respondeu Masterji, fazendo o gesto de bater na cabeça de alguém com o livro. — Por via das dúvidas.

Agora as barracas de hortifrutigranjeiros estavam cobertas por sacos de aniagem, e os vendedores dormiam junto delas. Mani, o assistente, sentava-se do lado de fora da porta de vidro da agência imobiliária Renascença, bocejando.

O escritório estava às escuras, a escrivaninha de metal laminado do corretor, deserta. Mas Mani sabia que ainda havia negócios em andamento; o patrão podia precisar dele.

Todas as crianças da sociedade Vishram sabiam que, abaixo do relógio da pata Margarida, na parede do escritório imobiliário do tio Ajwani, ficava a porta que levava a um cômodo nos fundos. Nenhuma delas estivera lá dentro, e havia especulações variadas de que o corretor usava o tal cômodo para vender produtos farmacêuticos, revistas pornográficas ou segredos de Estado no mercado negro.

Shanmugham tinha acabado de ser conduzido pelo escritório apagado ao quarto dos fundos; o corretor fechou a porta depois de ele entrar.

O cômodo tinha um catre sem forro e dois cestos de vime, um cheio de cocos, o outro cheio de cascas de coco. Serragem, fita-crepe, pregos e um martelo se espalhavam pelo chão. Evitando os pregos, Shanmugham se sentou no catre sem forro.

— Você usa este quarto para quê?

Ajwani apontou para o tesouro acumulado no cesto de vime. Os cocos eram grandes e verdes; em cima deles se via um facão preto curvo.

— Eu os compro por atacado. Seis rupias cada um. Muito melhor que a sua Coca ou Pepsi. Frescos e saborosos.

— Um quarto só para cocos? — indagou Shanmugham, de cenho franzido.

O corretor deu um tapinha no catre.

— Só cocos, não. — Deu uma piscadela. — Aliás, quer um agora? É cheio de vitaminas. Não há nada melhor para a saúde.

— A notícia, Ajwani. Por que você me chamou aqui? Os velhos concordaram?

Ajwani remexeu os cocos com o pé.

— Não, as coisas pioraram. O Tinku Kothari, filho do secretário, aquele do olhar faminto, viu-os hoje na escola. Falou com o velho bibliotecário e obteve as informações. Eles estavam procurando os números dos ex--alunos do Masterji e ligando para eles do telefone da biblioteca.

— E isso é problema?

— Não. As pessoas respeitam um homem como o Masterji. Ninguém o ama. Ninguém vai ajudá-lo.

— Então, por que você me chamou aqui, Ajwani?

— Porque essa não foi a única coisa que o bibliotecário disse ao Tinku. Ele disse que eles vão consultar um advogado. Amanhã.

— Onde?

— Isso eu não sei. Talvez tragam alguma coisa com eles. Cartão de visitas, brochura. Vai acabar no lixo.

— Vamos ligar para eles agora mesmo. *Você* telefona. É muito bom nisso.

Ajwani deu um risinho. Pegou um fone imaginário e baixou a voz uma oitava:

— "Velho, assine o papel. Senão, vamos quebrar sua cabeça. Vamos brincar com a sua mulher." Eles ficaram mais assustados quando fui eu que falei. — Ajwani abriu um sorriso largo. — Admita.

Shanmugham pegou um coco e deu uma pancadinha nele com o dedo.

— Você é um talento nato para isso, Ajwani. Devia trabalhar para nós em horário integral. Você e sua mulher.

— Mulher? A única coisa que ela faz é faz me mandar mensagens de texto quando o Masterji entra ou sai do apartamento. Sou eu que faço as ligações. É bom vocês estarem me dando um agrado, mas eu faria isso de qualquer jeito. *Gosto* desse trabalho.

O rosto do corretor se iluminou de prazer. Embora estivessem sozinhos no quarto, ele chegou mais perto do tâmil e baixou a voz:
— Conte-me o que você fez. Umas coisas só.
Com os dedos pousados no coco, Shanmugham levantou os olhos.
— O que quer dizer com "feito"?
Ajwani deu uma piscadela.
— Você sabe. Para o sr. Shah. Coisas desse tipo. Telefonemas, ameaças, *ação*. Conte-me umas histórias.
— Não se faz esse tipo de coisa pessoalmente — disse Shanmugham. — Em geral, arranja-se outra pessoa. Algum favelado ansioso. Há sempre alguém.
— Conte-me. Eu não conto a ninguém. Prometo.
Um canto da boca de Shanmugham levantou e ele passou a língua pelo dente lascado.
— Agora somos parceiros. Por que não? — girou o coco nas mãos.
Fazia três anos. Um projeto difícil de reurbanização em Chembur. Um velho se recusara a vender seu apartamento. O sr. Shah tinha dito: "Tire-o de lá, Shanmugham." Ele havia contratado dois garotos para estraçalharem cadeiras em frente à janela do homem. Sem nenhuma ferramenta. O velho ficara olhando da janela, vendo-os quebrar a madeira com as mãos e os pés, o dia inteiro. Quando ele olhava para fora, os dois sorriam e lhe arreganhavam os dentes. Depois de uns dois dias, ele tinha vendido.
— Isso é esperto, muito esperto — disse Ajwani. — A polícia não pode fazer nada com você.
Shanmugham largou o coco na pilha, depois deu um chute no cesto.
— Use sempre a cabeça, diz o patrão.
Os cocos tremeram.
— Uma vez, houve um muçulmano de um cortiço, um tal de Khan. Esse sujeito se achava durão. O chefe fez uma oferta para ele sair. Uma oferta generosa. "Não tenho pena de homem ganancioso", o chefe disse. Paguei a um garoto para se sentar na escada de um prédio em frente e ficar vigiando o tal Khan. Só isso. Apenas vigiá-lo. Pois esse tal de Khan, que não sairia nem se fosse ameaçado por uma quadrilha de bandidos, assinou e deixou o prédio em menos de uma semana.
Ajwani esfregou as mãos.
— Você é um gênio nisso, sr. Shanmugham.

— Mas nem sempre dá para ser o cérebro. Às vezes, a gente simplesmente tem de...

Pegando o facão preto e curvo que estava em cima dos cocos, Shanmugham o cravou num fruto verde. Ajwani estremeceu.

— Conte-me. Por favor. O que você fez? Quebrou uma perna? — Baixou a voz. — *Matou* um homem?

Shanmugham olhou para o facão preto.

— Faz apenas um ano. Um projeto lá no bairro de Sião. Um velho ficou dizendo não, não. Continuávamos a oferecer dinheiro, e era sempre não, não. O chefe estava ficando irritado.

— E aí? — Ajwani chegou o mais perto que pôde.

Então, num acesso de fúria e calculismo, Shanmugham, com seu 1,88m de altura, subira correndo a escada do prédio, abrira uma porta com um pontapé, agarrara um treco que estava jogando gamão com o neto e pusera a cabeça dele para fora de uma janela, dizendo: *Assine, seu filho da puta.*

— Você fez mesmo isso? — perguntou Ajwani, olhando fixo para o facão preto.

Shanmugham confirmou com a cabeça. Tirou a faca do coco.

— O velho assinou na hora. Fiquei assustado, isso eu lhe digo. Achei que podia parar na cadeia. Mas... a verdade é que, mesmo quando eles dizem não, *no fundo*... — apontou a faca para Ajwani — eles querem dinheiro. Depois que você os faz assinar, eles ficam agradecidos. Nunca procuram a polícia. Logo, tudo que faço é levá-los a tomar conhecimento de suas intenções mais íntimas.

Tornou a jogar a faca na pilha de cocos.

Ajwani olhou com admiração para as mãos de Shanmugham.

— O que mais você fez para o sr. Shah?

— O que ele quiser. A ligação pode vir a qualquer hora, de dia ou de noite. O sujeito tem de estar pronto.

Contou a Ajwani sobre a ocasião em que um político famoso tinha telefonado para o escritório da Confiança e citado uma cifra, em dinheiro vivo, que teria de ser transportada naquela noite para a sede de seu comitê eleitoral. Shah e Shanmugham foram de carro até um armazém em Parel, onde as notas de quinhentas rupias tinham sido contadas por máquinas, amarradas em tijolos e carregadas na SUV; o dinheiro, que ocupava os bancos dianteiro e traseiro da caminhonete, ficara coberto por um lençol branco. Shanmugham, que não tinha mais que 175 rupias para comer e beber, havia dirigido a caminhonete, atravessado a fronteira estadual e chegado aos capangas do político. Tudo entregue em segurança. O político venceu a eleição.

— Eu poderia ter sido como você. Um homem *de ação* — disse Ajwani, puxando o lábio inferior e abanando a cabeça. — Se tivesse conhecido a tempo um homem como o sr. Shah. Em vez disso, estou... — interrompeu-se. — Mas me conte — pediu, dando um tapinha no braço do tâmil. — Deve haver garotas no seu ramo. Garotas bonitas. Dançarinas de bar?

— Sou um homem casado — disse Shanmugham. — Minha mulher cortaria a minha garganta.

O que fez os dois soltarem uma risada.

O corretor se levantou do catre.

— Vamos terminar agora essa história dos telefonemas.

— Não do seu telefone... — disse Shanmugham, pegando um pequeno celular vermelho. — Este aqui tem um cartão SIM que não pode ser rastreado.

Jogou-o para o corretor.

— Velho — disse Ajwani ao telefone. — Velho, você está aí? Atenda o telefone, velho...

Sacudiu a cabeça e devolveu o celular.

Shanmugham levantou-se do catre e sacudiu a poeira das calças.

— Chega de telefonemas.

— O que acontece agora? — perguntou o corretor, quando saíam do escritório por uma porta nos fundos. — Vai mandar garotos quebrarem madeira em frente à sociedade?

Shanmugham prendeu as alças do capacete.

— Há coisas que a gente não conta nem a um primo-irmão.

Ligando a Honda Hero com um quique no pedal, partiu noite adentro.

2 DE AGOSTO

O barulho de batidas na porta acordou Masterji. Pegando a *História ilustrada da ciência*, ele se levantou do sofá e verificou o trinco de segurança. Parou junto à porta e levantou o livro com as duas mãos.

Os Pinto esperaram na soleira do quarto apagado.

— Não é aqui — murmurou a sra. Pinto. — É em cima. Estão esmurrando a *sua* porta.

O sr. Pinto estendeu a mão para o interruptor.

— Espere — disse Masterji.

Nesse momento, ouviram passos descendo a escada.

— Vamos chamar a polícia. Por favor, alguém chame a...

— Sim — concordou Masterji, da porta. — Ligue para eles.

— Mas o Masterji arrancou o fio do telefone da parede. Você tem de colocá-lo de volta no lugar, sr. Pinto.

Os passos soaram mais alto. O sr. Pinto se ajoelhou e deu um tapa na parede.

— Não consigo achar o plugue...

— Depressa, sr. Pinto, depressa.

— Fique quieta, Shelley.

— Não briguem! — exclamou Masterji da porta. — E fiquem quietos, vocês dois.

As batidas começaram na porta dos Pinto.

— Pare já com isso, senão eu chamo a polícia! — gritou Masterji.

Houve um tilintar de pulseiras do lado de fora, e então:

— Ramu, diga ao seu querido Masterji quem é.

— Ah, meu Deus. Sangeeta. — Masterji baixou a *História ilustrada da ciência*. Acendeu a luz. — Por que está aqui *a esta hora*?

— Ramu, diga ao seu querido Masterji que estamos todos indo a pé ao templo SiddhiVinayak. Vamos rezar para que o coração dele se abrande. Agora venha, Ramu, e nada de barulho: não queremos acordar as pessoas do bem.

Os Puri iam levar aquele garoto a pé ao SiddhiVinayak? Como Ramu andaria uma distância daquelas?

Masterji quase abriu a porta para implorar à sra. Puri que não fizesse isso com o filho.

Eram três horas da manhã. Mais três horas e meia até clarear e eles poderem ir à delegacia. Com a *História ilustrada da ciência* apoiada sobre as costelas, Masterji fechou os olhos e se estirou no sofá.

Seis horas e meia depois, ele caminhava com o sr. Pinto pela rua principal.

— Sei que estamos atrasados. Não ponha a culpa em mim. Se você ainda tivesse sua motoneta, poderíamos chegar à delegacia em cinco minutos.

Masterji não disse nada. Andar era bom num dia como esse. A cada passo que ele dava, a ameaça de violência ia ficando para trás. Fazia trinta anos que morava em Vakola, seus ossos tinham ficado artríticos ali mesmo, nessas calçadas. Quem poderia ameaçá-lo ali?

— São os homens sortudos da Vishram!

De peito nu, Trivedi, o sacerdote da sociedade Moeda de Ouro, aproximou-se deles de braços abertos. Havia acabado de fazer um pequeno ritual de limpeza na delegacia, explicou. Alguém tinha morrido no local, anos antes, e eles o chamavam uma vez por ano para expurgar o fantasma.

— Deixe-me oferecer-lhes um café ou um chá. Uma água de coco?

— Chá — disse o sr. Pinto.

— Temos de ir — murmurou Masterji. — Já estamos atrasados.

— Só uns minutos — retrucou o sr. Pinto.

Acompanhou o sacerdote até uma loja de chá da rua, ao lado da qual um homem musculoso, vestido de *banian*, passava roupa com um ferro a carvão. Uma tina de metal cheia de sobras de carvão usado descansava ao lado da tábua de passar.

Com um copo de *chai* na mão, o sr. Pinto fez sinal para Masterji se juntar a ele e Trivedi na casa de chá.

Fora uma manhã cheia de atrasos. A cada momento o sr. Pinto colocava alguma coisa no lugar errado — seus óculos, o guarda-chuva. Agora, ao ver o copo trêmulo na mão do velho amigo, Masterji compreendeu.

— Vou até a delegacia prestar a queixa. Pode voltar para casa sozinho, sr. Pinto. É perfeitamente seguro à luz do dia.

A delegacia policial de Vakola fica bem na altura do sinal de trânsito de quem chega da via expressa, o que dá a impressão de que se está entrando num subúrbio em que a lei vigora.

Saindo dos aromas humildes de carvão e de roupa lavada do lado de fora da delegacia, Masterji entrou numa atmosfera de incenso queimando e flores de calêndula.

Era sua primeira visita à delegacia em quase dez anos; em meados da década de 1990, a bolsa de Purnima tinha sido furtada bem em frente à escola, numa tarde de sábado — um acontecimento tão incomum que levara a se falar no bairro sobre uma "onda de crimes"; ele e Purnima tinham ido ao distrito e conversado com policiais solidários; um Boletim de Informações Preliminares, com detalhes do delito, fora preenchido por um policial, com uma cópia carbono, e esse parecia ter sido o grosso do trabalho investigativo realizado. A bolsa nunca fora recuperada, nem tinha se materializado a onda de crimes.

Masterji viu um bêbado semiadormecido, um turista estrangeiro que obviamente não dormia já havia muito tempo, dois vendedores do mercado que, provavelmente, tinham atrasado seus pagamentos à delegacia e, além deles, os homens de ocupação vaga, variável e interminável que povoam qualquer distrito policial.

— Masterji — saudou-o um policial barrigudo. — Sua esposa perdeu a bolsa de novo?

Ele se lembrou de ter dado aulas ao filho desse policial. (Ashok? Ashwin?)

Sentou-se e explicou a situação. O policial ouviu a história e se certificou de que também fosse ouvida pelo inspetor sênior da delegacia, um homem chamado Nagarkar.

— Esses telefonemas são difíceis de rastrear — disse o inspetor —, mas vou mandar um homem até lá; em geral, basta isso para assustar esses construtores e seus capangas. Isto aqui não é bairro em que se possa ameaçar um professor.

— Obrigado, senhor — disse Masterji, levando a mão ao peito. — Um velho professor agradece.

O inspetor sorriu.

— Nós vamos ajudá-lo, vamos ajudá-lo. Mas, francamente, Masterji.

O professor o encarou:

— Francamente o quê, senhor?

— O senhor está mesmo aguentando firme até o fim, não é?

Nesse momento, ele entendeu: o policial achava que era uma questão de dinheiro. Esses homens não eram a força policial do Código Penal indiano, mas da lei férrea da Necessidade, da ideia de que todo homem tem seu preço — uma cifra generosa, sem dúvida, mas que ele *tinha* de aceitar. Bastava dizer *não tenho preço* para que uma porta de cela se abrisse e o sujeito se descobrisse lá dentro com os bêbados e os bandidos. Acima da escrivaninha do chefe do distrito ele viu um retrato emoldurado em vidro do Senhor SiddhiVinayak, vermelho-sangue e barrigudo, como a encarnação viva da Necessidade.

O inspetor voltou a sorrir.

— O homem famoso da sua sociedade está aqui, aliás.

Masterji se virou na cadeira; na entrada da delegacia estava Ajwani.

Todo o distrito policial se animou com sua chegada. Por lei, toda pessoa que procurava um imóvel para alugar num bom prédio tinha de apresentar à sua sociedade um Atestado de Bons Antecedentes, fornecido pela delegacia de polícia local. Num bairro como Vakola, que não chegava a ser *pucca*, sempre apareciam no escritório de Ajwani pessoas que não tinham carteiras de habilitação, títulos de eleitor nem números de registro de pessoa física autênticos — homens com telefones celulares vistosos e camisas de seda, capazes de pagar qualquer aluguel que lhes fosse solicitado, mas incapazes de provar (como exigia o Atestado de Bons Antecedentes) que eram empregados de uma empresa respeitável.

O corretor ia ao distrito obter os atestados necessários para esses homens em troca das somas necessárias em dinheiro. Com um sorriso e uma nota de cem rupias, inventava ocupações legítimas e escritórios comerciais respeitáveis para seus clientes, inventava esposas para homens solteiros e maridos e filhos para moças solteiras. O corretor de imóveis era um mestre da ficção.

Esse é o verdadeiro trabalho dessa delegacia, pensou Masterji. *Preciso sair já daqui.*

Tarde demais. Ajwani o avistara; ele viu o olhar do corretor amadurecer.

O cabelo branco do sr. Pinto esvoaçava ao vento, e ele o ajeitava repetidas vezes para ficar no lugar. Ainda estava sentado no banco da barraca à beira da rua.

O homem musculoso que estivera passando roupa perto da barraca de chá havia terminado seu trabalho, que estava empilhado sobre a tábua; ajoelhando-se, abriu a bocarra de seu enorme ferro de passar. Os pedaços negros de carvão que o enchiam começaram a soltar fumaça; Masterji observou a parte exposta da máquina de calor e fumaça que fazia o mundo funcionar.

O sr. Pinto se levantou.

— Como foi, Masterji? Eu ia até lá, mas achei que talvez você não quisesse...

Masterji conteve as palavras de censura. Quem poderia culpar o sr. Pinto por ter medo? Ele era apenas um homem idoso que tinha consciência de ser um homem idoso.

— Eu lhe disse para não se preocupar, sr. Pinto.

Um grupo de meninas estudantes, de lenço branco muçulmano na cabeça, por cima do uniforme azul-marinho, estava parado na calçada, agitando bandeirolas da Índia, dando risadinhas e tagarelando. Elas pareciam estar ensaiando para o Dia da Independência; as professoras, de *salwar kameez* verde, tentavam impor ordem ao grupo.

Elas ainda acreditam no Dia da Independência, pensou Masterji, olhando para as menininhas animadas de escola.

— Vivemos numa república, sr. Pinto — disse, pondo a mão no ombro do amigo. — Um homem tem seus recursos aqui. Agora, observe minha mão.

O sr. Pinto viu os dedos do amigo emergirem um a um de seu punho:

Polícia.
Meios de comunicação.
Lei e ordem.
Assistentes sociais.
Família.
Estudantes e ex-alunos.

Masterji estava fazendo o que fazia melhor: ensinar. O que existe no mundo do qual o homem possa dizer "Isso está do meu lado"? Todas essas coisas. Os recursos do sr. Pinto, como cidadão da República da Índia, eram mais do que suficientes para toda e qualquer das ameaças existentes. O Sol e a Lua estavam em suas órbitas.

Eles começariam pela lei. A polícia tinha sido afável, era verdade, mas não se podia simplesmente dizer-lhe "Combata o mal"; a lei era um código, uma espécie de magia branca. Um advogado traria sua lâmpada mágica, e só então o Gênio da Lei faria o que eles pedissem.

Durante o almoço, o sr. Pinto disse que conhecia um advogado. Um conhecido seu o havia usado numa disputa de imóveis.

— Não se cobra nem uma rupia, a menos que haja um acordo na questão. Isso é garantido. O endereço dele está em algum lugar por aqui.

Nina serviu-lhes uma especialidade de sua terra, a Canara meridional: sementes de jaca cozidas na água até ficarem suculentas, servidas num curry vermelho com coentro. Masterji teve vontade de elogiar Nina, mas reprimiu o impulso, por medo de que ela pedisse um aumento aos Pinto.

Reanimado pelas sementes de jaca, Masterji se sentou à escrivaninha do sr. Pinto e pegou sua caneta Sheaffer, presente da nora dois anos antes.

O sr. Pinto preparou os envelopes; Masterji escreveu três cartas para jornais de língua inglesa e duas para jornais em híndi.

Prezado Editor,

Considerando-se que vivemos numa república, surge a questão de saber se um homem pode ser ameaçado em sua própria casa, ainda por cima às vésperas do Dia da Independência...

Nina preparou chá de gengibre para eles; o sr. Pinto colou selos nos envelopes e os fechou, e Masterji, após ter bebido o chá, iniciou outra carta, para seu mais famoso ex-aluno:

Meu caro Avinash Noronha,

Trazendo vivo na memória o seu belo caráter nos tempos de escola, sei que você não pode ter esquecido sua alma mater, *a Escola Secundária Santa Catarina, em Vakola, nem o seu velho professor de física, Yogesh A. Murthy. É com muito orgulho que leio suas colunas semanais no* Times of India *e seus alertas oportunos sobre o aumento da corrupção e da apatia. Mal chegará a surpreendê-lo, portanto, saber que essa maré de decadência chegou agora a seu antigo bairro e ameaça o seu velho...*

— A Nina vai pô-las no correio, a caminho de casa — disse o sr. Pinto.
— E isso é só o começo — acrescentou Masterji. Eles não haviam conseguido encontrar nenhum de seus ex-alunos por telefone, mas o professor pretendia redigir cartas apelando para todos os antigos alunos que haviam assinado a fotografia de sua festa de despedida.

O sr. Pinto aprovou o plano; iria à biblioteca da escola e obteria os endereços deles com o velho Vittal. Mas queria que Masterji fosse primeiro consultar o advogado.

— O que temos a perder? É uma consulta gratuita. E o escritório dele fica bem aqui, perto da estação ferroviária de Bandra.

Masterji concordou:

— Você fica com a Shelley. Eu vou sozinho.

— Não pegue o trem para Bandra, pegue um carro — disse o sr. Pinto, e pôs uma nota de cem rupias no bolso da camisa de Masterji.

— Está bem — concordou o velho professor, dando um tapinha no bolso —, anotaremos isso no Sem Discussão quando eu voltar. Cinquenta rupias: é o que eu lhe devo.

— Não. — O sr. Pinto olhou para a nota no bolso do amigo. — Não vamos anotar isso no caderno. Você não me deve nada.

Masterji compreendeu: devia ser o modo de o sr. Pinto pedir desculpas.

Enquanto seu riquixá batalhava para chegar a Bandra pela passagem subterrânea de Khar, pensou: *Como estará indo o Ramu, pobre menino?*

Para ter o máximo de probabilidade de conquistar as graças do deus-elefante vermelho, acreditam os devotos, a pessoa deve visitar o templo de SiddhiVinayak a pé: quanto mais longe do templo morar, quanto mais demorada for a viagem, maior a acumulação de virtude.

Os Puri haviam falado tantas vezes em andar até o SiddhiVinayak, nos últimos 18 anos, que alguns vizinhos acreditavam que eles o tinham feito, e o sr. Ganguly chegara até a pedir orientação à sra. Puri sobre como fazer o trajeto.

Essas coisas pegam a gente, porque os deuses não são cegos.

A sra. Puri calculou que o trajeto de Vakola a Prabhadevi levaria cerca de quatro horas. Tudo dependia de Ramu. Se as coisas ficassem realmente ruins, eles teriam de mandá-lo urinar ou defecar na rua, feito um pivete. Mas ele tinha de ir: era esse o sacrifício que sua mãe faria ao Senhor Ganesha. Não bastava ela e o marido ficarem doloridos pela caminhada. Deus veria que ela estava disposta até mesmo a fazer o filho sofrer — algo que por 18 anos havia lutado para evitar.

Desceram pela autoestrada para a região central da cidade. O céu clareou. Riscas vermelhas cortaram um alvorecer laranja, como se alguém tivesse descascado a pele do firmamento. Um homem numa barraca de chá riscou um fósforo; uma chama azul se acendeu acima de seu cilindro portátil de gás.

A intervalos de minutos, Ramu cochichava algo no ouvido da mãe.

— Seja corajoso, meu menino. O templo é logo ali na esquina.

Quando ele parava, ela o beliscava. Quando tornava a parar, deixava-o descansar um ou dois minutos, e então, "Ai, ai, ai!", lá se iam os três.

Duas horas depois, em algum lugar para lá de Mahim, sentaram-se numa barraca de chá de beira de estrada. A sra. Puri serviu um pouco de chá num pires para o menino. Ramu, cheio de cafeína e perdido em seu delírio de cansaço e dor, começou a dizer coisas incoerentes, até a mãe lhe dar um tapinha na cabeça e acalmá-lo com sua voz.

Dois empregados municipais começaram a varrer a calçada atrás dos Puri, cujos rostos se encheram de poeira. Mas eles estavam cansados demais para espirrar.

A sra. Puri fechou os olhos. Pensou no Senhor Ganesha no templo de SiddhiVinayak e rezou: *Dizíamos que estávamos indo a templos, mas íamos ver casas novas. Tínhamos medo do Mau-Olhado, mas nos esquecemos do Senhor. E o Senhor nos castigou, pondo uma pedra no caminho de todos. Agora, retire a pedra, só o Senhor, meu Deus, com sua força de elefante, é capaz.*

— Ramu, Ramu — disse, acordando o filho. — Só falta mais uma hora. Levante.

Quando o relógio deu cinco horas, Shelley Pinto estava deitada, os olhos praticamente cegos fixados no teto.

Ouviu o marido à mesa de jantar, rabiscando com lápis e papel, como costumava fazer em seus tempos de contador.

— Está preocupado com alguma coisa, sr. Pinto? — perguntou.

— Depois de me despedir do Masterji, vi uma briga no mercado, Shelley. O pai da Mary estava bêbado e tinha dito alguma coisa. Um dos vendedores bateu nele, Shelley. No rosto. Deu para ouvir o som de osso golpeando osso.

— Coitada da Mary.

— Apanhar é uma coisa horrível, não é, Shelley? Uma coisa horrível.

Pôs-se a falar em voz baixa consigo mesmo, até que a mulher indagou:

— O que está murmurando aí, sr. Pinto?

Ele disse:

— Quantos metros quadrados tem o nosso apartamento, Shelley? Você já calculou?

— Sr. Pinto, *por que* está perguntando?

— Eu tenho de fazer as contas, Shelley. Fui contador. Isso está nas minhas veias.

— Eu serei cega em outro edifício, sr. Pinto. Tenho olhos por toda parte na sociedade Vishram.

— Eu sei, Shelley, eu sei. Só estou fazendo contas. Será que é pecado? Só quero converter o valor em dólares. Só para ver quanto seria.

— Mas o sr. Shah está nos pagando em rupias. Não podemos mandar o dinheiro em dólares.

Quando foram aos Estados Unidos, em 1989, o sr. Pinto comprara no mercado negro uma pequena quantidade de dólares norte-americanos de um homem de Nariman Point. Na época, o governo não deixava os indianos converterem rupias em dólares sem permissão oficial, por isso o sr. Pinto fizera a mulher jurar que não contaria a ninguém. Os dólares tinham se revelado desnecessários, pois os filhos haviam cuidado deles em Michigan e Buffalo. Na escala da volta em Dubai, eles tinham trocado a reserva original de dólares e a moeda americana que os filhos Deepa e Tony os haviam forçado a aceitar de presente por duas barrinhas de ouro de 24 quilates, uma ficando escondida no bolso do paletó do sr. Pinto até a Índia, enquanto outra era levada na bolsa por uma trêmula Shelley Pinto ao passar pelo funcionário da alfândega.

Era essa a lembrança permanente que ela guardava da palavra "dólar". Uma coisa que se transformava em ouro.

— Ah, tudo isso mudou, Shelley. Tudo isso mudou.

O sr. Pinto se sentou à cabeceira da mulher e explicou. Estava tudo ali, no site do Reserve Bank of India. Ele estivera no cibercafé, alguns dias antes, e tinha navegado pelo site com a ajuda gentil de Ibrahim Kudwa.

— Se for doação, só podemos enviar dez mil dólares por ano. Mas, se for investimento, podemos mandar cem mil. E é possível que eles logo subam esse limite para duzentos mil dólares por ano. É *perfeitamente* legal.

A escuridão que envolvia a sra. Pinto se adensou. Então eles, da Índia, agora teriam de mandar dinheiro para os filhos, nos Estados Unidos?

— O Tony terá de voltar?

— Ele tem o *Green Card*. Não seja burra, Shelley. Os filhos deles são cidadãos.

— Mas ele não tem dinheiro?

— As coisas andam difíceis por lá. Talvez a Deepa perca o emprego. Eu não queria assustar você.

— É tudo muito caro nos Estados Unidos. Não lembra quanto custavam os sanduíches? Por que eles foram sair de Bombaim?

— Só me diga qual é a área deste apartamento, mulher. Deixe que eu me preocupo com as coisas.

— São 75,5m² — disse ela. — Nós mandamos medi-lo, uma vez.

O sr. Pinto voltou a se sentar à mesa de jantar e esfregou as mãos pálidas.

— Estou me sentindo jovem outra vez, Shelley.

Ela se perguntou se o marido estaria pedindo uma retomada das relações sexuais, que haviam cessado uns 27 anos antes, mas não, é claro que não, ele só queria dizer isto: que estava sendo contador de novo.

— Seria muito simples, Shelley. Mandaríamos dois terços do dinheiro em dólares para os meninos, e com o resto compraríamos um apartamento pequeno, bem aqui em Vakola. A Nina também poderia cozinhar lá.

— Como pode falar desse jeito, sr. Pinto? Se o Masterji disser não, temos de dizer não.

— Só estou fazendo con-tas, Shelley. Ele é meu amigo. Há 32 anos. Nunca o trairei por dólares americanos.

O sr. Pinto andou pela sala e disse:

— Vamos fazer nossa caminhada vespertina, Shelley. Exercício é bom para os órgãos inferiores.

— O Masterji avisou que é para não sairmos do prédio enquanto ele estiver fora.

— Estou aqui para protegê-la. Você não confia no seu próprio marido? O Masterji não é Deus. Vamos descer.

Com o marido atrás dela, a sra. Pinto desceu os degraus. Pouco antes de chegar ao térreo, alguma coisa lhe deu um esbarrão de lado; pelo cheiro de talco infantil Johnson's, ela soube quem era.

— Rajeev! — gritou o sr. Pinto com o filho de Ajwani. — Isto aqui não é um zoológico, trate de correr devagar.

— Não brigue com ninguém hoje, sr. Pinto — disse ela. — Vamos ficar quietos e evitar confusão.

Apoiando-se um no outro, os dois saíram da entrada escura para a luz do Sol. A sra. Kudwa, sentada na cadeira de honra do parlamento, conversando com a sra. Saldanha em sua janela da cozinha, calou-se à passagem do casal.

O guarda estava em sua guarita, vigiando o terreno do condomínio.

O sr. Pinto tossiu. Subia uma fumaça do outro lado do muro; havendo recolhido as folhas espalhadas pela sociedade, Mary pusera fogo nelas na sarjeta do lado de fora. Suspensas numa nuvem escura, as flores dos hibiscos tinham adquirido um vermelho mais passional.

— Você está bem?

— Tudo bem, Shelley. Foi só uma tosse.

O sr. Pinto ouviu uma cantoria ao longe: crianças ensaiando músicas patrióticas para o Dia da Independência:

> "Melhor que o mundo inteiro
> É esta nossa Índia
> Somos seus rouxinóis,
> Ela é nosso jardim."

Alguns passos adiante, ele se virou para a mulher e disse:

— Espere.

Estavam no "trecho do sangue", e ele prendeu a respiração. Inclinando-se sobre o muro, viu uma matilha de cães vadios pretos na valeta, correndo atrás de um filhotinho castanho e branco. Ele gania como se aquilo não fosse brincadeira. Os quatro cães o perseguiram por toda a extensão da valeta. Depois, todos desapareceram.

— O que está havendo aí, sr. Pinto?

— Vão matar aquele bichinho, Shelley. — Fez uma pausa e acrescentou: — Ele é parecido com o Sylvester.

Em certa época, os Pinto tiveram um cachorro, Sylvester, por causa de seu filho Tony. Na morte de Sylvester, a sociedade permitira que eles o enterrassem no quintal dos fundos para poderem estar perto dele quando passeassem pela Vishram.

O barulho de ganidos tornou a brotar do interior da valeta.

O velho contador pôs a mão nas costas da mulher.

— Vá andando junto ao muro, Shelley; sabe o caminho, não é? Tenho que ver o que estão fazendo com aquele filhote.

— Mas o Masterji disse para não sairmos do prédio até ele voltar com o advogado.

— Só vou dar um pulinho aqui fora, Shelley. Temos de salvar esse bichinho.

Shelley esperou junto ao muro, prendendo a respiração para não sentir o mau cheiro do açougue. Os ganidos da valeta ficaram mais altos, depois sumiram. Ela ouviu passos do outro lado do muro. Reconheceu-os como os do sr. Pinto. Ouviu-o descer para a valeta.

— Não ande na valeta, sr. Pinto. Está me ouvindo?

Nesse momento, escutou outros passos. Passos mais jovens, mais velozes.

— Sr. Pinto — chamou —, quem está se aproximando de você?

Aguardou.

— Sr. Pinto... onde você está? E quem foi que entrou na valeta? Diga alguma coisa.

Pôs a mão no muro; por uma mossa no tijolo, soube que a cabine do guarda ficava à esquerda, a uns 34 passinhos de distância.

Saiu andando com a mão no muro.

A cabine do guarda ainda estava a 29 passos quando Shelley Pinto ouviu o marido gritar.

Masterji, a caminho do escritório do advogado, parou e fungou o ar. Bolinhos de amido empanados fritavam no interior de uma loja de petiscos.

Braços escuros e rápidos emergiam de uma bata branca e mergulhavam a fritadeira de batatas num tacho de óleo fervente. Outro par de braços esperava com uma escumadeira; de vez em quando, a escumadeira mergulhava no tacho e saía com frituras chiando de quentes. Grandes caixas de petiscos cercavam os dois homens: batatas fritas (vermelhas e apimentadas, ou amarelas e sem condimentos), bananas-da-terra fritas (cortadas em rodelas, ou fatiadas em tiras longitudinais, ou cobertas de especiarias, ou passadas no açúcar mascavo) e verduras empanadas. Na porta ao lado, num estabelecimento concorrente, um tacho rival de óleo barulhento sibilava com batatas. Juntas, as duas lojas produziam aquele contínuo zumbir competitivo de óleo fervente que é um dialeto das ruas de Bombaim, como as línguas híndi, marata ou bhojpuri.

Depois vinha a concorrência dos letreiros pintados:

Metais ferrosos e não ferrosos.
Proprietário Iqbal Roza.

CONVITES DE CASAMENTO MARCA D'SOUZA.
VENDAS POR ATACADO

Os prédios antigos começaram a exsudar sucos frescos; escondidos em nichos arqueados nas fachadas decrépitas, vendedores se sentavam diante de pirâmides de laranjas e limões, operando liquidificadores elétricos que rugiam, apopléticos.

O som metálico de tesouras alertou Masterji a reduzir o passo.

FAMOSO PALÁCIO DOS CORTES DE CABELO

Era o ponto de referência indicado no anúncio. A porta seguinte devia levar ao edifício Loyola Trust.

Os pombos que pousavam na grade metálica das janelas produziam um arrulhar constante quando ele entrou; uma árvore nova tinha rachado a cornija acima da entrada. No saguão não havia recepção nem quadro de avisos. Uma caixa de metal subia pelo poço de ventilação, como que protegendo o elevador, que, de qualquer modo, parecia estar com defeito. Masterji compreendeu num instante a história desse edifício. O proprietário não podia — por causa das leis de proteção aos inquilinos — forçar os ocupantes a sair; era provável que estes ainda pagassem o mesmo aluguel que pagavam em 1950, e ele retaliava se recusando a fornecer até mesmo o mais básico — energia, segurança, higiene. Quase se podia ouvi-lo rezando a Deus todas as noites: faça os meus inquilinos caírem da escada, fraturarem os membros, morrerem queimados num incêndio.

Ficou mais escuro à medida que Masterji subia a escada. Uma massa de cabos grossos e negros formava uma trama sobre a parede, como uma incrustação viva que crescesse sobre os tijolos e a argamassa antigos. Ele chegou até a sentir o cheiro acre de baratas na parede. Ouviu vozes mais acima:

— Há três grandes perigos nessa cidade.
— Três?
— Três: as crianças, as cabras e uma terceira coisa que eu esqueci.
— As crianças são um perigo?
— O maior. Responsáveis por metade dos acidentes de trânsito da cidade. *Metade*.

Masterji subiu mais alguns degraus e viu uma imagem pálida e barriguda de Ganesha num nicho na penumbra, como um rato branco e felpudo que morasse na escada. Ali não parecia haver eletricidade, e uns homens de uniforme se sentavam sob uma lâmpada de parafina. Ele passou pelos homens sem ser questionado, no exato momento em que um deles exclamou:

— Lembrei qual era a terceira coisa. Eu me lembro. Querem que eu diga qual é?

Num corredor mal-iluminado, uma placa brilhante de metal numa porta aberta anunciava:

Parekh e Filhos
Advocacia
"Uma Águia Jurídica com Alma e Consciência"

Um homem miúdo, de uniforme cinza, sentava-se num banco de madeira entre a placa de metal e uma porta de vidro. Tinha um lápis vermelho atrás da orelha.

— O senhor veio ver...? — perguntou, apanhando o lápis.

— Sou um homem necessitado de ajuda jurídica. Um conhecido meu me falou do sr. Parekh.

O homem escreveu no ar com o lápis.

— Como é o *nome* do seu conhecido?

— Na verdade, foi um conhecido de um conhecido. Ele usou os serviços do sr. Parekh.

— Então, o senhor quer falar com...

— O sr. Parekh.

— *Qual* Parekh?

— A águia jurídica com consciência. Quantas delas existem aqui?

O empregado levantou quatro dedos.

Com o lápis vermelho atrás da orelha, entrou no escritório; Masterji se sentou no banco do empregado, levantando os pés quando uma velha criada limpou o chão com um pano molhado.

Parecendo ter descoberto qual dos Parekh o cliente estava procurando, o funcionário abriu a porta de vidro e fez sinal com o lápis vermelho.

Masterji entrou na iluminação fluorescente e na brisa do ar-refrigerado.

Com o teto rebaixado de madeira escura, o escritório tinha jeito de cabine de navio; um homem de óculos com lentes grossas se sentava abaixo de uma gigantesca fotografia emoldurada do Angkor Wat, com a legenda "O Maior Templo Hindu do Mundo".

O ar cheirava a desinfetante.

O sr. Parekh (assim presumiu Masterji) estava tomando chá. Parou para assoar o nariz num lenço e se virou para usar uma escarradeira antes de voltar a seu chá; o homem parecia um sistema hidrostático ininterrupto, que só conseguia funcionar recebendo e descarregando líquidos. O que se passava com os líquidos se dava também com as informações: ao mesmo tempo que falava a um celular apoiado no ombro, ele assinava documentos que um assistente lhe estendia e, de algum modo, ainda conseguiu murmurar para Masterji:

— Chá? O senhor aceita um chá? Sente-se, sente-se.

Baixando o celular, bebeu mais chá, virou-se de lado para cuspir e disse:

— Exponha o problema nas suas próprias palavras.

O advogado tinha uma careca calva, rosa-bebê, mas três mechas grisalhas imortais desciam desde a testa até a nuca. Uma doença, possivelmente relacionada com a coloração rosada do couro cabeludo, havia devorado suas sobrancelhas, de modo que seus olhos fitaram Masterji de uma maneira espantosamente direta. Uma corrente no pescoço, com um medalhão de ouro, pendia sobre a camisa branca. O tamanho do medalhão de ouro, em contraste com o estado doentio das sobrancelhas e do couro cabeludo, sugeria que, embora o sr. Parekh houvesse suportado muitas coisas na vida, tinha sobrevivido e prosperado.

Bebericando o chá, ele ouviu a história de Masterji entre pestanejos rápidos (o professor se perguntou se a falta das sobrancelhas afetava o bater das pálpebras) e em seguida se virou para um homem mais jovem, sentado em silêncio numa cadeira de canto.

— Conheço a sociedade Vishram. É um edifício famoso em Vakola.

O homem mais moço disse:

— Aquilo lá era uma selva. Agora, é uma área emergente.

— Esses construtores, *todos* uns criminosos. Só se dedicam a atividades porcas. Quem é esse Shah do grupo Confiança? Deve ser um rato de favela.

O homem mais moço disse:

— Acho que ouvi falar dele. Fez obras de reurbanização na rua Mira. Ou talvez em Chembur.

O velho Parekh passou a mão pelas três longas mechas prateadas.

— Um *rato de favela*. — Sorriu para Masterji. — O senhor veio ao lugar certo. Está olhando para um homem que lida com dúzias de ratos de favela todo santo dia. Mas, primeiro, precisamos saber qual é a sua situação aos olhos da lei. E a lei tem olhos muito específicos. O senhor é o proprietário soberano do imóvel ou um representante do referido proprietário?

— Moro lá há mais de trinta anos. Desde que fui lecionar na escola de Vakola.

— Professor? — O sr. Parekh ficou de queixo caído. Assoou o nariz no lenço. — É contra o darma hindu ameaçar um professor. Estudei o direito ocidental e o darma indiano, meu senhor. Fui até visitar o maior templo do mundo... — Deu um tapinha na fotografia envidraçada às suas costas. — Chama-se Angkor Wat. Vamos ver a sua certidão de participação na sociedade — disse, com dedos inquisitivos. — Agora mesmo, agora mesmo.

Para Masterji, foi como se lhe pedissem para tirar a roupa num consultório médico. Tinha levado o documento numa pasta de papel manilha e o exibiu nesse momento.

— Está no nome da sua esposa.

— No testamento dela, sou designado como o herdeiro.

— Deveria ter sido transferido para o seu nome. Daremos um jeito. Desde que o senhor esteja seguramente de posse do testamento dela.

Deu o documento ao homem mais jovem, que saiu quase correndo do escritório.

Nesse momento, todo o direito jurídico de Masterji ao apartamento 3A da sociedade Vishram deixou de existir; ele acompanhou seu progresso — pelas passadas e, depois, pelos rangidos das tábuas de madeira do teto — até uma máquina, uma fotocopiadora; alavancas se moveram e câmeras clicaram. A certidão — seu direito a um pedaço da sociedade Vishram — estava sendo multiplicada. O processo já lhe pareceu mais sólido. As batidas e passadas se repetiram em sentido inverso, e o rapaz entrou de novo no escritório, com a certidão original e três fotocópias. Puxou uma cadeira juntinho de Parekh; quase de rosto colado, os dois examinaram o documento. Pai e filho, concluiu Masterji.

— Há outro requerente neste assunto — disse. — O sr. Pinto. Meu vizinho.

O Parekh mais velho foi o primeiro a falar.

— Excelente. Isso duplica a soberania no caso. Agora, nos termos da MOFA...

Um sussurro do rapaz:

— Talvez ele não saiba...
— O senhor está ciente da MOFA?
Masterji deu um sorriso tímido.
— A lei sobre a posse de apartamentos, Maharashtra Ownership of Flats Act, de 1963. MOFA.
— MOFA — concordou Masterji. — Lei MOFA.
— Pela MOFA, de 1963... — o velho advogado fez uma pausa; respirou fundo — ...e também pela MCSA, de 1960, digo, a das sociedades cooperativas, Maharashtra Co-operative Societies Act de 1960, o senhor é a única autoridade soberana sobre o citado imóvel. Ora, a sociedade não pode obrigá-lo a vender o citado apartamento, nem mesmo pelo voto da maioria. Isso é confirmado pela decisão de 1988 da Suprema Corte de Bombaim, no *Bombay Cases Reporter 1988*, volume 1, página 443.
— 443? — disse o outro homem. — 443 não, sr. Parekh. 444.
(*Sr. Parekh? Então, não é filho dele*, pensou Masterji.)
— 444. Correção aceita. *Bombay Cases Reporter 1988*, volume 1, página 444. Dinoo F. Bandookwala *versus* Dolly Q.C. Mehta. O meritíssimo senhor juiz declarou sem rodeios, conforme a interpretação autêntica da lei MOFA e da lei MCSA, que nem a CMB nem a MHADA, a Superintendência de Habitação e Desenvolvimento, tampouco a Sociedade Habitacional são administradoras soberanas e supremas do imóvel, e sim o referido proprietário. No caso, vossa senhoria, agindo como herdeiro legal de sua falecida esposa. Portanto, temos todos os motivos razoáveis para crer e esperar a vitória. Conforme a interpretação autêntica da lei MOFA, de 1963, e da lei MCSA, de 1960.
Masterji assentiu com a cabeça e disse:
— Não posso pagar-lhe. Trata-se de um caso que o senhor deve aceitar em nome do interesse público. A segurança dos cidadãos idosos desta cidade está em perigo.
— Compreendo, compreendo — disse Parekh. Ele correu a mão pelo ar, como um experiente exterminador de ratos de favela.
— O senhor poderá acertar as contas quando houver um acordo — explicou o sócio mais jovem, com um sorriso.
— Minha certidão de participação, por favor — disse Masterji, gesticulando. O advogado não fez nada, de modo que ele esticou o braço e quase lhe arrancou o documento das mãos. Sentiu-se então com força suficiente para dizer: — Não haverá acordo nesta questão.

— *Em dado momento* haverá um acordo — corrigiu-o o sr. Parekh. — Por quanto tempo o senhor e o seu vizinho, sr. Pinto, planejam resistir a esse rato de favela?

— Para sempre.

Por um momento, tudo pareceu se imobilizar no escritório: os líquidos da cabeça de Parekh pararam de circular, os ratos da parede e os cupins do velho teto de madeira pararam de roer, até as partículas de desinfetante que se espalhavam pelo ar sustaram sua dispersão.

Parekh sorriu.

— Como quiser. Lutaremos contra ele... — virou-se para a escarradeira — ...para sempre.

Com um mamão embrulhado em um jornal embaixo do braço, Masterji voltou para a sociedade Vishram. A sua espera no portão estavam Ajwani, o secretário, o sr. Ganguly, do quinto andar, Ibrahim Kudwa e o guarda.

Não lhe deram passagem. A mão de Ajwani estava cerrada sobre o trinco.

— Cavalheiro — disse ele —, verdadeiro lorde *inglês*.

Achando que os vizinhos deviam ter sabido de sua visita ao advogado, Masterji retrucou:

— É meu direito: é meu direito de cidadão consultar um advogado.

— Ele ainda não sabe — gritou Ram Khare. — Abram caminho para ele entrar e ver. Por favor. É um momento difícil para a sociedade.

Ajwani tirou a mão do trinco. Quando o professor entrou, o guarda disse:

— Eu avisei que isso ia acontecer, Masterji. Deus viu que cumpri meu dever.

Masterji viu gente parada em volta das cadeiras de plástico: os Pinto eram as únicas pessoas sentadas. O pé do sr. Pinto estava enfaixado e levantado, descansando numa almofada. A sra. Puri passava de leve uma ponta umedecida do sári na testa da sra. Pinto.

Ao ver Masterji, ela soltou um grito agudo:

— Lá vem o maluco!

Ajwani e o secretário, junto com Ibrahim Kudwa, caminhavam atrás do professor.

— O que aconteceu, sr. Pinto?

— Olhem só para ele, perguntando! — disse a sra. Puri. — Faz uma coisa dessas e finge que não sabe. Conte a ele, sr. Pinto. Conte.

Comandado pela vizinha, o velho falou:

— Ele disse que ia machucar... a minha mulher... na idade dela, com idade para ser avó dele. Disse... que da próxima vez viria com uma faca... ele... e aí, eu me assustei e caí na valeta.

— *Quem* lhe disse isso? — perguntou Masterji, ajoelhando-se para nivelar os olhos com os de seu mais antigo amigo. — Quando foi que isso aconteceu?

— Foi logo do lado de fora do portão... Eu e Shelley estávamos caminhando... deviam ser quatro horas, e então ouvi um cachorrinho gemendo, fui lá fora e me abaixei junto à valeta para salvá-lo. E aí, um garoto com uma corrente de ouro no pescoço, de uns 18, 19 anos, segurando um taco de hóquei, parou junto de mim e perguntou: "É você o homem da Vishram que não quer nada?" E eu disse: "Quem é você?" E aí... ele pôs o taco no alto da minha cabeça e falou: "Da próxima vez, vai ser uma faca..."

— O sr. Pinto engoliu em seco. — E depois ele disse: "Está entendendo agora o que significa não querer nada?" E aí eu me virei e tentei correr, mas caí na valeta, e o meu pé...

— Tivemos de levá-lo à clínica do dr. Gerard D'Souza, na rua principal — contou a sra. Puri. — Graças a Deus, é só um entorse. O dr. D'Souza disse que, nessa idade, ele podia ter quebrado o pé. Ou alguma outra coisa.

A sra. Pinto, que não aguentava ouvir mais nada, afundou o rosto na blusa da sra. Puri.

Masterji tranquilizou o amigo:

— Não se preocupe, sr. Pinto. Vou agora mesmo à polícia. Vou mandar prenderem o sr. Shah. Dei aula aos filhos de alguns daqueles policiais. Não se preocupe.

— Não — disse o sr. Pinto. — Não vá lá de novo.

— Não?

O velho contador sacudiu a cabeça:

— Está tudo acabado, Masterji.

— O que está acabado?

— Não podemos continuar assim. Hoje é o meu pé que está machucado, amanhã...

Deixando o mamão no chão, Masterji se levantou.

— O senhor precisa ser corajoso, sr. Pinto. Esse tal de Shah não pode nos ameaçar em plena luz do dia.

A sra. Pinto suplicou, com o rosto e os dedos:

— Por favor, Masterji, vamos esquecer isso. Vamos simplesmente assinar o documento do sr. Shah e sair deste prédio. Fui eu que comecei tudo isso, dizendo que não queria ir embora. Agora, estou lhe dizendo, acabou. Vamos sair. Venha jantar conosco logo mais. Vamos comer juntos.

— Não comerei com covardes.

Masterji chutou o mamão; soltando-se da embalagem de jornal, a fruta foi rolando até bater na parede da cozinha da sra. Saldanha.

— Vou à delegacia de polícia, com ou sem você — disse. — Esse construtor acha que pode *me* assustar? Na minha própria casa?

A sra. Puri se interpôs:

— Polícia? O senhor quer piorar ainda mais a situação? — Pôs o dedo no peito de Masterji e pressionou: — Por que não levamos *o senhor* à polícia?

De outro lado, outro dedo o cutucou: Ajwani.

— O senhor transformou essa sociedade num antro de violência. Em 48 anos, nunca aconteceu nada assim na Vishram.

— Um homem que briga com o próprio filho, e um filho *encantador* como aquele, que espécie de homem é esse? — perguntou a sra. Puri.

Ibrahim Kudwa se postou atrás dela:

— Assine o acordo do sr. Shah, Masterji. Assine *já*.

— Não serei forçado a mudar de ideia dessa maneira — retrucou Masterji. — Portanto, cale a boca, Ibrahim.

Kudwa tentou responder, arriou os ombros e deu um passo atrás.

Afastando-o para o lado, Ajwani avançou. O secretário veio de outra direção. Gritos, gente cutucando Masterji, alguém o empurrou:

— Assine logo!

Ajwani se virou e praguejou. O encanamento de esgoto da sra. Saldanha estava escoando bem em cima do seu pé.

— Feche a torneira, Sal-da-nha! — gritou.

— Fechei! — gritou ela de volta, mas a água continuou a correr, como uma manifestação sobre a violência do parlamento. A água suja separou a aglomeração; da escada veio um latido — o velho cão vadio saiu correndo —, o secretário teve que sair da frente e Masterji subiu depressa a escada.

Ao trancar a porta, ouviu a voz da sra. Pinto:

— Não, por favor, não subam. Por favor, sejam civilizados!

Fez uma barricada na porta com a mesa de teca. Ao chegar à janela, viu todos reunidos lá embaixo, olhando para ele. Recuou no mesmo instante.

Então, agora eu sou o último homem no edifício, pensou.

Respirou fundo, sentindo-se grato pelo aroma tânico que ainda pairava, depois da fermentação do chá de gengibre.

Servindo o que havia sobrado no bule de porcelana, bebeu o chá amargo e frio.

Discou o número do cartão de visita que levara consigo.

— Tranque-se no apartamento — instruiu o sr. Parekh. — Venha me ver de novo amanhã; se eu não estiver aqui, meu filho o receberá.

— Obrigado. Estou inteiramente sozinho aqui.

— O senhor *não está* sozinho. Está com Parekh. Todos os quatro Parekh estão com o senhor. Se o ameaçarem, mandarei uma notificação legal: eles vão saber que estão lidando com um homem armado. Lembre-se de Dolly Q.C. Mehta *versus* Bandookwala. A lei MOFA está do seu lado.

— Como podem ameaçar gente decente em plena luz do dia? Quando foi que as coisas mudaram tanto nessa cidade, sr. Parekh?

— Não mudaram, Masterji. Ainda é uma boa cidade. Diga a si mesmo: MOFA, MOFA, e feche os olhos. O senhor dormirá com a lei do seu lado.

Mas, agora, a cobra preta de Ram Khare estava em seu quarto. Bem na sua cama, subindo por sua coxa. A língua de violência se agitou diante dele. *O próximo é você, Masterji*. Uma noite, aparece um rapaz de cordão de ouro e braços fortes, cheios de veias, e diz: *Só quero dar uma palavrinha com você, velho. Só uma rápida...*

Ele ficara apavorado demais para proteger Purnima dos dois irmãos; não se apavoraria dessa vez.

— Vá embora — disse.

Deslizando por suas pernas, a cobra preta se foi.

Enquanto o cartão do advogado subia e descia em seu peito, Masterji contemplou a pele murcha e escamada que lhe cobria as mãos. MOFA, recitou, como fora instruído. MOFA, MOFA. Sacudiu os dedos e a velhice voou para longe: ele viu mãos jovens e fortes.

3 DE AGOSTO

A quem interessar possa
Em minha sociedade e fora dela

De
Yogesh A. Murthy
Apto. 3A, Sociedade Vishram
Vakola, Mumbai 55

Serve a presente para afirmar que a intimidação num país livre não será tolerada. Estive na delegacia e recebi do inspetor-chefe todas as garantias de que este não é um bairro onde um professor possa ser ameaçado. Não estou sozinho. A famosa equipe jurídica de Bandra, a Parekh e Filhos, com quem mantenho contato constante, moverá um processo contra qualquer pessoa ou pessoas que me ameacem, por telefone ou pelo correio. Além disso, tenho alunos em posições elevadas, como na redação do Times of India. *A Torre A da sociedade Vishram é minha casa, e*

Não será vendida
Não será arrendada nem alugada
Não será reconstruída.

Assinado (e esta é a assinatura verdadeira do homem)
Yogesh Murthy.

O delegado de Vakola havia falado sério ao dizer que seu bairro era seguro para cidadãos idosos.

Um policial gordo chamado Karlekar foi à sociedade meia hora depois de Masterji telefonar para a delegacia pela manhã.

Depois de tomar o depoimento de Masterji (que, como se constatou, na verdade não tinha visto nada, já que estivera em Bandra, consultando um advogado famoso), Karlekar se sentou à mesa dos Pinto, enxugando a testa suada e fitando o pé direito enfaixado do sr. Pinto.

Disse o velho morador:

— Ninguém me ameaçou. Escorreguei do lado de fora do pátio e torci o pé. É para eu aprender, por eu andar tão depressa na minha idade, não é, Shelley?

A sra. Pinto, que era praticamente cega, não teve nada a dizer sobre o assunto.

O policial fez as anotações em seu bloco. O secretário subiu ao apartamento dos Pinto para dizer que o chamado "distúrbio" tinha sido, em síntese, um exagero.

— Somos um povo briguento, quanto a isso não há dúvida — concordou o policial, com um sorriso. — A delegacia vive recebendo queixas imaginárias. Ladrões, incêndios, incêndios premeditados. Terroristas paquistaneses.

— É um povo melodramático — opinou o secretário. — São todos esses filmes que vemos. Obrigado por não fazer *sensacionalismo* com esse assunto.

A boca do policial Karlekar tinha se aberto.

— Vejam aquilo ali... ah, não... não...

Apontou para uma mariposa que voava em círculos perto do ventilador de teto da sala dos Pinto; sugada pelo remoinho de ar, foi chegando cada vez mais perto das pás até que duas asas escuras caíram esvoaçando no chão. O policial pegou-as.

— Não gosto quando uma mariposa é ferida no meu bairro — disse, entregando as asas partidas ao secretário. — Imagine como eu me sinto quando um idoso é ameaçado.

As asas escorregaram por entre os dedos do secretário.

Uma hora depois, o policial passou outra vez pela sociedade Vishram. Acendeu um cigarro junto ao portão e conversou com Ram Khare. O secretário o viu se ajoelhar e inspecionar a placa de mármore com a dedicatória na parte externa da Vishram, como quem examinasse um atestado de bons antecedentes de 48 anos, expedido sobre o edifício.

— Logo estarão falando disso em toda Vakola. Um policial foi à sociedade Vishram? À famosa, respeitável e honrada Vishram?

— Fique quieta, Shelley.

O sr. Pinto estava na janela. Uma bengala de mogno birmanesa, herança de família, estava encostada na parede a seu lado.

Agora, ele e a mulher tinham um novo relacionamento com sua sociedade. Nem num campo nem no outro. Masterji já não comia à sua mesa, e eles não desciam ao parlamento, no qual só costumava haver um assunto em discussão: o caráter do morador do 3A.

Nessa noite, os parlamentares haviam começado falando de Masterji e acabaram brigando.

— Você arranjou um acordo secreto. Uma *lambujinha* — disse a sra. Puri a Ajwani.

— Não fale de coisas que não entende, sra. Puri.

— A-rá! — gritou ela. — Você confessa. Arranjou, sim.

— É claro que não.

— Tenho ouvido coisas — disse a sra. Puri. — E uma eu digo a vocês todos aqui, inclusive à senhora aí na sua cozinha, sra. Saldanha; escute a senhora também. Ninguém vai fechar acordos secretos, a menos que eu e o meu Ramu também fechemos um.

— Ninguém recebeu nenhum acordo secreto — protestou o secretário.

— Você deve ter sido o primeiro a quem foi oferecido, Kothari.

— Que acusação! A senhora não votou em mim na Assembleia Geral anual? Eu fiz a taxa de manutenção do condomínio continuar fixada em 1,55 rupias por metro quadrado por unidade, pagável em duas parcelas. Não venha agora me acusar de desonestidade.

— E por que nunca resolveu os problemas do prédio em todos esses anos, Kothari? Terá sido assim que você manteve os custos inalterados?

— Muitas vezes me perguntei a mesma coisa.

— A senhora é tão má quanto o Masterji, sra. Puri. Em cada detalhe. E você também, Ajwani. Não admira que o Masterji tenha se tornado perverso, convivendo com gente como vocês.

Usando a bengala birmanesa, o sr. Pinto capengou até o quarto e se deitou ao lado da mulher.

— Será que o Masterji tomou o café da manhã, sr. Pinto? Ele deve estar com fome.

— Um homem não morre se passar uns dias comendo menos, Shelley. Quando ficar com fome, ele volta.

— Acho que não. Ele é um homem muito orgulhoso.

— Se *eu* vou deixá-lo voltar aqui, aí já é outra história, Shelley. Não lembra que ele me chamou de covarde? Pegou cem rupias emprestadas comigo para ir de automóvel a Bandra Oeste e falar com aquele advogado. Registrei isso no caderno Sem Discussão. Ele terá de pedir desculpas e pagar as minhas cem rupias para poder comer de novo a minha mesa.

— Ah, sr. Pinto, francamente... não me venha você também. Eles o têm insultado muito no parlamento nos últimos tempos.

— Silêncio, Shelley. Escute — cochichou o sr. Pinto. — Ele está indo para a janela. Sempre faz isso quando começam a falar dele, Shelley. Por que será? Já pensou nisso?

— Não. Nem quero pensar.

— Ele quer ouvir quando falam mal dele. É a única explicação.

— Pois não pode ser isso. Por que um homem iria querer ouvir os outros dizerem essas coisas sobre ele? Outro dia, a Sangeeta disse que ele batia na Purnima. Que mentira!

O sr. Pinto não compreendia por que o homem fazia aquilo, mas, toda vez que o parlamento se reunia lá embaixo para fofocar sobre ele, Masterji ficava na janela e lançava raízes aéreas para absorver as calúnias e insultos. *Deve ser a nova dieta dele*, pensou o sr. Pinto. *Está mastigando os espinhos deles no almoço e as unhas no jantar. Está fazendo da chacota a sua proteína.*

Ao olhar para o lustre, este lhe pareceu estar se transmudando em algo mais estranho e mais luminoso.

6 DE AGOSTO

Na grama malcuidada e molhada de chuva, em frente ao cibercafé Speed-Tek, um gato branco, erguendo-se nas patas traseiras, tentou golpear uma borboleta avermelhada, ligeiramente fora do seu alcance.

Só havia um cliente no interior do café, recurvado sobre o terminal seis, soltando risinhos. Ibrahim Kudwa, sentado com a pequena Mariam à escrivaninha do proprietário, ficou pensando se não seria hora de fazer uma inspeção surpresa no terminal do cliente risonho.

— Ibby. Preste atenção.

Já fazia vários minutos que Ajwani e a sra. Puri estavam no café.

A vizinha pôs os braços na mesa e empurrou o pedaço de papel na direção dele.

— Todos os outros concordaram, menos você.

Para liberar os braços de Ibrahim, ela pediu para segurar Mariam, que usava sua habitual camisolinha verde listrada.

— Minha mulher diz que eu tenho nervos demais para carne de menos — comentou Kudwa, entregando Mariam. — Nunca deveriam me pedir para tomar decisões.

— Isto é uma coisa simples — disse Ajwani. — Em casos extremos, uma sociedade habitacional pode expulsar um membro e comprar sua certidão de participação na sociedade. É perfeitamente legal.

Os braços de Ibrahim Kudwa estavam livres, mas ele não conseguiu tocar no pedaço de papel à sua frente.

— Como você sabe? É advogado?

Ajwani virou a cabeça de um lado para outro, depois respondeu:

— O Shanmugham me disse.

Com Mariam nas mãos, a sra. Puri lançou-lhe um olhar furioso. Mas era tarde demais.

— E *ele* é especialista? — fez Kudwa, franzindo o lábio superior. — Não gosto daquele homem, não gosto da cara dele. Gostaria que nós nunca tivéssemos sido escolhidos por aquele construtor. Não somos bons o bastante para dizer não ao dinheiro dele, nem maus o bastante para dizer sim ao que ele quer que façamos pela grana.

— O dinheiro não é a questão aqui, Ibby. É o *princípio* da coisa. Não podemos deixar que um homem nos intimide.

— É verdade, Sangeeta-ji, é verdade — concordou Ajwani, olhando para o ventilador do cibercafé. — É o que ensino aos meus filhos. Andem de cabeça erguida na vida.

Encostando um dedo nos lábios, Kudwa se levantou da cadeira e foi pé ante pé até o cliente do terminal seis.

Tirando-o do assento com um puxão, arrastou-o até a porta do café e o empurrou porta afora; o gato branco miou.

— Não quero o seu dinheiro, tudo bem! Dê o fora! — gritou. — Isto aqui não é loja de pornografia.

— É típico — observou. Enxugou a testa e se sentou. — É só deixá-los sozinhos por cinco minutos, e não há como saber *que diabo* eles vão baixar. E, se aparecer a polícia, quem é que vão prender por pornografia? *Ele* é que não vai ser.

— Escute, Ibrahim — disse o corretor —, sempre lutei contra a opressão. Em 1965, quando o primeiro-ministro Shastri nos pediu que sacrificássemos uma refeição por dia, para derrotar os paquistaneses, eu fiz isso. Tinha oito anos e abri mão da minha comida pelo meu país.

Kudwa retrucou:

— Eu só tinha *sete* anos. Abri mão do meu jantar, quando meu pai pediu. Todos sacrificamos aquela refeição em 1965, Ramesh, não foi só você. — Passou os dedos pela barba, sacudindo a cabeça. — Vocês querem expulsar um velho da casa dele.

Ajwani tirou Mariam da sra. Puri e lhe deu um bom sacolejo.

— Ibrahim.

— Sim?

— Já viu como a vaca vira os olhos de lado quando faz cocô e finge não saber o que está fazendo? O Masterji sabe exatamente o que está fazendo conosco e se *compraz* com isso. Reprimido, deprimido e perigoso: esse é o seu querido Masterji, em síntese.

A sra. Puri deslizou o papel pela mesa, aproximando-o de Kudwa.

— Ibby, por favor, me escute. O Masterji sabe que agora o construtor não pode tocá-lo. A polícia está vigiando a Vishram. Esta é a única saída.

Kudwa pôs os óculos de leitura. Pegou o papel e leu:

...conforme a Lei das Sociedades Cooperativas de Maharashtra, de 1960, Seção 35, Expulsão dos Membros, e também os artigos 51 a 56 do Regimento-Modelo, um membro pode ser expulso de sua Sociedade quando:

1. Falta persistentemente com o cumprimento de suas obrigações para com a sociedade;
2. Engana a sociedade, dando informações falsas, por decisão deliberada;
3. Usa o imóvel para fins imorais ou o utiliza regularmente para propósitos ilegais;
4. Tem o hábito de cometer violações de qualquer dos artigos do regimento de sua sociedade, as quais, na opinião dos demais membros desta, são violações graves.

Kudwa tirou os óculos e comentou:
— Ele não fez nenhuma dessas coisas.
A sra. Puri, boquiaberta, virou-se para Ajwani:
— Não? Ele não disse que assinaria o formulário e mudou de ideia? Isso não é enganar a sua sociedade? Não chamou a polícia aos nossos portões? E as coisas que a Mary tem visto no lixo dele; conte a ele, Ajwani, conte...

O corretor fez cócegas na barriga de Mariam em vez de descrever as tais coisas.

Kudwa pegou a filha de volta.
— Quero agradar vocês, concordando. É a minha fraqueza. Eu queria agradar meus amigos na faculdade, por isso entrei na banda de rock. Mandei meu filho para o *tae kwon do*, porque você queria alguém com quem seus meninos pudessem treinar. Quero agradar os vizinhos que pensam em mim como um homem justo e por isso finjo ser assim.

Ibrahim Kudwa fechou os olhos e estreitou Mariam nos braços. Teve vontade de dizer à filha como os seus primeiros anos de vida tinham sido diferentes do que seriam os dela.

Seu pai havia aberto e fechado lojas de ferragens numa cidade após outra, tanto no norte quanto no sul da Índia, antes de se estabelecer em Mumbai, quando o filho tinha 14 anos. O garoto nunca passara tempo suficiente em lugar nenhum para fazer amigos. Com a mãe, aprendera algo melhor do que ter amigos: como ficar sentado num quarto escuro e matar o tempo. Quando ela fechava a porta de seu quarto, mergulhava em outro mundo; Ibrahim fazia o mesmo no dele. Depois, a campainha tocava e os dois corriam juntos para a vida real. Visitas, parentes, vizinhos: ele via a mãe subornar essas pessoas com sorrisos e palavras meigas para que elas a deixassem voltar todo dia, durante algumas horas, para seu reino particular.

Só ao crescer ele compreendera o que sua criação lhe havia feito. Em vez de uma alma de homem, ele tinha desenvolvido antenas de barata em seu interior. O que achava tal homem de sua forma de se vestir? O que pensava tal outro de suas ideias políticas? E de sua pronúncia do inglês? Aonde quer que ele fosse, as opiniões das cinco ou seis pessoas que estivessem por perto se tornavam uma cerca ao redor de Ibrahim Kudwa. Um dia, aos 15 ou 16 anos, quando jogava críquete com os vizinhos, ele havia perseguido a bola até ela cair numa valeta. Negra, fibrosa e fedorenta, aquela sarjeta lodosa era a pior coisa que já tinha visto em toda a sua vida. Mas Ibrahim sabia que os vizinhos queriam que ele pegasse a bola; pressionado pelas expectativas alheias, havia enfiado as mãos no lodo até os cotovelos para encontrá-la. Ao retirá-la, seus braços estavam verdes e pretos e fediam a ovo podre. Ibrahim tinha mostrado a bola imunda aos outros garotos, depois lhes dera as costas e a jogara de novo na valeta; nunca mais voltara a jogar críquete com eles.

Toda vez que detectava em seu íntimo o impulso de agradar, ele se tornava grosseiro, por isso, nos tempos de universidade, tinha ganhado fama por suas oscilações de humor típicas das mulheres. Ao casar com Mumtaz, havia pensado: *Encontrei meu centro, essa moça vai me tornar forte.* Mas a tímida auxiliar de dentista não tinha sido esse tipo de esposa: chorava sozinha quando se sentia infeliz. Recusava-se a firmar a mão dele. Às vezes, Ibrahim Kudwa tinha vontade de abandonar tudo — até Mariam — e fugir para Ladakh, para viver com aqueles monges tibetanos que vira em suas últimas férias.

Olhou para o documento que a sra. Puri e Ajwani lhe tinham levado, mas se recusou a tocá-lo.

— Há apenas três ou quatro meses, a senhora o chamava de "um verdadeiro lorde". Sim, a senhora, Sangeeta-ji. E agora...

— Ibrahim, você sabe o que é *Kala Paani*? — perguntou Ajwani. — É como chamavam o oceano antigamente. Água negra. Os hindus não tinham permissão de navegar no *Kala Paani*. Foi isso que nos atrasou. O medo. Agora, todos nós estamos no *Kala Paani*. Temos de atravessá-lo, senão ficaremos presos na Sociedade Vishram pelo resto da vida.

— Roubo — murmurou Kudwa. — Vocês estão me pedindo para aprovar um roubo.

— Não é roubo. Eu digo isso, Ibrahim, porque sei o que é roubar. Não sou um homem bom como você. Estou lhe dizendo: isto *não é* roubo.

Kudwa deu um tapa na mesa e assustou Mariam, que começou a chorar.

Os visitantes se levantaram; ele consolou a filha. Quando os vizinhos chegaram à porta, Kudwa pensou ter ouvido Ajwani cochichar:

— ...muito típico da comunidade dele.

E ouviu a sra. Puri cochichar de volta:

— ...você está querendo dizer?

Viu Ajwani à porta, brincando com o gato branco e se dirigindo à sra. Puri, que ficara escondida atrás da figueira-de-bengala:

— Eles servem o exército? Ingressam na polícia? Nenhum espírito nacional. Nenhum.

Kudwa mal conseguia respirar.

— Para que pôr a religião nisso, Ajwani? — perguntou a sra. Puri, de trás da árvore. — Ele está na Vishram há dez anos... bem, nove...

O corretor imprensou o gato branco com o sapato; desamparado, o bicho se enroscou no pé dele.

— Está na hora de dizer, sra. Puri. Se ele fosse cristão, ou parse, ou sique, ou até *jainista*, teria concordado.

E, então, as duas vozes se extinguiram.

Kudwa fechou os olhos; afagou a filha.

Será que Ajwani achava que ele não percebia seu plano? A sra. Puri também estava nele. Era provável que os dois tivessem ensaiado aquela conversa antes de irem ao café. Logo, logo, implicariam com ele por causa da caspa. Mas não ia funcionar. *Não ia*. Com a mão esquerda, sacudiu a caspa dos ombros.

Tentou penetrar na mente dos vizinhos. Então Ajwani não via que a expulsão se voltaria contra eles como um bumerangue? Essa nova tática só faria endurecer Masterji.

Mas talvez Ajwani *quisesse* que as coisas não dessem certo.

Kudwa ouvira o boato de que o corretor tinha recebido do sr. Shah a promessa de uma coisinha para "adoçar". Talvez, quanto pior ficasse a situação na Vishram, mais alto se tornaria o preço de Ajwani. Agora, a rede era muito complexa. Kudwa percebeu intenções dentro de intenções na sociedade Vishram e ficou tão absorto em seus pensamentos que não notou quando o gato branco entrou no escritório, subiu na mesa e quase arranhou o rosto de Mariam.

17 DE AGOSTO

Um homem em perigo deve seguir uma rotina.

Agora, Masterji só saía duas vezes por dia. De manhã para o leite, à tardinha para o pão. Em público, ficava perto de onde houvesse gente; a cada dez passos, mais ou menos, virava-se e olhava para trás.

Cedeu aos cochilos vespertinos. À noite, no escuro, podia invocar a lembrança de Purnima, quando parava diante do *almirah*, inspirando o aroma de cânfora e do antigo sári dela. Mas as tardes eram claras e difíceis; o mundo lá fora o chamava. O cochilo habitual ajudava a fazer passar o tempo.

Nessa tarde, porém, ele tivera um pesadelo. Havia sonhado com os irmãos de Purnima.

Ao acordar, na penumbra do entardecer, andou com passos trôpegos até a pia da sala. Bateu na torneira com a palma da mão.

Ficou olhando para a torneira seca, com a sensação de que não havia nada forte dentro dele naquele momento.

Fechou os olhos e pensou na lua cheia que vira muitos anos antes, durante uma semana de férias em Simla, nas montanhas do Himalaia, poucos meses antes de se casar. Estava hospedado num hotel barato; uma noite, o luar estava tão forte que o acordou. Indo para o lado de fora, ele viu o céu frio acima das montanhas dominado pela maior e mais luminosa lua que já vira. Uma voz sussurrou, como que vinda do céu: "Seu futuro será importante."

Ele desenhou um círculo na pia seca.

Andou até a porta do banheiro e parou: havia formigas pretas rastejando pelos ladrilhos do piso. Com as mãos nos batentes, Masterji se inclinou. Na base do vaso sanitário, os insetos pretos se enfileiravam como animais num comedouro.

Será que ainda podia haver dúvida? Eles tinham vindo por causa do açúcar em sua urina. Chegou a ouvir a voz de Purnima implorando: "Você tem de fazer um exame. Amanhã."

Masterji foi até a cozinha e contou os dias no calendário. Faltavam 47. Com o dedo na data circundada, disse em voz alta para que a mensagem chegasse a ela com clareza:

— Se eu fizer um check-up e disserem que estou com diabetes, isso vai me enfraquecer, Purnima. Só vou depois de 3 de outubro.

Voltou ao banheiro para puxar a descarga e despachar as formigas. Mas lá a água também não caiu.

Ele acionou o interruptor: a lâmpada acima da pia do banheiro não acendeu.

Abrindo a porta, descobriu que a campainha do 3B soava sem problema; no andar de baixo, ouviu Nina, a empregada dos Pinto, usando a torneira da pia.

O mistério foi resolvido quando ele desceu a escada e chegou ao quadro de avisos:

AVISO
Sociedade Cooperativa Hab. Vishram Ltda.,
Prédio "A"
Ata da assembleia geral dos membros
do edifício "A", realizada em 16 de agosto

Tema: Expulsão de um membro da sociedade

Uma vez que havia *quorum*, a assembleia teve início conforme o horário combinado, aproximadamente às 19h30.

O sr. Ramesh Ajwani (2C) assumiu a presidência e trouxe à baila as preocupações dos membros.

ITEM N.º 1 DA PAUTA:

Conforme assinalado na Seção 35, Expulsão de Membros, da Lei das Sociedades Cooperativas de Maharashtra, de 1960, e de acordo com as Regras 51 a 56 do Regimento-Modelo, observando-se que a sociedade pode, mediante resolução aprovada por uma maioria não inferior a três quartos dos membros habilitados a votar...

...ou usa o imóvel para fins imorais, ou o utiliza regularmente para propósitos ilegais.

Com base nessas alegações, o sr. Ajwani propôs que Yogesh Murthy, do 3A (anteriormente conhecido como "Masterji"), seja expulso da sociedade, uma vez que não cumpriu suas obrigações com regularidade e se entregou a atividades questionáveis e imorais em seu apartamento.

Ibrahim Kudwa (4C) secundou a proposta.

Apesar das reiteradas solicitações — e de se haver batido à sua porta diversas vezes —, o sr. Murthy não concordou em se defender perante a sociedade.

Concordou-se por unanimidade em aprovar a resolução que expulsa o sr. Murthy da sociedade e em solicitar que ele desocupe seu imóvel no prazo de trinta dias.

...a reunião foi encerrada por volta das 20h30, com um voto de agradecimento à presidência.

A lista completa de assinaturas está anexada. Quatorze dos 16 acionistas da sociedade assinaram o formulário.

Cópia (1) Para os Membros do edifício "A" da Sociedade Coop. Hab. Vishram Ltda.

Cópia (2) Para o sr. Ashwin Kothari, secretário da Sociedade Coop. Hab. Vishram Ltda.

Cópia (3) Para o Registro de Sociedades Habitacionais de Mumbai.

Masterji se deitou no escuro, sentindo o peso de dois andares de pessoas acima e três abaixo que o haviam expulsado daquilo que era sua casa havia 32 anos, e que já nem sequer o consideravam um ser humano — um ser que precisasse de luz e água.

Ele havia ligado imediatamente para Parekh.

— Isso é extremamente *porco* — dissera o advogado. — Ponto número um: a expulsão de uma sociedade é um assunto grave, porque é a retirada do direito fundamental de moradia, e só é aplicável a criminosos e pornógrafos. O Registro de Sociedades Habitacionais não permitirá que isso aconteça no caso de um professor ilustre. Ponto número dois — o advogado tinha pigarreado —: nos termos da Lei de Serviços Essenciais, de 1955, cortar a água ou a eletricidade sem uma ordem expedida por um tribunal é crime. O secretário da sua sociedade pode ser mandado para a cadeia. Vou ditar uma mensagem para o senhor transmitir ao referido secretário.

— Deixe-me encontrar uma caneta, sr. Parekh.

— Dê-me o telefone desse secretário *porco* que eu mesmo ligo para ele. Lido com dúzias de secretários corruptos todos os dias.

No início do verão, tinha se falado em cortes de energia em Mumbai e, prevendo a ocorrência deles, Masterji havia comprado velas. Uma delas estava acesa na mesa de teca. A cera escorreu, o pavio enegrecido ficou exposto. Ele pensou no corpo de Purnima enegrecendo em sua pira fúnebre. Pensou no retrato emoldurado de Galileu acima de seu espelho.

Ergueu o punho; à luz fraca da vela, ele lançou uma sombra na parede. A Terra, no espaço infinito. Um ponto dela era a cidade de Mumbai. Um ponto desta era a sociedade Vishram. E esse ponto era *dele*.

Seu braço começou a tremer, mas Masterji não abriu a mão.

De repente, as luzes voltaram. Havia água correndo na pia. Ele livrou o vaso sanitário das formigas pretas, puxando a descarga, e lavou as mãos, pronunciando o mantra mágico enquanto o fazia: MOFA, MOFA.

O sr. Parekh tinha conseguido outra vez.

livro sete

O último homem na torre

2 DE SETEMBRO

Mais que qualquer outra parte da cidade, Shanmugham adorava a travessia da ponte de Bandra. À noite, com a água do rio Mahim num negro acetinado, os letreiros luminosos do hospital Lilavati adiante e a iluminação pública das favelas perfurando a escuridão abaixo, era como deslizar por um *set* de filmagem.

Agora, no fim da tarde, ele viu os pilares azuis meio indistintos da Worli Sea Link, ainda parcialmente construída, erguendo-se ao longe na água como uma ponte entre este mundo e o outro. O suor pingava do capacete em seus olhos, fazendo-os arder.

Ele sonhou com um suco de laranja servido sobre gelo picado, com muito açúcar e uma pitada de massala vermelha em pó por cima. Torceu para encontrar uma barraca de sucos de frutas perto do escritório do advogado.

Estacionando a moto perto da estação de trem, tirou o capacete e deu uma boa sacudidela no cabelo, espalhando gotas de suor à sua volta como um cão no banho.

Em meio aos prédios decrépitos junto à ferroviária, procurou o escritório do advogado. O lampejo de uma lâmina aberta numa barbearia captou seu olhar. "Famoso Palácio dos Cortes de Cabelo". Era o ponto de referência para o escritório.

Shanmugham aguardou do outro lado da rua.

Junto dele havia um homem num quiosque de madeira, cercado por tomates, pepinos e batatas cozidas em baldes de água. Com pilhas de pão de forma e uma tigela de manteiga em sua mesa, ele ia picando os legumes em fatias finas. Diversos cartazes de papelão em inglês pendiam do teto do pequeno quiosque, amarrados com barbante:

NÃO PEÇA PARA COMPRAR FIADO
NÃO DISCUTA O PREÇO DOS NOSSOS CONCORRENTES
NÃO PEÇA SACOS PLÁSTICOS DE GRAÇA
NÃO PEÇA MOLHO DE TOMATE EXTRA
NÃO SE DEMORE MUITO DEPOIS DE COMER

Shanmugham olhou com inveja para todas aquelas proibições. O homem dos sanduíches podia ser pobre, mas sabia ditar a própria lei.

Quanto a mim, tenho de fazer o que o patrão manda. Ele joga o pauzinho, eu tenho de buscar.

Ficou pensando se devia comer um sanduíche rápido.

Um velho de guarda-chuva, mancando ligeiramente da perna esquerda, passou pelo Famoso Palácio dos Cortes de Cabelo e no prédio ao lado. Shanmugham parou de pensar em comida.

Uma luneta leitosa deixava entrar uma luz cinzenta na escada do edifício Loyola Trust; um pombo batia asas do outro lado.

Masterji parou na subida para o escritório do advogado a fim de diminuir a dor da perna esquerda. Olhou para a silhueta irrequieta da ave e pensou: *Para onde foram as chuvas?*

Pegou o lenço, secou o bigode, que estava empapado, e repôs no bolso o tecido úmido.

O Ganesha descansava na penumbra de seu nicho na escada. O cheiro de combustível da pequena e votiva lâmpada a óleo se misturava com o cheiro de curry de carne. Os quatro seguranças de uniforme cáqui estavam novamente jogando cartas sob a imagem do Ganesha, com suas sandálias, sapatos e meias amontoados numa pilha junto à parede.

Na Via Láctea da cidade, às vezes se podia reconhecer um sistema solar autônomo, como esses homens jogando suas partidas de baralho quase em silêncio, nesse patamar de luz esmaecida, interrompendo-se apenas para almoçar ou substituir o pavio da lamparina a óleo. Eles nunca seriam ricos, mas tinham essa eterna tarde de carteado e camaradagem. Masterji se perguntou, ao contornar as mãos e pés dos guardas, que pareciam outro conjunto de cartas dispostas no chão, se eles mantinham ali um caderno Sem Discussão.

PAREKH E FILHOS
ADVOCACIA
"UMA ÁGUIA JURÍDICA COM ALMA E CONSCIÊNCIA"

A cortesia do escritório do advogado tinha melhorado muito dessa vez. O empregado de lápis vermelho atrás da orelha sorriu e disse:

— Vou *ligar* o ar-refrigerado, o senhor está suando. É a pior época do ano, não é? As chuvas param, e a gente fica de novo no meio do verão.

Pegou o guarda-chuva preto de Masterji, sacudiu-o e o colocou num balde de plástico verde com guarda-chuvas de outras cores.

Chegou um copo d'água numa bandeja marrom; o empregado fez uma mesura diante de Masterji.

— Eu trouxe para o senhor o copo d'água mais gelado da cidade de Mumbai. O mais gelado.

Será que ele está esperando uma gorjeta por isso? Outros funcionários subalternos, que circulavam pelo escritório com seus documentos, sorriram para Masterji. Ele se lembrou da sensação que tivera uma vez, no mercado de Vakola, de ser confundido com um milionário. Bebericando a água gelada, estava considerando o mistério da sua situação, quando o empregado disse:

— O senhor pode entrar para falar com o sr. Parekh.

De cabeça baixa, Parekh falava ao celular, as três mechas grisalhas sobre a calva cintilando à luz. O medalhão de ouro estava enfiado na camisa e fazia uma protuberância entre o segundo e o terceiro botões.

O advogado levantou a cabeça e fitou Masterji pelos óculos de lentes grossas, que tinha resolvido se sentar.

— O senhor me telefonou, sr. Parekh. Disse que havia uma boa notícia e que eu devia vir vê-lo antes do almoço.

Meneando a cabeça, como se nesse momento se lembrasse, o advogado concentrou seu muco e o despejou na escarradeira.

— O senhor não é meu único cliente, Masterji. A todo momento, luto com dúzias de ratos de favela.

Apropriadamente contrito, Masterji assentiu com a cabeça. Entrou um contínuo trazendo chá para o advogado. Assim se passaram alguns minutos, com Parekh lendo uma carta datilografada e semicerrando os olhos para o celular toda vez que chegava uma mensagem de texto com um toque alto. Pés bateram sobre o teto rebaixado. As fissuras das tábuas de madeira se expandiram.

A porta do escritório abriu e um assistente — ou seria filho dele? — se aproximou do advogado. Parekh pegou de sua mão um documento, espremeu os olhos e o jogou de volta.

— Não é essa a boa notícia certa. Não é pertinente no caso do Masterji.

O assistente saiu; Masterji aguardou; pés se moveram acima do teto.

— Uma coisa é preciso confessar, Masterji — disse Parekh. — Eu tive dúvidas. Naquela noite em que cortaram a energia, por exemplo. Ou quando o seu correquerente, o sr. Pinto, foi ameaçado. Mas o senhor foi fiel a sua palavra. Provou que era soberano no seu pedaço de chão.

Masterji assentiu com a cabeça.

— Os homens da nossa geração presenciaram muitos problemas. Guerras, emergências, eleições. Sabemos sobreviver.

— É verdade — concordou Parekh. — Somos homens de uma certa geração, eu e o senhor.

O assistente reapareceu, minutos depois, com outro documento, e dessa vez o velho professor soube que era pertinente ao caso. Parekh olhou para Masterji; os olhos sem sobrancelhas cintilaram.

— A boa notícia é de porte considerável.

Masterji sorriu.

— Qual é a boa notícia?

Ainda folheando as páginas do documento, Parekh disse:

— Um acordo. Será um acordo famoso. Shah *versus* Murthy.

— Mas quem fez esse acordo comigo?

O sr. Parekh se virou para seu assistente, ou filho, como que apreciando a piada.

— Ora, Masterji — disse —, o construtor, é claro. E, na verdade, cá entre nós, Masterji, tapeamos o sr. Shah. — Enxugou a boca. — Porque o senhor tinha um caso fraco, no começo. Agora podemos dizê-lo abertamente.

— Um caso fraco?

— É claro.

Masterji se virou de Parekh para o outro, e de novo para Parekh:

— Como é que *o senhor* pode fazer um acordo sem falar comigo? Eu tenho a certidão de participação: sou dono do meu apartamento.

Parekh deu um sorriso tristonho.

— Não, senhor. Não é. Em essência, nem o senhor nem nenhum membro de qualquer sociedade cooperativa habitacional, registrada em qualquer parte deste estado, é proprietário, estritamente falando, do apartamento que possui. A sua sociedade é soberana no seu imóvel. O senhor detém uma certidão de participação. Se a sociedade decidir vender o seu apartamento, o senhor não terá o direito de discordar. A propósito disso... — Virou-se para pigarrear. O filho ou assistente recitou:

— Dhiraj T. Kantaria e outros *versus* Corporação Municipal & Cia., 2001 (3) Bom. C.R. 664; 2002 (5) Mh. L.J 779; 2004 (6) LJSOFT 42.

O advogado enxugou a boca e disse:

— Exatamente.

— Mas a MOFA... — resmungou Masterji. — MOFA, MOFA?

O advogado deslizou a mão pelas três mechas grisalhas.

— O nome da lei MOFA não deve ser usado com leviandade — disse, e sacudiu a cabeça. — Durante trinta anos, o senhor lecionou para seus alunos de acordo com o darma. Agora, permita que sejamos dois professores para o senhor, Masterji. Para falar com franqueza, nem mesmo advogados que estão há vinte, trinta anos nesta honrosa profissão compreendem o que é a lei MOFA. O homem comum não consegue entender as sutilezas dela. É preciso considerar como a MOFA se comporta com a MMRDA e com a CMB.

— MHADA — lembrou-lhe o outro. — MHADA.

— É a pura verdade. Nesta cidade, a MHADA está sempre presente. Em algum lugar do pano de fundo. Às vezes, em primeiro plano. Não devemos esquecer que o governo está prestes a revogar a lei que regulamenta o limite das terras urbanas, a qualquer momento. A ULCRA, sabe? Temos de pensar em tudo isso antes de trazer à baila o nome da lei MOFA. Compreende? Não se preocupe. Nós compreendemos pelo senhor.

Masterji viu diante de si não apenas dois advogados intimidantes, mas a presença primitiva da autoridade. *Terá sido assim que meus alunos me viram durante todos aqueles anos?* Sob o teto rebaixado, um velho professor se viu esmagado sob o peso do entendimento.

Aquele advogado com o medalhão de ouro escondido e aquele rapaz, filho ou assistente, eram vendilhões, trocando moedas no templo da lei.

Era por isso que Parekh havia pedido o número de telefone do secretário; os dois tinham mantido contato o tempo todo.

Masterji olhou para a fotografia do templo Angkor Wat e perguntou:

— O senhor falou com o sr. Shah? Pelas minhas costas?

— O sr. Shah entrou em contato *comigo*. O funcionário dele veio aqui, um tâmil agradável, como era o nome dele? Shatpati? Shodajara? — O advogado levou a mão à boca, meio aberta. — Não tinha cartão de visita, mas me deu seu telefone. Posso renegociar. Arrancar um acordo ainda melhor para o senhor.

— Não quero um acordo melhor.

— Nós lhe conseguiremos o *melhor* acordo.

— Não quero acordo *nenhum*. Vou procurar outro advogado.

— Ora, Masterji — fez o sr. Parekh, inclinando-se para ele. — Os outros vão-lhe pedir um adiantamento dos honorários, desperdiçar o seu tempo e lhe dizer a mesma coisa. Francamente, não compreendo o que o senhor quer.

— Eu já lhe disse e repito: *nada*.

No mesmo instante, foi como se o ar-condicionado parasse de funcionar. O sr. Parekh enxugou a nuca com um lenço.

— Senhor: esses homens da construção civil nos perseguem, a nós, cidadãos idosos. Têm políticos e policiais na folha de pagamento; o senhor deve saber disso. Outro dia, mataram a tiros um membro eleito do governo municipal. Em plena luz do dia. O senhor não viu nos jornais? Os velhos precisam se unir neste novo mundo.

— Agora, *o senhor* está me ameaçando? O meu próprio advogado?

O sr. Parekh espirrou num lenço e disse:

— Eu estou ameaçando o senhor com as realidades da natureza humana.

Em vez do Angkor Wat atrás da cabeça do advogado, nessa hora Masterji viu uma imagem da Suprema Corte de Bombaim: uma estrutura gótica com um telhado altíssimo, antiga e maciça, assentada como um peso de papel sobre a cidade e simbolizando para seus residentes a autoridade da lei. Agora, essa Suprema Corte e seu telhado alto estremeceram, e seus sólidos arcos góticos se transformaram em papel picado, esvoaçando sobre os ombros de Masterji. Mofa. Mhada. Ulcra. Mcsa. Ulfa. *Mohamaulfacramr-dama-ma-ma-abracadabra*: leve, bem leve, caiu sobre ele a inútil lei da Índia.

Nesse instante, ele ouviu o jovem colega do sr. Parekh dizer:

— O senhor nem cobrou dele as suas despesas básicas, pai. Todas as fotocópias que tivemos de fazer. O senhor é um homem de consciência, é por isso. Todos os cidadãos idosos fazem parte da sua família.

Então, ele é filho, pensou Masterji. A posse desse dado — trivial e irrelevante para seus problemas — encheu-o de força por algum motivo. Ele pôs as mãos nos braços da cadeira e se levantou.

— Ei, espere aí — disse o Parekh mais moço, percebendo que o pássaro estava prestes a levantar voo. — Se o senhor vai sair assim, que tal falar dos nossos honorários? Que tal todas as fotocópias que fizemos para o senhor?

Às suas costas, Masterji ouviu a voz do rapaz protestar:

— Vamos detê-lo, pai, agora. Pai, vamos correr atrás dele.

O balde verde caiu quando Masterji puxou o guarda-chuva, respingando água em seus tornozelos.

Passou pelos guardas e por seu deus cego, desceu a velha escadaria e passou pelo pombo que batia as asas atrás da luneta opaca.

Purnima, rezou, *dê um voo rasante e me tire da terra dos vivos*.

A mulher lhe respondeu quando ele correu do edifício Loyola Trust, com um aroma de batatas recém-saídas da frigideira.

Masterji se deteve numa lanchonete.

Em segundos, uma bolota frita de *vada pav*, comprada por quatro rupias, dissolvia-se em seu corpo. Óleo, batata, colesterol e gorduras trans acalmaram o rodamoinho de seu estômago.

Limpando da boca a humilhante camada de gordura, ele encontrou uma mercearia de onde pudesse dar uns telefonemas num telefone público amarelo, envolto em plástico. Nessa hora, Gaurav estaria no trabalho, o único lugar onde aquele rapaz poderia ficar livre da influência da mulher. Com o guarda-chuva embaixo do braço, Masterji ligou para Vittal, na biblioteca da escola, e pediu o número de telefone do banco de Gaurav, a Sociedade Cooperativa Canara. Com uma segunda rupia, ligou para o banco e chamou o sr. G. Murthy, gerente júnior da filial.

— Sou eu. Seu pai. Estou telefonando de Bandra. Acaba de acontecer uma coisa muito ruim.

Houve um silêncio.

— O que é, pai? Estou trabalhando.

— Você pode falar agora? É urgente, Gaurav. Não, é um telefone público. *Eu* volto a ligar deste mesmo número. Em dez minutos.

Pedindo ao dono da mercearia que mantivesse o telefone desocupado para ele, correu até a lanchonete e comprou outro *vada pav*.

Mastigando com vontade as batatas empanadas, foi caminhando de volta para o escritório de Parekh; na barbearia, reconheceu um rosto escuro refletido num dos espelhos.

Virou-se e deparou com um indivíduo de camisa branca engomada, parado bem em frente ao edifício Loyola Trust.

Fitou o homem que era o braço esquerdo do sr. Shah. As grades de metal do prédio gemeram sob o pouso dos pombos.

— Sr. Masterji... — Shanmugham estendeu-lhe a mão. — Não faça isso com o senhor. Esta é a última chance.

Masterji estremeceu ao ver aquela mão. Sem dizer palavra, afastou-se do escritório de seu ex-advogado.

— Contrate outro advogado — disse Gaurav, depois que o pai ligou do telefone público e explicou tudo. — Há milhares na cidade.

Masterji achou que a voz do filho estava mudada, disposta a ouvir.

— Não — disse-lhe. — Não vai funcionar. A lei não vai funcionar.

Pudera ouvir a língua do construtor vibrando no muco de Parekh. Igualzinha ao diapasão que ele havia usado em aula num experimento de acústica. A corrupção se transformara em física; sua frequência exata tinha sido descoberta pelo sr. Shah. Se Masterji contratasse outro advogado, aquela língua grossa também o regularia muito bem.

— Minha última esperança é o Noronha. Do *Times*. Escrevi uma série de cartas, mas ele não responde. Se houver algum modo de entrar em contato com ele, filho...

Mais silêncio. Depois, Gaurav disse:

— Tenho um conhecido no *Times*. Vou ver se conseguimos chegar ao Noronha. Enquanto isso, vá para casa e tranque a porta, pai. Quando o meu conhecido me disser alguma coisa, eu lhe telefono.

— Gaurav — respondeu Masterji, a voz se embargando de gratidão. — Farei isso, Gaurav. Vou para casa esperar a sua ligação.

Uma vaca tinha sido amarrada ao lado da lanchonete, um animal saudável, com uma marca negra em forma de cometa na testa. Acabara de ser ordenhada, e um homem de *dothi* e peito nu carregava para dentro um balde embolorado em que o leite fresco parecia um líquido radioativo. Agachada junto à vaca, uma mulher de sári cor de açafrão fazia bolotas de mingau grosso. A seu lado, outra mulher dava banho em duas crianças.

Era meio vilarejo amontoado numa fresta de calçada. A vaca comia capim e pedaços de casca de jaca. Barriguda e de olhos grandes, reluzente de saúde, respirava diesel e fumaça dos canos de descarga, aspirava partículas em suspensão e dióxido de enxofre, misturava tudo em seus quatro estômagos e, do ar ruim e da água cheia de bactérias, produzia leite bom. Atraído pelo magnetismo de uma saúde tão robusta, o velho pôs o dedo naquela barriga, com sua crosta de fezes ressequidas. Os órgãos do animal vibraram em sua mão, dizendo: toda esta força dentro de mim é também uma força dentro de você.

Fiz bem a outras pessoas. Fui professor durante 34 anos.

A vaca levantou o rabo. A bosta se empilhou na rua. Ao verem Masterji falar com a vaca e lhe contar suas aflições, talvez os nativos da cidade o tomassem por um velho maluco, porém os que tinham vindo das aldeias não se deixavam enganar: reconhecendo a devoção no gesto dele, a mulher de sári cor de açafrão se levantou. As duas crianças a acompanharam. Em pouco tempo, a testa da vaca estava coberta de mãos humanas espalmadas.

Giri pôs o jantar na mesa. Arroz branco, curry de espinafre, feijão condimentado e *pappad* para guarnecer um peixe à *hilsa*, grelhado e picado, misturado com sal e pimenta e servido numa travessa de porcelana. A cabeça do peixe vinha em cima, a boca aberta, como se pedisse para respirar, em meio às partes de seu próprio corpo.

O *hilsa* deixou Shah com água na boca. Ele circundou a mesa do jantar de sua casa em Malabar Hill com um pedaço de seda na mão — um lenço que Rosie lhe comprara, uma daquelas porções minúsculas de seu próprio dinheiro que ela lhe devolvia, perfumadas e embrulhadas para presente em tecido adamascado. Esfregou-o entre os dedos.

Estava andando pelo apartamento desde a hora em que Shanmugham tinha voltado do escritório do advogado, transpirando com a má notícia.

Brisa fresca: ele se aproximou da janela. Lá embaixo, na valeta em frente ao prédio, um homem maltrapilho procurava garrafas vazias.

Até ali embaixo Shah viu o desejo. Aquele mendigo com o saco de aniagem, se lhe fosse contada a história até esse ponto, ficaria pasmo com o tal velho professor. Um homem que não queria nada, que não tinha no coração espaços secretos em que fosse possível guardar mais um pouquinho de dinheiro: que tipo de homem era esse?

— Já vi toda sorte de estratégias de negociação, Giri. Sou capaz de classificá-las. Há quem diga que está doente. Que é cego. Que sente saudade do cachorro querido que morreu, o Timmy ou o Tommy, que morou naquele apartamento. Mas nunca vi essa tática de simplesmente dizer "não", sem parar.

— Sim, patrão — disse Giri. — O senhor vai comer agora?

— Estamos lidando com a coisa mais perigosa que existe no mundo, Giri. Um homem fraco. Um homem fraco que achou um lugar onde se sente forte. Ele não vai sair da Vishram. Agora eu entendo.

Giri tocou no patrão:

— Sente-se. Senão o *hilsa* vai esfriar, e então para que o Giri terá tido esse trabalho todo?

Shah olhou para o peixe e teve uma visão do velho professor, fatiado e picado do mesmo jeito, temperado com sal e pimenta, disposto na mesa de jantar. Estremeceu e tornou a esfregar o lenço de seda.

Tudo que Shanmugham tinha feito, até o momento, fora mandar um garoto com um taco de hóquei falar com aquele velho, o sr. Pinto. Nada de criminoso nisso. Ele apenas tinha enviado à sociedade Vishram um presente da realidade. Havia presumido que isso seria suficiente, num edifício cheio de velhos. Animais sociais.

Agora, Shanmugham estava aguardando instruções no subsolo. Shah podia imaginá-lo parado em frente ao espelho retrovisor de um carro, ou no elevador, treinando suas ameaças: "Velho, nós lhe demos todas as chances, e agora não nos resta...".

A seda esquentou nos dedos de Shah.

Negócio sujo esse da construção civil, e ele havia subido pela parte mais suja. Reurbanização. Quem gosta de peixe tem de engolir umas espinhas. Shah não se arrependia pelo que tivera de fazer para chegar onde estava. Mas não era para acontecer assim no caso do Xangai — não depois de ele ter oferecido 19 mil rupias por metro quadrado de um prédio muito, muito velho.

O lenço de seda quente caiu no chão.

Pendurado acima da escrivaninha do escritório estava o presente de Rosie, o cartaz emoldurado em preto e branco, mostrando em três partes a construção da Torre Eiffel. Com as mãos espalmadas sobre a mesa de mogno polido, Shah viu, como que num periscópio, o amontoado de redes de dinheiro que corria por baixo dela — espiou as trilhas mais profundas e secretas pelas quais o grupo Confiança deslocava seu dinheiro e seguiu os mutáveis números em série das contas nas ilhas do Canal e nas Maldivas. Ele era mestre em coisas visíveis e invisíveis. Prédios se elevando acima do solo e os canais de dinheiro correndo abaixo dele.

E por que ele havia construído essas coisas acima e abaixo do solo?

Agora, todos acreditavam que a Índia seria um país rico. Ele já sabia disso dez anos antes. Havia planejado o futuro. Pular fora da reurbanização de favelas. Começar a construir arranha-céus sofisticados, shoppings e, quem sabe, um dia, um bairro residencial inteiro, como os Jardins Hiranandani, em Powai. Deixar algo de herança, um novo nome: o grupo Confiança, fundado por Dharmen Vrijesh Shah, um filho de primeira esposa oriundo de Krishnapur.

E um idiota de um professor velho ia atrapalhar tudo? Uma das vizinhas tinha dito a Shanmugham que o filho de Masterji havia entrado em contato com ela. Dissera que o pai estava planejando ir ao *Times of India* no dia seguinte. Para declarar que o grupo Confiança o vinha ameaçando.

O construtor bateu com as palmas das mãos na cabeça. De todas as boas sociedades habitacionais de Vakola, de todas as sociedades que estavam *morrendo* de vontade de receber uma oferta daquelas, por que ele havia escolhido justamente essa?

Estrela, acaso, destino, sorte, horóscopos. Um homem tinha lá sua força de vontade, mas havia forças obscuras operando em tudo que o cercava. Por isso Shah buscava proteção na astrologia. Sua mãe tinha morrido quando ele era pequeno. Será que não fora marcado pelo azar desde o começo? Filho da primeira mulher, Krishnapur, cujo cheiro de estrume de vaca ele sentia nas narinas. Shah se rebelara contra isso, mas continuava tudo lá: a lama da aldeia, o fatalismo da aldeia.

Agora ele não podia deixar a Vishram. Perderia prestígio em Vakola. O J.J. Chacko mandaria afixar cartazes para cima e para baixo, ao longo da autoestrada, zombando dele.

E isso significava que só havia uma coisa a fazer com esse velho. Somente uma coisa poderia fazer o Xangai acontecer.

Shah pensou no *hilsa* picado.

Nos velhos tempos, quando um construtor tinha um problema, esse problema acabava em pedaços no concreto molhado: tornava-se parte do edifício que havia tentado obstruir. Um pouquinho de cálcio fazia bem às fundações. Mas esse tempo havia passado, os dias sem lei das décadas de

1980 e 1990. A Vishram era uma construção de classe média. O homem era professor. Se ele morresse de repente, haveria um suspeito imediato. A polícia iria bater à sua porta em Malabar Hill na manhã seguinte.

Por outro lado, as mãos dos policiais tinham sido bem molhadas. Ele poderia se safar se o trabalho fosse bem-feito: cientificamente, sem deixar impressões digitais. Sua reputação em Vakola com certeza melhoraria: no fundo, todos admiram a violência. Era um risco, um grande risco, mas ele poderia se safar. Abaixou-se e apanhou o lenço de seda.

Quando o tecido tornou a se aquecer em seus dedos, Shah ouviu um ronco.

A porta do quarto do filho estava entreaberta. As pernas grossas de Satish se encolhiam juntas na cama. Shah entrou, fechou a porta e se sentou ao lado do filho.

Ao vê-lo assim, como aquela coisa que respirava em meio aos lençóis mornos e desarrumados, pensou na mulher com quem havia criado essa nova vida.

Rukmini. Nunca a tinha visto antes do dia do casamento; ela fora mandada de ônibus de Krishnapur depois que Shah se recusara a voltar à aldeia para se casar. A cerimônia tinha sido bem ali, na região central. Ele admirava a coragem da moça, que se adaptara à cidade grande em questão de horas. Na noite do casamento, já discutia com o homem da mercearia por causa do preço do açúcar refinado. Passados tantos anos, Shah sorriu com essa lembrança. Durante 13 anos, Rukmini havia cuidado de sua casa, criado seu filho e supervisionado sua cozinha, enquanto ele gritava com os colegas e com os homens que lhe serviam de braço esquerdo na sala de visitas, ou por telefone. A mulher parecia ter tão pouca opinião sobre o ramo da construção civil quanto ele sobre culinária. E então, uma noite — Shah não conseguia recordar o que ela teria entreouvido —, Rukmini havia entrado no quarto, desligado a música de Kishore Kumar que ele estava escutando e dito: "Se você continuar a ameaçar outras pessoas e os filhos delas, um dia poderá acontecer alguma coisa com seu próprio filho." Depois disso, ela havia religado a música e saído do quarto. Fora a única vez que tecera um comentário sobre o trabalho do marido.

Shah tocou o corpo escuro na cama desfeita. Sentiu o futuro do garoto como uma febre. Drogas, álcool. Períodos na prisão. Uma espiral de problemas. Tudo por causa do carma *dele*.

Teve a sensação de haver tropeçado em alguma coisa ancestral e semienterrada, como um pote do ouro no quintal dos fundos: um sentimento de vergonha.

— Patrão. — Era Giri, com a silhueta recortada contra a luz ofuscante que vinha da porta aberta. — O *hilsa*.

— Jogue fora. E feche a porta, Giri, o Satish está dormindo.

— Patrão. O Shanmugham... subiu. Está perguntando se o senhor tem alguma coisa para lhe dizer.

O *almirah* de sua mulher estava aberto, e a fragrância do sári do casamento e das antigas bolinhas de cânfora enchia o ar do quarto.

Masterji se sentou no chão como um iogue.

A sra. Puri dava gritos com o marido na porta ao lado; o secretário batia com os pés pesados acima da cabeça dele. Em seguida, ouviu passos que vinham do edifício inteiro, dirigindo-se à porta abaixo da sua. Estavam falando com os Pinto. Ele ouviu vozes elevadas, e então o sr. Pinto disse:

— Está bem. Está bem. Mas depois nos deixem em paz.

Minutos depois, a campainha tocou.

Quando Masterji abriu a porta, havia uma mulher miúda e magra do lado de fora, com um caderno vermelho. Um elástico azul fora enrolado nele com duas voltas.

— O sr. Pinto deu isto à empregada para ela entregar ao senhor.

— Então, por que é você que o está entregando, Mary?

Ela olhou para os pés:

— Porque ela não quis entregar ao senhor em pessoa.

Masterji pegou o livrinho vermelho e retirou o elástico. O caderno Sem Discussão lhe fora devolvido com uma anotação num *post-it* grudada na capa: *Todas as dívidas quitadas e contas encerradas.*

— Não fique zangado com o sr. Pinto — cochichou Mary. — Eles o obrigaram a fazer isso. A sra. Puri e os outros.

Masterji meneou a cabeça:

— Eu não o censuro. Ele está assustado.

O professor não sabia se devia olhar para Mary. Em todos esses anos, a não ser em assuntos diretamente ligados ao serviço dela, nunca havia trocado nem uma dezena de palavras com a faxineira da sociedade.

Ela sorriu.

— Mas não se preocupe, Masterji. Deus vai nos proteger. Também estão tentando me expulsar da minha casa. Eu moro perto do *nullah*.

Masterji olhou para as mãos de Mary, cobertas de lanhos. Lembrou-se de um menino da escola cuja mãe era catadora de lixo. Tinha as mãos marcadas por mordidas de rato e longos arranhões.

Como podiam expulsar uma pobre mulher como essa de seu barraco? Quantos estariam sendo forçados a deixar suas casas — o que andavam fazendo com essa cidade em nome do progresso?

Ao fechar a porta atrás de Mary, ele se inclinou para a frente e encostou a testa na madeira fria.

— Não devo ficar com raiva. A Purnima não aprovaria.

O telefone começou a tocar. Embora estivesse esperando a ligação de Gaurav, ele se aproximou do aparelho como havia começado a fazer recentemente, com nervosismo.

Tirou o fone do gancho e o levou ao ouvido. Respirou aliviado.

Gaurav.

— Boa notícia, pai. Consegui falar com o Noronha. Meu conhecido me pôs em contato com ele. Expliquei a situação: as ameaças, os telefonemas, o ataque ao sr. Pinto...

Masterji ficou tão empolgado que passava o fone de um ouvido para outro.

— E a velhacaria de hoje, do advogado? Você não deixou isso de fora, deixou?

— ...isso também, pai. O Noronha vai se encontrar conosco.

— Esplêndido, esplêndido.

— Pai, o Noronha só vai nos ouvir. Não pode prometer nada.

— Eu compreendo. Compreendo inteiramente. Só quero uma oportunidade de revidar a esse tal de sr. Shah. No momento, o placar está em cem a zero para ele. Só quero uma boa rebatida naquela pança gorda. É só isso que eu peço ao Noronha.

— Ele vai nos receber amanhã no escritório do *Times of India*, às cinco horas. O senhor pode encontrá-lo no saguão? Sim, eu vou direto do trabalho para o Terminal Victoria.

— Obrigado, filho. No final das contas, a gente tem a família, senão, o que mais haveria? Eu sabia que podia contar com você. Até amanhã.

Masterji se deitou na cama e ficou batendo os pés feito um menino.

Na casa do sr. Shah, em Malabar Hill, Giri tinha limpado a cozinha, desligado o gás, aberto a correspondência do dia e separado as cartas. A última coisa que tinha a fazer, antes de ir embora, era falsificar a assinatura do patrão.

Tirando os óculos bifocais — presente do patrão pelo aniversário de cinquenta anos —, sentou-se à mesa sob o cartaz da Torre Eiffel em construção. Acendeu o abajur da escrivaninha e abriu a segunda gaveta, onde ficavam guardados os talões de cheques. A mão de Giri, que reproduzia com exatidão a assinatura do patrão tal como era em 1978, era consideravelmente mais autêntica que a de Shah, cujo caráter se modificara ao longo dos anos. Por essa razão, fazia muito tempo que Shah lhe confiava a assinatura das contas mensais. Giri as retirou de uma pasta de papel manilha azul, uma por uma. A conta de energia elétrica. A conta mensal de condomínio da sociedade. Um pedido de doação voluntária de cinco mil rupias para a instalação de "caixas de coleta de águas pluviais" no edifício.

— Voluntária. — Giri deu uma fungadela. Em inglês, isso queria dizer que a pessoa daria o dinheiro se quisesse. Amassou o papel e o jogou na cesta de lixo.

Em seguida, estudou a conta do cartão de crédito do patrão, antes de assinar um cheque para cobri-la. Examinou outra conta de cartão de crédito e assinou um segundo cheque para "a pessoa de Versova" — que ele se recusava a dignificar com um título mais exato.

Apagou o abajur da escrivaninha.

Quase nove horas. Teria de enfrentar uma hora de trem para Borivali, onde morava num apartamento de quarto e sala com a mãe. Na cozinha, trocou seu *lungi* azul por um par de calças de poliéster marrons e vestiu uma camisa branca por cima do *banian*.

Satish tinha saído do quarto. Giri esticou os lençóis.

O sr. Shah estava na cama, segurando o prédio de gesso que estivera perto da estátua de Nataraja dançante nas últimas semanas. Giri tentou tirar a maquete dos braços do patrão, mas desistiu.

Apagou as luzes do apartamento, abriu a porta e deparou com Shanmugham, de braços cruzados.

— Quando o chefe vai me dar uma resposta? — indagou o braço esquerdo. — Se vamos quebrar os braços e as pernas daquele professor velho, tem de ser agora.

3 DE SETEMBRO

Ainda não eram quatro horas.

Masterji parou junto à Fonte Flora para enxugar o rosto com um lenço; a água fria rolava pelo mármore antigo e manchado, descendo por suas deusas, suas árvores e seu golfinho.

Passou pela estátua de bronze de Dadabhai Naoroji e atravessou a sombra das galerias de prédios a caminho do *Times of India*. Como que esperando ver Shanmugham às suas costas, foi dando olhadelas para trás, por isso não o percebeu até estar bem diante dele.

O terminal ferroviário Victoria.

Fazia anos que não via a imensa estação, a mais grandiosa estrutura gótica da cidade. Demônios, cúpulas, gabletes e gárgulas brotavam por toda a louca massa de pedra colorida. Mastins de pedra voavam da cúpula central; carneiros, lobos, pavões e outros animais histéricos e sem nome, todos se projetando da estação, soltavam gritos silenciosos acima do trânsito e do bulício. Para multiplicar a loucura, um cordão de palmeiras abanava a construção — árvores brincalhonas, sensuais, pagãs, provocando, quase fazendo cócegas nas gárgulas.

O coração de Bombaim, se é que existe, sou eu, sou eu!

O prédio do *Times of India* ficava logo depois da esquina. Masterji ainda tinha uma hora. Atravessou a rua. No pórtico fresco da estação, viu lobos de pedra empoleirados nos capitéis das colunas, como que prestes a saltar sobre as pessoas que estavam embaixo. Colado numa das pilastras da estação, ele viu o cartaz de um menino que havia desaparecido na cidade, como uma vítima real dos lobos imaginários da arquitetura. O texto em híndi estava borrado e ele o leu com dificuldade, pensando nos pais solitários à procura desse menino, implorando informações aos indiferentes policiais, até regressarem num trem para Bhopal ou Ranchi, exaustos e derrotados.

Teve um tempo em que ele tinha sido um imigrante como esses que jorravam na cidade pelas portas da estação, homens e mulheres de Bihar e Uttar Pradesh que carregavam todas as suas posses em trouxas de pano. Saíam da sombra dos lobos de pedra e pestanejavam à luz impiedosa de Mumbai. Mas suas trouxas não continham o que contivera a dele: instrução. Quantos acabariam como o menino do cartaz, surrados, sequestrados ou assassinados? O coração de Masterji se encheu de piedade por suas lutas menores.

— Point! Point! Point!

Os motoristas de táxi que aguardavam em frente à estação se ofereciam para levá-lo a Nariman Point. Ele sacudiu a cabeça, mas a gritaria continuou. Masterji sentiu a determinação daqueles homens como uma força física, um aríete que tentava esmagar sua própria persistência.

Ao entrar no saguão do *Times of India*, fitou um gigantesco mural de Jawaharlal Nehru e Indira Gandhi examinando um exemplar do *Times*. Sentou-se e aguardou. Faltava meia hora. As pessoas entravam e saíam do saguão. *Quantos terão vindo falar com o Noronha?*, perguntou-se. Sentiu o orgulho conhecido de ver um estudante prosperar, que é como o fluxo de hormônio do crescimento que faz espichar a árvore nova e deixa um velho professor ansioso por mais uma rodada de vida.

Começou a cochilar. Ao abrir os olhos, deparou com Gaurav, de camisa social azul, calças com pregas na cintura e gravata, sacudindo-o pelo ombro.

— Desculpe, filho. Eu estava cansado. — Masterji se levantou da cadeira. — Vamos entrar para ver o Noronha?

As palavras estavam bem ali, na ponta da língua de Gaurav — *Eu. Não. Telefonei. Para. O. Noronha. Eu. Não. Liguei. Para. Ele* —, mas, ao serem proferidas, tinham se transformado:

— Sim. Mas, primeiro, quero comer alguma coisa, pai.

— E o nosso horário?

— Nós temos tempo, pai. Muito. Agora estou com fome.

Pai e filho foram ao McDonald's em frente ao terminal Victoria. Masterji se sentou a uma mesa do lado de fora e esperou Gaurav chegar com a comida. Gostaria de estar com seu cubo mágico. Alguém havia deixado um panfleto na mesa:

AGORA A IMPACIÊNCIA É UMA VIRTUDE.
BANDA LARGA DE ALTA VELOCIDADE
512KPBS A PARTIR DE 390 RUPIAS POR MÊS

Virando o folheto, Masterji rabiscou desenhos no verso com uma esferográfica azul. Depois escreveu palavras sobre os rabiscos:

Polícia
Meios de comunicação

Lei e ordem
Assistentes sociais
Família
Estudantes e ex-alunos

Em seguida, riscou "lei e ordem", "assistentes sociais" e "polícia".

Gaurav saiu da lanchonete com um sundae com calda de chocolate. Devorou-o com uma colher de plástico.

Na casa do filho, Masterji falava em híndi para que Sonal entendesse; nesse momento, misturou inglês com canará, a língua ancestral de ambos:

— A que horas o Noronha disse que nos encontraria, filho?

Gaurav engoliu o sorvete numa contração quase simultânea da língua e do esôfago.

— Ele não vai nos receber, pai. Esse seu Noronha.

— Como assim?

Fechando um olho, Gaurav escavou o espesso creme de chocolate no fundo da baunilha quase desaparecida.

— Isso não é matéria para o jornal dele.

— Por que não? Um aposentado luta contra um grande construtor. "Último Homem na Torre Combate Construtor." Para mim parece uma reportagem.

Gaurav deu de ombros e foi tomando o sorvete.

Masterji encarou o filho, boquiaberto:

— O seu conhecido realmente falou com o Noronha? Você *tem* um conhecido no *Times*?

A colher de Gaurav raspou o último restinho de chocolate do fundo do copo.

— Eu esperei que você me telefonasse, pai. Durante muitos dias. Disse a Sonal que havia problemas na Vishram. A tia Sangeeta ficava ligando para mim. Meu próprio pai não telefonava. Mas, quando você enfim ligou, o que foi que disse?

Gaurav amassou o copo.

— "Entre em contato com o Noronha por mim" — prosseguiu. — "Marque um encontro." Eu tenho, sim, um contato no *Times*, pai. Não mentiria para você. Consegui o número do Noronha e peguei o telefone para ligar, então pensei: meu pai está me tratando como a um criado. Não como a seu único filho vivo.

Uma pequena mariposa vermelha voejou em torno da mão de Masterji, como uma partícula de ar tentando avisá-lo de alguma coisa.

— Gaurav, eu lhe telefonei porque não tenho nenhum outro lugar... Você é o último lugar.

— Pai, o que é que você quer do grupo Confiança?

Masterji nunca vira Gaurav com um tom e uma expressão tão decididos. Sentiu a força escoar de seu corpo.

— Nada.

O rapaz levantou o lábio superior num risinho sarcástico. Purnima costumava fazer isso.

— Você está mentindo, pai.

— Mentindo?

— Não vê o que está por trás desse nada? *Você*. Você se acha um grande homem por estar brigando com esse tal de Shah. Um novo Galileu, ou Gandhi. Não está pensando no seu próprio neto.

— Eu *estou* pensando no Ronak. Esse homem, o sr. Shah, ameaçou os Pinto. À luz do dia. Você quer que o Ronak cresça numa cidade em que pode ser intimidado ou ameaçado à luz do dia? Gaurav, escute. O Dhirubhai Ambani dizia que faria rapapés a qualquer um para se tornar o homem mais rico da Índia. Nunca fiz rapapés a ninguém. Essa era uma cidade em que um homem livre podia conservar sua dignidade.

Gaurav o fuzilou com os olhos. Suas feições angulosas e o rosto oval, com exceção da gordura que se acumulara, assemelhavam-se aos do pai; mas, quando ele franzia o cenho, um vinco escuro e inclinado lhe cortava a fronte, como um marcador de livros deixado ali por sua mãe.

— Talvez você *devesse* ter cumprimentado mais pessoas, pai.

Fazia meses que Masterji se imaginava conversando com Purnima e ouvindo respostas suaves e distantes, mas, nesse momento, foi como se sua mulher estivesse falando, bem ali diante dele.

— Talvez a Sandhya não tivesse tido de pegar aquele trem se você ganhasse mais dinheiro. Talvez ela estivesse num táxi, segura, no dia em que foi empurrada. Ela era minha irmã, eu também penso nela.

— Filho. Filho. — Masterji pressionou o pedaço de papel em que estivera escrevendo. — Filho.

— Todos os outros pais da sociedade Vishram pensaram nos filhos. Mas não você. Foi sempre assim. Quando eu era seu aluno de física, na escola, me castigava mais do que aos outros.

— Eu tinha de mostrar aos outros meninos que não havia favoritismo.

— A minha vida inteira eu tive medo de você. De você e daquela régua de aço com que batia nos nós dos meus dedos. *Por dormir de tarde*. Isso é crime? Você fez da vida da minha mãe um inferno. Brigava com ela por cada cinco rupias que ela gastava. Lembra-se do que ela disse no leito de morte quando perguntei se tinha levado uma vida boa? Ela disse: eu tive uma infância feliz, Gaurav. *Uma infância feliz*, pai, e depois disso, nada.

— Não ponha o nome da sua mãe nisso.

— Os alunos sempre procuravam o senhor primeiro. Sempre. Não que amassem o senhor. — Gaurav sorriu. — Costumavam lhe dar apelidos na turma. Apelidos obscenos.

— Já chega. — Masterji se levantou. — Vou ver o Noronha sozinho.

— Vá. Vá. Acha que o seu querido *Noronha* vai recebê-lo? Ele respondeu às suas cartas, ou aos telefonemas? Era ele quem lhe dava todos aqueles apelidos na escola. Vá. Mas, antes de ir, deixe-me dar-lhe um conselho. Por uma vez na vida, deixe-me ser seu professor, pai.

(*Por que* todo o mundo *diz isso?*, perguntou-se Masterji.)

— Sabe com o que está lidando, pai? Com a construção civil. Eles são uma máfia. A tia Sangeeta disse que você adora falar de maremotos e meteoros nas suas aulas de ciências. Preocupe-se com as facas, pai, não com o oceano. Não viu aqueles cartazes enormes perto dos canteiros de obras? "Sua própria piscina, academia de ginástica, TV, salão de festas, ar-refrigerado." Quem vende sonhos como esses pode assassinar qualquer um. O prazo acaba daqui a poucos dias. Continue a dizer não ao sr. Shah e, uma dessas manhãs, vamos achá-lo numa vala. Você. Está. Completamente. Sozinho. — Gaurav se levantou. — Agora tenho de voltar para o trabalho. Não podemos nos ausentar do banco por muito tempo, senão isso entra no relatório de avaliação do desempenho.

Masterji leu as palavras que escrevera no pedaço de papel:

Meios de comunicação
~~*Lei e ordem*~~
~~*Assistentes sociais*~~

O papel voou para a rua movimentada.

Ao sair do McDonald's, parou em frente ao terminal Victoria.

No alto do edifício, uma gárgula o observava. Com a língua espichada para fora, ela disse: *Tenho alunos em posições importantes*. Masterji desviou os olhos. Outra gárgula riu: *Não reivindico nenhum mérito pelo Noronha*. Uma terceira zombou: *Um professor não é desprovido de contatos*.

E, então, toda a massa pétrea do terminal voou longe: uma corneta soou a centímetros dos ouvidos de Masterji. Integrantes de uma banda independente vinham andando pela calçada; o homem da tuba dava uma sopradela ocasional para avisar as pessoas e pedir passagem. Eles usavam camisa vermelha, com ombreiras douradas, e calças brancas, com uma risca preta que descia pela lateral, enfiadas em botas pretas enlameadas. De repente, cercaram Masterji por todos os lados, com seus instrumentos prateados; atraído pelos sopros da tuba, ele foi atrás. As camisas dos músicos tinham manchas de suor e a postura deles era recurvada. Masterji seguiu o homem da tuba; observando a bocarra do instrumento, começou a contar os riscos e mossas em seu bojo.

Talvez, observando aquela presença entre eles, os músicos tenham decidido se livrar do professor ao se aproximarem do mercado Crawford, dando uma súbita guinada conjunta para a direita. Masterji continuou a andar em linha reta, como um animal puxado pela coleira. A inércia se apossara de seu corpo, mas ele tinha pleno controle do pescoço e dos olhos ao observar que o relógio da torre do mercado estava parado. A calçada escureceu. Ele estava na rua Mohammad Ali. O sombrio *canyon* de concreto e pedras antigas amplificava o barulho do trânsito. De ambos os lados, prédios maciços bloqueavam a luz, enquanto o viaduto JJ, erguendo-se sobre colunas, com o corpo estriado coleando e se retorcendo como um aligátor à caça da presa, projetava sua sombra na rua abaixo.

Alguma coisa tocou a lateral de Masterji.

Três cabras tinham saído de uma viela, e uma delas roçou em sua perna.

Trabalhadores diaristas dormiam na calçada, alheios aos pés que se moviam a seu redor. As carroças de madeira que eles haviam puxado o dia inteiro estavam a seu lado; debaixo de uma delas se projetavam as patas de um cachorro, como se a carroça permitisse que seus pés animais relaxassem no frescor do entardecer. Um velho se sentava ao lado de pilhas de jornais firmadas por pedras, cada uma das quais parecendo a cristalização de uma dura verdade do texto impresso. Masterji parou para observar os jornais.

Mataram a tiros um membro eleito do governo municipal. Deu nos jornais.

Ele se lembrou de que o bazar Bhendi, um dos pontos de recrutamento da máfia, ficava logo depois da esquina. Qualquer um daqueles homens barbados nas calçadas, sem nada a fazer senão beber chá, daria conta do serviço para o sr. Shah. Masterji levaria uma facada no pescoço. Pior: quebrariam seus joelhos. Ele poderia se transformar num aleijado. Num cego.

Gotas de suor lhe escorreram do pescoço até a extremidade da coluna.

Será que o Gaurav não tinha razão, não era apenas o orgulho que o impedia de correr para o sr. Shah e dizer "Aceito sua oferta, agora me deixe em paz!"?

Soprou sobre ele a fumaça das grelhas a carvão em que se assavam *kebabs*, em frente à fileira de restaurantes baratos que ladeavam a rua Mohammad Ali. Masterji se virou para um restaurante tão imundo que teve certeza de haver violado sua regra do único rato antes mesmo de entrar. Uma figura miúda, agachada à porta, encolheu as pernas para lhe dar passagem.

Sentou-se num dos bancos coletivos, onde trabalhadores esperavam pelo chá com pão e biscoitos em pratos sujos e úmidos.

— Vai o quê? — perguntou o garçom, esfregando na mesa um trapo vermelho e sujo, numa simulação de limpeza.

— Chá. E... ponha nele todo o açúcar do mundo. Entendeu?

— Todo o açúcar do mundo — repetiu o garçom. E riu.

Voltou com um copo de chá e um pacote de biscoitos de leite. Parado numa ponta da mesa, rasgou o pacote e deixou os biscoitos se derramarem, *ploctploctploct*, num prato de aço inoxidável.

O outro freguês da mesa — Masterji o notou nesse momento —, um homem macilento de meia-idade, com uma camisa azul suja, parecia muçulmano, por causa da barba. Masterji calculou que era um dos que puxavam carroças na rua; achou que podia até identificar a carroça de madeira do homem, encostada na porta do café. O trabalhador pegou um biscoito do prato de aço inoxidável e o mastigou. Ao terminar, respirou fundo, pegou um segundo biscoito e o mastigou. Cada movimento de seus maxilares ossudos falava de cansaço, o cansaço permanente dos homens que não têm ninguém que se importe com eles quando vão trabalhar e ninguém que se importe com eles depois que trabalham. O corpo magro irradiava um silêncio animal bruto. Meia-idade? Não. O cabelo estava ficando grisalho nas laterais, mas havia pouco que a juventude fora exorcizada de seu rosto. Vinte e sete ou 28 anos, no máximo. Masterji observou aquele homem moço, de olhos fundos e assustados, que mal tinha força para pegar um biscoito de leite de cada vez. *Esse é o dia a dia dele. Puxar aquela carroça e vir aqui comer esses biscoitos*, pensou.

O muçulmano cansado retribuiu o olhar de Masterji. Seus olhos se encontraram como línguas estrangeiras e, sem mover os lábios, o trabalhador finalmente falou:

O senhor nunca havia notado quanta gente está inteiramente só?

Ao sair do restaurante, Masterji estendeu uma nota de cinco rupias para o garçom e apontou para o prato de biscoitos que ainda iam sendo consumidos, um por um.

Do lado de fora, um carro-propaganda com um enorme touro vermelho de plástico no teto andava devagar pela rua. O touro reluzia em neon, e seu focinho berrava uma canção popular hindu, enquanto o carro parava para distribuir latas grátis de Red Bull aos transeuntes. A batida da música agitou o sangue de Masterji. Até então, ele só tivera consciência de estar lutando *contra* alguém: aquele construtor. Nesse momento, sentiu que lutava *por* alguém. No vale sujo e escuro sob o viaduto de concreto, trabalhadores seminus se esfalfavam e seguiam em frente, com pouquíssima esperança de que as coisas pudessem melhorar. Mesmo assim, iam em frente: batalhavam. Como Mary vinha batalhando para conservar seu barraco no *nullah*. E criadas iguais a ela, em toda Vakola, lutavam para conservar seus barracos.

Faixas de incandescência vindas de trás dos prédios caíam sobre a rua, e as pessoas se amontoavam nelas como se aquelas fossem as únicas travessias entre o tráfego. Iluminados por essas faixas, os cules batalhadores pareciam símbolos: hieróglifos de um futuro, um futuro colossal. Masterji olhou para a luz por trás dos prédios sujos. Era como se outra Bombaim esperasse para nascer.

Ele sabia que Ronak teria um lugar nessa nova Bombaim. Mary e todas as outras criadas teriam um lugar nele. Cada um dos homens solitários, perdidos e alquebrados à sua volta teria um lugar nele.

Mas, por ora, seu dever comum era lutar.

Tornou a ouvir a tuba: como se tivesse se perdido, a banda ambulante tinha refeito seus passos e seguia de novo em direção ao terminal Victoria, saudando as hordas de novos imigrantes com seus toques de clarim.

Masterji foi atrás da banda ambulante para a estação e — pela primeira vez, desde a morte da esposa — sentiu que não estava sozinho no mundo.

4 DE SETEMBRO

Oval Maidan ao pôr do sol.

Poeira por toda parte, e o sol fazendo coisas maravilhosas com ela: eletrolisando-a numa nuvem dourada em que a pedra das torres góticas, o verde chamuscado das copas das palmeiras e o marrom-vivo dos seres humanos, tudo se fundia numa coisa só.

Na passagem de carro pela esplanada, as estacas da cerca separavam as partidas de críquete em grandes painéis retangulares, como fotogramas de um filme pendurados na parede para análise.

— Está melhor, tio?

— Você é uma boa menina, Rosie. Uma boa menina, por ter vindo ao hospital.

Com a cabeça apoiada em Rosie, Shah observou o motorista — que tinha ido buscá-los no hospital Breach Candy (onde Rosie, na sala de espera, ficara folheando um exemplar da revista *Filmfare* enquanto ele era radiografado) — dirigir em círculos lentos pelo coração da cidade.

— Sei no que você está pensando, sr. Confiança.

— Em quê?

— Dinheiro. É a única coisa na sua cabeça.

Os dedos de Rosie entraram no bolso dele.

— Seu telefone está tocando, tio.

— Deixe tocar.

— Há 15 ligações perdidas.

— Pois que haja 16. Não me importo com meu trabalho. Não me importo com coisa alguma.

— Por que está falando assim, sr. Confiança? — Rosie lhe sorriu.

Meu Xangai, pensou Shah. *Perdido. Por causa de um professor velho.*

Sentia-se como se uma garra tivesse penetrado em seu peito e removido a respiração num procedimento cirúrgico.

No espelho retrovisor, viu seus dentes enegrecidos e pensou: *Não está nem perto do suficiente.* Nem os dentes estragados nem a doença no peito nem o sangue que ele cuspia, nada se aproximava de ser um castigo suficiente. Pelo pecado de ser uma mediocridade. O único verdadeiro pecado no mundo. Devia ter ficado em Krishnapur e limpado o estrume de vaca do galpão da família.

Dedos correndo por seu cabelo, um sopro de hálito em seu rosto.

— *To-re-a-dor. To-re-a-dor.*

— Deixe-me em paz, Rosie.

Tirando dele a pasta azul com a radiografia, Rosie pegou o risonho crânio fosforescente.

— Então, é assim que você é na realidade, tio.

Shah pegou de volta o raio X e segurou a chapa contra a luz. Com uma caneta, começou a desenhar em cima do crânio.

— Não!

Ele lhe deu um tapa nos dedos para afastá-los. Traçou mais linhas acima e abaixo do crânio reluzente e mostrou a Rosie.

— Esse é o meu Xangai, Rosie. Estilo gótico, um toque de rajput, fonte *art déco*. A história da minha vida num único prédio. Por que aquele professor velho continua a dizer não a ele? Na China, sabe o que teriam feito com um homem como esse, a esta altura?

Rosie tentou pegar a radiografia; Shah levantou a mão bem alto para se esquivar dela.

— Os professores são o pior tipo de gente que existe, Rosie. Todo aquele tempo que passam batendo nas crianças faz com que se tornem cruéis. Deturpados por dentro.

— Ao contrário dos construtores, é claro.

E, mesmo desejando que ela não fizesse esse tipo de brincadeira, ele teve de rir.

Rosie riu da própria piada ao guardar novamente a radiografia na pasta de papel manilha. Um risinho rouco, que fez Shah se arrepiar. Uma das coisas de que gostava em Rosie: a voz dela sempre baixava a sua guarda.

— Venha cá — disse, embora a garota já estivesse a seu lado. — Venha *cá* — repetiu, e a beijou no pescoço.

Era a primeira vez que fazia algo assim no carro; Parvez, o motorista, fingiu não notar.

Shah fez o que não fazia há dias. Esqueceu-se do Xangai.

No semáforo seguinte, pararam junto a um ônibus pintado com anúncios de um novo filme de Bollywood: *Dance, dance*.

— Qual é o babado secreto, Rosie? — perguntou Shah, tamborilando no vidro. — Por que aquele panjabi está gastando tanto dinheiro nesse fiasco?

O filme havia provocado muito burburinho nos jornais. Era um caso incomum: a película servia de veículo para o "retorno" de Praveena

Kumari, uma estrela da década de 1980. No auge da fama, a srta. Kumari havia deixado Bollywood para se estabelecer nos Estados Unidos; naquele momento, visivelmente envelhecida e pesada, tinha sido escolhida para estrelar um filme de grande orçamento — um fracasso certeiro. O produtor era um panjabi com cabeça de noz, conhecido por sua esperteza e sua parcimônia. O fato de ele desperdiçar tanto dinheiro (porque era uma produção luxuosa, assim como o trabalho de marketing) era *o* assunto do dia nas conversas de Bombaim nesse mês, superando questões como uma possível mudança de governo em Délhi, a situação catastrófica afegã ou as novas estatísticas nacionais sobre a desnutrição infantil.

Ah, sim. Rosie estava por dentro do "babado". Inclinando-se para frente, cochichou no ouvido do construtor:

— As memoráveis chupadas dela atravessam décadas.

Shah sorriu. Fazia sentido. O velho cabeça de noz, que dera a Kumari seu primeiro papel num filme, nunca a havia esquecido e, no momento em que ela fizera a ligação internacional — "Quero voltar a fazer sucesso nos filmes, tio" —, o homem tinha depositado diante de seus pés gorduchos um projeto de milhões.

Ele riu tanto que teve um acesso de tosse.

— Tome o seu Xangai — disse Rosie, entregando-lhe a pasta com a radiografia.

Ela acabara de diverti-lo; Shah estava vulnerável.

— Quero ser levada à sua casa — disse. — Quero ver onde você come e dorme.

Parvez virou prontamente o carro na direção de Malabar Hill.

Quinze minutos depois, com um pano de limpeza azul no ombro, Giri se postou junto à mesa de jantar, segurando a faca de pão, e observou a moça de saia curta.

Shah estava na varanda; Rosie, na sala, examinava a maquete do Xangai junto ao Nataraja dançante.

Em seguida, espiou os quartos. Giri foi atrás para se certificar de que ela não furtasse nada. Soubera do furto na academia de Oshiwara. Quando a moça entrou na cozinha, ele parou à porta e cruzou os braços.

To-re-a-dor: com pequenas irrupções de canto em contralto, a moça abriu os armários de madeira na parede da cozinha. *To-re-a-dor*. Giri a observou, boquiaberto.

Abriu passagem, o patrão entrou na cozinha. Pela expressão do seu rosto, Giri percebeu que ele estivera falando com Shanmugham sobre a confusão em Vakola.

Shah deu um suspiro e disse:

— Muito bem, Rosie. Você viu a casa. Agora, vamos.

Ela se virou, com os olhos cintilando.

— Por quê? Qual é a pressa?

— Meu filho vai chegar logo. Não está na hora do Satish, Giri?

— Então, por que devo ir embora? Quero conhecê-lo. Ouvi falar muito dele.

— Estamos indo para o apartamento de Versova, Rosie. Nesse instante.

— Ah, você quer trepar comigo, mas não quer que o seu filho me conheça, é isso?

Ela abriu e fechou outro armário.

Shah puxou as mãos dela das prateleiras; as mãos se soltaram e abriram outra porta.

— Chega disso, Rosie. Acabo de voltar do hospital e estou cansado.

To-re-a-dor. Com as mãos dentro do armário, ela tamborilou nas panelas e frigideiras. *To-re-a-dor!*

Shah a viu mexer nos armários de sua mulher, brincar com os utensílios e vasilhas de sua mulher.

Cada vez mais alto, Rosie foi cantando naquela língua estrangeira até que Shah estendeu os braços gordos acima da cabeça dela e, como se fechasse uma armadilha sobre um animal, bateu as duas portas no nariz da moça.

Rosie ficou surpresa demais até mesmo para gritar; vergando o corpo, começou a soluçar e a cuspir. Uma gota de sangue pingou do seu nariz.

— Cuspa na pia — disse Shah. — O carro vai sair para Versova em cinco minutos.

Enquanto ela lavava o nariz, Giri lhe entregou o pano azul que levava no ombro.

— Tome isso, moça. Pegue. E não chore, por favor. Faz o Giri ter vontade de chorar também.

Rosie se encolheu; Shah segurava seu braço alvo com a mão direita. Com a outra, teclou o número de Shanmugham.

— Já me decidi — disse, ao ser atendido.

Seus dedos subiam e desciam pelo braço de Rosie, apertando-o; ele ouviu a voz do capanga estremecer de animação.

— Tenho aquele homem de Andheri, chefe. É o que me ajudou a resolver o projeto de Sião para o senhor. O garoto que usamos para assustar aquele outro velho, o sr. Pinto, não vai servir para nada além de palavras de ameaça. Mas esse sujeito de Andheri será perfeito. Sem ficha policial.

— Shanmugham, cale a boca e me escute.

E então, ainda segurando o braço de Rosie, disse ao capanga o que queria que fosse feito na sociedade Vishram.

Uma pausa. Em seguida, a voz ao telefone disse:

— Chefe, o senhor tem *certeza*? Vamos pagar a eles? *Por quê?*

— Shanmugham, encontrei você numa favela de Chembur. Certo?

— Sim, chefe.

— Se você fizer mais uma pergunta dessas, eu o mando de volta para lá.

Desligou e se virou para Rosie. Havia um esparadrapo cor-de-rosa em seu nariz: Giri havia trazido os Band-Aids que guardava para os machucados de Satish no futebol. Rosie olhava para o piso da cozinha.

— Viu o que você me obrigou a fazer com o seu lindo rostinho, Rosie? Venha, vamos para Versova. Estou com fome. Vamos.

A moça se virou: tinha o olhar enfurecido, e os dedos da mão direita tremiam. Shah se preparou. Será que viria... a bofetada? Mas uma necessidade maior que a de retaliação — o prometido salão de beleza, sua independência futura — a fez relaxar os dedos.

— Está bem — disse ela. — Vamos.

Shah sorriu. Com uma mensagem de texto para que o motorista aprontasse o carro, conduziu Rosie para fora do apartamento, em direção às torradas, à praia e à cama.

Giri permaneceu na cozinha e limpou as manchas de água e de sangue.

livro oito

Prazo final

29 DE SETEMBRO

Cantarolando uma música de filme favorita (...*geet amar kar do*) e subindo para seu apartamento com uma caixa de leite fresco, Masterji encontrou a srta. Meenakshi esperando-o à sua porta. A moça lhe mostrou um molho de chaves.

— Vou embora hoje.

— Nesse caso, por favor, entre, srta. Meenakshi. Chá? Biscoitos? — disse Masterji, assentindo.

Ela vestia uma camiseta branca e uma saia de brim que deixava descoberta a maior parte dos joelhos; sentou-se no sofá enquanto o professor punha o leite no fogão e picava um pedaço de gengibre na cozinha.

— Masterji, a sua vida pode estar em perigo, e o senhor me vem com chá com biscoitos?

Ele acendeu o fogo com um fósforo.

— O que aquele tal de Shah vai fazer, srta. Meenakshi? Na minha geração, passamos por coisas que nem tenho como lhe explicar. Já ouviu falar em PL 480? Durante a guerra de 1965, os norte-americanos suspenderam o nosso abastecimento de alimentos para socorrer o Paquistão. O PL 480 era o seu programa de fornecimento de trigo, e eles o suspenderam. O primeiro-ministro Lal Bahadur Shastri pediu que cada indiano abrisse mão de uma refeição para ajudar o país na guerra. Isso que estou vivendo agora não é *nada*.

A sala se encheu do cheiro de leite queimado. Masterji saiu da cozinha com duas xícaras fumegantes de chá de gengibre.

A srta. Meenakshi bebericou o dela.

— O senhor está completamente sozinho aqui, Masterji. Será que compreende bem isso? Um homem armado poderia vir à sua porta e lhe dar um tiro. Isso já aconteceu.

Masterji depôs a xícara na mesa de teca.

— Não. Não estou sozinho, srta. Meenakshi.

Ele teve vontade de projetar sombras na parede para explicar a ela.

— Há mais partes envolvidas nessa disputa do que apenas o sr. Shah, meus vizinhos e eu. Há milhões de pessoas envolvidas. Mesmo depois de sair da Vishram, a senhorita ainda continuará envolvida.

Ela aguardou que o mestre explicasse. Masterji sorriu e mexeu a borra na xícara de chá.

Esfregando as mãos na saia, a jovem disse:

— O senhor perguntou o que eram relações públicas, Masterji. Vá aos jornais. Conte sua história a eles.

— Escrevi para um ex-aluno meu no *Times*... e não deu em nada.

— Não os jornais convencionais. Um tabloide. O meu namorado trabalha para o *Sun*, Masterji... aquele que o senhor... — Ela sorriu. — Contei-lhe o que estava acontecendo aqui, e, na mesma hora, ele disse: "Isso dá uma reportagem!" Ele vai entrevistá-lo. O jornal vai publicar a sua foto. O senhor ficará famoso. As pessoas vão segui-lo no Facebook.

Masterji se levantou.

Todos querem alguma coisa de mim, pensou. *O Shah quer roubar a minha casa, e ela quer tirar a minha história.*

Levantou-se e abriu a janela. Uma trepadeira de um vaso do apartamento do secretário tinha descido até sua janela; as gavinhas verdes e exuberantes estavam bloqueando parte da vista. Masterji começou a quebrá-las.

A srta. Meenakshi percebeu que aquilo era um sinal para que fosse embora.

— Vou perguntar mais uma vez, Masterji — disse, da porta. — O senhor quer contar sua história? A cada dia, sua vida mais risco corre.

O professor continuou na janela até a vizinha sair e fechar a porta. Portanto, agora ela se fora; logo, logo, ia se mudar do prédio, essa moça que um dia tanto o havia perturbado. Masterji não conseguiu localizar dentro de si o homem que, a poucos passos de onde se achava então, dera um empurrão no namorado da srta. Meenakshi, com uma força sobre-humana. Talvez tivesse sido para isso que ela fora enviada ao edifício: para perturbá-lo na ocasião em que Shah fizera sua oferta.

Um riquixá entrou no condomínio. Ele viu a jovem entrar no carro, com suas malas e sacolas.

A moça tinha razão: o prazo final se aproximava, e o sr. Shah não tardaria a mandar alguém.

Com um sorriso, Masterji continuou a quebrar a trepadeira, que agora recendia a uma seiva crua, revigorante.

30 DE SETEMBRO

Apesar da coriza, das temperaturas elevadas e das conjuntivas inflamadas que acompanhavam a mudança do tempo, Ram Khare ainda acreditava que essa era a época ideal do ano para aproveitar a vida.

Outubro estava quase chegando. Agora o sol incomodava outras pessoas em outras cidades. As noites se tornavam agradáveis. E assim, ele fez o que fazia uma vez por ano: convidou os seguranças das redondezas para uma rodada de *chai*.

Eles se reuniram em torno de sua guarita, com seus uniformes cinza ou cáqui, fumando *bidis* ou girando os chaveiros; Khare, talvez mais consciencioso como anfitrião do que como vigia, certificou-se de que todos tivessem um copo cheio de chá antes de se servir da bandeja que o *chai--wallah* havia deixado.

— Bem, Ram Khare, o que anda acontecendo na sociedade Vishram, nos últimos tempos? Recentemente, houve tacos de hóquei ou facas?

Os outros guardas tinham ouvido a notícia sobre o velho sr. Pinto e o garoto com o taco de hóquei. Olhando em volta, Ram Khare enfrentou o tribunal improvisado de colegas. Depôs o copo de chá e se colocou diante deles.

— Olhem aqui: o sr. Pinto foi ameaçado do lado de cá do muro ou do lado *de lá*?

— Está certo — disse um dos guardas. — Ele não pode vigiar todos os cantos da Terra, pode?

— Mas esse seu tal de Masterji é um homem bom ou mau? — perguntou outro guarda. — Ele dá um bom *baksheesh*?

Khare bufou:

— Nos 16 anos, oito meses e 29 dias que o conheço, nunca deu uma única gorjeta.

Indignação geral. Pois ele que fosse jogado da janela, chutado até perder os sentidos ou morto a tiros — qualquer coisa!

Como a compilação do livro sagrado estava bem ali, na janela da guarita, Ram Khare teve de assinalar, para ser justo:

— Mas ele incluiu a minha Lalitha nas aulas que dava. Os moradores não ficaram satisfeitos ao verem a filha de um vigia ter aulas com os filhos deles, mas o Masterji disse que nada feito. Ela era uma aluna como qualquer outro.

Veio um silvo agudo do portão em frente à Torre B; os guardas se viraram.

Um caminhão começou a entrar de marcha a ré no terreno do condomínio, orientado pelo guarda daquela torre e seu apito.

— Meus amigos, as coisas andaram ruins na sociedade Vishram — disse Ram Khare, erguendo seu chá num brinde —, mas, de hoje em diante, vão ficar *piores*.

A sra. Puri e Ibrahim Kudwa observavam da janela dela.

Camas de madeira e armários Godrej, carregados pela escada da Torre B, foram colocados na traseira do caminhão. Depois vieram as escrivaninhas, cobertas por jornais velhos, e a bagagem pessoal, embrulhada em plástico.

Havendo recebido a segunda parcela do dinheiro do grupo Confiança (paga pelo sr. Shah, num gesto surpreendente, *antes* da data marcada), as famílias da Torre B estavam partindo para suas novas moradias, uma a uma.

A sra. Puri soubera da novidade por Ritika, sua amiga da Torre B, fazia umas duas semanas.

— Uma manhã, o dinheiro simplesmente entrou na nossa conta no Punjab National Bank — dissera Ritika. — Mais de um mês antes do prazo. A primeira parcela ele pagou assim que assinamos os formulários de desocupação. Agora já recebemos dois terços do dinheiro, aquela porção de zeros no extrato bancário, Sangeeta. Todos saíram correndo para dar entrada em imóveis novos em folha. Ninguém quer passar nem um dia além do necessário na sociedade Vishram.

A programação das partidas fora afixada na guarita de Ram Khare para ser vista pelos moradores da Torre A. A última família deixaria a Torre B às cinco horas do Gandhi Jayanti, 2 de outubro.

— Não era para o construtor dar oito semanas de aluguel, enquanto eles procuravam uma casa nova? — perguntou Kudwa.

— Isso também já foi pago. Alguns estão indo primeiro para um imóvel alugado. *Isso* eu não faria. Para que alugar se você pode se mudar diretamente para sua casa própria? — A sra. Puri deu um sorriso tristonho. — Está vendo, Ibby? Eu sempre lhe disse que o Shah pagaria. Todos os novos construtores são assim, dizem. Homens honestos.

Ibrahim Kudwa levou as duas mãos à barba e a coçou.

— É muito estranho, sra. Puri. Pagar às pessoas antes da hora. Há algum tipo de plano nisso.

— *Plano*, Ibby? Que espécie de plano o construtor pode ter?

— Não sei ao certo... — Ibrahim Kudwa coçou a barba mais depressa — ...mas está acontecendo alguma coisa.

Pegou uma revista *India Today* caída no chão e sacudiu a poeira para limpá-la. Depois, apanhou um exemplar da revista *Femina* e fez a mesma coisa.

Dizendo-lhe para deixar as revistas sossegadas no chão, a sra. Puri ofereceu-lhe um copo de leite com xarope de rosas; enquanto Ibby o tomava, ela foi dar uma olhada em Ramu, que dormia sob sua colcha azul de aviõezinhos.

À tardinha, ela desceu para falar com Ritika, que estava de partida. As duas pararam no portão da Torre B, vendo os carregadores colocarem a mudança no caminhão. Ritika segurava uma grande caixa de doces vermelha, que o secretário da Torre B vinha entregando a cada família que partia, como presente de despedida do construtor. A sra. Puri reparou que essa caixa vermelha tinha o dobro do tamanho das anteriores.

— Quer um *almirah* de graça, Sangeeta? — perguntou Ritika. — Não podemos levar o antigo conosco.

— Não podem levá-lo para Goregaon? Por quê?

— Não vamos para Goregaon — disse Ritika. Deu um tapinha em sua caixa vermelha. — Primeiro vamos para Bandra, para a casa de parentes. No ano que vem, vamos nos mudar para Kolkata. O que são um *crore* e meio nessa cidade, Sangeeta? Nada. O Ramesh pediu transferência. Podemos ter uma casa bonita e espaçosa, perto do parque Minto, pelo mesmo valor. Ele cresceu em Bengala, você sabe.

No mesmo instante, a sra. Puri se sentiu melhor: que sorte podia ter uma pessoa se ia morar em Calcutá?

— Para que *nós* precisamos de um *almirah*, Ritika? Também vamos nos mudar logo.

— Ah, eu espero *muito* que sim, Sangeeta. Espero *mesmo*.

As duas ex-colegas de faculdade se abraçaram e, em seguida, Ritika deixou para sempre a sociedade Vishram.

Quando a sra. Puri voltava para seu prédio, Ram Khare se aproximou e disse:

— Aquele homem quer falar com a senhora. O do Confiança.

Shanmugham, em sua moto vermelha, estava bem em frente ao portão.

Ela desejou ter tido tempo de se maquiar. Ao menos um pouquinho de *blush*.

Sentou-se no banco traseiro da Honda Hero e os dois seguiram em direção à autoestrada, onde pararam no sinal vermelho.

Finalmente. Sua conversa particular com o sr. Shah.

A sra. Rego fora levada a um restaurante em Juhu; Masterji tinha sido convidado ao palácio dele, em Malabar Hill; pareceu-lhe que, para ela, o mínimo seria um hotel cinco estrelas. Talvez, o Hyatt, bem ali em Vakola. Durante um café italiano com bolinhos, o sr. Shah lhe ofereceria um pequeno agrado pelo trabalho que ela havia feito com a sra. Rego. E mais um pouquinho se ela conseguisse convencer Masterji.

É claro que Masterji e a sra. Rego tinham sido levados no Mercedes. Não assim. Ela teria de mencionar isso ao construtor. Sua *decepção*.

Para sua surpresa, Shanmugham não dobrou à esquerda nem à direita no sinal, mas foi adiante, para a estação de trem.

A moto parou em frente ao Vihar. Ela conhecia o local: um restaurante sombrio, de comida indiana meridional, onde ela tomava chá quando voltava de trem do centro da cidade. Escovou o cabelo ao descer da motocicleta.

Fileiras cerimoniais de limas e laranjas frescas, amarradas no alto, acolhiam os visitantes na área externa de mesas. O sr. Shah estava sentado a uma mesa, falando com um homem de uniforme cáqui que ela reconheceu como Karlekar, o policial que estivera na Vishram uma vez.

O policial deu-lhe um sorriso e se foi, com uma caixa vermelha na mão.

Shah se sentava ao lado de um saco plástico cheio de caixas de doces; bebericava chá num copo. Olhou de relance para Sangeeta Puri quando ela se sentou.

— O prazo está quase acabando, sra. Puri.

— E eu não sei, sr. Shah? Desde o primeiro dia, tenho dito às pessoas para assinarem o seu acordo. Talvez, se pudéssemos ter mais um ou dois dias. Farei o melhor possível para ajudar...

Shah terminou sua bebida. A sra. Puri presumiu que um garçom tivesse recebido instruções para lhe trazer alguma coisa.

O construtor depôs o copo; passou a língua nos dentes e cuspiu dentro dele.

— A mesma coisa que está errada nessa cidade está errada no seu condomínio: falta força de vontade. Um após outro, vocês me procuraram e ofereceram ajuda. Primeiro foi o secretário. Depois, o seu sr. Ajwani.

Agora vem a senhora. E, um após outro, vocês me decepcionaram. Aquele professor ainda não assinou. Não quero ver vocês sofrerem, sra. Puri. Gente boa, íntegra, trabalhadora. Comecei minha vida como vocês. Quando cheguei a Mumbai, não tinha nem sapatos nos pés. Era um pedinte, como vocês. Não, não desejo dificuldades para a senhora nem para seus vizinhos. Mas princípio é princípio. Eu lhes dei minha palavra, quando procurei sua sociedade, de que não estenderia o prazo nem por um minuto. Sou proprietário da Torre B. Porei um muro no meio do terreno do seu condomínio e construirei o meu Xangai daquele lado. Meio Xangai, mas ele vai subir. E depois construirei outra torre maior em algum outro lugar de Vakola.

Shanmugham, sentando-se perto deles, havia apanhado seu caderno preto, como se pretendesse anotar a conversa. Shah tirou-lhe o caderno e o virou para a sra. Puri aberto em uma das páginas, com sua letra miúda e bem-feita.

Bateu com um dedo na página.

— Esta é a Vishram, Torres A e B.

Dobrou, rasgou a folha ao meio e levantou uma metade.

— Esta é a Torre A.

Jogou o pedaço de papel na borra do copo de chá. Sangeeta Puri estava boquiaberta; vieram-lhe lágrimas aos olhos. Shah lhe deu um sorriso:

— Por que a senhora está chorando? Será que é a ideia de permanecer na Vishram para sempre? Aquele prédio velho é um inferno para a senhora?

A sra. Puri assentiu com a cabeça.

— Sim. Tenho de limpar o traseiro do meu filho todos os dias. É isso que significa o futuro para mim, sem o seu dinheiro.

— Ótimo — disse Shah. — Ótimo. Aquele professor velho a faz limpar o traseiro do seu filho. *Eu* sei disso. Será que *ele* sabe? A senhora já o fez compreender o que significa limpar o bumbum de um filho, dia após dia, pelo resto da vida?

Ela sacudiu a cabeça.

— Outra coisa. Ele tem um filho em Marine Lines com quem anda brigando. Eu soube que a senhora é íntima desse rapaz.

— Ele é como um filho para mim.

— Então, use-o. A senhora não sabe como um filho é capaz de ferir um pai?

Na volta, a sra. Puri dispensou a oferta de "carona" de Shanmugham. Pegou um carro para a Vishram. Certificando-se de que Ramu dormia, subiu à porta de Ibrahim Kudwa e tocou a campainha.

— Gaurav — disse a sra. Puri, lutando com os soluços. — Quero falar com o Gaurav. É a tia Sangeeta que está falando, aqui da sociedade Vishram. Obrigada, Sonal.

Estava usando seu celular na sala de Ibrahim Kudwa. Não podia telefonar de casa; poderia chatear Ramu.

O abajur da mesa fora acendido e tirava da obscuridade da noite metade do rosto de Ibrahim Kudwa. Sentado no sofá, com os pés cruzados, ele observava a sra. Puri. Mumtaz estava no quarto, com a porta fechada, dando comida a Mariam.

— Espere — disse Kudwa. — Não fale com o Gaurav, Sangeeta-ji. Não faça isso.

— Por que não, Ibby? — perguntou ela, segurando o telefone a alguns centímetros do ouvido. — Eu lhe contei o que o sr. Shah disse, não contei? O prazo está quase encerrado. Temos de fazer isso.

— O sr. Shah está nos armando uma cilada. Não percebe? É óbvio.

Kudwa se levantou do sofá e chegou perto da sra. Puri. Ouvia os ruídos do telefone: Gaurav já devia estar atendendo. Com uma olhadela de relance para a porta fechada do quarto, Kudwa baixou a voz para um sussurro:

— A senhora conhece a reputação dele, Sangeeta-ji.

A sra. Puri viu escamas de caspa nos ombros do vizinho e sentiu o cheiro de água de colônia. Assentiu com a cabeça.

— Discutimos isso no parlamento — lembrou Kudwa. — Ele paga, mas sempre atrasa os pagamentos o máximo possível. Então, por que está pagando em dia à Torre B? Por que está pagando *adiantado*? Pensei nisso hoje no meu cibercafé, o dia inteiro. Agora estou percebendo. É muito óbvio. Mas é assim que funcionam certas armadilhas: é preciso vê-las para cair nelas. Quando as pessoas que ficaram virem os vizinhos receberem o dinheiro, isso vai deixá-las loucas de inveja. Estou falando de *nós*. Ele está transformando gente boa em gente má. Mudando a nossa natureza. Porque quer que nós mesmos cuidemos do Masterji. Que façamos o que os outros construtores fazem com homens como ele, em situações como esta.

A sra. Puri franziu o cenho, como se pretendesse pensar no assunto. Mas era tarde demais.

Veio um clique do seu telefone e, em seguida, uma voz disse:
— Alô? Tia Sangeeta, é a senhora?
— Gaurav — disse ela —, o construtor acabou de falar comigo. É, aquele tal sr. Shah. Estamos prestes a perder tudo. — Enquanto falava, olhando para Ibrahim Kudwa, seus olhos começaram a se encher de lágrimas.
— Tenho sido como uma mãe para você, não é, Gaurav? Durante todos esses anos. Agora, você precisa me ajudar, Gaurav, você é meu outro filho, é a minha única ajuda, neste prédio em que ninguém gosta de mim e ninguém se importa...

Em pé a seu lado, Ibrahim Kudwa abanou a cabeça e estalou a língua, antes de murmurar:
— Ai, ai, ai...

1º DE OUTUBRO

Ao descer a escada de manhã, Masterji viu o secretário martelando alguma coisa no painel central do quadro de avisos. Sem lhe dirigir uma palavra, Kothari fechou a porta de vidro, prendeu-a com um tapinha e entrou em seu escritório com o martelo.

Masterji parou diante do quadro de avisos. Leu o novo comunicado, fechou os olhos e depois leu, movendo os lábios, pela segunda vez:

```
Para: Moradores da sociedade Vishram, Torre A

Eu, GAURAV MURTHY, FILHO DE Y.A. MURTHY, AFI-
XO ESTE AVISO PARA DIZER QUE NÃO TENHO PAI.
Estou envergonhado com os atos do atual ocu-
pante do apartamento 3A da Vishram. Depois de
prometer a minha esposa e a mim que assinaria
a proposta, ele não a assinou. Não foi a pri-
meira vez que mentiu para nós. Muitas joias
que estavam em poder de minha mãe, bem como
certificados bancários em nome dela, destina-
dos a mim e a meu filho, Ronak, nunca foram
transferidos para nós. Eu, meu filho, Ronak, e
minha esposa celebraremos sozinhos os ritos
fúnebres de um ano prescritos nos samskaras.
Solicitamos a todos vocês que não nos asso-
ciem aos atos do atual ocupante do 3A da so-
ciedade Vishram.

Assinado:
Gaurav Murthy
Sociedade Joydeep, 5A, Marine Lines
Mumbai
```

Masterji se sentou abaixo do quadro de avisos. Pela porta aberta do escritório da sociedade, viu Kothari à sua escrivaninha, atrás da Remington, comendo um sanduíche. No patamar, sentiu o cheiro do cachorro vadio; ouviu sua respiração arfante.

Já não estou lutando com o sr. Shah, pensou. *Estou lutando com meus vizinhos.*
Por entre as lágrimas, viu um mosquito pousar em seu braço. O professor andava fraco e distraído; o inseto percebeu a oportunidade. Masterji observou aquela barriga pintalgada e as pernas que vibravam, enquanto o probóscide lhe perfurava a pele. Nem um segundo era desperdiçado num mundo calculista. Não eram seus vizinhos — ele estava lutando com *isto*.

Deu um tapa no braço: o mosquito se transformou num borrão de sangue de outra pessoa em sua pele.

Subiu a escada para o apartamento e se deitou na cama, cobrindo o rosto com o braço. Tentou pensar em todos os insultos que aquele trabalhador barbudo do mercado Crawford devia ter tido de enfrentar.

Tinha anoitecido quando saiu do quarto.

Desceu a escada, procurando não pensar no quadro de avisos. Saiu pelo portão e entrou no mercado — e ali recebeu o segundo choque do dia.

Sua história estava no jornal.

Ramesh Ajwani estava de costas para a brisa marinha, para proteger seu exemplar do *Mumbai Sun*. Lia uma reportagem da página quatro:

IDOSO EM PRÉDIO DIZ NÃO A CONSTRUTOR

> Os moradores da sociedade Vishram, em Vakola, descobriram-se presos numa "situação" peculiar, que jogou um professor aposentado contra todos os outros integrantes de sua sociedade habitacional, e também contra o poderio...

Fechou o jornal e o dobrou sobre os joelhos. Que *péssima* notícia. Mas era uma noite aprazível, e Ramesh Ajwani estava no coração da cidade de Bombaim. Respirou fundo, exalou Masterji para fora do corpo, e então correu os olhos em volta.

Marine Drive. A comunidade de Mumbai tinha ido se sentar à beira-mar. Ajwani viu representantes de todas as raças da cidade a seu redor: muçulmanas sunitas de burca, com os homens que as protegiam; muçulmanas bohras com suas toucas franzidas de boneca, escoltando umas às outras; mulheres maratas miúdas, vestidas de sári, guirlandas de jasmim no cabelo trançado, nozinhos das vértebras nas costas magras, que reluziam a cada torção dos corpos agitados; dois *sadhus* de ombros largos e mantos esvoaçantes, cor de açafrão, cantando em sânscrito para as ondas; bandos estridentes de estudantes da faculdade Elphinstone, e os vendedores de pequenas frituras e água gelada, com seus bonés de beisebol.

Ajwani sorriu.

Assado pelo sol, suando e parecendo um bebezão cor-de-rosa, um estrangeiro de short azul e camiseta fazia *jogging* na calçada, devagar o bastante para que seu acompanhante indiano o seguisse caminhando.

Ajwani viu quatro rapazes de camisa de poliéster, boquiabertos diante do estrangeiro. Estavam um minuto antes tagarelando e rindo, comentando cada carro e cada garota que passavam. Nesse momento, observavam em silêncio.

Ele compreendeu.

Havendo passado a vida inteira sonhando com comida melhor e roupas melhores, os rapazes estavam olhando para o suor espantoso daquele estrangeiro rico, para sua espantosa nudez. Seria aquele o ponto final?, perguntavam-se. Uma vida inteira de trabalho árduo, feito involuntariamente, para acabar assim, em outra vida de trabalho árduo, feito voluntariamente?

A cidade da riqueza fazia seus jogos costumeiros de gato e rato com os imigrantes: oferecia-lhes um cheiro de sucesso e dinheiro num minuto e no seguinte os fazia indagar qual era o valor do sucesso e qual a finalidade do dinheiro.

O corretor virou a cabeça para um lado e outro, para aliviar a tensão no pescoço.

Um homem de preto e branco veio andando pela aglomeração e se sentou no quebra-mar, junto dele.

— Que bom vê-lo aqui — disse Ajwani. — É a primeira vez que nos encontramos no centro da cidade.

— Estava em Malabar Hill quando recebi sua ligação. O que está fazendo aqui? — perguntou Shanmugam, olhando para o jornal no colo de Ajwani.

O corretor sorriu.

— Volta e meia eu venho ao centro da cidade. A negócios, você sabe. — Deu uma piscadela. — Na rua Falkland. Negócios divertidos. *Garotas*.

Shanmugam apontou para o jornal.

— Viu a reportagem?

Ajwani folheou as páginas.

— Abri o jornal no trem e na mesma hora o fechei, de vergonha. Um homem gosta de ler sobre os condomínios de outras pessoas no *Sun*, não sobre o dele.

Tornou a passar os olhos pela reportagem e fechou o jornal.

— O grupo Confiança está sendo alvo público de chacota. Se *eu* estivesse no seu lugar... — Ajwani estalou os dedos. — Eu continuava esperando que, a esta altura, já tivesse acontecido alguma coisa com o Masterji. Nada. Até os telefonemas pararam. Qual é o problema do seu patrão?

Shanmugham girou o corpo para fitar o mar. Marine Drive é protegida das ondas do oceano Índico por uma fileira de pedras escuras, que parecem estrelas-do-mar petrificadas e se estendem por quilômetros à beira-mar. Um homem maltrapilho saltava de um tetrápode para outro, como uma garceta nos dentes de um hipopótamo. Nos interstícios entre eles, catava garrafas d'água descartadas e as jogava num saco.

Shanmugham falou como quem se dirigisse ao catador de lixo.

— Eu perguntei ao chefe: o fim do prazo está chegando, o que o pessoal da Vishram deve fazer? E ele disse: eles têm de ajudar a si mesmos. Como eu me ajudei. Você conhece a história da vida dele?

Ajwani não conhecia. E assim, enquanto soprava a brisa do mar, Shanmugham contou a história de como o sr. Shah havia chegado a Bombaim com os pés descalços.

Ajwani fechou um dos olhos e se virou na direção de Malabar Hill.

— Então, é assim que os homens ficam ricos. É uma boa história. *Você prestou atenção a ela, Shanmugham?*

O tâmil se virou para ele.

— O que quer dizer com isso?

Ajwani chegou mais perto.

— Sei que, em muitos projetos de renovação de áreas urbanas, o homem que serve de braço esquerdo é mais esperto que o patrão. Embolsa dez, 15 por cento de cada projeto. E dá parte do dinheiro àqueles que foram seus amigos no projeto de reconstrução.

Pôs sobre a mão de Shanmugham a sua, coberta de anéis de ferro e plástico, e indagou:

— Por que *você* não se livra do problema da Vishram? Mostre iniciativa, faça-o por conta própria, cuide disso *hoje à noite*. Eu posso, em contrapartida, ajudá-lo: posso lhe mostrar como tirar uma grana do Xangai.

Homens como eu e você não vão ficar ricos com fundos mútuos nem com depósitos a prazo fixo no banco, meu amigo.

Shanmugham sacudiu longe a mão do corretor. Levantou-se, bateu a poeira do fundilho das calças.

— O que quer que tenha de acontecer agora com esse seu Masterji, vocês terão de fazer sozinhos. Antes da meia-noite de 3 de outubro. Não ligue para mim depois disso.

Ajwani soltou um palavrão. Amassando o jornal, jogou-o nos tetrápodes; assustado, o catador levantou os olhos.

Masterji percebeu que havia se transformado numa daquelas coisas — repolho de boa qualidade, sapotis maduros ou maçãs rosadas dos Estados Unidos — que as pessoas iam procurar no mercado.

Quando foi fazer sua ronda para comprar leite e pão, estranhos o seguiram e deram adeusinho; três rapazes se apresentaram. Disseram ser ex-alunos. Da Costa, Ranade, Savarkar.

— Sim, é claro que me lembro de vocês. Bons meninos, todos os três.

— Nós o vimos no jornal, Masterji. Saiu uma reportagem grande sobre o senhor hoje de manhã.

— Ainda não li a matéria, rapazes. Ele não falou comigo, esse repórter. Não sei o que escreveu. Entendo que é um artigo pequeno, coisa de oito ou dez centímetros.

Mas aqueles oito ou dez centímetros de notícia impressa, como um toque de clarim, haviam convocado instantaneamente esses alunos que ele não conseguira localizar durante tantos meses.

— Estamos orgulhosos de o senhor não se deixar intimidar por aquele construtor. Ele tem de lhe dar um bom dinheiro se quiser que o senhor saia.

— Mas eu não *quero* dinheiro, meninos. Vou explicar de novo. A Índia é uma república. Se um homem quer ficar na sua casa, é livre para fazê-lo. Se quiser ir embora, aí...

Os três escutaram; no fim, um deles disse:

— O senhor costumava citar os romanos em aula. Aquele que entendia do Sol.

— Anaxágoras. Era grego.

— O senhor é tão valente quanto qualquer romano. É como aquele sujeito do filme... Máximo, o Gladiador.

— Que filme?

Isso os fez rir.

— Máximo Masterji! — disse um deles, e os três se foram, bem-humorados.

Masterji viu sua história — a interpretação de seus atos recentes, que até esse momento fora guardada em segurança em sua consciência — escapar-lhe das mãos. Ele se tornara parte do mercado: sua história, em letra de forma, era usada pelos vendedores para cobrir as mercadorias. O quiabo era embrulhado nela; o pão fresco lhe emprestava seu aroma.

— Masterji!

Era Mary, segurando um exemplar do *Sun*.

— O senhor está no jornal inglês. — A faxineira sorriu, mostrando-lhe os dentões da frente. — Estamos todos muito orgulhosos do senhor. A gente circulou o jornal pelo *nullah*. Quando o meu filho chegar da escola, vou mandá-lo ler para nós.

— Eu não li a matéria, Mary.

— Não leu?

Escandalizada, Mary insistiu em que ele pegasse o jornal e virou as folhas até a reportagem com a fotografia da sociedade Vishram:

Idoso em prédio diz não a construtor

Masterji correu os olhos pelo texto:

> ...apenas um homem, Yogesh Murthy, professor aposentado da escola do bairro, resistiu à generosa oferta da famosa... "é uma questão de liberdade do indivíduo dizer Sim, Não, ou Vá para o inferno"...
> Assim se descrevendo como a parte fraca dessa situação, Murthy pode ter esperança de conquistar a solidariedade de alguns, mas até que ponto a imagem que ele pinta é verdadeira? Um dos moradores da sociedade, que não quis ser identificado, disse: "Ele é o homem mais egoísta do mundo. O próprio filho não está falando com ele..."
> ...foi confirmado por muitas outras pessoas com quem o repórter conversou. De acordo com um dos ex-alunos do sr. Murthy, que não quis divulgar seu nome, "Ele não tinha paciência e estava sempre pronto para castigar. Nós o xingávamos pelas costas. Dizer que o recordamos com carinho seria a maior..."

Mary se curvou para pegar o jornal; ele havia caído das mãos do velho professor.

Baixando a cabeça, Masterji viu um passarinho, menor que o centro da palma da mão, movendo-se agitado pelo chão, como um pedaço tornado vivo de açúcar mascavo. *Isso só faz piorar as coisas*, pensou, enquanto acompanhava os movimentos tortos do pássaro. *Meus vizinhos porão a culpa em mim.*

Um garotinho com um amuleto num cordão preto no pescoço começou a circundar Masterji, em voltas desequilibradas, feito um pintinho, sacudindo as mãos dos lados do corpo. O vendedor de cebolas veio correndo atrás dele.

— Menino levado! — Alcançou o pequenino e lhe deu um beliscão; o garoto castigado gritou, com uma emoção dramática:

— Pa-pai-eee!

Segundos depois, já tinha fugido do pai, tinha sido apanhado outra vez e agora berrava:

— Ma-mãe-eee!

Para fazê-lo parar de chorar, Masterji ofereceu-lhe um pedaço de pão.

— Quer provar?

Um meneio grande da cabecinha, e o menino começou a mordiscar.

Masterji insistiu em que Mary levasse o resto do seu pão fresco para o filho.

Durante mais de trinta anos, ele dera coisas doces e macias às crianças da sociedade Vishram no feriado de Gandhi Jayanti.

Parou diante da figueira-de-bengala de tronco caiado, à entrada do cibercafé de Ibrahim Kudwa. Arjun, o ajudante de Kudwa, tinha posto uma fotografia do Mahatma num nicho da figueira, e ele e o asceta hindu que às vezes parava por ali, batendo palmas em uníssono, estavam cantando o hino favorito de Gandhi:

"Ishwar e Alá são ambos nomes teus.
Dai a todos essa sabedoria, Senhor."

A bandeira tricolor fora hasteada no alto do Speed-tek Cibercafé; Masterji a viu refletida na janela escura de um carro que passava, tremulando ao contrário, como um meteoro preto sobre Vakola.

No meio da madrugada, Ashvin Kothari acordou, farejando o ar.
— Que cheiro é esse?
Acendeu o abajur da mesa de cabeceira. Sua mulher observava o teto.
— Volte a dormir.
— O que é isso?
— Volte a...
— É alguma coisa que vocês, mulheres, estão fazendo, não é?
O secretário seguiu o cheiro, descendo a escada até o terceiro andar.
Uma coisa marrom, recém-aplicada à mão, com as marcas dos dedos ainda visíveis, cobria a porta de Masterji. Uma mosca voava por perto.
O secretário fechou os olhos. Subiu correndo para seu apartamento.
A mulher estava no sofá, à espera dele.
— Não ponha a culpa na sra. Puri — disse a mulher. — Ela me perguntou, e eu concordei.
O secretário se sentou, com os olhos fechados.
— Ah, Krishna, Krishna...
— Ele que cheire o que pensamos dele, sr. Kothari. Foi o que nós, mulheres, decidimos.
— ...Krishna...
— É cocô do Ramu, só isso. Não me venha com melodramas. O Masterji falou com o *Mumbai Sun*, não foi? Homem famoso. Quer que a sra. Puri limpe cocô pelo resto da vida, não quer? Pois então, ele que limpe o cocô do Ramu uma manhã para ver se gosta. Ele que use aquele mesmo *Sun* para limpá-lo.
Com os dedos nos ouvidos, seu marido entoava o nome do Senhor Krishna, como seu pai lhe ensinara a fazer, anos antes, em Nairóbi.
Tapando o nariz com lenços, sáris e mangas de camisa, eles encheram a escada para ver o que fora feito na porta do 3A. Curvado, Masterji esfregava sua porta com uma esponja de aço molhada. Tinha a seu lado um balde de água e, a intervalos de minutos, espremia nele a esponja.
Levado a descer a escada por seu senso de responsabilidade, o secretário dispersou os curiosos:
— Por favor, voltem para a cama — murmurou —, senão a vizinhança toda vai descobrir e falar mal de nós.
A porta do 3C se abriu.
Se Masterji gritasse, a sra. Puri responderia aos gritos. Se ele se precipitasse para bater nela, a vizinha o empurraria escada abaixo. Mas ele es-

tava de joelhos, raspando os sulcos e saliências em que as fezes de Ramu iam endurecendo; olhou de relance para a mulher e retomou o trabalho, como se aquilo não lhe dissesse respeito.

Um homem empurrou a sra. Puri pelas costas e entrou no corredor.

Sanjiv Puri viu o que estava na porta de Masterji e compreendeu.

— O que você fez, Sangeeta? — Olhou para a mulher. — O que você fez com o meu nome, com a minha reputação? Você traiu seu próprio filho.

— Senhor e senhora Puri, por favor — cochichou o secretário. — As pessoas vão ouvir.

Sangeeta Puri deu um passo em direção ao marido.

— É tudo culpa *sua*.

— Culpa minha?

— Você ficava dizendo que não podíamos ter filhos até conseguir um emprego de gerente. E eu tive de esperar até os 34 anos. É por isso que o Ramu é retardado. Quanto mais velha a mulher, maior o perigo. E, agora, tenho de limpar a merda dele pelo resto da minha vida.

— Sangeeta, isso é mentira. É mentira.

— Eu queria ter o Ramu dez anos antes. Era *você* que falava da concorrência insana. *Você* se queixava de que os imigrantes estavam tomando os empregos, mas *você* nunca revidou. *Você* não chegou a gerente a tempo de eu ter um filho saudável. Não foi o Mau-Olhado: foi *você*.

Masterji parou de esfregar a porta.

— Se você gritar, Sangeeta, vai acordar o Ramu. Não foi ninguém que fez isso. Às vezes cai reboco do teto, porque o prédio é velho. Eu digo que aconteceu o mesmo aqui. Agora, vão dormir, vocês todos.

O secretário se ajoelhou e se ofereceu para ajudar a esfregar, mas Masterji retrucou:

— Eu mesmo faço.

Fechou os olhos e se lembrou da luz por trás dos edifícios no mercado Crawford. Os trabalhadores que puxavam carroças embaixo daquele viaduto faziam diariamente um trabalho pior do que esse.

2 DE OUTUBRO

O muro do condomínio estava escuro, por causa da passada matinal de Mary com a mangueira verde do jardim. Gotas d'água pingavam dos hibiscos, trêmulas; Ramu estava cutucando uma haste com um graveto.

Voltando da cruz negra, onde passara algum tempo parada, sua mãe o chamou. O hibisco sacudiu.

Ela se aproximou e viu o que o filho estava fazendo.

— ...o que significa...?

O garoto se recusou a se virar. Tinha sugado os lábios e continuou a cutucar alguma coisa na raiz da planta. A sra. Puri o puxou e o fitou com olhos incrédulos.

— Não machuque a pobre minhoca, Ramu. Ela está machucando você?

Afastando as mãos da mãe com um safanão, ele tornou a bater com o graveto na minhoca enroscada, que se contorceu sob a pressão, mas não se desenroscou. Para a sra. Puri, foi como se tivessem a espetado com uma vara.

— Ai, ai, ai, meu Ramu, hoje é aniversário do Mahatma Gandhi. O que ele diria se visse você fazendo isso?

Ramu devia ter entreouvido alguém conversando na escada ou no jardim. Sabia o que tinha acontecido na noite anterior.

— Se o Masterji não disser sim, nunca teremos a nossa nova casa. Você se lembra, Ramu, do armário de madeira naquele prédio novo e bonito de Goregaon... do cheiro de novo, da luz do sol na madeira?

Ramu não se virou. A mãe viu que ele havia cortado a minhoca em dois pedaços estrebuchantes.

— Eu juro: não vai acontecer *nada* que aborreça o Masterji depois disso. Eu juro. Não machuque a minhoca.

Mas ele não quis se virar.

— Ramu. Você está brigando com sua mãe?

Masterji, que vinha do portão, aproximou-se do hibisco.

— Feliz Gandhi Jayanti — disse à mulher que pusera excremento em sua porta poucas horas antes.

Ela não falou nada.

O garoto largou o graveto e foi até Masterji; o velho professor envolveu o filho da vizinha nos braços e cochichou:

— Você não deve brigar com a mamãe, Ramu. O prazo vai passar logo. Depois disso, sua mamãe e eu voltaremos a ser amigos.

Deixou os dois sozinhos e subiu para o apartamento.

Parado à janela da sala, estava torcendo para ver alguma comemoração do Gandhi Jayanti. Tradicionalmente, esse era um grande dia na Vishram. Um antigo retrato de Mahatma Gandhi, guardado na escrivaninha do secretário para essas ocasiões, era colocado sobre a guarita do vigia. Um aparelho três em um da Sony, de cor preta, tocava antigas músicas de filmes na janela de Ibrahim Kudwa.

O telefone tocou. Era a srta. Meenakshi, a ex-vizinha. Estava ligando de sua nova casa em Bandra.

A reação à matéria sobre Masterji — a que o namorado dela tinha escrito — fora "fantástica"! Será que Masterji consideraria uma continuação? Gostaria de ter um blog? Não um Blong, um *blog*.

— Obrigado por sua ajuda, srta. Meenakshi, e dê lembranças ao seu namorado. Mas a minha resposta continua a ser não.

Pôs o fone no gancho. Voltou à janela.

Outro caminhão havia parado diante da Torre B; camas e mesas tinham descido do prédio e eram empilhadas no veículo. Os últimos residentes estavam indo embora. As crianças restantes da Torre B jogavam críquete perto do caminhão com as crianças da Torre A.

Masterji fechou os olhos: imaginou a sala novamente cheia dos filhos dos vizinhos. Tacos de críquete sujos e rostos jovens e iluminados, mais uma vez.

— Hoje descobriremos que o som viaja com velocidades diferentes nos sólidos e nos líquidos — esticou as pernas —, bem aqui, nesta sala. E você, Mohammad Kudwa, trate de não falar enquanto estivermos fazendo o experimento. Não, não me esqueci do que você fez da última vez...

Quando acordou do cochilo, o caminhão tinha ido embora.

As grades de segurança, retiradas do que tinha sido a Torre B da sociedade Vishram, tinham deixado sombras de manchas de ferrugem em volta das janelas e varandas, como sobrancelhas arrancadas em cerimônias dolorosas. Pombos entravam e saíam voando dos cômodos, que agora não pertenciam a ninguém, eram apenas os cartuchos vazios de antigos sonhos. Uma fita amarela cruzava o térreo do edifício.

O GRUPO CONFIANÇA (SEDE: PAREL)
TOMOU POSSE FISICAMENTE DESTE PRÉDIO,
DESTINADO À DEMOLIÇÃO.

Segurando entre os dedos a carta mais recente de Deepa, recriando o rosto e a voz da filha pela textura do papel, a sra. Pinto estava deitada na cama. O zumbido estereofônico dos seriados noturnos, nos televisores de quase todos os andares do prédio, penetrou em seus pensamentos, como se fossem mensagens em ondas longas de sua filha na América do Norte.

A porta do apartamento se abriu com um chiado; ela ouviu os passos lentos do marido.

— Onde você esteve, que demorou tanto? — gritou. — E me deixou aqui sozinha.

O marido se sentou à mesa de jantar, com a respiração arfante, e se serviu de um copo da água filtrada do jarro.

— O prazo está quase acabando, Shelley. Eu juro que pensei que, no final, ele diria sim, Shelley. Juro que pensei.

Ela falou em voz baixa:

— O que aquele homem do grupo Confiança vai fazer com ele agora, sr. Pinto?

— Tudo pode acontecer. Esses homens não são cristãos. Esses construtores.

— Então, você tem de salvar o Masterji, sr. Pinto. Deve isso a ele.

— O que quer dizer?

— Pelo número de vezes que o enganou, sr. Pinto. Você deve a ele.

— Shelley Pinto — disse o marido, aproximando-se e sentando-se no seu lado da cama. — Shelley Pinto.

— No caderno Sem Discussão. Na época em que era contador da Britannia Biscuit Company, você enganava as pessoas no trabalho. Acho que também enganou o Masterji.

— É mentira, Shelley. Como se atreve a falar com seu marido desse jeito?

— Sou sua mulher há 36 anos. Naquela vez que você e o Masterji foram ao Imperador do Biryani, em Bandra. Você voltou todo contente naquela noite, e eu pensei: *Ele deve ter tapeado o Masterji de novo*. Você não adulterava os números do caderno Sem Discussão do mesmo jeito que os adulterava na Britannia Biscuit Company?

Ela ouviu o ranger das molas da cama; estava sozinha no quarto. O sr. Pinto havia ligado a televisão.

Shelley foi até o sofá e se sentou ao lado do marido.

— Não temos de salvá-lo, sr. Pinto. Os outros farão isso. Só temos de ficar quietos.

— *O que* eles vão fazer?

A mulher fez sinal para ele aumentar o volume da televisão.

— Hoje a Sangeeta e a Renuka Kothari estiveram aqui e perguntaram: se todos nós concordarmos em fazer uma coisa, uma coisa simples, será que a sra. e o sr. Pinto concordariam?

— O que é essa coisa simples, Shelley?

— Não sei, sr. Pinto. Eu pedi para não nos contarem.

— Mas quando vai acontecer?

— Pedi que não me dissessem *nada*. Agora, diminua um pouco o volume da televisão.

— O que você disse?

— Abaixe o som da televisão.

— Gosto dele alto — retrucou o sr. Pinto. — Vá para o jardim.

Pisando no "Diamante", a sra. Pinto desceu a escada.

Pensou nas rupias do sr. Shah, 1,4 *crore*. A cifra era parte do mundo obscuro que a cercava. Ela desceu mais dois degraus. Pensou então em cem mil dólares mandados para Tony e outros cem mil enviados para Deepa: seus olhos se encheram de luz, e a parede brilhou como uma chapa de ouro batido.

Depois de descer outro lance de escada, ela deu com o pé em algo morno e vivo. Não cheirava a cachorro.

— Pare de me futucar com o pé.

— O que está fazendo sentado na escada, Kothari? — perguntou ela.

— Minha mulher não quer me deixar ver televisão, sra. Pinto. A Ranuka cortou a ligação da TV a cabo. Minha mulher há 31 anos. O que é uma casa sem televisão?

A sra. Pinto se sentou, um degrau acima dele.

— Que situação estranha. Mas o senhor pode ver televisão lá em casa.

— Minha mulher há 31 anos. E, no entanto, faz isso. Veja só o que está acontecendo com a nossa sociedade.

— Se me permite a pergunta, sr. Kothari... *por que* ela cortou sua ligação da TV a cabo?

— Porque eu me recuso a fazer a coisa simples. Essa que ela e os outros querem fazer com o Masterji. Sabe o que é a coisa simples?

— Elas não me disseram o que era. Pensei que fosse ideia sua.

— Minha? Ah, não. Foi do Ajwani.

O secretário tentou se lembrar: tinha sido ideia do Ajwani? Não vinha ao caso: como uma daquelas casas de marimbondo que às vezes cresciam nas paredes da sociedade, a ideia da "coisa simples" tinha se materializado do nada e aumentado de tamanho em horas, até que todas as famílias da Vishram pareciam ter se transformado em suas células. Todos queriam que aquilo fosse feito logo. Até sua própria mulher.

— Essa coisa simples... vai machucar o Masterji?

— Sei tanto quanto a senhora o que é a "coisa simples", sra. Pinto. É ideia do Ajwani. Ele tem contatos nas favelas. Todos só querem que eu lhe dê a cópia da chave do apartamento de Masterji. Não posso fazer isso, sra. Pinto. É contra as regras.

A sra. Pinto inspirou o ar escuro da escada.

— O sr. Shah não vai mesmo estender o prazo?

O secretário suspirou.

— Toda vez que escuto um carro ou um riquixá, deixo o chá derramar da xícara. Pode ser aquele tal de Shanmugham, vindo dizer *Sinto muito, acabou-se*.

— E aí nós não veremos os dólares.

— Dólares?

— Rupias.

— Por que o Masterji não vê as coisas como nós?

— Ele nem tem descido para jantar. Acha que é bom demais para mim e para o sr. Pinto. Depois que o pobre do sr. Pinto quebrou a perna por causa dele. Masterji se acha um grande homem por estar lutando com esse tal de Shah. Foi falar com os jornais sobre a nossa sociedade.

— Depois de todas as vezes que desceu para a sua casa e comeu a sua comida. A ingratidão é o pior dos pecados, meu pai sempre dizia. — Kothari fez uma pausa. — Meu pai foi o maior homem que conheci. Se tivesse permanecido na África, teria ficado milionário. Um príncipe. Mas os estrangeiros não queriam que ele tivesse sucesso. Não é sempre assim a história do nosso povo?

A sra. Pinto pôs a mão fria na dele.

— Há alguém subindo? — cochichou.

O secretário espiou a escada.

— É só o cachorro.

Com a palma da mão, ele enxugou o suor da testa.

— Por que *o senhor* não faz uma cópia da chave do Masterji? — perguntou a sra. Pinto, com a mão no ombro do secretário. — Isso não será contra as regras. A chave estará sempre em seu poder. É só dar a cópia da cópia ao Ajwani.

— Isso eu poderia fazer — concordou Kothari. — Estaria conforme as regras.

— O meu marido o acompanha, se o senhor quiser.

— Não, sra. Pinto. A responsabilidade é minha. Vou a Mahim para que ninguém me reconheça.

— Bandra já é longe o bastante.

— Tem razão. — Ele sorriu. — Em todos esses anos, nunca conversamos assim, sra. Pinto.

— No parlamento nós conversamos. Mas não assim. Eu sempre o admirei. Nunca achei que o senhor tivesse roubado dinheiro da sociedade. *Eu* nunca achei.

— Obrigado, sra. Pinto.

Ela se levantou, com a mão na parede.

— É para o bem dele, lembre-se. Esse Shah do Confiança não é cristão.

Kothari cutucou o cão vadio para que ele saísse da frente da sra. Pinto, e ela continuou a descer a escada.

Na gaveta inferior da escrivaninha, o secretário da sociedade Vishram guardava uma caixa de chaves extras de todas as unidades do prédio a serem emprestadas aos legítimos proprietários, em caso de emergência: nenhuma chave devia passar mais de 24 horas fora da caixa.

Um par de dedos as remexeu. Uma chave foi retirada. Em seguida, o homem que a havia furtado fechou a porta do escritório do secretário.

Alguma coisa rosnou para ele perto da cruz negra: era o cão vadio, levantando os olhos de sua tigela de *channa*.

Kothari comprou um sanduíche com uma porção extra de manteiga no mercado; comeu no riquixá que o levou à estação de trem e lambeu os dedos ao saltar.

Farto, cochilou no trem local para Churchgate até ser acordado pelo cheiro fétido do grande esgoto negro nas imediações de Bandra.

Ajeitando a mecha de cabelo penteada de lado, para ter certeza de que ela cobria sua careca, desceu na plataforma. Uma mão espalmada e rosada se estendeu para ele, saindo de um blazer escuro:

— Bilhete, bilhete.

Kothari entregou ao fiscal seu bilhete ferroviário de primeira classe, válido por três meses; enquanto o homem do blazer verificava a validade do tíquete, ele recitou:

Faze o que quiseres, rei perverso:
Quanto a mim, sei diferenciar o certo do errado
E jamais te seguirei,
Disse o virtuoso demônio Maricha,
Quando o senhor de...

Fora aquela vez em que havia achado que iria para a cadeia, por ter se esquecido de pagar o recolhimento antecipado do imposto de renda, o secretário nunca tinha se sentido assim.

Os raios do sol vespertino, interceptados pelas árvores e pelas fachadas das lojas em volta da estação, caíam junto a seus pés feito marcas de garras numa casca de árvore. Kothari foi caminhando para uma das ruelas ao lado da estação ferroviária de Bandra. Por todos os lados, viu bananas, couves-flores e maçãs tostadas e expandidas pela luz dourada. Como outro tipo estranho de fruta, chaves gigantescas de papelão, amarelas e brancas, pendiam dos galhos da figueira-de-bengala mais próxima, todas com os dizeres:

Raju Chaveiro
Celular: 9811799289

Abaixo delas, o chaveiro se sentava num pano cinzento, com as ferramentas e chaves espalhadas à sua frente. Trabalhava com uma faca, recortando um pedaço de ferro no formato de uma nova chave e fechando um dos olhos para compará-la com outra que tirou do bolso da camisa.

— Pode fazer uma cópia para mim? — perguntou o secretário. — É para a casa da minha sogra, em Goregaon.

O chaveiro fez sinal para ele se mover, jogando sua sombra para o lado. Kothari sentiu a chave esquentar em sua mão.

— Eu estava com um tempinho livre no Gandhi Jayanti e, aí, pensei: vamos fazer logo isso... Vá à casa da minha sogra em Goregaon e veja você mesmo. O prédio é bem ali. Fica perto do cinema Topi-wala.

— Olhe aqui — disse o chaveiro —, tenho seis pedidos na frente do seu.

Quase duas horas depois, Ajwani abriu sua porta e deu com o secretário, segurando alguma coisa embrulhada num lenço. Sorriu e estendeu a mão para o lenço, mas o secretário o pôs nas costas.

— Escute, Ajwani, se você vai ganhar algum extra do Shah por isso, e eu sei que vai, quero a metade. Hoje fiz todo o trabalho. — Chegando perto do ouvido do corretor, cochichou: — Quero uma vidraça bem grande na minha sala em Sewri. Para ter uma visão completa dos flamingos. Um grande painel de vidro.

Ajwani riu:

— Você está virando homem, Kothari. Tudo bem, meio a meio.

Estendeu a mão para as costas do secretário e pegou a coisa embrulhada no lenço; em troca, entregou-lhe um embrulho grande e macio.

— Algodão — disse. — Distribua para todos na sociedade. Antes das nove da noite. Vou ver os garotos agora mesmo.

O secretário virou o rosto para a direita e encostou o pacote de algodão no ouvido.

— *Não me diga* o que vai acontecer.

Fora da sociedade Vishram, os postes de rua piscavam, ganhando vida. A sra. Puri estava no mercado, comprando espinafre fresco e rico em vitaminas para estimular os neurônios lentos do filho.

Um barulho estridente de freada atravessou o mercado. O Tata Indigo que saíra da rua principal com uma guinada reduziu a velocidade, mas não foi rápido o bastante: houve um guincho louco e uma agitação de membros vivos embaixo das rodas.

— Você o matou! — gritou alguém para o motorista. — E no Gandhi Jayanti!

Dois homens saíram de uma mercearia; um deles, que vestia um *lungi* azul, amarrou-o na altura dos joelhos:

— Tirem o sujeito do carro e deem uma surra nele! — gritou.

O Indigo fugiu em disparada; os homens da mercearia voltaram ao trabalho.

O cão vadio amarelo, hóspede não convidado nem expulso da sociedade Vishram durante tantos meses, jazia numa poça de sangue escuro e pegajoso, perto do mercado. Um urubu saltitou para junto do animal e bicou suas entranhas.

A sra. Puri cobriu o rosto de Ramu com a mão. Ele choramingou. Abraçando o filho junto ao corpo, ela o levou de volta para a Vishram e o deixou com a sra. Saldanha.

Sacudiu Ram Khare para tirá-lo de sua guarita.

Ram Khare levou água na vasilha de *channa* que Ramu tinha deixado perto da cruz negra. O cachorro estava fraco demais para bebê-la. Os dois baixaram o animal na sarjeta para que ele pudesse ter uma morte digna, se não confortável.

— Peça aos homens da limpeza urbana para levá-lo, quando vierem de manhã, Ram Khare. Não podemos deixar o corpo aqui.

Ela voltou e explicou a Ramu que aquele não era o cão vadio que era seu amigo. Não, era outro cachorro, meio parecido com o deles. Ramu se animou. A mãe jurou que eles veriam seu cachorro amarelo de manhã, comendo *channa* na vasilha. Ela jurava.

Estava ajeitando o filho na cama para dormir, na companhia do Patinho Cordial, quando o secretário bateu à porta:

— Logo mais, tranque a casa com duas voltas na fechadura, sra. Puri.

Ela se aproximou da porta e murmurou:

— Vai mesmo acontecer? A *coisa simples*?

Kothari não disse nada; entregou-lhe um saquinho plástico cheio de bolas de algodão e desceu a escada. A sra. Puri ficou parada no patamar, ouvindo-o bater na porta dos Pinto.

— Tranque a porta com duas voltas na fechadura hoje à noite, sr. Pinto.

— É o que fazemos toda noite.

— Pois hoje tranque-a com um cuidado extra. Ponha algodão nos ouvidos se tiver. Não tem? Então, pegue um pouco deste. Está no saquinho. Use-o de noite. Entendeu?

— Não.

— Tente. É uma coisa simples, sr. Pinto.

A sra. Puri ouviu os passos de Kothari descerem mais um lance de escada e, então, a frase:

— Logo mais, tranque a porta com duas voltas na fechadura, sra. Rego.

Quando se afastava da porta da sra. Saldanha, o secretário viu Mary, parada perto de seu escritório. Ela o observava.

— O que você quer? — perguntou Kothari.

— Eu limpo seu escritório toda tarde, nesse horário. Ia pegar a vassoura — disse, depois acrescentou: — Não ouvi nada.

— Limpe o escritório amanhã, Mary. Pode tirar o resto do dia de folga.

Ela continuou parada.

— Mary — o secretário baixou a voz —, quando o Xangai subir, vão contratar você. Garanto. Vão lhe dar um uniforme. Um bom salário. Garanto. Está entendendo?

Ela fez que sim.

— Agora, vá para casa — disse Kothari. — Aproveite a noite com seu filho.

Ficou olhando até a faxineira sair pelo portão e virar à esquerda, em direção às favelas.

Então, reinou na Vishram um silêncio noturno que não se ouvira em décadas; a Torre B deserta, cercada com a faixa amarela *Destinado à demolição*, parecia exsudar quietude. Os Pinto, deitados na cama, mais uma vez puderam ouvir o ronco dos aviões sobrevoando Vakola.

— Olha aí — cochichou o sr. Pinto.

— É, eu também escutei — cochichou a sra. Pinto de volta.

Masterji tinha voltado para casa. Estava lavando o rosto na pia.

— Pode ser que não aconteça nada hoje — murmurou a sra. Pinto.

— Vá dormir, Shelley.

— Ele parou de andar. Foi se deitar — disse ela, aguçando os ouvidos.

— Mas há alguém andando acima dele.

Pouco depois da meia-noite, o secretário acordou.

Tinha sonhado que estava diante de um painel de quatro juízes. Eles usavam as tradicionais togas pretas e as perucas brancas do judiciário, mas todos tinham cara de flamingo. O juiz mais velho, que era maior que os outros, usava um xale de pele dourada. O rosto desse juiz-flamingo era tão terrível que o secretário não conseguia encará-lo; na esperança de solidariedade, voltou-se para os juízes inferiores. Os três liam algo alto, mas tudo que pôde ouvir foi a mesma palavra, incessantemente repetida: *Regimento, Regimento*. O juiz mais velho, ajeitando a peruca, disse: "Os seres humanos só são humanos individualmente; quando se juntam, ficam..." Seus três colegas mais moços já estavam dizendo, em tom de chacota: "...feito passarinhos." Os três riram juntos, em casquinadas agudas. Então, o flamingo mais velho ajeitou o xale dourado, pois era um juiz vaidoso, e falou com voz grave, que o secretário reconheceu ser a de seu pai:

"Agora, vamos ao veredicto de Ashvin Kothari, secretário da sociedade Vishram, Torre A, alocada na cidade de Mumbai, que fez uma cópia de uma chave confiada a seus cuidados para facilitar uma invasão em sua sociedade, ainda por cima no sagrado dia de Gandhi Jayanti. De acordo com a legislação do país, e para evitar constrangimentos, o veredicto deste painel será lido em inglês, marata, híndi, urdu, panjabi, guzerate..."

Kothari abriu os olhos. Acendeu o abajur para poder ver as horas. Sua mulher, deitada a seu lado, começou a resmungar.

No escuro, Kothari ficou andando no chão de carpete da sala. Segurando a mecha de cabelo atravessada sobre a calva, reclinou-se no sofá.

Ninguém deveria apontar o dedo para *ele*. Ajwani é que havia providenciado a "coisa simples".

Mesmo assim, teve vontade de gritar por socorro ou de correr para a delegacia, lá perto da rodovia, e contar tudo àquele policial gordo, Karlekar, antes que acontecesse alguma coisa terrível naquela madrugada, e eles acordassem e encontrassem Masterji com as pernas quebradas, ou pior, muito pior...

Na cama, sua mulher roncou. Ajoelhando-se, Kothari encostou o ouvido no carpete e escutou. Tudo que conseguiu ouvir foi o som da própria voz, murmurando:

"Faze o que quiseres, rei perverso:
Quanto a mim, sei diferenciar o certo do errado..."

Pouco depois das duas horas, os Pinto ouviram a porta de Masterji tornar a abrir.

Foi como ouvir alguém fazendo amor em outra casa, a cama rangendo e os suspiros, e se faz um grande esforço para fechar os ouvidos para aquilo. Eles não queriam ouvir.

Alguém estava andando no andar de cima. *Dois* "alguéns".

— Os rapazes chegaram.

— Sim.

Os dois corpos idosos se mexeram na cama, acompanhando as passadas; um alvoroço de passos, depois um gritinho de dor: osso batendo numa mesa.

— A mesa de teca.

— É. Ah, não.

Seguiram-se mais pés arrastados, a mesa virada, um grito:

— Ladrões!

Ninguém se mexeu. Ninguém fez um movimento. Os Pinto se deram as mãos. Todos no edifício, prostrados do mesmo jeito, deviam ter escutado o grito. Os Pinto sentiram os corações se aquecerem em cada quarto à escuta — com o mesmo "Até que enfim".

Houve então uma luta abafada, depois um som de pancada, como se alguém batesse num rato que corre pela sala. Em seguida, varando a noite, não um grito humano, mas um uivo de animal.

O cubo mágico o salvou.

Um dos garotos pisou no brinquedo, escorregou e bateu com o joelho na mesa de teca, que virou.

Masterji acordou.

Pegou no mesmo instante o livro azul, a *História ilustrada da ciência* — será que alguma parte secreta dele estivera à espera disso, ensaiando esse momento? —, e saiu correndo do quarto; antes mesmo que os invasores o vissem, acertou o livro na cabeça do primeiro. Gritando *"Ladrões!"* e com uma força que não seria capaz de reproduzir à luz do dia, deu um safanão num dos garotos, que, cambaleando para trás, atingiu o outro e o fez cair ao lado do telefone. A *História ilustrada da ciência* subiu bem alto e arriou no crânio do rapaz, que soltou um uivo. A essa altura, o tumulto era completo e os dois bandidos saíram correndo pela porta aberta, onde um tropeçou e rolou escada abaixo; já então, os dois estavam desatinados para garantir a simples sobrevivência ao perceberem que tinham sido mandados para intimidar e ameaçar não um velho indefeso, como lhes haviam falado, mas um verdadeiro ogro. Correram pelo pátio e pularam o portão.

Masterji encostou o sofá na porta, fazendo uma barricada contra um segundo ataque. "Purnima", murmurou, "Purnima". Empurrou a cadeira contra o sofá.

Então lhe pareceu que era errado fazer isso. Ele precisava poder entrar e sair correndo se houvesse outro ataque, e a porta devia ficar aberta. Deslocou o sofá e a cadeira de volta para seus lugares.

Encheu de água uma panela, acendeu o gás e pôs a água para ferver. Ia derramá-la na cabeça deles quando voltassem. De joelhos, examinou o cilindro de gás. Será que poderia explodi-lo na cara deles?

Purnima, pensou, *Purnima*. Tentou invocar o rosto de sua mulher, mas nenhuma imagem lhe veio à lembrança — não conseguiu recordar a aparência dela. "Gaurav", chamou, "Gaurav", mas também não conseguiu relembrar o rosto do filho... viu apenas a escuridão e, em seguida, emergindo dessa escuridão, viu gente, homens de várias raças, parados de camisa branca, bem juntos. Reconheceu-os: eram os passageiros habituais do trem suburbano.

Então, um raio de sol entrou no vagão, e aqueles rostos variados brilharam como uma única luz humana, refratada em cores. Masterji procurou o rosto do diarista do mercado Crawford; não conseguiu achá-lo, mas havia outros iguais a ele. Os assentos verdes vibrantes e as paredes também verdes do vagão eram luminosos a seu redor. "Acalme-se, Masterji", disseram os homens brilhantes de camisa branca, "porque estamos todos com você." Nesse momento, o professor compreendeu que não tinha derrubado os dois garotos: *eles* o tinham feito em seu lugar. Do lado de lá da grade, os rostos do vagão amarelo da segunda classe se viraram para ele e disseram: "Também estamos com você." Em volta dele, formaram uma massa próxima e compacta; Masterji sentiu mãos tocarem nas suas; e cada murmúrio, cada sussurro, cada sacolejo do trem dizia: *Nunca nasci e jamais morrerei; não causo dor nem posso ser ferido; sou invencível, imortal, indestrutível.*

Masterji abriu o trinco, deixou a porta aberta e dormiu.

3 DE OUTUBRO

— Sr. Pinto — disse Nina, a empregada, virando-se para o patrão. — O senhor tem de ver com os próprios olhos quem é.

Levantando-se de um desjejum composto por um omelete de três ovos com massala, servido com torradas na manteiga e ketchup, o sr. Pinto foi até a porta, arrastando as sandálias de couro marrom pelo chão.

Viu quem estava à porta e se virou para dentro.

— Nina! — chamou. — Volte aqui.

Masterji estava parado do lado de fora.

— De madrugada, tive certeza de que o sr. Shah era o autor disso — comentou o professor. — E me senti seguro até o amanhecer. Mas, quando acordei, fiquei pensando: aqueles rapazes não arrombaram a porta. Tinham uma cópia da chave. Quem lhes deu essa chave?

O sr. Pinto se virou e fez um gesto para a mesa.

— Venha tomar café conosco. Tem omelete de três ovos. O seu favorito. Nina, mais um omelete, agora mesmo. Venha, Masterji, sente-se à mesa.

— Você sabia o que ia acontecer ontem à noite? — perguntou Masterji. — O secretário mandou todos ficarem quietos quando eu gritasse? Isso foi outra coisa em que só pensei hoje de manhã. Ninguém foi me ajudar.

O sr. Pinto fez um gesto desamparado.

— De nossa parte, sinceramente, não ouvimos nada. Estávamos dormindo. Pergunte a Shelley.

A sra. Pinto, levantando-se da mesa do café, pôs-se ao lado do marido e segurou a mão dele.

— Nós queríamos salvá-lo, Masterji — disse ela, com sua voz esganiçada. — Eles disseram que o salvaríamos se ficássemos quietos.

— Cale a boca, Shelley. Volte para a mesa. Não sabíamos de nada, Masterji. Damos graças a Deus por você estar salvo. Agora, entre e coma...

— Você está mentindo, sr. Pinto.

Masterji puxou a porta da frente, obrigando o sr. Pinto a largá-la, e a fechou em sua própria cara. Encostou a testa na porta. Rajeev e Raghav Ajwani, de uniforme escolar, tentaram passar por trás dele na ponta dos pés.

Ouvindo vozes no térreo, Masterji desceu a escada.

Três mulheres estavam sentadas nas cadeiras brancas de plástico.

A sra. Puri conversava com a mulher do secretário; a sra. Ganguly, toda enfeitada em ouro e sedas, aparentemente a caminho de um casamento, escutava a conversa.

— E daí se as irmãs da Escola Especial querem que o Ramu participe da peça anual no papel de Davi, Matador de Golias? Que me importa se Davi era cristão e nós somos hindus? Jesus e Krishna: duas cores de pele, o mesmo Deus. Passei a vida inteira entrando e saindo de igrejas feito um passarinho alegre.

— Você tem razão, Sangeeta — disse a mulher do secretário. — No fundo, que diferença faz?

Masterji foi da sra. Puri para a sra. Kothari e para a sra. Ganguly, tentando encontrar um rosto que revelasse culpa ao ser encarado. Ninguém lhe prestou a menor atenção. *Será que estou olhando para gente boa ou má?*, pensou.

A sra. Puri afastou uma mosca do ombro da sra. Kothari e prosseguiu:

— Então não rezei na igreja de santo Antônio, e depois na de santo André, e depois na de santa Maria do Monte, para que os médicos estivessem errados sobre o Ramu? Do mesmo modo que rezei no templo de SiddhiVinayak, sra. Kothari.

— Você é uma pessoa liberal, Sangeeta. Uma pessoa do futuro.

— Vocês todas sabiam o que ia acontecer ontem à noite? — perguntou Masterji. — Será que sou o único ser humano nesse prédio?

A sra. Puri continuou a falar com a mulher do secretário:

— Não faço distinção entre hindus, muçulmanos e cristãos nesse país.

— É a pura verdade, Sangeeta. O coração é que tem de ser bom, é isso que eu digo.

— Concordo cem por cento com vocês — interpôs a sra. Ganguly. — Nunca votei no Shiv Sena.

Nesse momento, Masterji viu Tinku Kothari, o filho do secretário. Esparramado numa cadeira de plástico com seu minitabuleiro de carrom, o menino gordo jogava sozinho, atingindo alternadamente as peças pretas e beges. Com os dedos preparados para disparar a peça de ataque, fez uma pausa e olhou de esguelha para Masterji.

Estava rindo. Sua carne gelatinosa ondulava sob a camiseta verde apertada, com sua legenda dourada: *Venha para Ladakh, a terra dos mosteiros*. Os sorrisos dos monges tibetanos na camiseta do garoto se alargavam.

A peça azul espalhou as peças do carrom. Uma peça preta ricocheteou na borda do tabuleiro e rolou pelo parlamento até bater no pé de Masterji. Ele estremeceu.

Subiu a escada para ficar em sua sala e aguardou o velho amigo. Se pelo menos Shelley convencesse aquele velho contador teimoso a bater à porta e dizer uma palavra: "Desculpe."

Só uma palavra.

Esperou meia hora. Depois, levantou-se e pegou o caderno Sem Discussão, ainda atado com um elástico azul, descansando na estante em cima de *A passagem da alma após a morte*.

Tirou o elástico. Arrancou as páginas uma a uma, rasgou cada página em quatro pedaços, depois rasgou cada pedaço em outros menores.

Embaixo, no 2A, sentado à mesa de jantar, o sr. Pinto se virou para a janela e observou a chuva de pedacinhos de papel: tudo que restava de uma amizade de 32 anos.

Começou um barulho de raspagem no pátio do condomínio. Era Mary varrendo o confete para um saco plástico. Masterji observou. Ficou esperando que ela o olhasse lá em cima, esperando algum rosto amigo em sua sociedade. Mas ela não olhou.

Masterji compreendeu: estava envergonhada. Também soubera o que ia acontecer.

Uma sombra surgiu sobre as costas recurvadas de Mary: um gavião planando acima dela e entrando numa das janelas abertas da Torre B.

— Venha para *esta* torre aqui! — gritou Masterji.

De sua janela, viu o gavião, como que obedecendo a sua ordem, sair da Torre B e voltar voando.

E não só você.

Pombo, corvo, beija-flor; aranha, escorpião, traça, cupim e formiga-açucareira; morcegos, abelhas, marimbondos, nuvens de mosquitos anófeles.

Venham todos: e me protejam dos seres humanos.

O jogo de críquete no templo tâmil havia terminado. Uma boa partida para Timothy: sua mãe não o apanhara jogando e ele tinha feito mais *runs* que os outros nessa tarde.

Kumar, o mais alto entre os garotos que jogavam com Timothy, não tinha jogado bem. Seu turno de faxineiro no Konkan Kinara, um restaurante barato perto da estação ferroviária Santa Cruz, não tardaria a começar, e ele foi caminhando pelo descampado ao redor de Vakola em direção a sua casa, numa das favelas atrás do centro empresarial Bandra-Kurla. Era fim de tarde, ele estava mancando; com o taco de críquete na mão, ia golpeando o mato alto dos dois lados da trilha lamacenta. Alguns passos à frente, estava Dharmendar, o ajudante do mecânico de bicicletas, caminhando com as mãos nos bolsos, olhando para o chão.

Saindo do mato alto, uma criatura escura e miúda, de terno safári azul, pulou diante deles.

— Tio Ajwani — disse Kumar.

O corretor deu um tabefe na cabeça de Dharmendar.

— O serviço mais fácil do mundo. — Outro tabefe. — Tudo que vocês tinham de fazer era assustar um velho. Um velho de 61 anos.

A testa de Ajwani parecia inchada, o couro cabeludo, retraído. Os tendões do pescoço estavam esticados. A saliva saía em borrifos, e ele dizia palavrões.

Kumar baixou o taco de críquete e parou ao lado de Dharmendar, para indicar sua parte da responsabilidade. Baixou a cabeça; Ajwani desdenhou de lhe dar um tapa. Enxugou as palmas das mãos no terno safári, como se as tivesse sujado ao tocar alguém tão indigno.

— Vocês tinham a chave, era só entrar e tapar a boca do homem com a mão e lhe dar um recado. E não souberam fazer isso.

— Ele foi... muito feroz, tio Ajwani.

O corretor amarrou a cara.

— E agora vocês estão jogando *críquete*.

— Desculpe, tio — disse Kumar. — Nós não prestamos para esse tipo de serviço.

Um avião com as cores vermelha e branca da Air India se elevou no ar. Abafado por seu ronco, Ajwani xingou e cuspiu no mato.

— Quantos garotos vivem esperando um pedido como esse? Uma chance de ganhar um dinheiro fácil. Um começo de carreira no ramo imobiliário. E eu tinha de escolher justamente vocês dois. Kumar, por acaso não achei um lugar na favela para a sua família? Havia algum outro jeito de vocês conseguirem um teto, por 2.500 rupias por mês?

— Não, tio.

— E você, Dharmendar, não ajudei sua mãe a arranjar um trabalho de empregada doméstica na sociedade Troféu de Prata? Não fui até lá conversar pessoalmente com o secretário?

— Sim, tio.

— E vocês me deixam na mão desse jeito. Correndo de um velho de 61 anos... — Abanou a cabeça. — E agora a polícia vai vir. Atrás de mim.

— Desculpe, tio.

— O que aconteceu com a chave que eu lhes dei? — Ajwani remexeu os dedos, pedindo-a.

— Nós perdemos a chave — disse Kumar.

— Quando saímos correndo do prédio, tio.

— Perderam a chave?! — gritou Ajwani. — Quando a polícia vier me buscar, eu devo dar o nome de vocês e dizer que a ideia foi sua.

— Nós vamos para a cadeia pelo senhor, tio. O senhor é como um pai para...

— Ora, cale a boca — interrompeu Ajwani. — Cale a boca.

Quase sufocando de nojo, voltou para o mercado e atravessou a rua, em direção ao escritório.

Quando Mani voltou para o escritório da corretora de imóveis Renascença, encontrou o patrão deitado no catre do quarto dos fundos, com um pé espichado para fora, brincando com os cocos do cesto de vime.

— Por quê, Mani? Por que entreguei o serviço àqueles garotos? Conheço tanta gente por aí. Devia ter procurado um bandido de verdade, alguém com experiência.

— Sim, senhor.

Mani se sentou num canto e ficou olhando para o patrão.

— Eu fracassei em tudo em que pus a mão, Mani. Comprei ações da Infosys em 2000. Quatro dias depois, veio o craque da Nasdaq. Até no ramo imobiliário, vivo comprando na hora errada. Não passo de um comediante no meu próprio filme.

Seus olhos se encheram de lágrimas, a voz se embargou:

— Saia daqui, Mani.

— Sim, senhor.

— E tome conta dos meus filhos quando a polícia vier me interrogar, Mani.

— Sim, senhor.

Pegando o facão preto curvo, o corretor abriu um coco, bebeu a água, depois foi para o chão e fez 25 flexões, na tentativa de levantar o moral.

Às três horas, quando Mani voltou ao quarto dos fundos, o patrão continuava deitado no catre, olhando para o teto.

— O modo como ele lidou com aqueles dois garotos imprestáveis, Mani. É peitudo o homem de 61 anos que faz aquilo. Até num inimigo eu admiro a coragem.

Agora que tinha feito essa coisa terrível com Masterji, Ajwani se sentia mais próximo que nunca do velho professor, severo e santarrão, de quem nunca havia gostado e em quem jamais confiara, em todos aqueles anos.

Acordar fervendo de raiva todas as manhãs. Tornar-se jovem de novo, aos 61 anos. Qual seria a sensação? Ajwani cerrou os punhos.

Às quatro horas, ligou para o escritório do secretário.

A voz de Kothari estava tranquila:

— Você não tem com que se preocupar. Ele não foi à polícia.

— Ele não vai dar queixa de nós?

— Não.

— Eu não entendo...

— Andei pensando nisso a manhã toda — disse o secretário. — Como você, fiquei tremendo aqui, sentado no escritório. Mas a polícia não apareceu. Por que o Masterji não chamou?

— Isso foi o que eu lhe perguntei, Kothari.

— Porque — a voz ao telefone baixou para um cochicho — ele sabe que a culpa é *dele*. Não ir à polícia: o que significa isso? Uma confissão completa. Ele admite a responsabilidade por tudo o que tem dado errado nessa sociedade. E pensar que um dia respeitamos esse sujeito. Agora, escute, Ajwani. O prazo acabou ontem. À meia-noite. Certo?

— Certo.

— Mas não apareceu ninguém do escritório do construtor para nos dizer que acabou, que o grupo Confiança não quer mais a Torre A.

— O que quer dizer isso? — perguntou Ajwani, também num sussurro. — Será que o Shah está nos dando mais tempo? Ele disse que jamais faria isso.

— Não sei o que quer dizer — retrucou o secretário. — Mas olhe, nós todos assinamos e datamos os nossos formulários de aceitação antes de 3 de outubro. Correto? Se amanhã o Shanmugham vier dizer que acabou, sempre podemos responder: mas nós *assinamos* os formulários. *Você* é que não veio ontem.

Ajwani deu um suspiro. É, ainda poderia funcionar. Nada estava perdido, ainda.

— Mas isso significa...

— Isso significa — o secretário continuou por ele — que temos de tentar alguma coisa ainda mais simples com o Masterji. *Hoje à noite.*

— Hoje, não — rebateu Ajwani. — Preciso de um dia. Tenho de planejar as coisas.

A voz do outro lado do telefone fez uma pausa.

— E você diz que *eu* não sou de nada, Ajwani?

— Por que eu tenho de fazer tudo? Faça você mesmo dessa vez! — berrou o corretor. E bateu com o telefone.

Vocês fedem. Vocês, pessoas.

Sentia bem demais aquele cheiro em sua sala. Deixou a vela queimar até o fim, acendeu um incenso, borrifou perfume nos cômodos, mas continuou a sentir o mau cheiro deles.

Vou subir o mais alto possível, pensou Masterji.

E assim, subiu de novo a escada e foi para o terraço. Parado junto à borda, olhou para a cruz negra lá embaixo, sendo enfeitada com uma guirlanda pela sra. Saldanha.

Ela deve estar rezando para eu morrer, pensou.

Circulou pelo terraço. Passado algum tempo, viu rostos miúdos no pátio do condomínio, olhando para cima: Ajwani, a sra. Puri e o secretário o observavam.

Os que haviam tentado atacá-lo em sua casa, na noite anterior, agora o fitavam lá de baixo, boquiabertos, como se *ele* devesse ser temido. Como devia parecer monstruoso o rosto de uma criança com uma lanterna aos olhos de uma aranha venenosa. Masterji sorriu.

O sorriso se desfez.

Os vizinhos apontavam para ele e cochichavam nos ouvidos uns dos outros.

— Desça imediatamente — disse ele a si mesmo. — Ficando aqui em cima, você só faz lhes dar uma desculpa para lhe aprontarem alguma coisa pior.

Meia hora depois, continuava lá em cima: as mãos cruzadas às costas, andando em círculos pelo terraço, tão incapaz de parar de se movimentar quanto os que estavam lá embaixo eram incapazes de parar de observar.

livro nove

A coisa mais simples do mundo

4 DE OUTUBRO

Elas se erguiam, brancas e cor-de-rosa, numa bandeja de metal diante da imagem da Virgem numa redoma de vidro; suas chamas individuais se fundiam numa labareda densa e oscilavam, respondendo alternadamente à brisa marinha e ao cântico dos penitentes ajoelhados. Pavios grossos e enegrecidos emergiam das velas incandescentes como ossos de um ferimento.

A cera branca e cor-de-rosa escorria como gotas ruidosas de gordura derretida na bandeja de metal, depois endurecia em flocos brancos que a brisa soprava a esmo, feito neve.

— Quanto tempo a mamãe vai ficar rezando hoje?

A Virgem se erguia num terraço, com o mar de Bandra às suas costas e, em frente, a fachada gótica de pedra cinzenta da basílica de Nossa Senhora do Monte.

Sunil e Sarah Rego esperavam junto ao muro do terraço; a sra. Puri estava a seu lado, despenteando o cabelo de Ramu e instigando o filho a dizer as palavras (que um dia ele soubera tão bem) "Igreja católica romana".

Tinha sido da sra. Puri a ideia de irem lá: a cruz negra do terreno do condomínio lhes havia faltado. Devorara oração após oração e guirlanda de flores após guirlanda de flores, sem contribuir em nada para que Masterji mudasse de ideia.

E, assim, ela fizera o grupo entrar em dois riquixás, enfrentar as fumaças e vapores da passagem subterrânea de Khar e ir à basílica mais famosa da cidade.

A sra. Rego estava de joelhos diante da Virgem, de mãos postas, olhos fechados, lábios em movimento.

Sunil tinha passado um tempo respeitável rezando; agora, debruçava-se sobre a borda do terraço, lendo em voz alta as palavras sagradas pintadas ao longo dos degraus da escada:

— Aquela palavra é "Rosário" e a seguinte é "Sacrifício". E aquela ali é "Re-pa-ra-ção". É uma palavra comprida, que a mamãe pode usar de trunfo contra a tia Catherine.

Fazia meia hora que a mamãe não se mexia. A pessoa que rezava ao lado dela se levantou; uma senhora idosa, de sári roxo, adiantou-se para ocupar o lugar vago, encostando a testa três vezes no chão.

— Alguém está doente? É o papai, nas Filipinas?

— Fique quieta, Sarah — murmurou Sunil.

— Por que mais a mamãe ia rezar por tanto tempo?

Meia hora depois, os cinco desceram a colina em direção ao coreto de Bandra. Compraram quatro pratos de *bhelpuri* e se sentaram à sombra do pavilhão; Sunil e Sarah devoraram os deles, enquanto a sra. Puri levava uma colherada do seu à boca de Ramu.

A sra. Rego perguntou:

— Por que não apareceu ninguém do grupo Confiança, hoje, para nos dizer que acabou?

— O sr. Shah deve estar preparando os papéis do seu meio Xangai. Meu palpite é que vai mandar o Shanmugham amanhã.

Ramu mastigou a comida. A mãe o observou, empurrando delicadamente para sua boca os grãos de arroz que se perdiam.

— Sabia que todo o pessoal da Torre B recebeu a última parcela do pagamento na semana passada?

— Tão depressa assim?

— Antes do previsto, mais uma vez. A Ritika telefonou. Esse homem, esse sr. Shah, ele cumpre sua palavra.

A sra. Puri deu outra colherada ao filho.

— Sabe o que quer dizer *Kala Paani*? Era assim que chamavam o oceano antigamente. As pessoas tinham medo de cruzá-lo. O Ajwani diz que agora estamos todos no *Kala Paani*. O sr. Shah diz a mesma coisa. Precisamos transpor esse limite. Do jeito como ele transpôs, quando veio para Mumbai sem sapatos nos pés.

— Como você sabe disso? — A sra. Rego baixou a voz. — Esteve com ele?

A sra. Puri confirmou com a cabeça.

— Vocês falaram de dinheiro?

— Não. Ele não tentou *me* subornar.

A sra. Rego desviou os olhos.

— É uma coisa simples — disse a sra. Puri. — E aí, esse pesadelo terá acabado para todos nós. Podemos telefonar de imediato para o sr. Shah. Antes que o Shanmugham venha.

— Já tentamos a coisa simples. Não gostei. Criminosos na minha sociedade.

Mamãe sorriu e limpou a boca de Ramu.

— Existe uma coisa ainda mais simples. Só um empurrão. Mas precisa ser feita *já*.

A sra. Rego franziu o cenho, tentando compreender o que dissera a vizinha.

— Georgina! O que está fazendo em Bandra?

Uma mulher de vestido verde vinha andando em direção ao grupo; um estrangeiro alto, careca e de cavanhaque a seguia logo atrás.

Fizeram-se as apresentações: a mulher de vestido verde era Catherine, a irmã da sra. Rego, e aquela coisa estrangeira que a acompanhava era seu marido, o jornalista americano, Frank. As matérias dele saíam em muitas, muitas publicações progressistas.

— Lemos sobre a sua sociedade no jornal, Georgina — disse Frank, dirigindo-se à cunhada. — E sobre o seu velho professor. No *Sun*.

A sra. Rego não havia prestado grande atenção a seu prato de *bhelpuri*. Nesse momento, começou a comer.

Frank esfregou as mãos.

— Sei por que ele está fazendo isso. É um manifesto, não é? Contra a construção civil. Contra a construção *não planejada*.

A sra. Rego comeu seu *bhelpuri*. A sra. Puri se levantou e encarou o estrangeiro.

— Ele não está fazendo manifesto nenhum. Ele é *maluco*.

O americano torceu o nariz.

— Não, acho que é o manifesto de uma posição.

— O que o senhor sabe? O senhor não mora na Vishram. Ontem ele estava andando no terraço. Dando voltas e mais voltas. Com um cubo mágico na mão. O que significa isso, senão "perdi o juízo completamente"? E nós o ouvimos, sabe, meu marido e eu, no apartamento ao lado. Conversando com a mulher e a filha como se estivessem vivas.

A sra. Puri olhou para Ramu. O menino brincava com os filhos da sra. Rego.

— Isso não é manifesto algum — murmurou. — Só loucura.

O prato de *bhelpuri* caiu da mão da sra. Rego, que começou a soluçar. Catherine se agachou ao lado da irmã e lhe afagou as costas.

— Frank, você tinha de mencionar aquele homem horroroso? Tinha de perturbar a minha irmã?

— O que foi que eu fiz? — O homem olhou em volta. — Eu só disse...

— Cale-se, Frank. Às vezes, você é muito insensível. Não chore, Georgina. Vamos buscar outro prato para você. Pronto, olhe para mim.

— Vou perder o dinheiro, isso não é justo — soluçou a sra. Rego. — Não é justo, Catherine. Você me venceu de novo. Sempre vence.

— Ah, Georgina...

Os filhos da sra. Rego a ladearam e seguraram suas mãos, com ar protetor.

— Mamãe — cochichou Sunil —, os filhos da tia Catherine são burros. Você sabe disso. Eu e a Sarah vamos ganhar muito dinheiro para você, e você vai voltar a vencer no trunfo. Não chore, mamãe.

Uma hora depois, a sra. Puri abriu o portão da sociedade Vishram para o seu Ramu. A sra. Rego e os filhos entraram atrás do adolescente.

— Toda a sociedade Vishram está impotente diante de uma ave — comentou a sra. Puri, ao parar diante da cozinha da sra. Saldanha.

O ninho do corvo tinha aparecido sobre a janela da cozinha da sra. Saldanha; fazia dias que vinha jogando uma chuva de gravetos e penas na cozinha. Mary tinha se recusado a tomar qualquer providência: jogar os ovos no chão daria azar. "Também sou mãe", havia retrucado, ao ser acusada pela sra. Saldanha de não cumprir seus deveres.

Agora, os ovos tinham sido chocados. Duas bocas vermelho-sangue acompanhavam os biquinhos e grasniam desesperadamente o dia inteiro. A mãe corvo saltitava de um filhote para o outro e bicava este e aquele para consolá-los, mas eles, com os bicos para cima, gritavam pedindo mais, muito mais.

— Vamos mandar o secretário chamar aquele homem dos sete tipos de pragas — disse a sra. Rego, mantendo os olhos voltados para o chão.

Esse homem, que trabalhava perto da estação ferroviária, era chamado com frequência à Vishram para retirar vespeiros ou colmeias; derrubava-os com uma vara e borrifava um antisséptico branco na parede.

— Não chame ninguém — disse a sra. Puri, segurando a sra. Rego pelo braço para detê-la. — Vamos cuidar disso agora mesmo. Olhe só.

Pegou o celular e teclou um número. Ajwani estava em casa. Desceu usando um *banian* por cima das calças e coçou os braços; ele morava logo acima do ninho, é verdade, mas no segundo andar...

— É só um corvo, e nós somos gente — ponderou com ele a sra. Puri.

Ajwani se lembrou de uma vara comprida que usava para tirar teias de aranha do teto.

Minutos depois, estava debruçado na janela da cozinha de sua mulher, mirando a vara comprida no ninho da corva feito um jogador de bilhar. Seus filhos estavam em cada lado, ajudando a mirar.

O secretário saiu de seu escritório para assistir. A sra. Saldanha também saiu de casa.

A sra. Puri mandou Ramu subir a escada, com ordem de esperar por ela no primeiro patamar.

— Ande logo com isso — gritou ela para Ajwani. — A mãe sabe.

Ajwani empurrou o ninho com a vara. A corva voou para o alto, garras espichadas. Ajwani tornou a empurrar; o ninho se inclinou sobre a borda, os dois filhotes a grasnar feito desesperados.

— Um pouquinho para a esquerda, pai — disse Raghav. O corretor deu uma última cutucada: o ninho caiu no chão, espalhando gravetos e folhas.

Um dos filhotes se calou, mas o outro espichou a cabeça pelo ninho derrubado.

— Por que ele não cala a boca? — disse o secretário. Desistindo de Ajwani, que havia fechado a janela, a corva desceu em direção ao filhote vivo. Kothari pisou na cabecinha emplumada, silenciando sua voz. A corva voou para longe.

De repente, alguém começou a gritar na escada.

— Uma coisa simples, não foi? — disse a sra. Puri.

Todos olharam para o telhado: Masterji estava lá no terraço, mãos cruzadas às costas, andando em círculos.

Algumas horas antes, ele estivera parado à janela; no jardim, vira a mangueira verde de Mary, caída em espirais em volta dos hibiscos.

Coisas que tinham parecido tão simples, naquela tarde no mercado Crawford, haviam se tornado muito confusas.

Algo havia chacoalhado na parede da cozinha: o velho calendário de Purnima.

Masterji examinara as roupas amarfanhadas junto à máquina de lavar, apanhara uma camisa que ainda cheirava bem e a vestira.

No mercado, entre o galinheiro e a máquina de triturar cana, Shankar Trivedi desfrutava da segunda de suas barbeações diárias. Tinha o rosto fartamente espumado em volta do bigode negro. Segurava na mão direita um cigarro aceso, enquanto o barbeiro lhe ia retirando a máscara com movimentos precisos da navalha.

— Trivedi, sou eu.

O olho do sacerdote se moveu na direção da voz.

— Faz dias que tento encontrá-lo. É amanhã. O aniversário da Purnima.

O sacerdote acenou com a cabeça e deu uma tragada no cigarro.

Masterji esperou. O barbeiro oleou, massageou e enroscou o exuberante bigode do sacerdote. Passou talco na nuca de Trivedi, deu uma última lambada com sua toalha e liberou o cliente da cadeira azul.

— Trivedi, você não me ouviu? O aniversário de falecimento da minha mulher é amanhã.

— ...eu ouvi... ouvi...

O sacerdote recém-barbeado, agora uma confluência de odores agradáveis, deu uma longa tragada no cigarro.

— Não levante a voz, Masterji.

— Você irá a minha casa amanhã de manhã?

— Não, Masterji. Não posso.

Trivedi deu três tragadas no cigarro e o jogou no chão.

— Mas... você tinha dito que iria... Não falei com mais ninguém, porque você...

O sacerdote deu um tapinha no ombro direito para tirar o talco perfumado.

A transformação moral de um bairro inteiro pareceu se condensar naquele gesto. Masterji compreendeu. Trivedi e os outros tinham se dado conta de que o valor de seus próprios imóveis aumentaria — os corretores deviam ter falado em vinte por cento ao ano — se a fachada envidraçada do Xangai subisse. Talvez até 25 por cento. E, num instante, seus laços de trinta anos com um professor de ciências representavam tão pouco para Trivedi e os outros quanto talco nos ombros.

— Dei aulas aos seus filhos. A *três* deles.

Trivedi estendeu a mão para Masterji, mas o velho professor deu um passo atrás.

— Masterji, não me entenda mal. É fácil tirar conclusões precipitadas, mas...

— Quem foi o primeiro homem a dizer que a Terra girava em torno do Sol? Anaxágoras. Não está nos manuais, mas ensinei a eles.

— Quando a sua filha morreu, eu celebrei os ritos fúnebres. Foi ou não foi, Masterji?

— Apenas me diga se vai fazer o ritual de um ano da minha mulher, Trivedi.

O barbeiro com cara de bebê, com o queixo apoiado no encosto da cadeira azul, estivera assistindo à conversa. Nesse momento, Trivedi dirigiu a ele seu apelo:

— Diga-lhe que *todo mundo* em Vakola sabe que ele está sob grande momento de tensão. Tenho medo de fazer alguma coisa na casa dele. Quem sabe o que pode acontecer comigo lá?

— Momento de tensão?

— Masterji, você está emagrecendo, suas roupas não são mais lavadas, você fala sozinho. Pergunte a *qualquer um*.

— E as pessoas que esfregaram excremento na minha porta? E as que estão pagando a bandidos para me agredirem? Aquelas que se chamam de minhas vizinhas. Se eu estou sob tensão, elas estão sob o quê?

— Masterji, Masterji. — Trivedi tornou a se virar para o barbeiro, em busca de apoio. — Ninguém o atacou. As pessoas ficam preocupadas com a sua estabilidade quando você diz essas coisas. Venda o 3A. Livre-se dele. Ele está acabando com você. Está acabando com todos nós.

Eu devia ter contado melhor minha história, pensou Masterji, na volta para a Sociedade Vishram. *O Ajwani e os outros os convenceram de que estou perdendo o juízo.*

Viu o pai de Mary, bêbado, os botões prateados cintilando na camisa vermelha, caído na sarjeta em frente à sociedade Hibisco, como uma coisa intragável cuspida pela vizinhança.

É o primeiro homem sincero que vi o dia todo, pensou, olhando para a sarjeta com um sorriso.

Deu um passo em direção à sarjeta e parou. Lembrou-se de que havia um lugar melhor para onde fugir.

Quando chegou à Vishram, pôs-se a andar pelo terraço, girando em círculos, querendo ficar o mais acima deles quanto pudesse.

Mani, o ajudante de Ajwani, sabia que o chefe não queria ser incomodado. Parado diante da porta de vidro da corretora de imóveis Renascença, tinha visto a sra. Puri e o corretor conversarem por mais de meia hora. Alguma coisa importante estava acontecendo lá dentro; ele fora encarregado de manter o Ramu da sra. Puri ocupado, fora do escritório.

Por outro lado, era uma *moça*.

Mani abriu a porta de vidro e enfiou a cabeça para dentro.

— Senhor...

— Mani, você não ouviu o que eu disse? — Ajwani amarrou a cara.

O funcionário deu apenas um passo de lado para deixar o patrão ver quem tinha aparecido.

A carranca de Ajwani se transformou num belo sorriso.

Embora, nesse dia, ela estivesse usando um *salwar kameez* preto, era a mesma mulher que havia aparecido com aquele sári azul-celeste no dia em que Shanmugham tinha fornecido os detalhes da proposta do sr. Shah.

— Srta. Swathi. Sente-se, sente-se. Esta é minha vizinha, a sra. Puri.

A moça estava quase em prantos.

— Vim procurá-lo mais cedo. Preciso falar com o senhor agora, é urgente.

— Pois não?

O corretor se inclinou para a frente, cruzando as mãos. A sra. Puri suspirou. Estava quase convencendo Ajwani, mas agora vinha *isto*.

A moça refrescou a memória do corretor. Ele a havia ajudado a encontrar um apartamento na sociedade Hibisco. Ela deveria se mudar nesse dia. Ajwani estava lembrado, estava lembrado.

Havia um elevador no prédio da Hibisco no dia que ela fora com o corretor, mas hoje, quando chegara lá, o elevador não estava funcionando. Levaria três meses para ser consertado, segundo o senhorio.

— Como é que meus pais vão subir a escada, sr. Ajwani? Mamãe fez uma cirurgia de reconstrução do quadril no ano passado.

Ajwani se recostou na cadeira. Apontou um dedo para trás da cabeça.

— Eu lhe disse para cultuar as informações, srta. Swathi. Devia ter perguntado sobre o elevador naquela ocasião. O senhorio tem direito de ficar com o depósito se a senhorita anular a locação.

A moça começou a chorar.

— Mas nós precisamos daquele dinheiro, senão como vamos procurar outro lugar?

Ajwani fez um gesto de impotência.

— Imagino que a senhorita também queira trazer à baila a questão da taxa de corretagem que me deu.

Ela assentiu com a cabeça.

— Dezesseis mil rupias. Tal como o senhorio, tenho todo o direito legal de ficar com ela.

O pé de Ajwani saiu da sandália e abriu a gaveta inferior da escrivaninha. Ele se abaixou e pegou um maço de dinheiro, no qual contou notas de quinhentas rupias. A sra. Puri ficou observando.

O corretor tornou a contar o dinheiro, umedecendo o indicador direito na língua 32 vezes; em seguida, empurrou o maço de notas pela mesa.

— Vou telefonar para o senhorio. Vá para casa, srta. Swathi. Ligue para mim amanhã, por volta das quatro horas.

Por entre os soluços, a moça o olhou, surpresa.

— Isso é uma coisa rara nesse mundo moderno, srta. Swathi. Sua maneira de cuidar dos seus pais.

A sra. Puri esperou a jovem se retirar e disse:

— É por isso que você nunca ficou rico, Ajwani. Você desperdiça seu dinheiro. Devia ter ficado com as 16 mil rupias.

O corretor alisou seus anéis de metal e plástico.

— Com as mulheres eu me dei bem na vida. Com o dinheiro, nunca.

— Pois então enriqueça agora, Ajwani. Seja como o sr. Shah, ao menos uma vez na vida. O que você fez hoje com a vara, faça de novo amanhã, no terraço.

Esse era o ponto em que eles tinham parado.

— Não estou com medo — disse Ajwani. — Não pense que estou.

Prestes a falar, a sra. Puri viu Mani e parou.

O corretor olhou para seu assistente.

— Vá lá para fora brincar com o Ramu — ordenou. — Você não deve deixar o garoto sozinho.

Mani deu um suspiro. Ficou parado do lado de fora do escritório, apontando os carros e caminhões que passavam; Ramu continuou a segurar o dedo mindinho de sua mão esquerda. Ainda estava soluçando, por causa do modo como a cabeça do filhotinho fora esmigalhada pelo pé do tio Kothari.

Passada meia hora, a sra. Puri se foi com o filho.

Ao ver a mulher gorda se afastar, Mani pensou: *Do que será que eles estavam falando?*

Quando abriu a porta de vidro, encontrou o escritório deserto; do quarto dos fundos, para lá do carrilhão da pata Margarida, veio o barulho de um coco sendo aberto.

Deitado ao lado da colcha azul de aviõezinhos de Ramu, Sanjiv Puri, que estivera fazendo desenhos de lagartixas, ratos brancos e aranhas, começou então, como que numa progressão lógica, a desenhar políticos.

Quando dava os retoques finais no cabelo grisalho e ondulado de seu favorito, o ex-presidente Abdul Kalam, levantou os olhos.

As luzes da sala estavam acesas: a mulher havia chegado com o filho.

— Ramu — chamou ele. Depôs o caderno de desenho e abriu os braços.

A sra. Puri interveio:

— Brinque com o seu pai depois. Agora, eu e ele temos de conversar.

Fechando a porta do quarto de Ramu, ela disse em voz baixa:

— Você não pode ir à peça do Ramu amanhã.

— Por quê?

— Fique até tarde no escritório. Jante por lá. Fique na internet. Não venha para casa antes das dez.

Sanjiv a viu se dirigir à mesa de jantar, onde ela começou a dobrar a roupa recém-lavada de Ramu.

— Sangeeta... — Parou ao lado da mulher. — O que está acontecendo para eu não poder voltar para minha própria casa antes das dez horas?

Ela o olhou sem dizer nada, e ele compreendeu.

— Não seja louca. Se eles cuidarem do assunto, o Ajwani e o secretário, está tudo muito bem. Por que você tem de pôr a mão nisso?

— Fale baixo — disse a sra. Puri, inclinando a cabeça na direção de *você sabe quem*. — O Ajwani vai resolver. O Kothari vai passar o dia inteiro escondido em algum lugar, para que, se o Shanmugham vier de manhã, não possa dizer que o grupo Confiança retirou a oferta. E, a menos que a carta da empresa seja entregue pessoalmente ao secretário da sociedade, a oferta não pode ser retirada. É a lei. À noite, o Ajwani cuida do assunto. Vou ligar para ele quando o Masterji subir ao terraço. É só isso.

— Mas, se alguma coisa der errado... isso é uma questão de ir para a *cadeia*.

A mulher parou, com uma toalha azul pendurada no braço.

— E morar nesse prédio pelo resto da vida é *melhor* do que ir para a cadeia?

Virou a toalha e a dobrou.

O marido não disse nenhuma palavra.

Ramu pôs a cabeça para fora do quarto; mamãe e papai sorriram e o mandaram voltar para a cama.

— Meus dedos ainda estão cheirando mal — sussurrou a sra. Puri. — Aquele homem me fez sujar os dedos. Com as fezes do meu próprio... Ele me obrigou a fazer isso. Nunca o perdoarei.

O sr. Puri murmurou:

— Mas amanhã é a apresentação do Ramu.

— Então, está perfeito — retrucou a sra. Puri, empurrando as toalhas para o lado, para começar a dobrar a roupa de baixo do filho. — Ninguém desconfiará de mim num dia como amanhã. Terei de ficar no salão da escola para ajudar a desmontar o espetáculo. Alguém se lembrará de mim. Alguém vai confundir o horário. Não estou pedindo para você fazer nada. Apenas fique longe de casa. Só isso.

O sr. Puri foi até o sofá, onde bateu com a palma da mão em revistas e jornais caídos no chão; em seguida, foi até a cozinha, onde arrancou coisas da porta da geladeira, e depois gritou:

— Não, eu não vou fazer isso.

Sua mulher ficou parada, segurando uma cueca de Ramu junto ao peito e observando.

— Não. — Sanjiv deu um passo em direção a ela. — Não vou deixá-la sozinha amanhã. Vou ficar aqui. Com você.

Deixando cair a cueca, ela pôs as mãos em volta do pescoço do marido e — ai, ai, ai — deu-lhe um beijo no alto da cabeça.

Abrindo só um pouquinho a porta do quarto, Ramu ficou pasmo ante aquela demonstração de afeição entre mamãe e papai.

A sra. Puri enrubesceu; empurrou o menino de volta para o quarto e trancou a porta por fora.

— Ele não está em casa agora — disse ela, encostando o ouvido na parede, tentando escutar algo. — Logo, ainda está lá em cima, no telhado. Subiu ontem e subiu hoje. É provável que também suba amanhã. É quando o Ajwani terá de agir. Lá em cima.

— E o Kothari?

— Ele dirá o que quisermos que diga. Quando terminar tudo. Foi o que me prometeu.

O sr. Puri meneou a cabeça.

— Pode ser que funcione. Pode funcionar.

O caderno de desenho em que andara rabiscando lagartixas e políticos estava na mesa; ele arrancou uma folha.

— Tome. Devemos anotar aqui. A que horas ele sobe para o terraço e a que horas desce. Isso nos ajudará amanhã.

— Ramu! Pare de empurrar a porta! — disse a sra. Puri, elevando a voz; a porta do quarto parou de chacoalhar.

— Anotar? — perguntou ao marido.

— Por que não? É assim que eles fazem nos filmes. Nos filmes ingleses. Sempre planejam na véspera. Vamos levar isso a sério — exortou o sr. Puri, como se tivesse sido ele o autor de toda a ideia.

Encostou o ouvido na parede.

— A porta dele abriu. — Virou-se para a mulher e sussurrou: — Que horas são?

Portanto, eu a decepcionei de novo, Purnima. O professor tirou os sapatos, foi para a cama e se deitou, o braço cobrindo o rosto.

Segurou o choro.

Tinha a camisa molhada, de tanto andar em círculos pelo terraço; ao se virar na cama, ela grudou em suas costas e o fez estremecer. O marido que sobrevive à mulher tem de cumprir os ritos fúnebres. Mas essa gente toda tinha se juntado para despojá-lo até mesmo dessa satisfação final.

Mordeu o braço.

Como era óbvio, agora, que o sr. Pinto tinha *querido* que alguém o ameaçasse do lado de fora do muro do condomínio naquela tarde! Como era óbvio, agora, que ele e Shelley queriam o dinheiro! Como era óbvio que o secretário havia mentido o tempo todo sobre a responsabilidade e os flamingos; queria era dinheiro. Passara anos tapeando os condôminos; andara roubando dinheiro do fundo de reserva. Como era óbvio que a sra. Puri queria o dinheiro para si própria, não para o Ramu!

Cobriu a cabeça com o cobertor e respirou fundo. Era a brincadeira que fazia quando menino: se você não pode vê-los, eles tampouco podem vê-lo. Você fica em segurança no escuro com a sua respiração.

Olhe para baixo — ouviu um sussurro.

O que há aí embaixo? — sussurrou de volta.

Olhe para mim.

Sob o cobertor, Masterji se sentiu escorregar: havia alçapões se abrindo embaixo da cama.

Agora ele estava de novo no terraço do construtor, em Malabar Hill, vendo o mar enegrecido. Ouviu golpes como os de um machado. A água estava quebrando em Breach Candy — no muro original que continha as ondas longe da grande fenda de Bombaim.

Ele viu os chifres saindo da água escura: o touro do oceano, o touro branco do oceano investindo contra a muralha.

Nesse momento, viu se reabrir a fenda original no quebra-mar e as águas inundarem-na — ondas que se erguiam sobre imóveis da mais alta categoria, arrastando prédios e arranha-céus. Então o touro branco e furioso, emergindo das ondas pelos chifres, atacou. As ondas chegaram à beira dos edifícios e os inundaram. Músculos aquáticos golpearam o estádio Brabourne e o Clube de Críquete da Índia; uma patada da maré derrubou a Universidade de Bombaim...

Um dedo estalou no escuro, e uma voz disse:

— Levante-se.

Ele abriu os olhos; estava fraco demais para se mexer. O dedo tornou a estalar.

— De pé.

Não posso voltar para a cama. Se eu me deitar, vou tornar a maldizer meus vizinhos e minha cidade.

Abriu a porta e desceu a escada. A luz do luar penetrava pelas estrelas octaédricas da grade; parecia tão clara quanto a da lua que ele vira naquela noite, fazia tantos anos, em Simla.

Preso por um raio de luar, encostou-se na parede.

A república, a Suprema Corte e a Sociedade de Cooperativas Registradas podiam ser fraudulentas, mas os corredores do seu prédio não eram desprovidos de lei; alguma coisa a que ele havia obedecido por 61 anos ainda o regia ali.

Voltou para casa e fechou a porta.

Abrindo o *almirah* verde de sua mulher, ajoelhou-se diante da prateleira em que ficava o sári do casamento e pensou em Purnima.

Baixa, branca e quase cheia, a Lua se deslocou sobre Vakola.

Ajwani não podia ficar em casa numa noite dessas. Havia caminhado pela rua principal, sentado sob um poste de luz e tornado a andar, antes de pegar um riquixá para Andheri, onde havia jantado.

Passava das 23 horas. Depois de uma cerveja num bar ordinário, estava voltando para casa num riquixá. O ar da noite lhe açoitava o rosto. Ao longo da rua, passou por casas de favela amontoadas, parecidas com caixotes. Dezenas de vidas se revelaram a ele em segundos: uma mulher penteando o cabelo comprido, um menino de gorro branco lendo um livro à luz de um potente abajur de mesa, um casal assistindo a um seriado na televisão. O riquixá acelerou por uma ponte de concreto. Abaixo dela, sem-tetos dormiam, tomavam banho, jogavam cartas, alimentavam crianças, contemplavam a distância. Eram prisioneiros da Necessidade; ele fugiu.

Amanhã, a esta hora, serei diferente de todos eles, pensou, e suas mãos se transformaram em punhos negros.

5 DE OUTUBRO

Quando Masterji abriu os olhos, ainda estava ajoelhado diante da porta aberta do *almirah* verde. A luz do sol havia entrado no quarto.

Era um novo dia: o aniversário da morte de Purnima.

Minhas pernas vão doer, pensou, procurando algo em que se apoiar, enquanto se levantava.

Passou por cima da roupa de baixo caída em volta da máquina de lavar e entrou na sala.

Era o primeiro aniversário da morte de sua mulher, mas Trivedi se recusara a oficiar os ritos. Onde ele poderia fazer com que fossem celebrados de última hora?

Enquanto escovava os dentes, pareceu-lhe que o rosto no espelho, enriquecido de sabedoria pela espuma da pasta de dentes, lhe oferecia uma série de contra-argumentos: e daí se o Trivedi disse não? Para que templo, para que sacerdote? O indivíduo podia fazer experimentos de física sozinho em casa: a existência do Sol e da Lua, o formato esférico da Terra, as velocidades variáveis do som nos sólidos e nos líquidos, tudo isso podia ser demonstrado num cômodo pequeno.

"É verdade", reconheceu, lavando o rosto e a boca na pia, "é a pura verdade".

Deixou o fluxo ralo da torneira encher sua mão em concha. A água parecia fazer parte de todas as cerimônias religiosas hindus. Os cristãos também a usavam. Os muçulmanos faziam gargarejos e se lavavam antes do seu namaz.

Masterji pegou uma mancheia de água e foi até a janela. A luz do sol também se harmonizava com a religião. Abriu a janela e borrifou água na direção do sol da manhã. Era costume se dizer alguma coisa para acompanhar essa aspersão. As pessoas usavam línguas sagradas para esse fim. Sânscrito. Árabe. Latim. Mas as palavras lhe saíram da boca em inglês. Ele disse:

— Sinto saudade de você, minha mulher.

Aspergiu mais água.

— Perdoe-me por não ter sido um marido melhor.

Borrifou o que restava da água em direção à luz.

— Perdoe-me por não tê-la protegido das coisas de que devia tê-la protegido.

Uma gota de água caíra na ponta do dedo de Masterji; reluzia como uma pérola à luz da manhã.

A gota iridescente dirigiu-lhe a palavra, dizendo: *Sou aquilo de que és feito. E, no final, sou aquilo a que retornarás.* Entre um momento e outro, havia coisas intrigantes que um homem tinha de fazer. Casar-se. Lecionar. Ter filhos. E, depois, suas obrigações terminavam, e ele se retransformava em gotas d'água, livre da vida e de seu arco-íris de restrições. A morte disse a Masterji: *Não tenhas medo de mim. Purnima, tua mulher, está mais linda que nunca, é uma gota de água reluzente. E Sandhya, tua filha, está bem ao lado dela.*

A trepadeira da casa do secretário havia tornado a crescer, descendo até a janela de Masterji: tenra, transparente à luz matinal, com a ponta cega e pálida curvada para cima, parecendo procurá-lo, como o dedo de Sandhya quando bebê, na primeira vez que ele se aproximara da filha.

Masterji deu-lhe a gota d'água para beber.

Era costume fazer alguma coisa pelos outros nos rituais de rememoração. Ao celebrar os ritos fúnebres do pai em Suratkal, ele deixara bolas fumegantes de arroz numa folha de bananeira-da-terra para os corvos.

Desceu ao pátio do condomínio, onde a sra. Puri batia palmas, marcando o ritmo para Ramu; segurando uma espada de papel laminado dourado, o garoto, cujas faces tinham sido coloridas de ruge, deu quatro passos medidos, fez a espada zunir no ar e se curvou diante de uma plateia imaginária. Masterji se lembrou: o espetáculo anual da escola.

— Boa sorte, Ramu — disse.

Ramu, apesar do olhar severo da mãe, jogou sua espada dourada para Masterji.

Ajwani acordou e se descobriu detido.

Dois samurais haviam prendido seus braços.

— Hora do *tae kwon do*, papai — disse o pequeno Raghav, encostando o punho no rosto do pai. — Você dormiu demais.

Com suas roupas de um branco brilhante, enfeitadas por símbolos coreanos e uma bandeirinha da Índia no canto superior direito do roupão, os meninos se colocaram em frente à mesa de jantar, posicionados para desferir socos e pontapés. Apesar de não ter treinamento formal em artes marciais, Ajwani compreendia bastante bem os princípios básicos da força e da velocidade.

— *Hai-iá! Hai-iá!*

Os dois deram chutes; o pai ficou observando do sofá, entre bocejos.

— Mais forte. Muito mais forte.

Depois, os três se sentaram à mesa de jantar verde para um café da manhã com torradas feitas pela mãe.

Já de gravata azul e uniforme escolar branco, Rajeev e Raghav se alinharam para a colherada de óleo de fígado de tubarão que o pai lhes estendia. Molhando os dedos na torneira da cozinha, ele limpou o óleo da boca de cada filho e lhes deu uma borrifada no rosto para fazê-los rir.

— Muito bem. Já para a escola.

A mulher de Ajwani, pesada e morena, estava fritando alguma coisa no óleo de girassol, na cozinha. Gritou para o marido:

— Traga arroz basmati logo mais, sim?

— Se eu me lembrar — retrucou ele, gritando, e passou talco Johnson's para bebês nas axilas antes de vestir um terno safári e sair, fechando a porta.

A meio caminho da descida da escada, parou e fez algumas flexões, apoiando-se no corrimão.

Algum tempo depois das dez da manhã, Masterji voltou do mercado com um embrulho de doces.

Passou pelo portão da sociedade Vishram a caminho do templo tâmil. Lembrou-se dele, da tarde em que havia atravessado a favela para ver os prédios novos do sr. Shah.

O santuário do templo estava trancado, e havia duas senhoras idosas, de sári, sentadas na varanda quadrada, em cujo centro crescia uma árvore.

Masterji pôs a caixa de doces diante das senhoras.

— Por favor, pensem na minha falecida esposa, Purnima, que morreu há um ano.

Rasgando o envoltório de plástico que cobria os doces, as senhoras começaram a comer. Masterji se sentou com elas na varanda. Pela porta de grade, com seu cadeado reluzente, pôde ver a pequena imagem negra do ídolo Ganesha na penumbra interna do templo, untada com óleo e pó de kumkum e semienterrada entre malmequeres.

Observou as velhas senhoras, que comiam depressa; sentiu seus estômagos se encherem e reabastecerem o voo de Purnima, para cuja alma aqueles arrotos e grunhidos eram uma bênção. Pela porta gradeada, Masterji contemplou Ganesha, um primo distante do ídolo vermelho de

SiddhiVinayak. Era um deus alegre esse Ganesha, sempre pronto para uma travessura, e, ao soprar da brisa, o professor acreditou ter ouvido alguém cochichar: "Estive a seu lado o tempo todo, seu velho ateu."

Em frente ao templo se sentava um cego com uma bandeja de flores de quatro cores, presas em pequenas guirlandas. Algumas pétalas vermelhas tinham voado de sua bandeja e flutuavam numa tampa afundada de bueiro que se enchera de água negra. Masterji pensou na linda bandeja de bronze com pétalas flutuantes que vira na casa de Gaurav.

Alguns búfalos-asiáticos se aproximaram do templo, cobertos de sujeira e estrume, as barrigas negras e protuberantes salpicadas de moscas.

Encostando-se na parede do templo, Masterji viu por entre os coqueiros os dois edifícios do sr. Shah. O trabalho parecia concluído: uma fileira contínua de janelas cintilava em toda a lateral de cada prédio. Em pouco tempo, captando o ângulo do sol poente, os dois faiscariam feito cometas, lado a lado. O professor se lembrou da lona encerada azul que lhes cobria a estrutura, da última vez que os vira; devia ter sido em junho ou julho. Ele se deu conta da passagem do tempo e lhe ocorreu que o prazo final tinha ficado mesmo para trás. Dia 5 de outubro.

— Acabou-se — disse, baixinho. Em seguida, pôs-se de pé e falou em voz alta, na direção dos dois prédios do sr. Shah: — Você perdeu.

A árvore do pátio começou a sacudir. Havia um garoto trepado nos galhos, enquanto uma menina estendia a saia azul para recolher o que ele jogava lá de cima.

— O que está fazendo aí no alto, parceiro?

O menino sorriu e entreabriu a mão, revelando três frutinhas verdes.

— E quem é *você*? — perguntou Masterji à menina.

Ela respondeu, falando para a saia.

— O que foi que disse?

— Irmã.

Masterji fechou um dos olhos contra o sol e olhou para o menino.

— Jogue uma para mim, e eu não conto ao sacerdote que você está tirando as frutas dele.

O garoto deixou uma das frutas cair da mão; Masterji pegou-a e a mordeu. Cítrica e azeda, ela o fez se lembrar de coisas pelas quais outrora subira em árvores. Isso tinha sido antes de sua cerimônia do cordão em Suratkal, aos 14 anos — um dia inteiro cantando em sânscrito, diante de uma fogueira sagrada, piscando e tossindo com a fumaça da lenha, ao término do qual um sacerdote magro e geriátrico, mais parecido com um corvo, proferira as palavras banais de sabedoria para os meninos brâmanes que iniciavam sua vida de adultos: "Isso significa não subir mais em árvores para pegar frutas, meu filho. Nada mais de atirar pedras em cães, meu filho. Nada de implicar com as meninas, meu filho." Depois disso, o sacerdote havia concluído, dizendo: "E agora você é um homem."

Mas não tinha sido verdade. Só agora, aos 61 anos, é que ele finalmente se sentia um homem.

— Ajude a gente a descer, vovô — pediu o menino, e Masterji o escorou pela cintura enquanto ele descia dos galhos. O garoto e a irmã dividiram o butim; o professor observou e desejou que Ronak estivesse ali.

Pensou naquela noite no mercado Crawford, quando tinha visto a luz atrás dos prédios e jurado lutar com o sr. Shah.

Mas essa luta estava encerrada. O prazo final havia passado, e o construtor iria para outro lugar. O que ele deveria fazer de agora em diante?

O resíduo cítrico na língua tinha se tornado amargo. Masterji cobriu o rosto com as mãos e fechou os olhos.

A sra. Puri aplicou o rímel, batendo os cílios para uniformizar a cor. Num canto, Ramu também bateu os cílios.

Lutando com ele por todo o caminho, ram-pam-pam-pam-pam-pam, a mãe o fez descer até o 1B e tocar a campainha.

Quando a sra. Rego abriu a porta, a sra. Puri parou de lutar com Ramu e perguntou:

— Você não me disse que ia à casa da sua irmã hoje à noite? Daquela que mora em Bandra?

— Não... eu não lhe disse isso.

A sra. Puri sorriu.

— Pois *devia* ir visitá-la, sra. Rego. E devia levar o meu Ramu também.

— Mas... Prometi aos meninos que jogam críquete no templo tâmil que os levaria à praia.

— Este é um favor que lhe peço como vizinha. Alguma vez lhe pedi, em todos esses anos, para cuidar do Ramu?

A sra. Rego olhou do garoto para a mãe, esperando uma explicação.

— O Ramu vai representar Davi, o Matador de Golias, na peça da escola. Terei de ficar lá depois para ajudar a desmontar a decoração do palco, até as nove horas.

— Mas o Ramu pode ficar comigo aqui mesmo.
A sra. Puri pôs a mão no ombro da vizinha.
— Quero que você vá à casa da sua irmã. É uma coisa simples, não é?
A regra dos cinco segundos. Quando pequenas, em Bandra, a sra. Rego e a irmã, Catherine, haviam brincado assim, toda vez que uma coxa de galinha ou uma fatia de manga caía no chão. Se uma ou outra fosse apanhada antes da contagem de cinco segundos, a pessoa não tinha de se preocupar com os germes. Ficava a salvo. Ela se lembrou disso nesse momento.
Dizendo "Será um prazer fazer isso para você" — um, dois, três, quatro... —, a sra. Rego fechou a porta.

— Seja corajoso, Ramu. Tenho de deixá-lo com a titia comunista. A mamãe precisa ajudar as outras mamães a arrumar o palco depois da peça, senão, quem vai assumir a responsabilidade?
Ramu se escondeu embaixo da colcha de aviõezinhos e lá ficou, emburrado, com o Patinho Cordial.
Sentando-se ao lado do filho, a sra. Puri verificou o celular, que tinha acabado de tocar. Ajwani lhe deixara uma mensagem de texto: "Vou ao centro da cidade. Volto às seis."
Ela sabia exatamente a que parte do centro ia o corretor.
Rua Falkland.
O irmão da sra. Puri, Vikram, tinha sido da Marinha, e no rancho eles recebiam garrafas de rum Old Monk toda semana. Aquilo aquecia o sangue. Os homens que exerciam atividades físicas perigosas precisavam de calor.
Ela imaginou Ajwani agachado no terraço, movendo-se furtivamente atrás de Masterji, até chegar o momento do empurrão. Calor: um homem precisava dele para essas coisas. Se ele tinha de ir à rua Falkland para conseguir seu calor, que fosse.
Um braço saiu debaixo da colcha de aviõezinhos e juntou as pulseiras no antebraço da sra. Puri, até deixar seu pulso folheado a ouro como o de um guerreiro. Ela sacudiu o braço e as pulseiras se soltaram e escorregaram; a música suave fez Ramu sair debaixo da coberta, sorrindo como o sol nascente.
Para cima e para baixo, ele deslizou os braceletes de ouro pelo braço da mãe. A pele dela se aqueceu, e os pelos do braço foram chamuscados pelo atrito.

A sra. Puri teve vontade de se retrair. Sorriu e deixou o filho prosseguir na brincadeira.

Mumtaz Kudwa telefonou para o marido, algum tempo depois de meio-dia, para dizer que entreouvira a sra. Puri pedir à sra. Rego para que cuidasse de Ramu à noite. E depois, o secretário havia batido à porta para dizer que ninguém deveria sair do edifício depois das nove horas.

— O que vão fazer com o Masterji dessa vez? — perguntou Kudwa a sua mulher.

— Não sei. Pensei que tivessem dito a você.

— Eles sempre me deixam de fora. Não me contaram quando mandaram fazer a cópia da chave... O que você acha que eu devo fazer? Devo procurar a Sangeeta-ji e perguntar o que está havendo?

Mumtaz começou a dizer alguma coisa, mas parou e se contentou com a velha fórmula:

— Você é quem sabe. Você é o homem da casa.

Típico, pensou ele, afagando o cabelo de Mariam, ao sentar em seu cibercafé. Típico. Um homem tinha o direito de esperar que sua mulher tomasse uma decisão por ele de vez em quando, mas não Ibrahim Kudwa. Tão sozinho depois do casamento quanto fora antes de se casar.

Num canto da mesa estava o capacete preto de sua nova Bajaj Pulsar. Melhor seria se ele tivesse dado ouvidos a Mumtaz e esperado o final do prazo para comprar a motocicleta; agora, se eles não recebessem o dinheiro, como haveria de pagar as prestações mensais?

Se ao menos você fosse mais velha, pensou, balançando Mariam no colo. *Se ao menos pudesse dizer ao seu pai o que fazer.*

Olhou para o capacete.

Viu então a coisa rastejando de novo pela mesa: o lodaçal negro. Ouviu os vizinhos parados às suas costas, berrando para que ele enfiasse as mãos no lodo.

A pequena Mariam chorou. Seu pai tinha dado um soco na mesa e gritado "Não".

Dando instruções a Arjun, seu ajudante, para trancar a porta com duas voltas na fechadura, fechou o cibercafé e foi para casa com a filha.

Alguma coisa muito ruim ia acontecer em sua sociedade nessa noite, a menos que ele o impedisse.

Depois de almoçar no escritório, às duas horas, Ajwani tinha pegado o trem para o centro da cidade; levara consigo o caderno dos classificados de imóveis do *Times of India* para ler no trajeto.

Desceu na rua Charni. A rua Grant ficaria mais perto, porém ele queria ver o mar antes de ver as garotas.

Atravessou a Marine Drive para chegar ao quebra-mar e lá parou. Exceto por um catador de lixo lá embaixo, entre as pedras tetrápodes, estava sozinho.

Durante a vida inteira ele havia sonhado com alguma coisa grandiosa — atravessar o *Kala Paani* e ir para um novo país. Como Vasco da Gama. Como Colombo.

— Só um empurrão — disse em voz alta. Treinou empurrar um corpo imaginário do quebra-mar para as pedras, depois repetiu a ação.

Na praia de Chowpatty, atravessou a rua e parou no Café Ideal para um caneco de chope gelado. Terminada a bebida, assustou-se ao deparar com uma frase que cobria uma página inteira de classificados do *Times of India*: "Só um empurrão." Rasgando o jornal em pedacinhos, pediu ao garçom para se certificar de jogá-lo na lata de lixo.

Fora do bar, chamou um táxi e disse:

— Rua Falkland.

Marine Drive é banhada pela luz que vem do mar e do céu aberto, mas basta uma simples mudança de marcha no carro, dobrando três esquinas na rua, para a brisa marinha desaparecer, o céu se contrair e os prédios velhos escurecerem a vista. Quem se aprofunda nessa outra Bombaim chega à rua Falkland.

Ajwani pediu para parar e pagou a corrida com três notas de dez rupias, tiradas de um maço em seu bolso.

— Não tenho troco — disse o motorista.

Ajwani lhe disse para não se preocupar. As moedas de uma ou duas rupias não teriam importância depois desse dia.

Repôs o maço de notas no bolso, deu-lhe um tapinha e se sentiu melhor. Ter dinheiro tornava tudo muito mais simples à medida que se envelhecia.

Havia hotéis simpáticos perto da estação Santa Cruz e ao longo de toda a avenida, mas não faria bem a um homem buscar prazer onde pudesse ser reconhecido. Nos velhos tempos — ah, fazia cinco, seis anos —, Ajwani ia a Juhu, uma ou duas vezes por mês, visitar uma bonita e jovem atriz que morava lá. Mas então os preços dos imóveis tinham subido em Juhu. Até aqueles cubículos tinham se tornado caros demais para a atriz e outras boas moças do tipo dela. Todas fizeram as malas e se mudaram para o norte: Versova, Oshiwara, Lokhandwala. Os trajetos de Ajwani se tornaram mais longos. Depois, os preços dos imóveis também subiram na zona norte. As garotas se mudaram para Malad, longe demais para ele. E não acabaria por aí. Mais cedo ou mais tarde, o sujeito teria de dirigir até a lonjura de Pune para que alguém lhe chupasse o pau. A especulação imobiliária estava destruindo Bombaim.

Graças a Deus, pensou Ajwani, *sempre haverá a rua Falkland*.

Havia prédios cinzentos de vários andares nos dois lados da rua, cada qual desmoronando em algum aspecto. Algumas janelas tinham sido arrancadas, e havia homens de *banian* sentados nos buracos abertos, olhando para baixo. Ajwani passou por lojas de produtos dentários que exibiam dentaduras de gesso nas vitrines, restaurantes sombrios, tão engordurados quanto o *biryani* que serviam, e cinemas com cartazes espalhafatosos (colagens de cenas de violência com decotes convidativos), em cujas portas rapazes imigrantes faziam fila, murchando sob o calor e a gritaria dos seguranças dos cinemas. A sujeira se entranhava entre os prédios e espirrava na rua. Como que convocada para criar um contraste, uma fileira de charretes puxadas por cavalos, prateadas e em forma de cisne, do tipo que levava turistas para passear nas imediações do Portal da Índia, estavam estacionadas junto ao lixo. Nem os cavalos nem os cocheiros estavam por perto, mas havia mulheres encostadas nas charretes, estalando a língua para chamar a atenção de Ajwani.

Ele retribuiu os sorrisos.

Por ser ainda tão cedo, a zona do meretrício de Kamathipura estaria sem movimento, e o segundo andar do prédio discreto que ficava atrás do hotel Taj estaria fechado; também a Congress House poderia ou não estar recebendo cavalheiros. Mas a rua Falkland estava sempre aberta para negócios. As mulheres esperavam junto a portas azuis brilhantes, agachavam-se em soleiras e provocavam Ajwani, afastando-se das charretes prateadas.

Uma garota de anágua verde se sentava com o corpo curvado numa porta azul brilhante; a fumaça do cigarro subia por seu rosto feito um par de suíças.

Ajwani estava prestes a falar com ela, quando ouviu um ruído metálico e viu clarões de luz atrás da prostituta.

Sorrindo para a calorosa anágua verde, para indicar que voltaria, o corretor deu alguns passos pela viela atrás do bordel.

Essa ruela, como as outras em torno da zona de meretrício, agitava-se com a martelagem do ferro e o sibilar branco-azulado das chamas de oxiacetileno dos maçaricos. Numa economia típica da cidade, o bairro metalúrgico se espremia no labirinto de ruelas nos arredores da rua Falkland — o martelar do aço e o do sexo combinados num mesmo código postal. Ajwani já vira de passagem as oficinas metalúrgicas em muitas ocasiões anteriores.

Nesse momento, perambulou por entre as oficinas de luzes ofuscantes e sibilos como um homem que tivesse tropeçado num novo país. À porta de uma oficina, um dos trabalhadores levantou o visor enferrujado e o encarou.

Ajwani se desviou desse olhar. Continuou a andar pela ruela. Cordões com fitas brilhantes penduradas levavam a uma mesquita verde bulbosa, na outra extremidade. Havia um cheiro industrial acre e fétido. Atrás de uma fresta numa porta azul, um homem de visor estava agachado no chão, onde cortava uma vara com uma chama. Havia grades metálicas para janelas empilhadas na porta de outra loja. Um operário dava tapinhas nas grades e um cliente de terno cinza o escutava:

— ...motivo floral nas varas de ferro é normal, é gratuito. Mas isso que o senhor quer, duas flores se juntando... vou acrescentar duas rupias por quilo.

— Ah, isso é demais — retrucou o cliente. — É demais, é demais.

De repente, o operário e o freguês se viraram e fitaram Ajwani.

Ele foi até o fim da ruela. Bem em frente à mesquita verde, viu um búfalo amarrado a uma árvore; a cabeça e os chifres irrequietos do animal emergiram da sombra escura e voltaram para ela.

Abriu-se uma porta no que ele havia pensado ser a parede da mesquita. De lá saiu uma chapa de ferro corrugado para telhados. Dois homens sem camisa a carregaram diante de Ajwani, que viu sua própria sombra se ondular sobre as dobras do ferro.

Ficou observando a sombra que desaparecia; estremeceu.

— Não é só um empurrão — disse em voz alta, e se virou para ter certeza de que o búfalo não o ouvira.

Passou furtivamente pelas oficinas em direção à rua principal. Encostadas nas charretes prateadas sem cavalos, as prostitutas estalaram de novo a língua para ele, que foi deixando a rua Falkland. Com os olhos cheios de oxiacetileno e as narinas carregadas de fumaça, o corretor voltou aos tropeços para Marine Drive.

Continuou a ouvir as marteladas das oficinas, que tinham ficado muito para trás; o nariz ainda ardia, como se a realidade tivesse sido levada em brasa até ele. Ajwani parou para respirar. Mais adiante, condensada pela perspectiva, a massa de edifícios deslizou como um relâmpago isolado de pedra e estuque em direção à praia de Chowpatty. O mergulho na topografia da cidade exerceu um efeito correspondente na cabeça de Ajwani: todas as outras ideias desapareceram, isolando uma enorme e solitária verdade: *...não é "só um empurrão". É matar um homem.*

Uma bola de borracha acertou o rosto de demônio pintado no muro do templo tâmil.

Masterji abriu os olhos e se levantou, à sombra da árvore frutífera. Percebeu que havia adormecido. Enquanto esfregava os olhos, ouviu uma voz de mulher esbravejando:

— Rakesh, isso é jeito de arremessar? Você não vê televisão?

Masterji se escondeu atrás da árvore; tinha reconhecido a voz.

— Sim, tia. Desculpe.

— Não sou sua tia.

Meia dúzia de garotos convergiu para a sra. Rego. Sunil e Sarah estavam com ela, e também Ramu, que usava uma camisa vermelha e maquiagem no rosto e segurava uma espada dourada. A apresentação na escola devia ter terminado. Por que a sra. Puri não estava ali? Por que havia deixado Ramu justamente com a sra. Rego? Mas ele já não tinha direito de fazer perguntas sobre a vida dessas pessoas.

— ...meninos, promessa é promessa, eu sei, mas é que hoje não posso ir. *Vou* levar vocês à praia, e lá nós todos vamos tomar caldo de cana. Enquanto isso, espero que vocês todos não se metam em encrencas e...

— Tia, sem praia e *com* sermão? Não é justo, é?

— Desculpe, Vikram. Um dia eu levo vocês todos.

O jogo de críquete continuou depois que a sra. Rego foi embora. Um dos garotos perseguiu a bola até o pátio do templo.

— Masterji — disse. — Eu sou o filho da Mary. Timothy.

Pegando o velho professor pela mão, ele o levou para mostrá-lo aos outros meninos. No mesmo instante, dois deles saíram correndo.

— O que aconteceu? — perguntou Masterji.
— Ah, aquele Kumar é um garoto esquisito. O Dharmendar também. Timothy sorriu.
— Quer nos levar à praia, Masterji? Era para a tia sra. Rego nos levar.
— Por que vocês querem ir à praia?
— Por que o senhor acha? Para jogar críquete.
— Pois, então, vão sozinhos.
— Bem, alguém tem de pagar a passagem de ônibus. E depois o caldo de cana, Masterji.
— Ah — disse ele. — Talvez eu os leve lá, um dia desses. Se vocês souberem responder a esta pergunta: por que existem marés na praia?
— Por nenhuma razão.
— Há uma razão para tudo. — Masterji apontou para o menino que estivera arremessando para Timothy. — Como é seu nome?
— Vijay.
— Sabe qual é a razão, Vijay?
Apanhou uma pedra vermelha, foi até o muro do templo tâmil e desenhou um círculo acima da boca escancarada do demônio.
— Esta é a Terra. Nosso planeta. No espaço infinito.
Masterji viu sombras na parede, sentiu suor e calor por perto, e percebeu que todos tinham se juntado às suas costas.
— A nossa Terra é pequena assim? — perguntou alguém.
Prestes a responder, Masterji se deteve e disse:
— Posso começar uma escola aqui. Uma escola noturna.
— Escola noturna? — perguntou Timothy. — Para *quem*?
Os meninos se entreolharam. Masterji os olhou e sorriu, como se a resposta fosse óbvia.

O sol havia escorregado entre dois edifícios em Malabar Hill; o mais próximo tinha se transformado numa silhueta bruxuleante, uma coisa que alternava sombra e luz, como o mais baixo degrau visível de uma escada que desce para um rio.

Ajwani se sentou no quebra-mar de Marine Drive, olhando para as pedras escuras abaixo e para as ondas que quebravam nelas.

Fazia mais de uma hora que estava pensando, desde o momento em que chegara ali, vindo da rua Falkland. Agora tudo fazia sentido. Então, tinha sido por *isso* que Shah fizera o pagamento adiantado à Torre B. Para deixar todo mundo desesperado na Vishram. Era por isso que não tinha feito nada quando a história saíra no jornal. Queria que *eles* agissem.

— E fez o Shanmugham me contar a história da vida dele — disse em voz alta, surpreendendo um rapaz japonês que se sentara a seu lado para tirar fotografias da cidade.

Ajwani pensou nos detalhes da história do sr. Shah. Pareceu-lhe então que havia algo errado nas informações. Se Shah tinha chegado a Mumbai com apenas 12 rupias e oitenta centavos, e sem sapatos nos pés, como havia conseguido abrir uma mercearia em Kalbadevi? Havia um pai que ficara na aldeia — ele devia ter-lhe mandado dinheiro. Os homens têm um sentimento de responsabilidade para com os filhos varões da primeira mulher. Ajwani bateu com a palma da mão na testa. Esses milionários que se faziam sozinhos sempre escondiam parte da história. A verdade era óbvia como o mar.

— Foi um jogo de gato e rato. Desde o começo.

E o gato sempre fora Dharmen Shah.

Caí numa armadilha, pensou Ajwani, caminhando ao longo do quebra-mar em direção à estação Churchgate. A sra. Puri e o secretário estavam à sua espera. Ele, mais que qualquer outra pessoa, tinha levado sua sociedade *imprestável* a esse ponto. Agora, não poderia deixá-los na mão. Olhou para baixo, pensando em como seria bom se pudesse viver ali, perto dos caranguejos, em meio às pedras onde quebravam as ondas.

Na estação, pagou cinco rupias por um café instantâneo em um copo plástico. Seu estômago precisava de ajuda. Toda aquela fumaça industrial das oficinas metalúrgicas. Bebendo pequenos goles de café, caminhou para sua plataforma; o trem local para Borivali estava quase partindo.

Agora ele tinha fumaça industrial *e* café instantâneo no estômago. Sentiu-se pior a cada estremecida e sacolejo do trem.

Maldisse a própria sorte. De todas as coisas que era possível pegar na rua Falkland, todos aqueles nomes horríveis com que ele se preocupara durante tantos anos — gonorreia, sífilis, prostatite, AIDS —, ele tinha de ter contraído justamente esta: uma consciência moral.

"Você está no *Kala Paani*", disse a si mesmo, "você *tem* de cruzá-lo. *Tem* de ser um desses que consegue as coisas na vida."

Outro passageiro o olhava. Com cara de lagarto, corpulento, sobrancelhas e lábios grossos, o homem apertava entre os braços potentes uma bolsinha de couro; os olhos saltavam, focalizados em Ajwani.

O homem-lagarto bocejou.

Ao fechar a boca, havia assumido a expressão do diretor-gerente do grupo Confiança. Num instante, o vagão ficou repleto de Shahs.

— Ar puro, por favor. Ar... — Ajwani se deslocou pela massa humana até a porta aberta do trem em movimento. — Por favor, por favor, me deixem respirar...

Os imigrantes tinham se apossado dos terrenos baldios à margem dos trilhos, transformando-os numa horta que eles semeavam e regavam. Ajwani se segurou na haste da porta aberta do trem. Atrás dos pequenos campos verdes, viu as barracas azuis em que moravam aquelas pessoas. Foi uma visão aflitiva; seu estômago teve vontade de chamá-las.

Ele começou a vomitar nos trilhos.

As luzes iam se acendendo no mercado quando o secretário limpou os pés no capacho de fibra de coco, na entrada do escritório da corretora de imóveis Renascença.

— Entre, senhor — disse Mani. Ajwani o instruíra sobre o que fazer quando Kothari chegasse.

Ele fez o secretário passar pelo carrilhão da pata Margarida e entrar no quarto dos fundos, e lhe disse para se sentar na cama.

— O seu patrão não está? — indagou o secretário, olhando para o catre vazio. — Passei o dia inteiro escondido na casa da minha sogra. Em Goregaon. Perto do cinema Topi-wala. Acabei de chegar a Vakola. Onde está ele?

Mani encolheu os ombros.

— Ele não está nem atendendo o telefone. Talvez eu deva esperá-lo lá fora.

— É melhor o senhor esperar aqui, não é?

Os olhos de Mani brilharam com o costumeiro conhecimento parcial das transações do patrão.

O secretário ficou sentado no catre do quarto dos fundos, olhando para o cesto de vime cheio de cocos e se perguntando se o corretor os teria contado. Minutos depois, a porta se entreabriu.

— Você? — disse a sra. Puri, entrando no quartinho. — Não era para você estar aqui.

— Fiquei preocupado com a senhora. Vim ver se estava tudo bem.

— É melhor você nos deixar sozinhos aqui, Kothari. Tudo que queremos de você é um álibi.

O secretário da sociedade Vishram sacudiu a cabeça.

— E a minha responsabilidade para com vocês, sra. Puri? Meu pai dizia que o homem que vive só para si é um bicho. Vou me certificar de que esteja tudo bem com vocês. Agora, me diga: onde está o Ajwani?

— No centro da cidade — disse a sra. Puri. — Na rua Falkland.

— Num dia como hoje?

— Especialmente num dia como hoje. Ele é esse tipo de homem.

— Deixe-me esperar até a volta dele. É minha responsabilidade. Não me diga para ir embora.

— Você não é tão mau secretário, afinal — disse a sra. Puri, sentando-se no catre.

Kothari chutou o cesto de vime na direção dela, que o chutou de volta, e isso virou uma espécie de brincadeira entre os dois. Alguém bateu à porta do quartinho.

Ao abri-la, o secretário viu Sanjiv Puri.

— O que está fazendo aqui? — sibilou a sra. Puri. O marido entrou, e com ele veio Ibrahim Kudwa.

— Ele tocou a campainha e perguntou por você.

— Sei o que está acontecendo — disse Kudwa. — Ninguém me falou, mas não sou burro como vocês pensam. E sei que vocês não me contaram por achar que um muçulmano não iria querer ajudá-los.

— Não está acontecendo nada, Ibby.

Kudwa se sentou ao lado dela no catre.

— Não me trate feito criança. O Ajwani vai fazer *alguma coisa*. Hoje à noite.

O secretário olhou para os Puri.

— De que adianta esconder isso do Ibrahim?

— Sabemos que é perigoso, Ibby. Foi por isso que o deixamos de fora. — A sra. Puri estendeu a mão para o braço dele e o afagou. — É a única razão. Sabemos que você tem de cuidar da Mumtaz e das crianças.

O marido se colocou protetoramente à frente dela.

— Agora você vai nos denunciar à polícia?

— Não! — Ibrahim Kudwa se contraiu. Bateu no bolso da camisa, cheio de comprimidos de antiácido em forma de coração. — Vocês são meus *amigos*. Ainda não me conhecem? Eu quero salvá-los. Como o Ajwani vai se safar dessa? — apelou, com as mãos cruzadas. — O Ram Khare estará observando na guarita. Algum transeunte pode ver. É possível que o Masterji grite. Isso é uma cilada, não percebem? O construtor prendeu todos vocês na armadilha. Desde o dia em que fez o pagamento adiantado à Torre B; era isso que ele queria que vocês fizessem.

— E ele está *certo*, Ibby — disse a sra. Puri. — Aquele homem chegou a Mumbai sem nada nos pés, e veja onde está agora. E olhe para *nós*. Devíamos ter feito isso há muito tempo.

— Não levante a voz — disse o secretário. — Fale com o Ajwani quando ele chegar, Ibrahim. Por mim, não quero o dinheiro. Só quero ter certeza de que ninguém vá parar na cadeia. Essa é a minha responsabilidade sagrada aqui.

As rugas de lince se espalharam em torno dos seus olhos; ele sorriu.
Tirou o grande facão curvo do cesto e o raspou nos cocos.

— O Ajwani é perito nisso. Não sei direito como é para fazer. — Escolhendo um coco grande, ainda preso ao tecido conjuntivo marrom da árvore de que fora arrancado, Kothari o suspendeu com o braço estendido e lhe espetou a faca. Três golpes hesitantes, depois acertou o jeito. *Paft-paft-paft*. A carne branca do coco ficou exposta, a água se derramava.

— Para mim, não — disse Kudwa, apontando para os comprimidos de antiácido no bolso transparente da camisa. — Estômago fraco.

— Beba, Ibrahim. Todos nós vamos beber. Cura estômago fraco.

Kudwa tomou um gole e ofereceu o coco à sra. Puri, que o bebericou e passou para o marido. Quando ele terminou, o secretário enfiou o facão dentro do coco e cavou a polpa branca, que ofereceu à sra. Puri.

— Está aí, para que desperdiçá-la?
— Está bem.

A sra. Puri pegou com os dedos a polpa do coco e passou a fruta para Kudwa, que fez o mesmo e lambeu a baba branca nos dedos.

O secretário jogou a casca de coco num canto. Kudwa apontou para o facão que ele acabara de pôr sobre o cesto.

— É com aquilo que o Ajwani vai...?

O secretário afastou o cesto com os pés.

— Não sabemos nada sobre isso, Ibby — falou. — Estamos aqui só para dar apoio a Ajwani.

— É isso mesmo. — confirmou o secretário. — Vamos dizer que estávamos aqui com ele quando aconteceu.

Lá ficaram sentados, no quarto dos fundos; o toque do carrilhão da pata Margarida, do lado de fora, informou-lhes que eram 19h15.

Kudwa esticou as pernas.

— O que você está cantarolando, Ibrahim?

Com dedos leves, o secretário puxou a tira de antiácidos em forma de coração do bolso da camisa de Kudwa e os examinou.

— "Hey Jude".

O secretário repôs os comprimidos no bolso da camisa do muçulmano.

— O que é isso?

— Você não conhece? Como é possível?

— Sou fã do Mohammad Rafi, Ibrahim.

— Ora, é uma música fácil. Olhe, vou lhe mostrar — disse Kudwa. Batendo palmas, começou a cantar.

— Sua voz é linda, Ibby — elogiou a sra. Puri.

Ele enrubesceu.

— Ah, não, não. Agora ela é um horror, Sangeeta-ji. Eu não pratico. Mas a senhora devia tê-la ouvido nos tempos da faculdade... — Kudwa passou a mão por cima da cabeça, para indicar glórias passadas.

— Devo continuar com "Hey Jude", ou querem que eu cante alguma coisa em híndi?

Esperou uma resposta da sra. Puri. Parada à porta do quarto, ela estava dizendo a Mani:

— Feche a porta de fora. E não atenda o telefone por nenhuma razão. Entendeu?

Voltando depois de escurecer, Masterji parou na escada da sociedade Vishram; seus dedos vermelhos buscaram a parede.

Junto ao corrimão em que sua filha costumava escorregar, a caminho da escola (com o pai gritando lá em cima: "Não faça isso, você vai cair"), disse em voz alta:

— Vou começar uma escola noturna. Para os meninos que jogam críquete no templo.

No mesmo instante, sentiu algo que quase havia esquecido: uma sensação de medo. *Tenho de fazer o exame de diabetes amanhã*, relembrou-se. *É só uma questão de tomar comprimidos e controlar os doces. Você vai ficar ótimo.*

Continuou a subir a escada até o quinto andar, onde abriu a porta que levava ao terraço do telhado.

Havia rojões explodindo ao longe. *Casamento de um rico*, pensou. Ou talvez fosse alguma festa obscura. Foguetes e ventoinhas e espirais incandescentes dispararam pelo céu noturno. Masterji pôs as duas mãos no muro baixo do terraço. Ouviu um fragmento do que julgou ser de uma banda tocando.

"Derrotamos o sr. Shah", teve vontade de gritar, tão alto que as pessoas que estavam celebrando pudessem ouvir e celebrar ainda mais alto.

Sentiu vontade de ir aonde estouravam os foguetes e planar acima dos fogos de artifício, acima de Santa Cruz, das igrejas e praias de Bandra, do templo de SiddhiVinayak e do hipódromo às escuras de Mahalaxmi, até pousar no mercado Crawford. Lá, procuraria aquele diarista barbudo e dormiria a seu lado, somando-se ao número dos que não estavam sozinhos nessa noite.

O sr. Pinto não ouviu o telefone, mas o som penetrou no algodão e atingiu os ouvidos mais sensíveis de sua mulher. Ela sacudiu o ombro do marido até ele destampar os ouvidos e tirar o fone do gancho: podiam ser as crianças, telefonando dos Estados Unidos.

Por um instante, ele achou que os telefonemas ameaçadores estavam recomeçando. Era a mesma voz.

— Pinto. Não está me reconhecendo? É o Ajwani.

O sr. Pinto soltou a respiração.

— Você me assustou. — Consultou o relógio. — São 20h15.

(— É o Tony? — murmurou a sra. Pinto. — A Deepa?)

A voz fina ao telefone disse:

— Ninguém mais está atendendo, Pinto. Tudo depende de você.

— Do que está falando, Ajwani? Você está me assustando.

— Sabe onde estou? Em Dadar. Não consigo sair da estação. A mão está tremendo. Levei uma hora para pegar o telefone.

— O secretário nos mandou ficar na cama e pôr algodão nos ouvidos esta noite, Ajwani. Estamos vendo televisão. Boa noite.

— ...Pinto... diga-lhes que é um erro, Pinto. Você precisa dizer a eles que é um erro.

— De que você está falando?

— Diga para não fazerem isso. Podemos viver todos juntos no edifício, como antes. Diga à sra. Puri. Diga ao secretário.

O sr. Pinto desligou o telefone.

— Quem era? — perguntou a mulher.

— *Não me faça* atender de novo o telefone esta noite. Não essa noite. Ouviu?

Tirou o fone do gancho.

Ele e Shelley estavam assistindo a seu seriado favorito da TV Híndi, no qual a encenação era tão exagerada e o zoom da câmera era usado com tanta frequência que a ausência de som só inibia ligeiramente a compreensão da trama.

O sr. Pinto cruzou os braços diante da televisão e assistiu ao programa. Num pedaço de papel ao lado do sofá, havia escrito:

$100.000 x 2

e

$200.000 x 1.

O carrilhão da pata Margarida, do lado de fora, bateu nove horas. No quarto dos fundos da corretora de imóveis Renascença, Kudwa estava cantando "A Hard Day's Night", com o secretário marcando o ritmo com tapinhas nas coxas.

— O Ajwani não vem. — A sra. Puri se levantou do catre e endireitou o sári. — Aconteceu alguma coisa com ele.

— E então? — Kudwa parou de cantar. — Acabou-se, não é?

Sem olharem um para o outro, a sra. Puri e o marido se deram as mãos.

— Não podemos perder essa chance, Ibby. É pelo Ramu.

— Não posso deixar vocês fazerem isso sozinhos. — O secretário se levantou. — Vou me certificar de que não haverá ninguém olhando. É minha responsabilidade. E você, Ibrahim, vai procurar a polícia?

Ibrahim Kudwa pestanejou, como se não pudesse compreender as palavras do secretário.

— Vocês são meus vizinhos há nove anos — respondeu.

O secretário o abraçou.

— Você sempre foi um dos nossos, Ibrahim. Desde o primeiro dia. Agora, vá para casa dormir.

Kudwa sacudiu a cabeça.

— Nove anos juntos. Se vocês vão para a cadeia, eu também vou.

Decidiu-se que os Puri sairiam primeiro. A porta dos fundos, que levava do quarto a uma viela lateral, fechou-se atrás deles.

O celular de Kothari tocou, minutos depois.

— Masterji está no terraço. O Ram Khare não está na guarita. Venham.

Os dois saíram pela porta dos fundos. Atravessaram o mercado. No trajeto para a sociedade, Kudwa disse:

— Talvez *devamos* perguntar a ele. Se ele quer assinar.

Ambos pararam. À sua esquerda, uma pipa de papel veio pairando e desabou na rua.

O secretário andou, mas Ibrahim Kudwa não; o asceta hindu estava dormindo junto à figueira caiada, em frente ao cibercafé. Um anúncio copiografado fora colado acima de sua cabeça:

> FENIL COM AROMA FORTE.
> DESINFETA. REFRESCA SUA CASA.
> COMPRE DIRETAMENTE.
> 170 RUPIAS POR CINCO LITROS.

Se ao menos eu pudesse aspirar agora o aroma limpo do desinfetante, pensou Kudwa. Levantou os olhos e viu a estrela apagada do Natal anterior acima do seu café.

— Você acha... que eles esperam que eu vá até a sociedade?

— Do que está falando, Ibrahim?

— Quero dizer, a sra. Puri e o sr. Puri esperam que eu vá até lá? Ou será que saberiam que contavam com o meu apoio se eu viesse até este ponto e voltasse?

— Ibrahim, eu espero que você vá comigo até o fim. Temos de ter certeza de que o sr. e a sra. Puri estão seguros. Não vamos *fazer* nada.

A porta do cibercafé tremeu. Kudwa percebeu que não fora trancada por dentro com duas voltas da chave. Quantas vezes tinha dito a Arjun que alguém poderia arrombar a fechadura por fora e roubar os computadores se ele não...

— *Ibrahim*, eu preciso de você.

— Estou indo.

Já com a sociedade Vishram à vista, alguém os identificou.

— É o Trivedi. Está vindo para cá. Devemos voltar.

— Ele não dirá nada amanhã. Conheço esse homem.

De tronco nu, exceto pelo xale, Trivedi sorriu para os homens e seguiu adiante.

Quando chegaram ao portão, o secretário olhou para cima e disse:

— Ele *não está* no terraço.

Abriram o portão e atravessaram pé ante pé o terreno do condomínio; o secretário entrou rapidamente no escritório por alguns segundos, deixando Ibrahim Kudwa esfregando as mãos junto ao quadro de avisos.

— Para que você quer isso? — perguntou, quando Kothari ressurgiu com um rolo de fita adesiva.

— Entre no escritório e pegue o martelo — cochichou o secretário. — Está do lado da máquina de escrever.

A sra. Puri aguardava os dois no alto da escada, com o marido a seu lado.

— Ele acabou de descer do terraço e fechar a porta. Vocês demoraram demais.

— Vamos cancelar? Deixar para outro dia? — perguntou Kudwa.

— Não. Você está com a chave, Kothari?

A fita adesiva não era a única coisa que o secretário levara do escritório. Ele introduziu a chave extra do 3A na fechadura. Ouviram o som de um seriado de televisão na casa dos Pinto.

— Devemos perguntar mais uma vez se ele quer assinar?

— Cale a boca, Ibrahim. Só fique aqui e vigie a porta.

A porta se abriu. Masterji tinha adormecido na sala, com os pés na mesa de teca e o cubo mágico ao lado da cadeira.

Kudwa entrou atrás dos outros e fechou a porta. O secretário, aproximando-se da cadeira, cortou um pedaço de fita adesiva e o colou na boca de Masterji.

Isso acordou o homem adormecido, que arrancou o adesivo da boca.

— Kothari? Como entrou aqui?

— Agora o senhor *tem* de concordar, Masterji. Imediatamente.

— Pense no Gaurav — pediu a sra. Puri. — Pense no Ronak. Diga "sim". *Agora.*

— Saiam — retrucou o velho. — Todos vocês, saiam da minha...

O secretário se moveu antes que ele pudesse concluir a frase: cortou outro pedaço de fita adesiva e tentou colá-lo na boca do velho professor. Masterji o empurrou para trás. O sr. Puri ficou rígido perto da porta.

— Kothari, não ponha a mão nele — advertiu Kudwa.

Reconhecendo a voz de seu protetor, Masterji se levantou e começou a se virar na direção dele.

— Ibby — disse a sra. Puri. — Ibby.

No mesmo instante, Ibrahim Kudwa levantou o martelo que havia levado do escritório do secretário, avançou e atingiu Masterji no alto da cabeça. Mais pela surpresa que por qualquer outra coisa, o professor caiu na cadeira, e com tamanha força que ela virou e o homem deu com a cabeça no chão. Ficou estatelado ali, incapaz de se mexer, embora enxergasse tudo com clareza. Ibrahim Kudwa o fitava, boquiaberto, o martelo caiu de sua mão. *Eu devia pegar o martelo*, pensou Masterji, mas o secretário se precipitou e o apanhou. Nesse momento, o professor sentiu um peso no peito: Kothari, pressionando o joelho em seu tronco, virou o martelo de cabeça para baixo e acertou o cabo em sua testa, usando as duas mãos. Doeu. Ele tentou gritar, mas ouviu sair apenas um gemido de sua boca. Então, alguma coisa, ou alguém, sentou sobre suas pernas, fazendo-o perder o controle delas; teve consciência de que Kothari batia repetidamente com o martelo em sua testa. Os golpes atingiam algum lugar distante, como pedras caindo na superfície de um lago em cujas profundezas ele se encontrasse. Masterji pensou num verso do *Maabárata*: "...O coração do rei Dritharachtra era como um lago de floresta, quente na superfície, mas gélido no fundo." Kothari parou para recuperar o fôlego. *Os braços do coitado devem estar doendo a esta altura*, pensou Masterji. Tinha certeza de nunca ter visto ninguém fazer gestos tão rápidos quanto Kothari movendo o martelo, exceto o rapaz do McDonald's da rua Linking, ao tirar a batata frita do óleo fervente, virar o recipiente com força na cuba de metal e repô-lo vazio no óleo. E, então, o martelo tornou a atingir sua testa.

— Espere, Kothari. — Era Sanjiv Puri, vindo do quarto com uma coisa grande e escura, que baixou sobre o rosto de Masterji. Quando o objeto escuro tocou seu nariz, ele compreendeu. Sim. O travesseiro de sua cama. Aquilo lhe pressionou o nariz e lhe amassou o bigode: o professor entendeu que Sanjiv Puri estava sentado em cima dele. Suas pernas se debateram: não para se soltarem, e sim para o levarem mais depressa ao fundo do lago. Estava então em águas muito frias e escuras.

— Ele desmaiou. Chega, Sanjiv. Levante-se.

Sanjiv Puri olhou para a mulher, que estava sentada nas pernas de Masterji, e para Ibrahim Kudwa, que observava tudo de boca aberta.

— Depressa. Você segura os pés, o Kothari pega a cabeça — disse a sra. Puri ao marido. — Ibby, apanhe aquele martelo. Não o deixe aqui.

Kudwa, esfregando os braços, permaneceu imóvel.

— Ai, ai, ai — disse.

— Esperem — pediu Sanjiv Puri. — Primeiro, vamos pôr mais fita na boca, para o caso de ele acordar.

Kothari assim fez. Em seguida, os dois levantaram o corpo de Masterji e se dirigiram à porta. O sr. Puri fez uma careta.

— Pisei em alguma coisa.

A mulher chutou o cubo mágico, tirando-o do caminho. Abriu a porta para os homens e verificou o corredor.

— Esperem o elevador. Vou apertar o botão.

— Isso nunca funciona. Vamos pela escada, temos dois homens fortes aqui. Ele emagreceu muito.

— De manhã estava funcionando. Esperem.

A sra. Puri apertou repetidas vezes o botão.

Sanjiv Puri tinha desistido do elevador e começado a se encaminhar para a escada, segurando os pés de Masterji (sua ponta do corpo desfalecido), quando a máquina fez um clique — começaram os rodopios e chiados — e um círculo de luz subiu em direção a eles.

A sra. Puri segurou a porta aberta até os três corpos entrarem. O secretário conseguiu apertar o botão do quinto andar. Na luz circular branca do teto do elevador, os dois viram três minúsculas manchas escuras. Vespas, que deviam ter voado para a luz fazia muito tempo — seis asas não decompostas.

Quando chegaram ao quinto andar, Sanjiv Puri se preparou para fazer pressão com o corpo na porta do elevador, mas ela se abriu sozinha. Sua mulher, apesar do peso, havia subido pela escada mais depressa que eles.

Enquanto tiravam o corpo do elevador, ela abriu a porta que dava para o terraço.

— Nunca conseguiremos levá-lo lá para cima desse jeito — observou o secretário, olhando para a escada íngreme e estreita.

— Um degrau de cada vez. Vocês conseguem — afirmou a sra. Puri, já no alto. — Um degrau de cada vez.

Os dois arriaram o corpo e trocaram de lugar. Dessa vez, Sanjiv Puri, o mais forte dos dois, segurou a cabeça. O secretário o seguiu com os pés. Um degrau de cada vez. Os pombos se dispersaram no terraço à chegada deles.

— Sra. Puri... — arfou o secretário —, certifique-se de que não há ninguém sentado lá embaixo, no parlamento...

O muro do terraço tinha menos de um metro. A sra. Puri olhou para baixo.

— Ele abriu os olhos. Estamos com o martelo aqui?

— Não, eu o deixei lá na sala.
— Por que não subiu com ele?
— Vocês não me disseram para subir...
— Ora, parem com isso — disse a sra. Puri. — Terminem o trabalho.

Os dois homens cambalearam com o corpo, que começara a se contorcer, até a beira do terraço; ao contarem até três, suspenderam-no e empurraram.

— Por que não está caindo?
— Ele acordou de novo. Está se agarrando ao terraço com a mão. Empurrem com mais força. Empurrem.

Assistindo à luta, a sra. Puri pôs-se a ajudar, pressionando as costas e as nádegas contra a pedra que por tanto tempo havia bloqueado sua felicidade.

Então, ao abrir os olhos, não soube dizer se estava vivo ou morto; tinham parecido demônios, mas delicados, aqueles homens que haviam forçado seu corpo a se deslocar de algum lugar entre a vida e a morte no qual ele estava preso.

E isso era por ele não ser bom nem mau o bastante e por não ser forte nem fraco o bastante. Havia perdido as mãos, havia perdido as pernas, não conseguia falar. Mas tudo o que tinha a fazer estava bem ali, na sua cabeça. Pensou em Gaurav, seu filho, a carne de sua carne. "Ajude-me", disse.

E então percebeu que a coisa que bloqueava sua passagem fora retirada do caminho e ele estava caindo; seu corpo havia iniciado seu curto voo terreno — que completou quase instantaneamente —, antes que a alma de Yogesh Murthy fosse libertada para seu voo muito mais longo sobre os oceanos do outro mundo.

No chão jazia ele, esparramado, perfeita imitação do cadáver de um suicida.

Fios soltos de cabelo caíram pelas laterais da cabeça calva de Kothari, que os rearrumou, penteando-os de lado.

— Temos de voltar e achar aquele martelo, sra. Puri. E onde está o Ibrahim? Ainda está no apartamento? O que está fazendo lá? Sra. Puri, está me ouvindo?

— Ele ainda está vivo — disse ela. — Está se mexendo, lá embaixo.

O secretário ficou sem ar. Assim, Sanjiv Puri desceu correndo a escada até o quinto andar, pegou o elevador e disparou entrada afora. Parou junto ao corpo, virou sua cabeça para cima e a sacudiu. O movimento havia cessado. Fora apenas um espasmo de morte.

Uma coroa de líquido escuro circundava a cabeça; a sra. Puri acreditou ver coisas saindo do crânio. Estava feito.

— A fita adesiva... — sibilou do terraço para o marido. — A fita adesiva na boca. *De-pres-sa*. O Ram Khare está voltando.

Uma noite especial. Ele costumava tomar um quarto de garrafa de rum Old Monk em seu quarto, mas, nessa noite, entrara num bar dizendo: "Uísque. Royal Stag."

Por que não? Era a noite de 5 de outubro. Agora, a briga em sua sociedade tinha de estar terminada. Mesmo achando que o construtor havia adiado o prazo por um dia, esse dia fora a véspera. Qualquer homem que tivesse dado sua palavra, jurando não estender o prazo, ficaria malvisto se o estendesse assim.

A televisão do bar exibia um filme com Praveena Kumari, uma famosa "gata" dos anos 1980 que agora estava reaparecendo num filme chamado *Dance, dance*. Ram Khare nunca fora seu fã. A mulher não tinha curvas suficientes.

Ele bebeu seu uísque e pediu outro.

Verdade seja dita, pensou, *sempre torci para o Masterji derrotar o construtor. Onde eu haveria de arranjar emprego em outro prédio na minha idade?*

Agora, estava com fome.

Um belo prato de *chow mein*, salteado numa grande panela *wok* preta, numa barraca de rua pertencente a uns gurcas. Ram Khare se sentou num banco perto da *wok* e comeu com um garfo de plástico, derramando um molho verde-vivo e ketchup no macarrão.

Terminado o jantar, lavou a boca e voltou para a Vishram.

Tinha destrancado o portão e caminhava para sua guarita, quando viu um ser humano caído perto da entrada da sociedade.

O apartamento de Catherine D'Mello-Myer, no aterro de Bandra, era uma acolhedora anarquia de publicações acadêmicas de esquerda e brinquedos estrangeiros.

Seus três filhos e os dois primos tinham feito um rebuliço na cozinha e no banheiro antes que ela os mandasse para a sala da televisão, onde haviam ligado o PlayStation da Sony.

Agora, ela estava sentada à mesa de jantar com a irmã e o doce garoto imbecil, com seu cartaz verde NADA DE BARULHO. A espada dele se transformara num pedaço de papelão amassado no chão.

Catherine nunca tinha visto a irmã daquele jeito.

A sra. Rego estava sentada à mesa com a mão direita sobre um telefone celular preto.

Frank, o marido americano de Catherine, olhou-as do quarto. Fez um sinal com a cabeça para as crianças, que berravam com o PlayStation.

Catherine fuzilou-o com os olhos.

Certas coisas os homens não conseguiam entender. Sua irmã nunca tinha feito isto — avisar que apareceria tão em cima da hora, trazendo com ela os filhos e o filho da vizinha.

Catherine sabia nunca ter feito o bastante pela pobre Georgina.

Compreendia que um telefonema importante seria dado daquele celular. Sua tarefa era cuidar das crianças até que a ligação fosse feita, e Frank que fosse para o inferno.

— Venha, Ramu — disse, afastando o menino imbecil de sua irmã. Tocou nele e retirou a mão, quase no mesmo instante.

— Georgina — cochichou —, acho que ele sujou as calças.

O menino abriu os lábios e começou a emitir um gemido agudo e baixo.

A sra. Rego pegou o celular e ligou.

— É você, sra. Puri? — perguntou, quando atenderam.

Catherine chegou mais perto para ouvir.

— Não, é o sr. Puri — disse uma voz masculina. — Minha mulher vai lhe telefonar daqui a meia hora. A polícia está fazendo umas perguntas a ela... Houve um incidente lamentável no edifício. O Ramu está bem?

Abrindo a porta do quarto para mandar outro recado, Frank viu a sra. Rego desmoronar e desatar em soluços, enquanto a irmã se postava a seu lado, dando-lhe tapinhas nas costas e murmurando:

— Passou, passou, Georgina...

Curvando-se diante do Ganesha dourado que ficava no lintel, Shanmugham cruzou a porta aberta da casa do patrão em Malabar Hill.

Ouviu Kishore Kumar cantando "Ek Aise Gagan Ke Tale" num gravador.

A sala estava deserta. Na mesa, um prato cheio de cascas mastigadas; ele reconheceu nas torradas as marcas dos dentes do patrão.

O aroma da *gutka* o guiou até o quarto.

Dharmen Shah estava deitado num ninho de papéis impressos, rabiscando algo num bloco com um lápis. A maquete de gesso do Xangai Confiança estava a seu lado, perto da mesa de cabeceira.

— O que foi?

Shanmugham não sabia como dizê-lo. Sentia um estranho medo de se incriminar com qualquer palavra que usasse.

Erguendo a cabeça de suas contas, Shah viu a mão do assistente se levantar, com o punho fechado.

O punho se abriu.

— Como?

— Ele caiu, senhor. Do terraço. Há cerca de uma hora. Dizem que foi suicídio.

Shah abriu a boca vermelha. De olhos fechados, encostou a cabeça no travesseiro branco:

— Pensei que seria um empurrão escada abaixo, ou uma surra de madrugada. Só isso.

Acariciou o travesseiro macio.

— Esqueci que estávamos lidando com gente boa, Shanmugham.

Espalhando os papéis, o gordo se levantou da cama.

— Volte a Vakola. Descubra pelo seu contato na delegacia de polícia o que está acontecendo com a investigação. Vou telefonar para o astrólogo de Matunga e obter uma data auspiciosa para começar a demolição.

7 DE OUTUBRO

MUMBAI SUN

Suicídio em Santa Cruz (Leste)?
Da redação

O sr. Yogesh Murthy, professor aposentado da escola Santa Catarina, famoso colégio do bairro, teria cometido suicídio na noite de ontem, atirando-se do terraço da sociedade "Vishram", em Vakola, Santa Cruz (Leste).

Embora não haja suspeita de crime no episódio, a polícia de Santa Cruz declarou não descartar nenhuma possibilidade neste momento. Há uma investigação em andamento.

Todavia, acredita-se que o falecido tenha entrado num estado de extrema depressão após a morte da esposa, há um ano quase exato. Os moradores do bairro dizem que ele vinha perdendo progressivamente o juízo, com a progressão do diabetes e da velhice, retraindo-se em sua casa, falando sozinho, adotando condutas antissociais e brigando com toda a sua sociedade, em razão de uma oferta de renovação urbana à qual foi o único a se opor. O dr. C.K. Panickar, psiquiatra clínico do hospital Lilavati, em Bandra, afirmou que ele exibia sintomas clássicos de deterioração mental. "Não se podem excluir a paranoia, fenômenos passivo-agressivos e até esquizofrenia, dado o comportamento do sujeito em seus últimos dias de vida", sugeriu.

O falecido deixa um filho, Gaurav, que mora em Marine Lines, e um neto, Ronak.

epílogo

epílogo
Assassinato e assombro

15 DE DEZEMBRO

O homenzinho escuro, de terno safári azul, passou pelas barracas de produtos hortifrutícolas, decepcionado por não ser olhado por ninguém nessa manhã como se fosse um assassino.

Durante quase dois meses, os vendedores de melancia e abacaxi tinham discutido como aquele corretor da sociedade Vishram, Ajwani, o que ficava do outro lado da rua, naquele escritoriozinho da agência imobiliária com porta de vidro, havia arranjado para que um de seus contatos no submundo matasse Masterji; não, como o fizera ele mesmo, entrando furtivamente na Vishram na calada da noite e carregando o velho professor em seus braços grossos até o terraço. Eles se viravam e topavam com a presença de Ramesh Ajwani, sempre sorridente, dizendo: "Como está o preço da berinjela hoje?"

E começavam a regatear com ele, já que ser assassino não garante a ninguém, necessariamente, um preço melhor na berinjela.

Ele tinha sido o primeiro suspeito. Nagarkar, o inspetor-chefe, convocou-o à delegacia na manhã seguinte ao falecimento; sabia que Ajwani tinha contatos com uns sujeitos duvidosos em toda Vakola. Os tipos de clientes pelos quais ele havia subornado a polícia para obter atestados de bons antecedentes! Durante meio dia, o inspetor o interrogou sob o retrato do Senhor SiddhiVinayak. Mas a história dele foi confirmada. Uma dúzia de pessoas se lembrou de ter visto o corretor na estação ferroviária de Dadar, em vários horários da noite da morte de Masterji; disseram que ele havia sofrido uma indigestão e ficado caído por lá, contorcendo-se de dor e dizendo incoerências.

— Se não foi você, quem foi? — perguntou o inspetor. — Espera mesmo que eu acredite que foi suicídio?

— Não sei — disse Ajwani. — Cheguei em casa depois da meia-noite. Não estava passando bem. A polícia já se encontrava lá.

O secretário foi o segundo a ser chamado à delegacia. Mas três testemunhas confirmaram sua presença no escritório da agência imobiliária de Ajwani na hora da morte do professor. Uma delas foi Mani, o assistente do corretor, e as outras duas foram Ibrahim Kudwa e o sr. Puri, dois de seus vizinhos, ambos homens respeitáveis. Todos os residentes da sociedade Vishram, como se veio a constatar, puderam provar que tinham estado em algum outro local naquele momento. Os únicos que se encontravam no edifício quando Masterji caiu do telhado tinham sido duas pessoas idosas, o casal Pinto, que mal pareciam capazes de enxergar ou se locomover.

E o construtor? Nagarkar sabia que Shah era um homem esperto: esperto demais para se envolver, já que seria um suspeito imediato. Por isso, Masterji se tornou o principal suspeito do próprio assassinato. Muita gente, na Vishram e na vizinhança em geral, deu evidências de que fazia algum tempo que o professor estava ficando senil e imprevisível. A morte de sua mulher e o diabetes o haviam deprimido. No fim, como não gostava de mistérios sem solução, o inspetor concluíra que devia ter sido suicídio.

Ajwani sabia que não fora. Durante uma semana, não tinha falado com mais ninguém na sociedade Vishram. Depois, mudara-se com a mulher e os filhos para um apartamento alugado, perto da estação de trem. Não ia voltar a morar com aquela gente.

Como eles o haviam feito? Não tinha certeza. Talvez o sr. e a sra. Puri houvessem agido sozinhos; o secretário podia ter ajudado. Talvez tivesse sido apenas um empurrão. Mas não, alguma parte dele sabia que Masterji teria lutado. Era um lutador nato, aquele velho. Deviam tê-lo arrastado, ou talvez batido nele; o que quer que tivessem feito, fosse porque a cabeça havia quebrado na queda, fosse porque o médico que examinara o cadáver era incompetente, ou estava entediado, não foi detectado.

Ajwani ia à mercearia duas vezes por dia, três, quando possível. Pechinchava por cenouras, goiabas e desaforos; isso era parte de sua penitência. Torcia para que um dia os vendedores o cercassem e lhe enfiassem os dedos na caixa torácica, e depois o bombardeassem com tomates e batatas e lhe enfiassem pimenta nos olhos. Queria ir para casa sujo e acusado de assassinato.

Por dois meses após sua morte, Masterji foi um resíduo de glamour sombrio no mercado de Vakola, uma camada de cinza sobre os produtos agrícolas. Depois vieram outros escândalos e outros mistérios. Os vendedores o esqueceram; Ajwani se tornou apenas mais um freguês.

Afastou-se do mercado, mãos cruzadas às costas, até ouvir marteladas quebrando pedra e tijolo.

A sociedade Vishram fora tomada por operários como um torrão de açúcar por formigas. O telhado afundara; havia homens sentados nas vigas expostas e de pé pelas escadas, cortando a madeira com serras e martelando paredes e traves. Não era possível usar dinamite num bairro tão densamente povoado; a destruição tinha de ser feita por mãos humanas. Os homens que haviam trabalhado no Excelsior Confiança e no Nascente agora lascavam, descascavam e quebravam a sociedade; as mulheres carregavam os destroços em tinas na cabeça e os despejavam na traseira de caminhões.

A intervalos de poucas horas, um caminhão descia a rua e despejava seu conteúdo como aterro nas fundações do Ultimex Milano. O esqueleto de metal sob a tinta e o reboco seria mandado para oficinas nas imediações da rua Falkland, para ser cortado e reciclado. Até na morte a sociedade Vishram prestava serviços a Vakola e a Mumbai.

A cada martelada, o prédio fumegava, emitindo baforadas brancas pelas laterais, como um homem enraivecido nos desenhos de Tom e Jerry a que os filhos de Ajwani assistiam de manhã. Parecia uma tortura lenta, por toda a trabalheira que o edifício dera ao sr. Shah. Alguns operários cristãos tinham tentado salvar a cruz negra, mas ela se fora, provavelmente esmagada nas fundações do Milano. Em breve, tudo que restaria da sociedade Vishram seria a velha figueira-de-bengala; e, toda vez que soprasse o vento, suas folhas roçariam a guarita abandonada do vigia, como uma criança tentando despertar para a vida uma coisa morta.

Ajwani se encostou na árvore e tocou em seu tronco.

— Ricaço! Por onde tem andado?

Um homem alto e magro, sacudindo a poeira esbranquiçada da camisa branca e das calças pretas, aproximou-se dele:

— Você não assinou os papéis do grupo Confiança — disse Shanmugham — e, sem isso, não podemos lhe dar o dinheiro.

Ajwani recuou, afastando-se da árvore.

Shanmugham levantou uma perna e bateu o pó branco das calças.

— Um *crore* e meio de rupias. Agora vocês estão todos ricos, e o que eu recebo, sr. Ajwani? Nada.

O sr. Shah não lhe dera qualquer bonificação nem extra. Nem mesmo um tapinha na cabeça, nem mesmo o que receberia um cão por buscar um graveto. Tudo que o chefão tinha dito fora: "Agora, quero que você se certifique de que a demolição não tenha nem um dia de atraso, Shanmugham. Tempo é dinheiro."

Durante meses, ele fora o homem a entregar caixas vermelhas de doces aos moradores da Vishram; onde estava a *sua* caixa vermelha?

Chegando mais perto do corretor, ele baixou a voz:

— Andei pensando no que você disse. Naquele dia, no seu quarto dos fundos, quando ficamos sentados com os cocos. Sobre como alguns homens espertos que servem de braço esquerdo conseguem realmente...

Shanmugham se assustou. O corretor ia se afastando com passos rápidos, os braços balançando, como que prestes a sair correndo.

— Volte aqui, sr. Ajwani! Se não assinar os papéis, não vai receber o dinheiro.

Qual era o problema desse homem?

Com um olho fechado, Shanmugham olhou para as folhas da figueira--de-bengala: o sol escorria por entre os galhos da copa escura feito mel branco. Pegou uma pedra e a atirou na luz.

16 DE DEZEMBRO

O elevador se abriu: o garoto do *chai* saiu para o estacionamento com uma bandeja cheia de xícaras.

Parou e ficou olhando.

O homem alto da camisa branca estava fazendo aquilo de novo. Parado diante de sua moto Honda Hero, falava com o espelho retrovisor:

— Sr. Shah, sei que o senhor disse que nunca mais queria ouvir falar de um certo acontecimento, mas ontem encontrei aquele corretor, e eu...

O homem alto fechou os olhos e tentou de novo:

— Sr. Shah, a verdadeira história por trás... Sei que o senhor me disse para nunca mais mencionar isso, mas eu...

O garoto o contornou, pé ante pé, e levou sua bandeja de chá matinal aos motoristas que esperavam na outra ponta do estacionamento do subsolo.

Quinze minutos depois, Shanmugham se postou diante do patrão. Giri estava na cozinha, picando alguma coisa.

À escrivaninha de trabalho, com o cartaz da Torre Eiffel às costas, o patrão assinava página após página de uma pilha de documentos.

— Eu lhe pedi para subir, Shanmugham? — disse, sem levantar a cabeça. — Desça e espere por mim. Temos de ir imediatamente a Juhu.

O homem que era seu braço esquerdo não se mexeu.

Shah levantou os olhos, com uma caneta de prata entre os dedos.

— Acabamos de receber um telefonema, Shanmugham. O Satish foi preso. Fazendo a mesma coisa com aquela gangue. Desta vez, em Juhu. — Fez um gesto circular com a caneta na mão. — Picharam a caminhonete de um político. O Giri está pondo o dinheiro num envelope. Agora, não conseguiremos deixar a imprensa de fora.

Shanmugham falou o que tinha ensaiado por quase vinte minutos no subsolo:

— Senhor, a propósito do assassinato na sociedade Vishram. Faz algum tempo que venho pensando nisso. Não foi suicídio. Em Vakola, dizem que ou foi Shah quem fez o serviço, ou que foram os vizinhos. E não foi o senhor, já que eu não fiz nada. Portanto, foram os vizinhos.

Shah já tinha voltado a olhar os documentos.

— Os jornais disseram que foi suicídio. Desça e espere. Temos de ir a Juhu.

Shanmugham falou olhando para o cartaz da Torre Eiffel acima da cabeça do patrão.

— A polícia poderia se interessar, senhor, se alguém dissesse que foi o pessoal da Vishram que fez isso. Talvez reabrisse o caso. Olhasse com mais cuidado para as fotografias do corpo. A construção poderia sofrer um atraso.

A caneta de prata caiu na escrivaninha.

Shanmugham estremeceu; em outro cômodo, o celular de Shah havia começado a tocar. Giri entrou com o aparelho, limpou-o em seu *lungi* e o colocou na escrivaninha do patrão.

De olhos fechados, Shah escutou a voz ao telefone.

— Estou a caminho. Compreendo. Estou a caminho.

Esfregou o aparelho no braço e o entregou a Giri.

Giri passou um minuto no limiar da porta, olhando para os dois homens. Em seguida, voltou à cozinha para continuar a cortar seu pão.

O queixo de Shah se mexeu. Ele começou a rir.

— Ah, você é um filho para mim, Shanmugham. Um filho de verdade.

Deu dois tapinhas no tampo da mesa.

— Escute o que eu digo: já existe um corpo nas fundações do Xangai, e há muito espaço lá para outro. Está entendendo?

Shah sorriu. Shanmugham compreendeu que tinha um dente lascado, mas esse homem possuía uma boca cheia deles.

— Está *entendendo*?

Shanmugham não conseguiu se mexer. Sentiu sua pequenez no covil em que se havia metido: o covil do ramo imobiliário.

— Shanmugham, por que está desperdiçando o meu tempo?

— O senhor me desculpe.

— Desça ao subsolo e me espere no carro. Temos de tirar o garoto da delegacia.

E Shanmugham desceu para o subsolo.

Pelo menos, pensou Shah, *desse eu tirei uns bons seis anos.* No bloco sobre a escrivaninha, onde tinha escrito

Mármore bege.
Grades das janelas. (Padrão do ovo Fabergé: pagar até uma rupia extra por quilo de ferro batido. Não mais.)

acrescentou:

Homem do braço esquerdo.

Ajeitou a roupa diante do espelho, cuspiu num dedo, verificou a cor de suas entranhas e desceu.

Juhu. Dois prédios semiconstruídos, como gêmeos fantasmas atrás de uma tela de árvores, sem desaparecer nem crescer a ponto de se tornarem claros.
Dharmen Shah estava farto de edifícios.
Virou-se para o filho e perguntou:
— Quantas vezes mais você vai fazer isso?
— Fazer o quê? — perguntou Satish, olhando pela janela do carro em movimento. Usava uma camisa verde-claro; a camisa do uniforme, que tinha tirado, achava-se numa trouxa de plástico a seus pés.
— Desonrar o nome da família.
O adolescente riu.
— Eu desonro o *seu* nome? — Encarou o pai. — Eu leio os jornais, pai. Vi o que aconteceu em Vakola.
— Não sei o que você leu. Aquele velho professor se matou. Era maluco.
O garoto falou devagar:
— Todos nós, da turma, somos filhos de construtores. Se vocês não nos deixarem fazer essas coisas agora, como vamos nos tornar bons construtores quando crescermos?
Shah viu um cordão de platina no pescoço do filho; a nova geração a preferia ao ouro.
Satish pediu para descer em Bandra; queria almoçar no Imperador de Biryani. O pai lhe havia tirado o cartão de crédito na delegacia de Juhu; nesse momento, devolveu-o ao filho, com uma nota de quinhentas rupias.
Satish encostou a nota na testa, num gesto de *salaam*.
— Um dia, pai, nós nos orgulharemos um do outro.
Numa calçada próxima do Mahim Dargah, Shah viu uma dúzia de mendigos sentados em frente a um restaurante barato à espera de pão e curry gratuitos. Cansado, animado, astuto, cada rosto sujo parecia reluzir. Um cego tinha o seu voltado para o céu, com uma expressão de êxtase

mudo. A poucos metros dele, um homem de olhos vermelhos e sonolentos, cabeça entre as mãos, parecia a coisa mais assustada do mundo.

Shah viu esses rostos passarem.

Se ao menos o trânsito não tivesse estado tão livre naquela noite em que o velho professor fora a sua casa em Malabar Hill. Se ao menos ele tivesse encontrado o professor cara a cara, o assunto seria encerrado ali mesmo. Não teria sido preciso derramar sangue.

E por que eles não haviam se encontrado?

Shah teve a visão de uma cortina vermelha flamejante e uma silhueta se movendo atrás dela; arrancada a cortina vermelha, ele viu os rostos dos mendigos que fitara pela janela do carro. Durante sua vida inteira, tinha visto rostos como aqueles e pensado: *Barro. Meu barro.* Espremera-os para lhes dar forma em seus projetos de renovação urbana, enriquecera à custa deles. Agora lhe parecia que aqueles misteriosos rostos brilhantes eram as forças obscuras de sua vida. *Foram eles que fizeram isso acontecer. Não para eu construir o meu Xangai. Para eu construir a cidade deles. E me usaram para seus objetivos.*

Um dos mendigos riu. Um coro de matéria particulada guinchou nos pulmões de Dharmen Shah; ele tossiu repetidamente e cuspiu num canto do Mercedes.

Meia hora depois, estava deitado sem camisa numa cama fria. No único lugar do mundo em que o serviço personalizado deprime o sujeito.

— Trocamos o tamanho da cama para adequá-lo ao seu corpo — disse a voz do radiologista.

Os médicos só demonstram essa familiaridade com os doentes crônicos.

Lá estava Shah de bruços, as dobras gordas do peito e da barriga espremidas contra a almofada dura e fria. Um aparelho de raios X se moveu acima dele, tirando fotografias da parte posterior do seu crânio.

O aparelho parou de se mexer e o radiologista entrou noutra sala, resmungando:

— Não sei se conseguimos as imagens, já que você se mexeu...

Sem camisa, numa banqueta de três pés, Shah esperou feito um garoto de escola.

— Sinto muito. Não conseguimos as radiografias. Você tem cinco minutos...

Shah passou para a sala de espera do ambulatório do hospital Breach Candy. Rosie o aguardava, com a mais curta de suas saias curtas.

— Titio — bateu palmas. — Meu tio.

O nariz ainda estava machucado, com uma faixa pálida de pele revelando o lugar onde devia ter ficado o curativo por dias.

— Achei que você não viria, Rosie — disse ele, sentando-se ao lado da amante. — Juro que achei.

— É claro que eu não o deixaria sozinho no hospital, tio. — Baixando a voz, indagou: — A saia está suficientemente curta?

Os outros pacientes que aguardavam na sala de espera do radiologista olharam para aquele homem gordo, envolvido pelos braços da garota curvilínea, com suas roupas ínfimas. Shah sabia que estavam olhando e se lixava para isso. Descarado na saúde, continuaria descarado na doença.

— Vai aquecer o hospital todo.

— A ideia é essa, tio. — Ela deu uma piscadela. — Eles deixam o ar-condicionado numa temperatura muito baixa.

Shah cochichou no ouvido dela:

— Pode ir para casa, Rosie. Hospital não é lugar para uma garota como você.

Rosie não se dera o trabalho de cochichar.

— Meu pai era filho de uma primeira mulher. Eu nunca lhe disse isso, não é, tio? A mãe dele morreu de leucemia quando ele tinha oito anos. Esse país está cheio de filhos da primeira mulher que acabaram como fracassados. Eu gosto de estar perto de um vencedor.

Deu-lhe um beijo no rosto.

A umidade permaneceu na face de Shah, que a reconheceu pelo que era: ambição. A garota não queria só um salão de beleza, queria tudo: todo o dinheiro, todos os prédios dele. Todo o seu dinheiro, acima e abaixo da terra. Casamento.

Shah teve vontade de rir — uma garota que ele havia tirado da cadeia! —, mas então se lembrou da história que Rosie lhe contara. A da atriz com o produtor panjabi. "As memoráveis chupadas dela atravessam décadas."

Pensou que não há nada pequeno, nada ignóbil na vida. Um homem pode não encontrar o amor no sagrado matrimônio, mas o encontrar numa mulher com quem se deitou no sofá do escritório, assim como uma semente cuspida pela sarjeta, alimentando-se do esgoto, pode se transformar numa enorme figueira-de-bengala.

— Sr. Shah? — Um dedo recurvado fez sinal, chamando-o de volta para a sala de raios X.

Você não me engana, pensou Shah, enquanto o aparelho tornava a fazer seu trabalho. *Você não vai salvar ninguém*. Aquilo era só a burocracia da extinção, a primeira leva de papelada. O frio da cama de metal penetrou nas múltiplas camadas de gordura alimentadas por manteiga; ele estremeceu.

— Devo ficar de olhos fechados ou abertos?
— Pouco importa. Basta relaxar.
— Nesse caso, vou fechá-los.
— Como quiser. Relaxe.

Ainda sentia os dedos quentes de Rosie nos seus. Sentia o cheiro das pernas dela em suas calças. Tornou a pensar na velha mansão abandonada por que passava todos os dias, a caminho de Malabar Hill, e nos brotos verdes das árvores novas que irrompiam pela folhagem de pedra. Como se cada árvore nascente fosse uma mensagem: *Saia de Mumbai com a Rosie, ache uma cidade com ar puro, tenha outro filho, um filho melhor — você ainda tem tempo, ainda tem...*

Respirou fundo e fechou os olhos.

...Reviu os gaviões, voando em círculos com as garras à mostra, como tinham feito naquela manhã ensolarada na casa do dr. Nayak, acima do campo de futebol Cooperage, travando uma batalha — as criaturas mais lindas de um planeta lindo.

Os gaviões desapareceram e ele viu uma ilha no mar da Arábia — viu-a como fizera certa vez, já se iam anos, num voo que voltava de Londres e ficara preso pelo congestionamento do aeroporto, tendo de voar em círculos: lá embaixo, a cidade ao sol parecia um selo moldado em prata, preciso e reluzente e muito fácil de compreender. Ele vira tudo, de Juhu a Nariman Point: Bombaim, a Joia nas Joias da Coroa. Vira o sul de Bombaim e Colaba, tão abarrotadas de prédios revestidos de espelhos que a terra cintilava. Vira a praia de Chowpatty, as duas ovais verdes dos estádios de críquete, o edifício da Air India e, atrás dele, o da Express, e as torres da Cuffe Parade...

O avião virou para a direita, e então ele viu a cidade dramaticamente murada por penhascos e planaltos verdes e vermelhos. De um lado dos penhascos, o ar era azul-escuro e denso; do outro, límpido. Se um homem cruzasse aqueles penhascos, encontraria ar puro — respiraria.

O muco roncou em seu peito. Votou pelo lado limpo dos penhascos.

Dharmen Shah tornou a deslocar o avião para o lado sujo dos rochedos.

Agora a aeronave sobrevoava Vakola. Ele viu o seu Xangai, o mais prateado entre os arranha-céus prateados; e ao lado dele, outra torre de Shah; e ao lado desta...

Apesar das ordens do radiologista, seu corpo adoecido começou a se mexer na cama fria, apossando-se de mais centímetros quadrados, sonhando, até mesmo ali, com aterros e um espaço quente.

Houvera outra ameaça terrorista à cidade, e o detector de metal na entrada do shopping Infiniti, em Andheri (Oeste), instalado meses antes e inativo desde então, tinha sido finalmente ligado.

O equipamento reagira com tanto entusiasmo, soltando três bipes para cada pessoa, que todo homem e mulher que entrava no shopping se tornava uma ameaça terrorista de alto risco. Uma revista rápida e a abertura de bolsas restabeleciam seu bom nome e sua reputação, permitindo que subissem a escada rolante para o supermercado Big Bazaar, no primeiro andar, ou para a livraria Landmark, no segundo.

— Trinta e seis rupias por um prato de *bhelpuri*!

O sr. Kothari, ex-secretário da Torre A da sociedade Vishram, sentava-se a uma mesa no átrio da praça de alimentação, diante de um prato com uma montanha de *bhelpuri*. Tinku, segurando seu prato numa das mãos, puxou uma cadeira de uma mesa vizinha e se juntou ao pai.

— É um shopping, pai, o que você esperava? — E começou a devorar a comida.

— Isso aqui era um lugar todo feito de pássaros e árvores — disse Kothari, correndo os olhos pelo átrio. — Andheri.

Como que invocados por sua saudade, alguns pardais entraram voando na praça de alimentação.

Com a boca cheia de arroz trufado e cebola picada, Tinku exclamou, com a voz arfante:

— Pai, olha só quem está ali.

— Quem? Ah, ignore-os. Continue comendo.

— Pai, eles estão vindo para cá.

— Um homem não pode nem saborear o seu *bhelpuri*. Mesmo que tenha pagado 36...

Um pedaço de tomate escapou da boca de Kothari com seu sorriso, e ele o sugou de volta.

— Já esqueceu os antigos vizinhos, não é? — disse Ibrahim Kudwa, aproximando-se da mesa com a pequena Mariam no colo; Mumtaz, atrás dele, carregava duas sacolas de compras. Kudwa puxou uma cadeira de metal para perto da mesa.

— Eu estava dizendo ao Tinku, agora mesmo, que já era hora de telefonar para vocês, e veja quem aparece.

— Você está bonito, filho. — Kudwa deu um tapinha nas costas de Tinku. — Saudável.

O garoto gordo se contraiu; sabia o que isso queria dizer.

Enquanto Kothari afagava as bochechas de Mariam, o pai da menina indagou:

— Onde vocês estão morando agora?

— Aqui mesmo. Em Andheri Oeste.

— Mas... — Kudwa franziu o cenho — ...não há flamingos em Andheri Oeste.

— Os flamingos eram para grandes homens, como meu pai. Aqueles ali são bons o bastante para mim — retrucou Kothari, apontando os pardais que saltitavam pela praça de alimentação. — Estamos na sociedade Capricórnio. Atrás do banco HDFC, na via Juhu-Versova. Bom lugar. Gente boa.

— Querem que o papai também seja secretário lá — disse Tinku, e Kothari enrubesceu.

— Quer um *bhelpuri*, Ibrahim? Ou você, Mumtaz? Uma dentadinha para a Mariam.

— Ah, não — disse Kudwa. — Tomo três antiácidos por dia só para conseguir dormir. Minha mulher proibiu qualquer comida fora de casa. — Olhou-a com um sorriso. — Também temos gente boa na nossa nova sociedade. Aliás — apontou para uma das sacolas de compras carregadas pela mulher —, estou levando um presente para o filho de um vizinho. Uma surpresa.

Deu um sorriso radiante de prazer. Notou que Kothari usava um novo cordão de ouro; tentou lembrar se algum dia o homem tinha usado ouro, nos tempos da sociedade Vishram.

— Mas *onde* você está morando, Ibrahim?

— Em Bandra Leste. Temos uma loja de ferragens da família. Fiz uma sociedade com meu irmão. Tecnologia não tem futuro, estou lhe dizendo. Martelos. Pregos. Parafusos. Se algum dia precisar de qualquer um desses em quantidade, vá à Kalanagar, por favor. Deixe-me escrever meu endereço.

Virou-se para Mumtaz; arriando as sacolas, ela pegou uma esferográfica e escreveu num guardanapo de papel. Quando terminou de fazer o que o marido mandara, depôs a caneta e olhou para Kothari.

— Alguma notícia do construtor? A segunda parcela já está com três semanas de atraso.

— Liguei para o escritório dele e deixei recado. — Kothari dobrou o guardanapo com o número de telefone dos Kudwa. — Se ele não pagar essa parcela e a próxima em dia, vamos entrar na justiça.

— Que fraude se revelou aquele homem. Sr. Shah. Nós confiávamos nele.

— Todos os construtores são iguais, Ibrahim, antigos ou modernos. Mas a primeira parcela saiu, e ele de fato nos deu as oito semanas de aluguel enquanto procurávamos um lugar. Ele *vai* pagar. Só gosta é de pagar com atraso. E onde anda a sra. Puri ultimamente, Ibrahim? Tem alguma ideia?

— Em Goregaon. Gokuldam. Naquela nova torre de lá. Bom lugar, novos trabalhos de marcenaria. Eles contrataram uma enfermeira em horário integral para o menino.

— Esse é o futuro. Goregaon. Muito espaço vazio.

Kudwa abanou a cabeça.

— Cá entre nós, a saúde do garoto piorou muito, de repente. Não sei o que ela vai fazer se ele... O Gaurav está sempre indo visitá-la, diz ela. Tornou-se uma espécie de filho.

Kothari enfiou a colher de plástico na comida.

— E a sra. Rego? — perguntou. — Alguma notícia?

— Nunca fomos muito próximos — respondeu Kudwa. — Os Pinto, é claro, estão morando com o filho, que voltou dos Estados Unidos. Ele perdeu a empresa que tinha lá.

— Todo mundo está voltando dos Estados Unidos.

Passando Mariam para o braço esquerdo, Ibrahim Kudwa bateu na mesa para chamar a atenção.

— O Ajwani se recusou a receber o dinheiro, você soube? Nem uma rupia.

Kothari deu um suspiro.

— Aquele homem... foi obcecado por dinheiro durante a vida toda. Ficava sentado no escritório da corretora com um maço de dinheiro na gaveta para se sentir rico. E aí, na hora em que tira realmente a sorte grande, resolve dizer não. Um *zero* à esquerda. Não serve mesmo para nada.

Kothari comeu mais *bhelpuri*.

Mumtaz Kudwa pegou suas sacolas de compras; o marido se levantou com Mariam.

— A vida é boa — declarou. — Não é perfeita, mas é melhor com dinheiro.

— Você disse muito bem, Ibrahim. Até logo, Mumtaz. Adeusinho, Mariam.

Ao descer a escada rolante, Kothari reexaminou a conta do que ele e o filho tinham acabado de comer; seus lábios se mexeram.

— ...o *bhelpuri* custou só 26 rupias, Tinku. Eles cobraram dez rupias pela água. Mas nós não pedimos nenhuma garrafa de água.

— Não — concordou o garoto. — Nós não bebemos água.

Saindo da escada rolante, Kothari disse:

— Vamos lá pegar de volta as dez rupias, Tinku.

— Subir tudo de novo? Por causa de dez rupias?

Os dois pegaram a outra escada rolante e voltaram à praça de alimentação.

— É uma questão de *princípio*. O homem deve defender seus direitos nesse mundo. O seu avô me ensinou isso.

Tinku, que ia começando a bocejar, virou-se, surpreso: seu pai, nada musical, estava cantarolando uma música famosa dos Beatles e batendo com as costas da mão na escada rolante.

23 DE DEZEMBRO

Em qualquer noite da semana, a praia de Juhu fica repleta de partidas de críquete de estilo precário e grande vigor; aos domingos, talvez haja cem jogos em andamento por toda a extensão da areia. Todos enfrentam uma limitação fatal: o mar. Quem bate a bola diretamente na água é declarado excluído — uma regra básica em toda a praia. Uma boa e honesta tacada horizontal numa bola ruim é o bastante para um rebatedor ser dispensado. Para sobreviver, é preciso abandonar a forma clássica. Tudo que é vibrante, imprevisível e heterodoxo prospera.

— Há um milhão de pessoas rebatendo nessa praia. Jogue com estilo. Destaque-se! — gritou a sra. Rego.

Estava parada com seu casaco cinza junto ao *wicket*, como uma mescla de árbitra, comentarista e treinadora da partida em andamento.

Timothy, o filho de Mary, estava rebatendo ao lado do *wicket*; Kumar, o mais alto dos frequentadores habituais do templo tâmil, corria para bolear.

Mary, sentada na areia, única espectadora e animadora da partida, virou-se por um momento para contemplar a água.

A maré estava baixa, e o mar havia recuado muito da linha costeira normal, deixando uma zona intermediária lodosa e vítrea. Refletidos na areia molhada, dois garotos seminus corriam pela zona que lembrava um charco; pulavam nas ondas e espirravam água um no outro. O sol dava um brilho negro a seus corpos escuros, como que revestidos por uma camada escorregadia de petróleo; num êxtase particular, os dois começaram a rolar para dentro e para fora das ondas, mal fazendo parte desse mundo.

Mary viu então uma figura conhecida, andando pela beira d'água. A barra das calças estava arregaçada, e ele levava os sapatos no ombro, onde eles lhe manchavam a camisa.

Ela acenou com a mão.

— Sr. Ajwani!

— Mary! Que prazer vê-la! — fez ele, sentando-se ao lado da ex-faxineira. — Veio ver seu filho jogar críquete?

— Sim, senhor. Não gosto que ele perca tempo com o críquete, mas a madame... digo, a sra. Rego, insistiu em que ele viesse.

Ajwani meneou a cabeça.

— Como vai a sua casa, perto do *nullah*? Mais ameaças de demolição?

— Não, senhor. Minha casa está de pé. Arranjei emprego num dos prédios perto da estação de trem. Um edifício Ultimex. O salário é melhor que na Vishram. E eles me dão um bonito uniforme azul para usar.

Os dois se abaixaram. A bola vermelha tinha passado a cinco centímetros do nariz de Ajwani — voou por cima da areia vítrea e caiu com estrépito na água.

— O Timothy está fora! — gritou a sra. Rego.

Viu Ajwani sentado ao lado de Mary.

Ele percebeu a hostilidade nos olhos da ex-vizinha — os dois não haviam se falado nem uma vez desde aquela noite — e, na mesma hora, soube que "ela também participou".

— Deixe-me ficar, sra. Rego — pediu Timothy. — Essa é uma das regras da praia de Juhu: não se pode dizer não a nenhum estranho que queira ver as pessoas jogarem.

A sra. Rego deu um suspiro e procurou a bola.

Os dois garotos que estavam rolando na água correram em direção à bola; num arco vermelho alto, ela voltou, e os jogadores de críquete deram vivas. Lá no alto, no céu, um avião cortou a trajetória da bola — e os jogadores deram mais vivas, dessa vez contínuos.

O avião havia captado o ângulo da luz do sol poente e pareceu radiante e íntimo antes de sobrevoar o oceano.

O jogo continuou. A sra. Rego ia dando "dicas" aos meninos sobre como rebater "com estilo". Ajwani e Mary aplaudiam com imparcialidade todos os rebatedores.

O pôr do sol trouxe mais gente. O cheiro dos seres humanos suplantou o cheiro de mar. Vendedores agitavam arames fluorescentes verdes e amarelos no céu mais escuro, para chamar a atenção das crianças. Cata-ventos coloridos foram dispostos em armações compridas de madeira para girar com a brisa marinha; soldados de plástico verde rastejavam pela areia e sapos mecânicos se moviam com um barulho de coaxar. Havia homens miúdos com bandejas pretas de amendoim descascado, aquecido por brasas penduradas em seu pescoço; mesas de cocos e picles foram armadas embaixo de barracas de praia; meninos tomavam banho de cueca, enquanto muçulmanas davam pequenas agachadas na água, com suas burcas pretas encharcadas. Máquinas reluzentes falavam com a clientela sobre seu peso e seu destino, por um par de rupias.

O jogo de críquete havia sido desfeito. Com a promessa de apenas enterrar Timothy na areia, Dharmendar e Vijay haviam tratado de esculpir seios e órgãos genitais na areia em cima dele, além de escreverem em inglês: ME FOUDA.

— Vocês podiam pelo menos escrever direito! — criticou a sra. Rego, tentando parecer severa pelo maior tempo possível, antes de ajudar os outros a resgatar o menino imobilizado.

O mar transbordava em tons violeta; o crepúsculo reluzia sobre Juhu.

— Muito bem, meninos, peguem o taco e a bola e venham cá — chamou a sra. Rego. — Está na hora do discurso.

— Discurso? Por que sempre tem de ter discurso, sra. Rego?

— Temos de fazer um discurso sobre o Masterji. Vocês acham que o filho dele vai se lembrar do pai? Nós temos de fazer isso. Aliás, é *você* quem vai começar, Timothy.

Os outros meninos se reuniram em semicírculo em torno dele. Ajwani se sentou ao lado de Mary.

Timothy sorriu.

— Uma vez, vi o Masterji sentado embaixo de uma árvore perto do templo. Estava comendo as frutas todas...

— Timothy! — exclamou a sra. Rego.

Os meninos bateram palmas e assobiaram:

— Grande discurso!

— Sente-se, Timothy. — A sra. Rego apontou para Ajwani: — O *senhor* fala agora.

— Eu? — O corretor teve vontade de rir, mas compreendeu que ela falava sério. Todas as pessoas sentadas ali (a rigor, todas as pessoas naquela praia) tinham tido algum envolvimento no episódio. A parcela dele fora maior que a de quase todos os demais.

Sacudindo a areia das calças, Ajwani se levantou. Enfrentou o semicírculo de quatro meninos e duas mulheres.

— Amigos, o nosso falecido Masterji...

— O falecido sr. Yogesh Murthy — corrigiu a sra. Rego.

— ...falecido sr. Yogesh Murthy foi meu vizinho, mas não tenho muitas informações sobre sua vida. Acho que nasceu no sul e veio para cá depois do casamento, creio. De onde quer que tenha vindo, ele veio e se tornou um homem típico dessa cidade. O que quero dizer com isso? — Ajwani fitou o mar. — Quero dizer que se tornou um novo tipo de homem. Penso mais nele agora do que quando ele era meu vizinho.

Torceu para que os outros compreendessem.

A sra. Rego se levantou, e todos se voltaram para ela.

— Meninos, eu gostaria de dar um "hip, hip, hurra" para o sr. Ajwani, por seu bonito discurso. Agora, quero que todos batam palmas para ele. Vamos aplaudir, meninos?

— Hip, hip, hurra! Aj-waaa-ni!

— Meninos, tenho mais algumas palavras para vocês.

— Novidade.

Risadas.

O semicírculo se mexeu e mudou de posição, e a sra. Rego passou a ocupar seu centro.

— Meninos, o lugar onde o Masterji nasceu, onde estudou, essas coisas não importam agora. O que importa é isto: ele fez o que acreditava ser correto. Tinha consciência moral. A despeito do que as pessoas lhe dissessem ou fizessem, ele nunca mudou de ideia e nunca traiu sua consciência. Foi livre até o fim.

— Chega, titia.

— Cale a boca e não me chame de titia. Agora, fiquem todos quietos.

E alguns ficaram.

— Meninos, alguns anos atrás, fui a Délhi e conheci um homem que nunca tinha visto o mar, e pensei: de que vale uma vida dessas? Sempre teremos o mar, e é por isso que vivemos na verdadeira capital desse país. Tudo que precisamos é de mais homens bons, como Masterji, para que essa ilha, essa nossa Mumbai, seja o paraíso na Terra. Como costumava ser, quando eu era menina em Bandra. Quando vejo vocês sentados aqui, diante de mim, meninos, sei que há futuros Masterjis entre vocês e que essa cidade voltará a ser o que era, a maior do mundo. E por isso, senhores do time de críquete, para não continuar por mais tempo com esse discurso, vamos todos nos levantar e dar as mãos, e vamos dar um "hip, hip, hurra" em memória do nosso falecido Masterji, que prometemos recordar e honrar.

— Hip, hip, hurra! — gritaram juntos.

Os jogadores de críquete tinham se portado como bons meninos e agora queriam sua recompensa. Uma barraca de caldo de cana fora avistada nas imediações.

— O senhor também — disse a sra. Rego, e Ajwani aceitou. Caminharam em grupo para a barraca de caldo de cana no final da praia. A sra. Rego, neutralizando os protestos do corretor, pagou todos os sucos. Contou as cabeças para poder pedir o número certo de copos. De repente, soltou um grito.

Havia uma lagartixa andando em sua saia.

— *Quem* fez isso?

Timothy e Dharmendar se entreolharam e todos os outros deram risinhos. Ajwani despachou a lagartixa de plástico na direção da praia, dando-lhe um chute. A sra. Rego recomeçou a contar as cabeças.

— O que vai fazer agora, sr. Ajwani? — perguntou, enquanto tomava caldo de cana.

— No começo, pensei em deixar de vez o ramo imobiliário. Mas, depois, pensei: também há homens honestos nesse ramo. Quem sabe não me junto a eles?

Com um olho fechado, a sra. Rego fitou o interior de seu copo e o repôs na barraca.

— É verdade o que estão dizendo: o senhor se recusou a aceitar o dinheiro do construtor?

Ele passou a língua nos lábios e pôs o copo ao lado do dela.

— No começo. Mas eu tenho família. Dois filhos. Mulher.

Um homem barbudo se aproximou da barraca de caldo de cana, deu uma olhadela na sra. Rego e sorriu:

— A senhora é a assistente social que faz coisas boas nas favelas, não é?

A sra. Rego hesitou, depois assentiu com a cabeça.

— Eu a vi no seu escritório, madame — disse o barbudo. — Também fui de Vakola. Eu morava numa favela: lá onde o grupo Ultimex está construindo o edifício deles. Ultimex Milano.

Ajwani e a sra. Rego fitaram o barbudo. Ele usava um gorro branco de muçulmano.

— O senhor é... o homem de sorte? O dos 81 *lakhs*?

— Com a graça de Alá, o senhor pode dizer que sim. Agora não tenho nenhum dinheiro. Comprei um apartamento de dois quartos em Kurla, num edifício *pucca*. E um pequeno Maruti-Suzuki também.

— O senhor não parece nada mal — comentou a sra. Rego.

— E por que estaria? — O homem de sorte riu. — Meus filhos nunca tiveram uma casa de verdade. Tenho quatro filhas. O destino é bom para muita gente hoje em dia. Há um homem aqui em Juhu, morador de uma favela, a quem um construtor ofereceu 63 *lakhs* para ele se mudar. É conhecido de um conhecido meu, e acabei falando com ele. Sobre como lidar com esses construtores.

Os funcionários da barraca de caldo de cada tinham entreouvido a conversa e, nesse momento, pediram mais detalhes ao homem de sorte; um vendedor de jornais que passava perto veio escutar. Um sujeito numa favela? Sessenta e três *lakhs*? Ali perto? Qual favela? Que sujeito? Tem certeza de que foram 63?

A sra. Rego e Ajwani observaram o homem barbudo, que tinha sardas no narigão, talvez decorrentes do sarampo, e se perguntaram se seriam aquelas as marcas pelas quais se identificavam os seres humanos afortunados.

Terminado o caldo de cana, os meninos saíram da praia em direção à avenida principal. Vijay, revigorado pelo suco, tinha prendido Dharmendar numa gravata.

A sra. Rego se arrependeu de ter tomado o caldo de cana: aquele açúcar repentino, como sempre, a fez se sentir deprimida. Correu a língua pelos lábios e cuspiu o que restava do sumo doce — a melhor compensação que a cidade podia oferecer àqueles meninos pelos sonhos que não realizaria.

— O que vai acontecer com eles, sr. Ajwani? São todos tão bons meninos...

— O que a senhora quer dizer com o que vai acontecer com eles?

— Eu me refiro, sr. Ajwani, a todo esse talento, toda essa energia: será que esses meninos têm ideia do que os espera? Decepção. Só isso.

O corretor parou.

— Como pode dizer isso, sra. Rego? A *senhora* sempre ajudou os outros.

Ela parou ao lado dele. Seu rosto se contraiu numa coisa menor e escurecida pela tristeza.

Ajwani sorriu; as linhas paralelas de suas faces se aprofundaram.

— Aprendi uma coisa sobre a vida, sra. Rego. A senhora e eu fomos apanhados numa armadilha; mas *quisemos* ser apanhados. Esses meninos vão viver num mundo melhor. Olhe para lá.

— Onde? — perguntou ela.

Passou um ônibus com o anúncio de um filme chamado *Dance, dance*, seguido por riquixás e motonetas. Depois que eles se foram, a sra. Rego viu um grupo de *dabbawallahs* de uniforme branco, com seus gorros pontudos, sentados em roda, jogando cartas na calçada.

— Está um pouco escuro. Não consigo ver o que o senhor está...

Depois de algum tempo, a sra. Rego viu, ou pensou ter visto, o que seu ex-vizinho apontava.

Para lá do trânsito, do outro lado da rua, viu o muro que delimitava uma antiga sociedade habitacional de Juhu, que exibia três gerações de instrumentos de tortura: primitivos cacos de garrafa coloridos, presos em toda a extensão do muro, e, acima deles, uma camada de arame farpado enferrujado, com as pontas amarradas em nós desiguais, e, acima dela, enrolado em espirais gigantescas, um arame farpado mais brilhante, com grandes quadrados protuberantes de metal, do tipo que ela vira cercando instalações militares norte-americanas em filmes de ação, menos cruamente ameaçador que a camada enferrujada, porém inequivocamente mais letal. Atrás desses arames superpostos ela viu figueiras-de-bengala, todas confinadas pela cerca, a não ser por uma árvore antiga e acinzentada, cujas raízes aéreas, contorcendo-se por entre o arame farpado e os cacos de vidro, desciam pelo muro como um limo primordial, até suas pontas brilhantes em crescimento, quase encostando na calçada, roçarem uma família de sem-tetos que cozinhava arroz na sombra; e através de cada ponta de raiz que tinha vencido o arame farpado, a velha figueira-de--bengala dizia: *Nada pode deter um ser vivo que quer ser livre.*

Vakola, Mumbai
Março de 2007 – outubro de 2009.

Agradecimentos

Robin Desser, da Knopf, editou e fez deste um romance melhor.

Agradeço a meu tio, o sr. Udaya Holla, de Sadashivanagara, em Bangalore, por cuidar dos meus interesses durante muitos anos.
Meus agradecimentos a Drew MacRae, Ravi Mirchandani, Pankaj Mishra, Akash Shah e sua família, ao juiz Suresh e Rajini, a Shivjit "Chevy" Sidhu, Vinay Jayaram, Vivek Bansal, William Green, Elizabeth Zoe Vicary, professor Robert W. Hanning, professor David Scott Kastan, Jason Zweig, S. Prasannarajan, Devangshu Datta, Sree Srinivasan, Robert Safian, Jason Overdorf e Ivor Indyk.

Publisher
Kaike Nanne

Editora executiva
Carolina Chagas

Editora de aquisição
Renata Sturm

Produção
Thalita Aragão Ramalho

Produção editorial
Anna Beatriz Seilhe
Luana Luz de Freitas

Revisão de tradução
Mariana Elia

Revisão
Gregory Oliveira Neres
Mariana Moura
Pedro Staite
Rachel Rimas

Diagramação
Filigrana

Esse livro foi impresso no Rio de Janeiro, em 2014,
pela Edigráfica para a Nova Fronteira.
O papel do miolo é avena 70g/m² e o da capa é cartão 250g/m².